레슨 인 케미스트리 ①

레슨 인 케미스트리

LESSONS *in* CHEMISTRY

1

보니 가머스 장편소설 · 심연희 옮김

다산
책방

『레슨 인 케미스트리』가 거머쥔 찬사들

아마존 베스트셀러 1위,
60주 연속 베스트셀러

뉴욕타임스 베스트셀러 1위,
74주 연속 베스트셀러

굿리즈 베스트셀러 1위

선데이타임스
베스트셀러 1위

슈피겔 베스트셀러 1위

굿리즈, 아마존 독자 평점
100만 개 돌파

굿리즈 초이스 어워즈 수상

전 세계 38개국
번역 출간

데뷔작 사상 최고
선인세(한화 23억 원)에
출판권 계약

애플TV 드라마화

뉴욕타임스, 워싱턴포스트,
NPR, 엘르, 오프라 데일리,
뉴스위크, 굿리즈, 북페이지,
커커스가 뽑은 올해의 책

뉴욕타임스, 버슬, 리얼 심플,
퍼레이드, CNN, 투데이,
E!뉴스, 도서관저널이 뽑은
올해 가장 기대되는 책

김초엽, 남궁인, 김겨울
이유미, 엄지혜, 스티븐 킹,
오프라 윈프리 강력 추천

롤러코스터처럼 내달리는 소설. 여성 화학자로서, 방송인으로서 온갖 풍파를 헤치며 숨 가쁘게 달려가는 엘리자베스의 이야기를 읽다 보면 그의 여정을 기꺼이 따르고 싶어진다. 엘리자베스는 자연에 내재한 규칙과 질서에서 힘을 얻기에 인간 세상의 불합리는 그를 꺾지 못한다. 실험실과 주방과 스튜디오를 오가는 내내 세상은 위협적인 산성 용액처럼 부글거리지만, 엘리자베스는 어떤 용액에도 녹지 않는 궁극의 돌멩이처럼 굴하지 않고 용암 위를 데굴데굴 구른다. 절로 이런 응원이 나올 수밖에. '부디 살아남아 행복해지기를, 용기와 담대함이 우리 모두에게 함께하기를!'

-김초엽(작가)

'한번 잡으면 놓을 수 없는 책'이 되기 위해서는 시시각각 다가오는 역경과 극복해 나가는 힘, 세세한 장면 묘사와 시대에 맞는 고증, 속도감과 위트 있는 대사, 방향으로 나아가는 주제 의식이 모두 필요하다. 이 책에는 단언컨대 그 모든 것이 있다.

-남궁인(작가)

1960년대 사회가 받아들일 수 없는 여성의 영웅 서사. 주인공을 응원하면서 난관을 같이 헤쳐 나가는 재미가 쏠쏠하다. 굉장히 재미있게 읽었다.

-김겨울(작가)

올 여름 휴가에 읽을 책을 추천하라면 1초의 망설임도 없다. 단언컨대 당분간 『레슨 인 케미스트리』를 능가할 멋지고 재미있는 소설을 만나진 못할 것.

-이유미(작가)

충격적으로 재미있다. 책 권태기를 극복하게 해줄 소설이다.

-엄지혜(작가)

사랑과 화학 앞에서는 모든 수단이 정당하다.

-반스&노블

재미있고 대담한 이 데뷔작이 올해의 출판 센세이션을 일으켰다.

-더 타임스

올바른 코믹 공식.

-옵저버

합리주의와 성평등에 대한 이보다 더 사랑스러운 호소는 찾기 어렵다.

-커커스

이 책이 올해 가장 많이 검색되고 화제가 되리라고 장담한다. 이 문장으로 충분하다. "요리는 화학이고 화학은 삶입니다. 자신을 포함한 모든 것을 바꾸는 능력은 여기에서 시작됩니다."

-보그 이탈리아

진정한 사랑은 외면하기 어렵다. 이 사랑의 실들이 아름답게 얽힌 『레슨 인 케미스트리는』 기발하고 따스하다.

-애틀랜틱

절대 내려놓을 수 없을 올해 최고의 책. 엘리자베스만큼 불의에 타협하지 않는 캐릭터는 다시 만나지 못할 것이다. 삶의 빼어난 교훈을 담고 있다.

-우먼&홈

여성의 시간이다.

-BBC라디오

과학자에서 유명 셰프까지 아우르는 주인공의 흥미진진한 1960년대 우화.

-텔레그래프

인종차별과 여성혐오에 지쳤다면, 지금쯤 반드시 근절되어야 할 사회적 악습에 지쳤다면 읽어야 할 책.

-굿모닝 아메리카

책의 첫 장이 끝나기 전에 펀치를 맞게 될 것이다. 보기 드문 야수 같은 책이다. 데뷔작이라고 믿기 어려울 정도다.

-가디언

역사를 돌아보면 현상 유지를 거부한 여성들, 순종적인 삶을 비웃었던 여성들의 긴 목록을 찾을 수 있다. 그런 강인함과 유머를 엘리자베스에게서 찾을 수 있다.

-퍼레이드

『레슨 인 케미스트리』에 대한 모든 칭찬과 찬사는 정당하다. 유머러스하고 독창적이며 페이지가 우아하게 넘어간다. 인간적이면서도 명석하고 용감한 여주인공과 그녀의 영리한 아이, 지금까지 소설에 등장했던 개 중 최고의 개를 비롯해 열광할 만한 캐릭터로 가득하다.

-아이리시 이그재미너

독자들은 이미 여러 권을 구입해 친척과 친구의 손에 이 책을 들려주고 있다. 보니 가머스는 페미니즘을 먹음직스러울 뿐 아니라 맛있게 만들었다.

-아이뉴스

이 우상파괴적인 여성이 겪는 여정은 개인적 상실부터 가혹한 성차별에 이르기까지, 숨 가쁠 정도로 다채롭다. 그녀는 울퉁불퉁한 길을 따라 모든 계층과 시스템에 도전한다. 이 이야기에는 단 한 순간도 거짓이 없다. 인생의 회복력과, 새롭게 발견된 가족에 대한 재치 있고 날카로운 드라마다. 그녀와 그녀의 임시변통 가족에 진절머리를 낼 수 없을 것이다. 몇 번이고 되풀이해서 읽어야 할 이야기다.

-북페이지

좌절한 화학자가 혁명을 촉발하는 요리 쇼의 지휘봉을 잡았다! 거부할 수 없는 매혹적인 연료로 가득 찬 소설. 변화에는 항상 적절한 시간과 열이 필요하다는 것을 상기시켜 준다.

−뉴욕타임스

올해 읽은 소설 중 가장 재미있고 신선하다. 끊임없이 정의를 추구하는 페미니스트 영웅에 대한 이야기다. 읽는 동안 큰 소리로 웃었다!

−필립 갈라네스, 뉴욕타임스

엘리자베스 조트는 많은 사람들에게 중요한 인물이 될 것이다. 이건 절대적인 화학 법칙이다.

−NPR

이 책에는 잊을 수 없는 여성 캐릭터, 확실하게 새로운 목소리, 가슴 저미는 러브 스토리가 있다. 엘리자베스는 자신의 야망에 대한 준비가 되지 않은 세상에서 페미니스트이자 현대 사상가로 활약한다. 그녀는 우리가 만화를 갈망하는 바로 그 순간에 우리에게 찾아와 주었다.

−워싱턴 포스트

엘리자베스는 '여성 보스'나 '여자 화학자'가 아니다. 획기적인 화학진화 전문가다. 이 소설은 시대를 앞서 태어난 모든 여성, 지성 있지만 운이 좋지 않아 외

면당한 여성들을 궁금해하게 만든다. 우리가 지금까지 어디까지 왔는지뿐만 아니라, 여전히 어디까지 가야 하는지를 상기시켜 준다.

−뉴욕타임스 북 리뷰

주인공은 쓰라린 불행 속에서도 매력과 에너지, 희망으로 가득 차 있다. 이 책이 코믹 소설처럼 들리지 않을지도 모르지만 정말 유쾌하다.

−피플

부정할 수 없는 삶의 회복력과 우리를 지탱하는 사랑에 대한 멋진 찬사.

−오프라 데일리

페미니즘, 삶의 회복력, 합리주의를 재미있고 신선하게 다룬다.

−버즈피드

독자는 엘리자베스 조트가 허구의 인물이 아니길 바라는 자신을 발견하게 될 것이다. 많은 사람들이, 심지어 줄리아 차일드도 「6시 저녁 식사」를 즐겨봤을지 모른다.

−시애틀 타임스

과학과 요리와 유머가 섞여 촉매제가 된다. 주인공 엘리자베스는 '한계'라는 개념을 받아들이길 거부한다. 그녀는 타협하지 않을 때 가장 빛난다.

−크리스천 사이언스 모니터

유머 없이 유머 넘치는 이야기. 『레슨 인 케미스트리』는 승자의 자질을 가지고 있다.

-미니애폴리스 스타 트리뷴

대담하고 영리하며 웃음을 자아낸다. 올해 최고의 책.

-리얼 심플

친숙한 이야기를 완전히 독창적인 목소리로 들려준다. 엘리자베스 조트는 잊을 수 없는 주인공으로, 논리적이고 완전히 자기 자신이다. 당당하고 힘 있는 목소리를 바라는 사람들에게 추천한다.

-히스토리컬 노블

줄리아 차일드가 루실 볼과 퀴리 부인의 과학적인 재능을 어떤 TV 채널에 쏟아붓는 것을 상상할 수 있다면, 이 소설에서 빛을 발하는 유머와 재치, 따뜻함을 잘 알아볼 수 있을 것이다.

-미네소타 공영라디오

이 책은 비범하다. 삶, 종교, 편협함, 여성혐오, 인간의 어리석음에 대한 통찰력 있는 시선이 누구나 공감할 만한 문장들로 이어진다. 웃고, 슬퍼하고, 엘리자베스를 응원할 준비를 하라.

-북 리포터

지칠 줄 모르는 엘리자베스는 여성의 일이 세상에서 어떻게 받아들여지는지에 대한 한계를 뛰어넘는다.

-북 리스트

여성혐오, 페미니즘, 가족애, 자아실현이라는 심각한 주제에 집중하지만 교조적이지 않다. '엘리자베스는 이제 무엇을 할까?'라고 물으며 채널을 돌리는 자신을 발견할지도 모른다.

-LA 데일리 뉴스

화학 원소들을 우승 공식에 결합시켰다. 문학적, 상업적으로 모두 성공한 미국 작가들의 히트작을 좋아하는 독자들에게 어필할 책이다.

-선데이타임스 UK

나에 대해 알아볼까요? – 매들린 조트

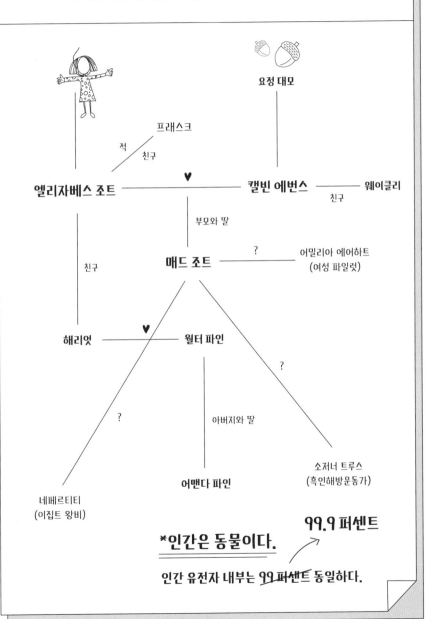

요정 대모

프래스크
적   친구

엘리자베스 조트 ——— ♥ ——— 캘빈 에번스 ——— 웨이클리
친구

부모와 딸

매드 조트 ——— ? ——— 어밀리아 에어하트
(여성 파일럿)

친구

해리엇 ——— ♥ ——— 월터 파인

?

아버지와 딸

?

어맨다 파인

소저너 트루스
(흑인해방운동가)

네페르티티
(이집트 왕비)

99.9 퍼센트

*인간은 동물이다.

인간 유전자 내부는 99 퍼센트 동일하다.

차례

LESSONS *in* CHEMISTRY

제 1 장

1961년 11월

    그 옛날 1961년은 여자들이 오후마다 셔츠웨이스트* 원피스 차림으로 이웃집 정원에 모여 수다를 떨던 때였다. 여자들이 애를 차에 잔뜩 태우고도 안전벨트도 채우지 않은 채 별생각 없이 운전하던 시절이기도 했다. 사람들은 60년대에 시민운동이 일어날 줄은 꿈에도 몰랐고, 그때 시민운동에 참여했던 이들이 그 뒤로도 60년이나 그 운동을 질질 끌리라고는 더더욱 생각지 못했다. 당시는 세계 대전이 끝나고 비밀 전쟁이 시작되었으며, 사람들은 새로운 생각을 품고서 뭐든 할 수 있다고 낙관하기 시작하던 때였다.

•   정장 안에 받쳐 입는 남성용 셔츠와 유사한 넉넉한 블라우스.

그랬던 1961년, 매들린의 어머니이자 당시 서른 살이었던 엘리자베스 조트는 매일 아침 동트기 전에 일어났다. 잠에서 깨어나 또렷하게 드는 생각은 오로지 단 하나뿐이었다.

내 인생은 끝났어.

그런 생각이 들거나 말거나, 그녀는 연구실로 가서 딸의 점심 도시락을 쌌다.

'이건 배움을 위한 연료란다.'

엘리자베스 조트는 쪽지에 이런 말을 쓴 다음 딸의 도시락 통에 넣었다. 그러다 무언가 또 생각난 듯 연필을 들고 잠시 멈칫하더니 쪽지를 또 하나 가져다가 이런 말을 썼다.

"쉬는 시간에는 운동하면서 놀아. 하지만 남자애들이 이기도록 내버려 둬서는 안 돼."

다시 멈추고는 연필로 탁자를 톡톡 두드리더니, 세 번째 쪽지에는 이런 말을 썼다.

"사람들은 대부분 아주 못됐어. 그렇다는 생각이 들면 네 생각이 맞아."

그녀는 두 번째와 세 번째 쪽지를 도시락 맨 위에 넣었다.

어린아이는 보통 글을 못 읽는다. 읽어봤자 '개'나 '고양이', '가다' 정도가 전부다. 하지만 매들린은 세 살 때부터 글을 읽을 줄 알았고, 다섯 살인 지금은 찰스 디킨스 소설을 이미 대부분 독파했다.

매들린은 특이한 아이였다. 그런 애들 있잖은가. 바흐의 콘체르토를 흥얼거릴 줄은 아는데 신발 끈은 못 매고, 지구의 자전은 설명할 줄 아는데 틱택토 게임은 못 하는 애들 말이다. 이 아이의 특이함에는 문제가 있었다. 어린아이가 천재적인 음악 소질이 있으면 반드시 찬사를 받고 유명해지지만, 책을 척척 읽어대면 별 관심을 못 받는다. 책 읽기 같은 건 시간이 지나면 다른 애들도 할 수 있는 거니까. 제일 먼저 글을 떼고 책을 읽는 게 뭐 대수겠는가. 주변 사람들 짜증이나 나게 할 뿐이지.

매들린은 이 점을 잘 알고 있었다. 그래서 아이는 매일 아침마다 반드시 하는 일이 있었다. 어머니가 집에서 나간 뒤에는 이웃집에 사는 베이비시터 해리엇이 자기를 돌봐주었는데, 그녀가 다른 일로 바쁠 때 도시락 통에서 쪽지를 빼서 옷장 안에 있는 신발 상자에 모아놓는 것이었다. 학교에 가면 다른 애들이랑 똑같은 척, 그러니까 글을 전혀 못 읽는 척했다. 매들린에게는 사람들 사이에 섞여서 눈에 띄지 않게 묻어가는 것이 무엇보다 가장 중요했다. 그 점에 대해 아이는 반박할 수 없는 증거도 갖고 있었다. 다른 사람과 전혀 어울리지 못하는 자기 엄마가 어떻게 되었나 보란 말이다.

그 시절 캘리포니아 남부의 날씨는 대개 따뜻했지만 더울 정도는 아니었고, 하늘은 대체로 파랬지만 그렇다고 너무 파랗지는 않았다. 그 시절 공기는 옛날이니만큼 맑았다. 매들린은 침대에 누워 눈을 감고 기다렸다. 곧 이마에 부드럽게 키스가 내려앉겠지. 어깨까지 조심스럽게 이불을 덮어주는 손길과 '오늘을 즐기며 살아'라고 귓가에 속삭이는 소리가 들려오겠지. 조금 있으면 플리머스 자동차가 시동 거는 소리가 날 것이고, 진입로에서 후진하는 타이어 소리가 끼익 들려오고, 이어서 1단 기어로 변속하는 소리도 들리겠지. 잠시 후 항상 우울한 어머니는 TV프로그램 스튜디오에 도착해서 앞치마를 두른 다음 세트장에 들어갈 것이다.

쇼의 제목은 「6시 저녁 식사」였고, 엘리자베스 조트는 자타공인 그 쇼의 스타였다.

제 2 장

파인

한때 화학 연구원이었던 엘리자베스 조트는 흠 없는 피부와 대단한 품위를 지닌 여자였다. 그 품위는 이제껏 범상치 않았으며 앞으로도 범상치 않을 만한 종류의 것이었다.

뛰어난 스타들이 다들 그렇듯 조트 역시 누군가의 눈에 띄어 발탁되었다. 하지만 그녀의 경우 아이스크림 가게나 길거리 벤치에서 우연히 캐스팅되거나, 운 좋게 인맥을 통해 스타가 된 게 아니었다. 그녀의 캐스팅은 절도 사건에서 비롯되었다. 정확히 말하자면 음식을 도둑맞은 일이 계기였다.

그렇다고 대단한 속사정이 있었던 건 아니다. 매들린과 함께 유치원에 다니는 어맨다 파인이라는 아이가 발단이었다. 그 애는 먹는 걸 아주 좋아했는데, 아이를 담당하는 심리 치료사가 보기에는 대단한 미식가였다. 바로 그 어맨다가 매들린의 점심을 먹고 있었던 것이다. 매들린의 점심은 보통 수준 이상이었으니까.

다른 애들이 점심으로 흔하디흔한 땅콩버터 샌드위치를 싸 와서 입 안에 잔뜩 뭉개는 것과 달리, 매들린이 도시락을 열면 어제 먹다 남은 두툼한 라자냐 한 조각에 버터에 구운 호박이 곁들여져 있었다. 얌전히 놓인 4등분된 키위와 반짝반짝 빛나는 방울토마토 다섯 개 옆에는 자그마한 모턴 소금 통이 자리 잡았다. 디저트는 갓 구워 따끈한 초콜릿칩 쿠키 두 개였고, 거기다 얼음처럼 차갑게 식힌 우유까지 빨간 보온병에 넣어왔다.

이런 걸 싸 가지고 다니니 애들은 죄다 매들린의 점심 도시락을 먹고 싶어 했다. 당연히 매들린도 자기 점심을 좋아했다. 그래도 매들린은 도시락을 어맨다에게 나누어주었다. 우정에는 희생이 따르는 법이기도 했지만 더 큰 이유는 따로 있었다. 매들린이 보기에도 자신은 좀 이상한데, 이 학교에서 자신처럼 이상한 애를 놀리지 않는 애는 어맨다밖에 없었기 때문이었다.

그 뒤 얼마 지나지 않아, 엘리자베스는 옷이 옷걸이에 걸린 옷마냥 헐렁할 지경으로 딸이 앙상해졌다는 걸 알아챘다. 그녀는 딸에게 무슨 일이 생긴 건지 궁금해졌다. 매들린의 일일 영양 섭취량은 최적의 발육을 위해 정확히 계산된 것이었기에, 과학적으로 말이 되지 않았다.

혹시 성장기라 키가 확 크면서 살이 안 찐 걸까? 아니다. 그녀는 이미 성장기임을 감안해서 섭취량을 계산했다. 혹시 섭식 장애가 일찍 발병한 걸까? 그런 것 같지는 않았다. 매들린은 저녁밥을 굶주린 말처럼 마구 먹어치웠으니까. 혹시 백혈병인가? 절대 그럴 리 없었다. 엘리자베스는 건강이라면 무턱대고 걱정하는 사람이 아니었다. 딸이 불치병에 걸릴까 봐 지레 겁먹고 밤잠 설치는 부류가 아니었다는 뜻이다. 그녀는 과학자로서 항상 합리적인 설명을 추구했다.

그녀가 어맨다 파인을 만난 순간, 드디어 그 원인이 밝혀졌다. 그 애의 작은 입술에 빨간 포모도로 소스가 묻어 있었으니까.

"파인 씨."

어느 수요일 늦은 오후였다. 엘리자베스는 파인의 비서를 획 지나쳐 사무실로 쳐들어갔다.

"내가 사흘째 전화 드렸는데도 한 번도 전화를 되걸어 오는 예의를 보여주신 적이 없군요. 내 이름은 엘리자베스 조트입니다. 매들린 조트의 엄마죠. 당신 따님과 우리 애는 함께 우디초등학교에 다니고 있고요. 내가 여기 온 이유는 당신 따님이 내 딸에게 우정을 빙자한 갈취를 저지른다는 사실을 알려드리기 위해서입니다."

월터 파인이 어리둥절한 표정이었기 때문에 그녀는 설명을 덧붙였다.

"당신 따님이 내 딸애의 점심 도시락을 빼앗아 먹고 있습니다."

"저, 점심요?"

월터 파인은 겨우 입을 열고서 자신 앞에 당당하게 선 여자를 찬찬히 바라보았다. 성스러운 아우라가 빛나는 하얀색 실험 가운에서 알아볼 수 있는 건 단 하나, 주머니 위에 빨간색 실로 새겨진 E. Z. 라는 머리글자였다.

엘리자베스는 다시 언성을 높였다.

"당신 딸 어맨다가, 내 딸의 점심을 매일 빼앗아 먹고 있습니다.

보아하니 몇 달째 그런 것 같군요.”

월터는 그저 눈 뜬 채로 멍하니 있었다. 키가 크고 마른 몸매에, 그을은 버터토스트 색깔 머리카락을 뒤로 질끈 묶은 다음 연필로 찔러 고정한 여자가 두 손으로 허리를 짚고 앞에 서 있었다. 당당하게 붉은 입술과 빛나는 피부, 오뚝한 코를 지닌 여자였다. 그녀는 이 부상병을 살릴 가치가 있는지 없는지 판단하려는 전장의 위생병처럼 월터를 내려다보았다.

“그 애가 점심을 얻어먹으려고 매들린의 친구인 척 구는 건 전적으로 비난받아 마땅합니다.”

“다, 당신이 누구시라고요?”

월터가 더듬더듬 묻자 그녀는 소리쳤다.

“엘리자베스 조트입니다! 매들린 조트의 엄마요!”

월터는 고개를 끄덕이며 상황을 이해하려 애써보았다. 그는 저녁 시간대 TV프로그램 PD로 오랫동안 일해온 가닥이 있는지라 드라마틱한 상황에 통달한 사람이었다. 하지만 이 상황은 뭐지? 그는 계속 눈을 크게 뜨고 있었다. 그나저나 이 여자는 대단히 아름답군. 월터는 말 그대로 그녀의 미모에 압도당했다. 아하, 혹시 배역을 따려고 내 앞에서 연기하는 건가?

그래서 겨우 이렇게 말을 꺼냈다.

“죄송합니다만 간호사 역은 이미 다 찼는데요.”

“무슨 말씀입니까?”

그녀가 쏘아붙였다. 다시 긴 침묵이 흘렀다.

“어맨다 파인 말입니다.”

그녀가 이름을 반복해서 말하자 월터는 눈을 깜빡였다.

"제 딸요? 아아."

그는 갑자기 초조해졌다.

"제 딸이 왜요? 선생님은 혹시 의사신가요? 학교에서 보내서 오셨나요?"

그는 이제 자리에서 벌떡 일어났다. 엘리자베스는 조급하게 대답했다.

"맙소사, 아닙니다. 나는 화학자입니다. 당신이 내 전화에 답이 없어서 점심시간에 급하게 헤이스팅스에서 여기까지 왔단 말입니다."

하지만 그가 계속 당황한 표정을 짓자 그녀가 부연설명을 했다.

"헤이스팅스 연구소 아시죠? 획기적인 연구의 산실 모르십니까?"
아무리 설명해도 월터가 알아듣지 못하는 것 같아 그녀는 한숨을 내쉬었다.

"어쨌든 내 말의 요지는 이겁니다. 나는 매들린에게 영양가 있는 점심을 만들어주기 위해 커다란 노력을 기울이는데, 당신도 따님을 위해서 그 정도는 해야 한다고 확신하는 바입니다."

하지만 그가 계속 멍한 표정으로 엘리자베스를 바라보기만 하자 덧붙였다.

"당신은 어맨다의 신체와 인지 발달에 주의를 기울이셔야 합니다. 정확히 균형 잡힌 비타민과 미네랄을 공급해야 발달이 잘된다는 것을 아시잖습니까."

"그게 말이죠, 사실 아이 엄마가—"

"알고 있습니다. 감감무소식이라죠. 그분과 연락해 보려고 했는데, 뉴욕에 살고 있단 얘기를 들었습니다."

"우리는 이혼했어요."

"유감입니다만, 이혼한 것과 점심 도시락은 상관이 없습니다."

"그렇게 생각하실 수도 있겠지만—"

"남자도 도시락은 쌀 수 있습니다, 파인 씨. 생물학적으로 불가능한 게 아니란 말입니다."

"그건 그렇죠."

그는 고개를 끄덕이며 의자를 주춤주춤 밀었다.

"자, 앉으세요, 조트 부인."

하지만 그녀는 시계를 슬쩍 보며 짜증 어린 말투로 대답했다.

"나는 사이클로트론 작업을 해야 합니다. 제 말을 이해하셨습니까, 못 하셨습니까?"

"사이클 뭐라고요?"

"입자가속기요."

엘리자베스는 방을 휙 둘러보았다. 벽에는 멜로드라마와 허울만 그럴듯한 게임 쇼를 선전하는 포스터가 액자에 한가득 걸려 있었다.

월터는 문득 이런 포스터들이 생뚱맞게 느껴져서 민망해하며 말했다.

"제 일이 이거라서요. 혹시 이 TV프로그램 보신 적 있나요?"

그녀는 고개를 돌려 월터를 다시 보았다. 그러고는 쩔쩔매는 남자를 바라보며 조금 더 부드러운 태도로 찬찬히 말했다.

"파인 씨, 유감스럽지만 당신 따님의 점심 도시락까지 싸줄 시간과 여유가 내겐 없군요. 우리의 뇌를 일깨우고 가족을 단합시키고 미래를 결정하도록 도와주는 촉매제가 음식이라는 점은 모두가 아는 바죠. 그런데……."

엘리자베스는 말꼬리를 흐리며 눈을 가늘게 떴다. 그녀의 눈에 들어온 건 어떤 멜로드라마의 포스터로, 간호사가 환자에게 일반적으로 할 법하지 않은 치료를 해주는 장면이었다.

"여기엔 전 국민에게 요리가 얼마나 중요한지 가르쳐줄 여유가 있는 사람이 없는 겁니까? 제가 하면 좋겠지만 시간이 없군요. 당신이 해보시는 건 어떻습니까?"

이윽고 엘리자베스가 뒤돌아 떠나려 하자 파인은 재빨리 그녀를 붙잡았다. 이 여자가 가기를 바라지 않기도 했고, 방금 무언가 좋은 생각이 떠오르려 했는데 그게 뭔지 확실하게 알 수가 없어서였다.

"잠깐만요, 가지 마세요. *제발*. 바, 방금 뭐라고 하셨죠? 전 국민에게 요리가 *얼마나 중요한지* 가르쳐야 한다고 하지 않으셨어요?"

그리하여 4주 뒤에 「6시 저녁 식사」첫 회가 방영되었다. 사실 엘리자베스는 그 아이디어에 딱히 열정적이지는 않았다. 그녀는 화학자였지 방송엔 관심이 없었다. 그래도 결국 그 일을 맡은 건 흔한 이유 때문이었다. 돈을 많이 주는 일이었으니까. 그녀에겐 먹여 살려야 하는 애가 있었다.

엘리자베스가 앞치마를 두르고 촬영장에 들어간 첫날부터 그녀에겐 '뭔가'가 있다는 게 확실히 느껴졌다. 그 '뭔가'는 뭐라 말하기 어려우면서도 분명하게 드러나는 자질이었다. 또한 그녀는 아주 실용적인 사람이기도 했다. 다시 말해 솔직해도 너무 솔직하고, 헛소리라고는 절대로 하지 않는 사람이라서 다들 이 여자를 어떻게 대해야 할지 몰랐다. 다른 요리 프로그램에서는 사람 좋아 보이는 요리사들이 셰리주를 꿀꺽꿀꺽 마시며 방송을 유쾌하게 진행했지만, 엘리자베스 조트는 진지했다. 좀처럼 미소도 짓지 않았다. 농담하는 법도 결코 없었다. 그녀의 요리는 그녀만큼이나 있는 그대로였고, 아주 현실적이었다.

6개월이 되지 않아 엘리자베스의 요리 방송은 떠오르는 인기 프로그램이 되었다. 그리고 1년이 되기 전에 이 나라에서 모르는 사람이 없게 되었다. 이어서 2년도 되지 않아 불가사의한 힘을 발휘해 부모와 자녀, 시민과 조국을 화합시키는 장면을 떡하니 연출했다. 엘리자베스 조트가 요리를 마치면 온 국민이 모여 앉아 저녁 식사를 했다 해도 과언이 아니었다.

심지어 린든 존슨 부통령도 그녀의 방송을 보았다. 부통령은 끈질기게 달라붙는 기자에게 손사래를 치며 이렇게 말했다.

"제 생각을 알고 싶다고요? 그럼 말씀드리죠. 기사 같은 건 그만 쓰고 TV를 좀 보십시오. 「6시 저녁 식사」부터 시작해 보세요. 그 조트라는 분은 뭘 어떻게 해야 할지 아주 잘 알던데요."

그녀는 정말이지 뭘 어떻게 해야 할지 아주 잘 알았다. 엘리자베스 조트는 앙증맞은 오이 샌드위치나 섬세한 수플레 요리법 따위는 설명하는 법이 없었다. 그녀의 요리는 스튜와 캐서롤을 비롯해 커다란 냄비 가득 만들어야 하는 푸짐한 음식이었다. 그녀는 네 가지 식품군을 강조하며 각각 적당한 양을 먹어야 한다고 말했고 어떤 음식이든 한 시간 안에 조리해야 한다고 주장했다.

마지막으로 그녀는 그 유명한 대사를 하며 방송을 마쳤다.

"얘들아, 상을 차려라. 너희 어머니는 이제 자기만의 시간을 가져야 한다."

어느 저명한 기자는 '그녀가 내놓는 음식을 먹어야 하는 이유'라는 제목의 기사를 쓰면서 지나가는 말로 엘리자베스를 '맛 좋은 리지'라고 불렸는데 그게 그녀의 별명이 되었다. 그 표현은 적절하고 도 설득력 있는 별명이었던지라 마치 종이 위에 인쇄된 글자처럼 엘리자베스에게 착 달라붙었다. 이후로 사람들은 그녀를 맛 좋은 리지라고 불렀다. 하지만 딸 매들린만은 엘리자베스를 엄마라고 불렀다. 비록 나이는 어렸지만 매들린은 그 별명이 엄마의 재능을 경시하는 뜻이라는 걸 알아차렸기 때문이었다. 엄마는 화학자지 TV 요리사가 아니었다. 엘리자베스는 외동딸 앞에서 그 점을 인식할 때마다 부끄러워지곤 했다.

가끔 엘리자베스는 밤에 침대에 누워 인생이 어쩌다 이렇게 되었는지 생각하곤 했다. 하지만 그 생각은 오래가지 않았다. 이유를 이미 알고 있었으니까.

이건 다 캘빈 에번스라는 남자 때문이었다.

제 3 장

헤이스팅스 연구소

10년 전, 1952년 1월.

캘빈 에번스도 그녀와 마찬가지로 헤이스팅스 연구소에서 일했다. 하지만 엘리자베스가 사람들로 북적이는 방에서 일했던 반면, 캘빈은 커다란 연구실을 혼자 썼다.

업적으로 따지면 캘빈은 커다란 연구실을 쓸 자격이 있었다. 그는 영국의 저명한 화학자 프레더릭 생어가 노벨상을 타는 데 도움이 된 중요한 연구에 열아홉 살 때 참여했다. 스물두 살에는 단순 단백질*을 더 빠르게 합성하는 방법을 발견했다. 스물네 살에는 디벤조셀

---

* 아미노산만으로 구성된 단백질.

레노펜의 반응성에 관한 획기적 발견을 해내 《케미스트리 투데이》의 표지를 장식했다. 그뿐만이 아니다. 그는 열여섯 편의 논문을 출판했고, 열 군데의 국제 학술 대회에 초청받았으며 하버드대학교 교수 자리를 제안받았다. 그것도 두 번이나. 하지만 그는 거절했다. 두 번 모두. 그 이유는 일단 몇 년 전 그가 하버드에 입학 신청을 했다가 떨어졌기 때문이기도 했고, 또 다른 이유는…… 음, 사실 다른 이유는 없었다. 캘빈은 똑똑한 사람이지만 단점이 있었으니, 바로 일단 화가 나면 원한을 심하게 품는다는 것이었다.

원한을 품는 성미에 이은 또 다른 단점은 급한 성질이었다. 똑똑한 사람들이 많이들 그러듯 캘빈은 본인이 잘 이해하는 걸 왜 다른 인간들은 이해하지 못하는지를 전혀 이해하지 못했다. 거기다 세 번째 단점도 있었는데, 바로 내성적인 성격이었다. 물론 내성적이라는 것 자체는 단점이 아니지만 때때로 그 성격이 만사에 무심한 태도로 드러나곤 했다.

마지막으로 최악의 단점을 언급하자면, 그는 조정 선수였다.

조정 선수가 아닌 사람들이 보기에 조정 선수들은 재미없는 인간이다. 항상 조정 이야기만 하려 드는 바람에 대화에 조정 선수가 둘 이상 끼면 그 자리는 일이나 날씨 같은 정상적인 화제에서 벗어나 버린다. 그들은 배가 어떻느니, 손에 물집이 잡혔니, 노를 이렇게 쥐어야 하니, 운동은 얼마나 어떻게 하니부터 시작해 콕스, 스컬, 리거, 피치, 바우, 이지, 캐치, 미들, 대시 등 알다가도 모를 단어를 줄줄이 읊는 것도 모자라 물이 정말로 '평평한가' 아닌가를 놓고 토론하는 등 옆에서 듣기에는 무의미한 이야기를 참 길게도 늘어놓는다. 가만히 듣고 있노라면 그 대화는 보통 지난번 배를 탔을 때 뭐가 문제였는지, 다음에 탈 때는 어떤 문제가 일어날 수 있을지, 그땐 누가 잘 못했는지, 다음번엔 누가 잘못할 것인지로 이어진다. 그러다 어느 시점에 이르면 조정 선수들은 서로 손을 내밀며 굳은살을 비교해 댈 것이다. 최악의 경우엔 그중 한 명이 한번은 배를 탔는데 완벽하리만큼 모든 게 쉽게 느껴진 적이 있노라며 추억에 잠기고, 나머지 선수들이 고개를 숙이고 경건한 마음으로 몇 분이나 그 이야기를 경청하는 꼴을 보게 될 것이다.

조정은 화학과 더불어 캘빈이 진심으로 열정을 쏟았던 분야였다. 사실 캘빈이 애초에 하버드에 지원했던 이유도 조정 때문이었다. 1945년 당시 하버드대학교의 조정 선수가 된다는 것은 선수로서 최고의 영예였다. 아니, 정확히 말하자면 최고는 아니고 그다음 영예라 해야겠다. 워싱턴대학교가 당시 조정계 최고였으니까. 하지만 워싱턴대학교는 시애틀에 있고, 시애틀은 비가 많이 오기로 유명한 곳이다. 안타깝게도 캘빈은 비를 싫어했다. 그래서 그는 더 먼 곳을 찾아갔는데, 바로 영국의 케임브리지대학교였다. 그의 이러한 행동은 사람들이 과학자를 두고 흔히 품는 환상, 즉 '과학자들은 자료 조사라면 뭐든 잘한다'는 맹목적이고 당연한 믿음을 산산이 부수어주었다.

캘빈이 케임브리지대학교에서 조정을 시작한 첫날 비가 왔다. 둘째 날도 비가 왔다. 셋째 날에도 역시 비가 왔다.

"항상 이렇게 비가 와?"

캘빈은 조정부원들과 무거운 나무 보트를 어깨에 올리고 느릿느릿 부두로 걸어가며 불평했다.

"아, 아니야. 케임브리지 날씨는 보통 아주 온화해. 영국 날씨가

다 그렇잖아."

부원들은 캘빈에게 안심하라고 대답하고는 저들끼리 서로 눈짓했다. 그건 오랫동안 의심해 온 생각을 확인하는 표정과도 같았다. 봐, 미국인들은 하나같이 멍청하다니까.

참으로 안타깝게도 캘빈의 멍청함은 연애할 때도 마찬가지였다. 게다가 캘빈은 누군가를 너무나도 사랑하고 싶어 했는지라 더 문제였다. 케임브리지에서 여자친구도 없이 6년을 지내는 동안 그는 어찌어찌 다섯 여자에게 데이트 신청을 했지만 첫 만남 이후 애프터 신청을 받아준 사람은 단 한 명뿐이었다. 그 여자가 애프터를 받아준 이유도 캘빈의 전화를 다른 남자가 건 것으로 착각해서였다. 실패의 주된 이유는 그의 경험 부족이었다. 말하자면 그는 몇 년이고 다람쥐를 잡고 싶어 하는 개와 같았는데, 막상 다람쥐를 잡은 다음에는 뭘 어떻게 해야 할지 전혀 몰랐다.

"저기…… 어어. 데비, 안녕?"

여자의 집 문이 활짝 열리자 캘빈은 머릿속이 멍해졌다. 심장이 쿵쿵 뛰고 손에 땀이 차올랐다.

"내 이름은 데어드레야."

상대 여자는 한숨을 쉬면서 자꾸 손목시계를 흘끔거렸다.

저녁 식사 자리의 대화는 위태롭게 이어졌다. 캘빈이 아로마틱산의 분자 분해에 대해 이야기하면, 데어드레는 지금 무슨 영화가 상영하는지 이야기했다. 다시 캘빈이 비반응성 단백질 합성에 대해 이야기하면, 데어드레는 그에게 춤추는 걸 좋아하냐고 물었다. 그러다 캘빈이 시계를 보고 벌써 8시 반이 된 걸 알아차리고는, 내일 아침에 조정을 해야 하니까 이제 자기 집으로 가서 밤을 보내는 게 어떻겠느냐고 말했다.

이런 데이트를 했으니 저녁 식사가 섹스로 잘 이어졌을 리 없다. 사실 한 번도 없었다.

"네가 여자를 못 사귄다니 믿을 수가 없네. 여자들은 조정 선수를 *진짜 좋아하는데*."

케임브리지의 조정부원들은 캘빈에게 이렇게 말하곤 했다. 물론 여자들이 조정 선수를 좋아한다는 건 사실이 아니었다.

"네가 미국인이긴 하지만 외모도 괜찮은데."

이 역시 사실이 아니었다.

캘빈의 외모 문제 중 하나는 바로 자세였다. 그는 190센티미터의 키에 호리호리한 체형이지만 몸이 오른쪽으로 비스듬하게 구부정했다. 언제나 오른쪽으로 노를 저은 탓이었다. 더 심한 문제는 얼굴이었다. 지저분한 금발 밑으로 혼자 자란 아이처럼 외로운 표정이 깃든 얼굴에 커다란 회색 눈과 보랏빛 도는 입술이 있는데, 입술은 자꾸만 물어뜯는 버릇 때문에 항상 부어 있었다. 어쨌든 그의 얼굴은 한번 쓱 보고 잊어버릴 만큼 특징이 없는 데다, 속으로야 열정도 있고 지성도 뛰어날지언정 겉으로는 전혀 드러나지 않게끔 이목구비가 평균 이하의 조합을 형성하고 있었다. 물론 아주 괜찮은 점도 하나 있기는 했다. 바로 치아였다. 미소를 지을 때 곧고 하얀 치열이 드러나서 얼굴이 전체적으로 완전히 달라 보였으니까. 어쨌든 엘리자베스 조트와 사랑에 빠진 다음부터 캘빈은 언제나 미소를 짓고 다녔고, 그래서 참 다행이었다.

두 사람이 처음 만났던 곳, 정확히 말하자면 '말을 섞었던' 곳은 어느 화요일 아침의 헤이스팅스 연구소였다. 그곳은 화창한 캘리포니아 남부에 있는 곳으로, 캘빈이 케임브리지에서 박사 학위를 받은 다음 마흔세 곳에서 취업 제안을 받은 뒤 최종으로 선택한 직장이었다. 그곳을 고른 이유는 연구소의 명성 때문도 있었지만, 그보다는 주로 강수량 때문이었다. 캘리포니아 커먼스 지역에는 비가 거의 내리지 않았으니까.

반면 엘리자베스가 헤이스팅스 연구소에 취직한 이유는 그녀를 받아준 곳이 그곳뿐이라서였다.

엘리자베스가 캘빈 에번스의 연구실 앞에 서자 시야에 커다란 경고문 여러 개가 들어왔다.

들어오지 마시오

실험 중

입장 불가

출입 금지

이윽고 그녀는 문을 열었다.

"안녕하세요."

실험실과 어울리지 않는 하이파이 오디오에서 프랭크 시내트라의 노랫소리가 마구 울려 퍼지는 바람에, 그녀는 소리 높여 말해야 했다.

"이곳의 담당자분과 이야기하고 싶습니다."

누군가의 목소리를 듣고 놀란 캘빈은 커다란 원심 분리기 뒤에서 고개를 쑥 내밀었다.

"아가씨, 미안합니다만……."

옆에서 부글부글 끓고 있는 정체불명의 액체로부터 눈을 보호하기 위해 커다란 보안경을 쓴 그는 짜증스럽게 내뱉었다.

"여기는 출입 금지 구역이에요. 앞에 써 붙인 거 못 봤어요?"

"봤습니다."

엘리자베스는 소리쳐 대답했다. 그러고는 캘빈의 못마땅한 목소리에도 아랑곳하지 않고 오디오로 성큼성큼 다가가 음악을 껐다.

"됐다. 이제 서로의 말이 잘 들리겠군요."

캘빈은 입술을 잘근잘근 씹으며 그녀에게 손가락질했다.

"여기 들어오면 안 돼요. 바깥에 쓰여 있잖아요."

엘리자베스는 그에게 종이를 들이밀며 말했다.

"네, 그런데 말이죠, 당신 연구실에 남는 비커가 있다고 들었습니다. 아래층에는 비커가 부족합니다. 물품 담당자가 당신에게 다 줬다더군요."

캘빈은 종이를 찬찬히 읽어보며 말했다.

"난 아무 이야기도 못 들었는데요. 어쨌든 미안하지만 남는 비커는 없어요. 난 지금 있는 비커가 전부 필요하거든요. 아래층 화학자와 이야기해 봐야겠네요. 당신이 담당하는 화학자에게 가서 나한테 전화하라고 전해줘요."

그는 오디오를 다시 틀고 하던 일로 돌아갔다. 하지만 엘리자베스는 나가려 하지 않았다. 오히려 프랭크 시내트라보다 크게 소리를 질렀다.

"방금 화학자와 이야기하고 싶다고 했습니까? 내가 아니라 다른 사람과?"

"그래요."

캘빈은 이렇게 대꾸하고 나서 이내 살짝 부드러운 얼굴로 말했다.

"봐요, 당신 잘못이 아니라는 건 알지만, 그래도 그 화학자들이 본인 뒤치다꺼리를 직접 하지 않고 당신 같은 여직원을 여기 보내면 안 되는 겁니다. 상황이 이해가 안 되겠지만, 지금 나는 아주 중요한 일을 하고 있어서요. 그러니 부탁입니다. 당신 팀장에게 가서 나한테 전화하라고 해요."

엘리자베스는 눈을 가늘게 떴다. 이 남자는 겉모습만 보고서 사람을 판단하는 인간이로군. 그녀가 보기에 그건 케케묵은 고정관념이었다. 그리고 엘리자베스는 그런 관념을 갖고 사는 이들을 좋아하지 않았다. 게다가 자신이 혹여 정말로 행정 담당 여직원이라 하더라도, 여직원이 "이걸 세 부 작성하세요"라는 말 외에 다른 사항을 이해할 지능이 없다고 여기는 남자들 따위는 더더욱 좋아하지 않았다.

"중요한 일을 하신다고요? 이거 놀랍군요."

그녀는 이렇게 소리치며 선반으로 곧장 다가가 커다란 비커 상자를 들었다.

"우연의 일치네요. 저도 중요한 일을 한답니다."

이 말과 함께 그녀는 비커 상자를 가지고 그곳을 당당히 나갔다.

헤이스팅스 연구소에 근무하는 사람은 3천 명이 넘었는지라, 캘빈은 엘리자베스를 찾아내는 데 일주일이 넘게 걸렸다. 하지만 마침내 찾아낸 그녀는 캘빈을 기억하지 못하는 듯했다.

"네?"

엘리자베스는 실험실에 들어온 사람이 누군지 보려고 고개를 돌렸다. 커다란 보안경을 쓴 그녀의 눈은 더 커 보였고, 양손에는 팔뚝까지 오는 기다란 고무장갑을 끼고 있었다.

"안녕하세요. 납니다."

"나라고요? 그게 무슨 말씀이시죠?"

그녀는 이렇게 대꾸하고 다시 하던 일로 돌아갔다.

"나 모르시겠어요? 5층 위에 있는 사람이요. 내 비커를 가져가셨잖아요."

엘리자베스는 고개를 왼쪽으로 휙 돌리며 대답했다.

"커튼 뒤로 물러서세요. 지난주에 여기서 작은 사고가 일어났거든요."

"당신을 힘들게 찾아냈어요."

"물러서 있기 싫은가요? 지금은 *내가* 아주 중요한 일을 하고 있어서요."

캘빈은 그녀가 측정을 마치고 책에 메모한 다음 어제의 실험 결과를 재검토하고 나서 화장실에 갈 동안 참을성 있게 기다렸다.

이윽고 화장실에서 돌아온 엘리자베스가 말했다.

"아직 안 갔어요? 당신은 할 일이 없어요?"

"일은 엄청 많은데요."

"비커는 돌려드릴 수 없어요."

"아, 나를 기억하시는군요."

"그래요. 하지만 좋은 기억은 없어요."

"사과하러 왔습니다."

"그럴 필요 없어요."

"점심 같이 드실래요?"

"싫어요."

"그럼 저녁은 어떠세요?"

"싫어요."

"그럼 커피 한잔할까요?"

엘리자베스는 장갑 낀 손을 허리춤에 올리고서 말했다.

"저기요, 당신 때문에 슬슬 짜증이 나려고 하거든요?"

캘빈은 당황한 채 고개를 돌렸다.

"정말로 죄송합니다. 갈게요."

"저 사람 캘빈 에번스 아니에요? 여기서 뭐 했던 거래요?"

연구 보조원 하나가 캘빈을 바라보며 말했다. 지금 캘빈은 본인 연구실의 4분의 1밖에 안 되는 공간에서 다닥다닥 붙어서 일하고 있는 열다섯 명의 과학자 사이를 비집고 나가는 중이었다.

"비커 소유권 때문에 문제가 좀 있었습니다."

엘리자베스가 말하자 연구 보조원은 잠시 망설였다.

"비커? 잠깐만요."

그는 새 비커를 하나 집어 들고 되물었다.

"지난주에 당신이 어디선가 찾아왔다던 커다란 비커 상자 말하는 거예요? 그게 에번스 거였어요?"

"비커를 찾아왔다고 한 적은 없습니다. 얻어 왔다고 했죠."

"캘빈 에번스에게서? 당신 미쳤어요?"

"정신의학적으로 따지자면 미치진 않았습니다."

"에번스가 당신한테 비커를 가져가라고 했어요?"

"엄밀하게 말하자면 그건 아니었습니다. 하지만 저는 요청서가 있었어요."

"무슨 요청서? 서류는 날 먼저 거쳐야 한다는 거 알잖아요. 물품 요청하는 건 내 일이라고요."

"압니다. 하지만 저는 비커가 오기를 석 달이나 기다렸습니다. 당신에게 네 번 요청했고요. 주문서를 다섯 번 넣었고, 도나티 박사님과도 이야기했습니다. 솔직히 말해서 달리 방법이 없었어요. 제 연구는 이 물품을 조달하는 데 달려 있습니다. 그리고 비커 좀 가지고 왔을 뿐인데 왜 그러시죠."

연구 보조원은 눈을 질끈 감았다. 그러고는 엘리자베스가 얼마나 어리석은지 보여주겠다는 듯 한껏 천천히 눈을 떴다.

"잘 들어요. 내가 당신보다 여기에 훨씬 더 오래 있었고, 여길 더 잘 알아요. 당신, 캘빈 에번스가 뭐로 유명한지 모르죠? 뛰어난 화학자라는 거 말고도?"

"압니다. 장비를 너무 많이 갖고 있기로 유명하죠."

"아뇨. 원한을 심하게 품기로 유명하다고요. 원한 말이에요!"

"정말요?"

그녀는 흥미롭다는 듯 대꾸했다.

엘리자베스 조트도 원한을 품고 살았다. 다만 그녀의 원한은 주로 여자들이 뒤떨어진다는 통념에 근거하고 있는 가부장적 사회에 대한 원한이었다. 능력이 떨어진다, 지능이 낮다, 창의성이 부족하다, 남자들이 일터에 나가 우주에서 행성을 발견하고 제품을 개발하고 법을 제정하는 등 중요한 일을 하는 동안 여자들은 집에서 아이를 봐야 한다는 통념들 있잖은가. 그녀는 아이를 갖고 싶지 않았다. 이 점만은 분명히 알고 있었다. 하지만 아이도 갖고 일도 하고 싶어 하는 여자들이 아주 많다는 사실도 알고 있었다. 그게 뭐가 잘못이란 말인가? 전혀 잘못이 아니다. 일도 하고 아이도 갖는 건 명확히 남자에게만 주어진 기회였다.

그녀는 최근에 부모 모두가 일도 하고 육아에 참여하는 나라 이야기를 읽었다. 거기가 어디였더라? 스웨덴이던가? 어딘지는 기억나지 않았다. 하지만 결론은 기억이 났다. 그게 매우 잘 작동하더라는 것이다. 생산성도 더 높았고, 가족 간의 유대도 더 강해졌다. 엘리자베스는 그런 사회에서 살아가는 자신을 상상해 보았다. 여자라는 이유로 으레 행정 담당 직원이라고 오해받지 않으며, 미팅에서 연구 결과를 발표할 때 언제나 자신을 깎아내리거나 더 심하게는 그 결과를 가로채려는 남자들에게 당하지 않으려고 마음의 준비를 하지 않아도 되는 사회에서 산다는 건 어떨까. 엘리자베스는 고개를 저었다. 성 평등적 관점에서 보자면 1952년은 참으로 실망스러운 시대였다.

연구원은 고집을 부렸다.

"에번스에게 사과하도록 해요. 망할 놈의 비커를 가져다준 다음에 납작 엎드리라고요. 당신 때문에 우리 연구실 전체가 위험하게 됐단 말입니다. 날 나쁘게 생각할 테고요."

"괜찮을 겁니다. 무슨 비커 가지고 그런 일이 나겠어요."

엘리자베스는 이렇게 대꾸했다. 다음 날 아침에 와보니 비커는 사라져 있었다. 그 대신 보이는 것이라고는 엘리자베스 때문에 그렇게 무섭다는 캘빈 에번스의 원한을 샀다고 생각한 동료 화학자들의 더러운 표정뿐이었다. 그녀가 동료들과 대화하려 해도 다들 저마다의 방식대로 쌀쌀맞은 태도를 보였다.

나중에 휴게실 근처를 걷던 엘리자베스는 사람들이 그녀의 뒷말을 하는 것을 우연히 듣게 되었다. 엘리자베스가 스스로를 너무 과대평가한다며, 남들보다 우수하다고 생각한다며, 본인들의 데이트 신청을 죄다 거부했다며, 심지어 그중에는 여자친구가 없는 남자도 있었는데 만나주지 않는다며 말이다. 게다가 엘리자베스가 UCLA에서 석사 학위를 따낼 수 있었던 건 뭔가를 '세웠기' 때문이라고도 했다. '세우다'라는 말을 할 때 그들은 무례한 손짓을 하며 나지막하게 웃었다. 대체 그 여자는 자기를 뭐라고 생각하는 거야?

"누가 좀 걔 주제 파악을 시켜줘야 할 텐데."

누군가의 말에 다른 사람이 주장했다.

"별로 똑똑하지도 않잖아."

"좆같은 년."

익숙한 목소리가 들려왔다. 그녀의 과장인 도나티였다.

처음 나온 말들은 익숙하게 들어와서 그러려니 했지만, 마지막 말에는 엘리자베스도 심하게 놀라서 벽에 기대고 말았다. 구역질이 밀려들었다. 그런 욕설을 들은 건 이번이 두 번째였다. 처음은, 그 끔찍했던 순간은 바로 UCLA에서였다.

그 일이 일어난 지도 거의 2년이 되어간다. 당시 석사 과정생이었던 엘리자베스는 졸업이 열흘밖에 남지 않은 상황에서도 밤 9시에 실험실에 있었다. 실험 프로토콜에 문제가 있는 게 확실했기 때문이다. 뾰족하게 깎은 HB연필로 종이를 톡톡 두드리며 예측이 맞는지 따져보고 있는데, 갑자기 문이 열리는 소리가 들렸다.

"누구시죠?"

그녀가 물었다. 여기 올 사람은 아무도 없었다.

"아직도 있군그래."

놀란 기색이 전혀 없는 목소리가 들렸다. 그녀의 지도교수였다.

"아, 안녕하세요, 마이어스 교수님. 네, 내일 있을 실험 프로토콜을 검토하려고 합니다. 제가 보기엔 문제가 있는 것 같습니다."

그녀는 고개를 들었다. 교수는 문을 더 열고서 안으로 들어왔다.

"누가 너더러 그걸 살펴보라고 했나. 준비는 다 됐다고 했잖아."

교수의 목소리에는 짜증이 묻어났다.

"알고 있습니다. 그래도 마지막으로 확인해 보고 싶었습니다."

최종 확인 같은 건 엘리자베스도 하고 싶지 않았다. 하지만 마이어스 교수의 연구팀 인원은 자신을 제외하면 모두 남자였다. 여자로서 팀에 자리를 유지하고 싶다면 어쩔 수 없이 확인을 해야 한다는 걸 알고 있었다. 사실 그녀는 교수의 연구에 관심이 있지도 않았다. 그의 연구는 그저 안전할 뿐, 전혀 획기적이지 않았으니까. 마이어스 교수는 창의력도 현저하게 없는 데다 새로운 발견 따위는 놀라우리만큼 해낸 적 없지만 미국 최고의 DNA 연구자로 알려져 있었다.

엘리자베스는 마이어스 교수를 좋아하지 않았다. 사실 그를 좋아하는 사람은 하나도 없었다. 굳이 꼽자면 UCLA대학교가 그를 좋아했다. 이 분야에서 누구보다도 논문을 많이 출판하는 교수라서였다. 대체 마이어스가 어떻게 그러느냐고? 그가 논문을 쓴 게 아니어서 가능했다. 대학원생들이 썼지. 하지만 교수는 논문의 토씨 하나하나까지도 다 자기가 쓴 것이라고 주장했고, 가끔은 기존 논문의 제목만 바꾸거나 여기저기서 몇 단어를 고친 다음 완전히 다른 논문이라며 제출했다. 그럴 수 있었던 이유는 과학 논문이기 때문이었다. 세상에 누가 과학 논문 따위를 자세히 읽어본단 말인가? 그런 사람은 없다. 그래서 마이어스의 논문 실적은 점점 쌓였고 그에 따라 명성도 높아졌다. 결국 양으로 승부를 본 마이어스는 DNA 분야의 거장이 되었다.

마이어스는 쓸데없이 논문을 남발하는 재능 말고도 호색한으로도 유명했다. UCLA의 이공계 학부에는 여자가 많지 않았고 있어도 대부분 행정 직원이었지만, 그 얼마 안 되는 여자들은 대부분 마이어스에게 원치 않는 관심을 받는 대상이 되어버렸다. 보통 6개월 뒤에는 자신감이 바닥난 채 퉁퉁 부은 눈으로 개인적인 사정이 있다며 일을 그만두곤 했다. 하지만 엘리자베스는 떠나지 않았다. 그럴 수 없었다. 석사 학위가 필요했기 때문이다. 매일같이 신체 접촉과 음담패설과 저급한 제안을 받는 수모를 견뎠고, 매일같이 관심이 없다는 의사를 분명히 표시했다.

그러던 어느 날 마이어스는 엘리자베스를 자신의 연구실로 불렀다. 표면적으로는 박사 과정 입학에 대해 이야기하기 위해서라고 했지만, 사실은 그녀의 치마에 손을 집어넣기 위해서였다. 격분한 엘리자베스는 거칠게 손을 뿌리쳤고 이 사실을 상부에 보고하겠다고 협박했다.

"누구한테 보고한다는 거야?"

그는 비웃었다. 그러고는 "재미없게 굴지 말라"며 그녀를 훈계하더니 엉덩이를 때리고는 연구실에 있는 옷장에서 자기 코트를 가져오라고 명령했다. 하지만 옷장을 열자 보이는 것이라고는 상의를 탈의한 여자들의 사진뿐이었다. 여자들은 사지를 뻗고 있거나, 표정이 없거나, 손과 무릎을 바닥에 대고 있거나, 등에 자랑스레 남자의 신발을 얹고 있었다.

"이겁니다. 232페이지 91단계입니다. 온도가 문제입니다. 제가 보기엔 온도가 너무 높습니다. 이러면 효소가 비활성화되어 결과가 왜곡돼 나올 겁니다."

마이어스 교수는 문가에서 그녀를 지켜보았다.

"이거 또 누구한테 보여줬나?"

"아무에게도 보여주지 않았습니다. 제가 방금 발견했습니다."

"그렇다면 아직 필립과 이야기한 건 아니로군."

필립은 마이어스의 수석 연구조교였다.

"네, 안 했습니다. 하지만 필립은 방금 나갔으니까, 제가 따라가면 잡을 수―"

그 순간 마이어스가 말을 끊었다.

"그럴 필요 없어. 여기 또 누구 있나?"

"제가 알기로는 없습니다."

"프로토콜엔 틀린 데가 없어. 너는 전문가가 아니야. 내가 제일 잘 아니까 꼬치꼬치 따지지 마. 그리고 아무한테도 이야기하지 말고. 내 말 알겠어?"

"저는 그저 도우려던 것뿐이었습니다. 마이어스 교수님."

그는 엘리자베스를 가만히 바라보았다. 그녀의 진의를 가늠해 보는 표정이었다.

"그래, 네가 도울 게 있기는 하지."

그는 돌아서더니 문을 잠갔다. 곧이어 손바닥이 날아와 엘리자베스를 내리쳤다. 머리를 정통으로 맞은 그녀는 고개가 테더볼*처럼 왼쪽으로 홱 돌아가고 말았다. 큰 충격을 받은 엘리자베스는 숨을 헉 들이쉬고 간신히 몸을 가눴지만, 입에서 피가 흘렀다. 휘둥그레 뜬 눈에는 믿을 수 없다는 기색이 역력했다. 마이어스는 이 결과가 맘에 들지 않는 듯 얼굴을 찌푸리더니 그녀를 다시 때렸다. 이번에는 엘리자베스도 의자에서 떨어지고 말았다.

마이어스는 몸무게가 120킬로그램은 족히 나가는 덩치 큰 남자였다. 그의 힘은 근육이 아니라 지방의 밀도에서 나왔다. 그는 바닥에 쓰러진 엘리자베스에게 몸을 숙이고는 골반을 움켜잡은 뒤 마치 기중기가 엉성하게 묶인 목재를 들어 올리듯 그녀의 몸을 들어서 의자 위에 털썩 내려놓았다. 그는 엘리자베스의 몸을 뒤집더니 의자를 걷어차고서 그녀의 얼굴과 가슴을 스테인리스 실험대로 확 밀쳤다.

"가만히 있어, 이 좆같은 년아."

그녀가 발버둥 치자 마이어스는 두툼한 손가락으로 치마 아래를 마구 할퀴며 명령했다.

엘리자베스는 숨을 몰아쉬었다. 쇠맛이 입안을 파고들었다. 마이어스는 한 손으로 치마를 허리께까지 끌어 올리고, 다른 손으로는 허벅지 살을 꼬집었다. 얼굴이 실험대에 꽉 눌리는 바람에 엘리자베스는 비명을 지르기는커녕 숨도 쉬기가 버거웠다. 덫에 갇힌 짐승처럼 분노로 발을 마구 차댔지만, 그럴수록 마이어스의 화만 돋울 뿐이었다.

<hr />

•   기둥에 매단 공을 라켓으로 치고 받는 놀이

"반항하지 마."

그가 경고했다. 마이어스의 배에서 난 땀이 엘리자베스의 허벅지 뒤로 뚝뚝 떨어졌다. 하지만 그가 움직이는 바람에 그녀의 팔은 다시 자유로워졌다.

"가만히 있으라고."

그녀가 충격에 숨을 몰아쉬며 몸을 앞뒤로 비틀자 마이어스는 격분해서 명령했다. 그의 투실투실한 몸에 엘리자베스의 몸이 팬케이크처럼 납작하게 눌렸다. 마이어스는 그녀에게 누가 상관인지 확실히 알려주려는 마지막 발악으로 그녀의 머리채를 확 잡아당겼다. 이내 그녀 안에 들어가 술주정뱅이처럼 만족의 신음을 흘렸지만 곧이어 고통스러운 비명을 지르고 말았다.

"제기랄!"

마이어스는 그녀에게서 몸을 떼내며 소리쳤다.

"이런 썅! 뭘 한 거야?"

그는 오른쪽에서 몸을 쪼갤 듯 피어오르는 고통에 당황해서 그녀를 밀쳤다. 대체 왜 이렇게 아픈지 보려고 통통한 허리를 내려다본 순간, 오른쪽 장골 부근에 튀어나온 작은 분홍색 지우개가 보였다. 지우개 주위로 동그랗게 피가 고인 모습이 꼭 좁은 해자 같았다.

HB연필이었다. 엘리자베스가 손이 자유로워지자 그의 옆구리를 연필로 찌른 것이다. 그것도 살짝 찌른 게 아니라 끝까지. 뾰족한 연필심과 정겨운 노란색 몸통, 반짝반짝 빛나는 지우개 홀더에 이르기까지 18센티미터짜리 연필을 그의 몸에 18센티미터나 깊숙이 찔러넣었다.

그 결과 엘리자베스는 마이어스의 대장과 소장은 물론이고 스스로의 학문 성과까지 모두 망쳐버리고 말았다.

구급차가 마이어스 교수를 실어 간 뒤 학교 담당 경찰이 물었다.
"당신 정말 이 학교 학생이 맞습니까? 학생증 좀 보여주시죠."
엘리자베스는 찢어진 옷차림에 이마에 커다란 멍 자국을 단 채
손을 덜덜 떨다가 그 질문을 듣고 믿을 수 없다는 듯 뒤를 돌아보았
다. 경찰관은 재차 말했다.
"당연히 물어볼 수 있는 질문인데요. 여자가 이런 야밤에 연구실
에 뭐 하러 왔답니까?"
"나는 대, 대학원생입니다. 화학과 대학원생이라고요."
그녀는 더듬대며 말했다. 토할 것 같았다.
경찰관은 이런 웃긴 일까지 처리할 시간이 없다는 듯 한숨을 내
쉬더니 작은 수첩을 꺼냈다.
"그럼 어디 말해봐요. 이게 다 무슨 일이라고 생각하는지."
엘리자베스는 비록 충격으로 약해진 목소리일지언정 그에게 자
세한 사실을 이야기해 주었다. 그는 뭔가 받아 적는 것 같았지만, 그
가 다른 경찰 동료에게 "여긴 다 잘 되고 있어"라고 말하는 사이 슬
쩍 본 수첩에는 아무것도 적혀 있지 않았다.
"부탁입니다……. 의사를 불러주세요."
그러자 경찰관은 수첩을 탁 덮었다.
"본인 행동을 후회한다고 말할 마음은 없습니까?"
그는 엘리자베스의 치마를 슬쩍 바라보았다. 그 천 조각을 걸친
것만으로도 남자에게 어서 만져달라는 유혹이 될 수 있다고 말하는
듯한 눈빛이었다.

"당신이 그분을 찔렀잖습니까. 여기서 후회한다고 말하면 당신에게도 훨씬 좋을 텐데요."

그녀는 경찰관을 멍한 시선으로 바라보았다.

"뭔가…… 오해하고 있나 본데요. 그쪽이 먼저 나를 공격했습니다. 난…… 방어를 했을 뿐입니다. 의사를 불러주세요."

경찰관은 한숨을 쉬었다.

"그럼 후회는 안 한다 이거죠?"

그는 볼펜 뒤꽁무니를 딸깍 눌러 심을 넣었다.

엘리자베스는 그를 빤히 바라보았다. 입술이 살짝 벌어지고 몸이 부들부들 떨렸다. 허벅지를 보니 마이어스의 손자국이 옅은 보랏빛으로 나 있었다. 토하고 싶었지만 애써 꾹 참았다.

경찰관이 시계를 보며 시간을 확인하는 게 보였다. 그 별것 아닌 움직임에 모든 게 결정되었다. 그녀는 손을 뻗어 경찰관이 들고 있던 자신의 학생증을 낚아챘다. 그러고는 감방의 쇠창살처럼 굳건한 목소리로 대답했다.

"지금 생각해 보니 후회스러운 게 하나 있습니다."

"아, 좋아요. 이제 말이 통하는군요. 말해보시죠."

그가 다시 볼펜 심을 꺼냈다.

"연필이 말이죠."

"어, 연필이."

경찰관은 그녀의 말을 따라 하며 받아 적었다.

엘리자베스는 고개를 들고 그의 눈을 똑바로 바라보았다. 그러고는 관자놀이에서 확 치밀어 오르는 맥박을 느끼며 말을 이었다.

"연필이 더 있었으면 더 찔러줬을 텐데, 그러지 못한 게 후회가 됩니다."

입학위원회는 공식적으로 엘리자베스의 박사 과정 입학을 취소했다. "불행한 사건"이라는 미명 아래 그날의 폭행은 그녀의 소행이라고 결론 난 뒤였다. 마이어스 교수는 엘리자베스가 부정을 저지르는 장면을 목격했다고 증언했다. 그녀가 실험 프로토콜을 바꿔서 실험 결과를 왜곡하려 했고, 자신을 대면한 자리에서 이 일을 거론하자 제발 봐달라고 빌면서 섹스를 제안했다는 이야기였다. 하지만 마이어스가 거절하자 몸싸움이 이어졌고 그러다 몸에 연필이 꽂혀버렸다는 것이다. 교수는 운 좋게도 목숨을 건졌다.

이 이야기를 믿는 사람은 거의 없었다. 마이어스는 호색한으로 유명했으니까. 하지만 그는 동시에 거물급 인사였고, UCLA는 그만한 지위의 인물을 잃고 싶지 않았다. 그래서 엘리자베스가 쫓겨났다. 석사 학위는 줄 것이고, 몸에 든 멍은 나을 테고, 누군가가 추천서도 써줄 예정이었다. 그러니 나가라고.

그리하여 엘리자베스는 헤이스팅스 연구소에 오게 된 것이다. 지금 연구소 휴게실 밖에서 벽에 등을 기댄 채 구역질을 참으며 서 있게 된 것이다.

고개를 드니 연구 보조원이 그녀를 바라보고 있었다.

"조트, 괜찮아요? 얼굴이 말이 아닌데."

그의 질문에도 엘리자베스는 대답하지 않았다. 연구 보조원은 순순히 사과를 늘어놓았다.

"다 내 잘못이에요. 비커 가지고 괜히 문제만 크게 일으켰네요. 저

분들은요."

그는 휴게실 쪽으로 고갯짓했다. 그 역시 방금 대화를 들은 모양이었다.

"그냥 친한 사람끼리 잡담하고 있는 거예요. 마음 쓰지 말아요."

하지만 엘리자베스는 신경 쓰지 않을 수가 없었다. 바로 다음 날화학과장인 도나티 박사, 엘리자베스를 좆같은 년이라고 불렀던 그당사자가 그녀를 새 프로젝트에 배정해 버렸기 때문이다.

"훨씬 더 쉬울 거야. 자네 지적 수준에도 맞고."

"도나티 박사님, 왜 저를 다른 프로젝트로 보내시는 거죠? 제 일에 문제가 있습니까?"

엘리자베스는 현재 팀 프로젝트의 주축이었고, 팀은 곧 연구 결과를 발표할 참이었다. 하지만 도나티는 나가라며 문을 가리킬 뿐이었다. 다음 날 그녀는 기초적인 수준의 아미노산 연구에 배정되었다.

계속 불만이 쌓여가는 엘리자베스를 보면서 연구 보조원은 그녀에게 대체 왜 과학자가 되고 싶냐고 물어보았다.

"왜 과학자가 되고 싶냐뇨? 난 이미 과학자란 말입니다!"

그녀는 이렇게 쏘아붙였다. 그러면서 마음속으로 UCLA의 뚱뚱한 교수든 지금의 화학과장이든 몇 안 되는 편협한 동료들이 자신의목표 달성을 자꾸만 방해하도록 놔두지 않겠노라 다짐했다. 전에는이보다 더 심한 일도 겪었다. 무슨 역경이 닥쳐도 견뎌낼 거야.

하지만 역경을 역경이라 부르는 데는 다 이유가 있게 마련이다.몇 달이 지나도록 엘리자베스의 근성은 계속해서 도전받았다. 그녀가 마음 놓고 쉴 수 있는 곳은 극장뿐이었다. 하지만 그마저도 가끔은 실망스러웠다.

비커 사건이 터진 지 2주쯤 지난 토요일 밤이었다. 엘리자베스는 재밌다는 평이 도는 오페레타 「미카도」의 표를 샀다. 하지만 오랫동안 기다린 보람도 없이, 보면 볼수록 전혀 재미가 없었다. 노랫말은 인종차별적이고 배우는 죄다 백인이며 여주인공은 다른 사람들의 잘못을 전부 뒤집어쓰고 비난받을 게 불 보듯 뻔했다. 그걸 보고 있자니 연구실에서의 자신의 처지가 떠올랐다. 결국 엘리자베스는 더 이상 스스로를 괴롭히지 말고 인터미션 때 나가기로 마음먹었다.

운 좋게도 그날 밤 캘빈 에번스 역시 그곳에 있었다. 만약 캘빈이 오페레타를 열심히 봤더라면 엘리자베스의 의견에 속속들이 공감했을지도 모른다. 하지만 지금 캘빈은 생물학 분과의 행정 직원과 첫 데이트 중인 데다 배탈까지 난 상태였다. 게다가 이 데이트도 실수에서 비롯되었다. 여직원은 캘빈이 유명하니까 당연히 부자이리라 생각하고 같이 오페레타를 보자고 제안했고, 캘빈은 눈이 따가울 정도로 독한 그녀의 향수 냄새에 눈을 몇 번 끔뻑거렸을 뿐인데, 그녀는 그걸 "좋아요"라는 뜻으로 받아들인 것이었다.

제1막부터 캘빈은 속이 메스꺼웠고 제2막 끝 무렵엔 배 속이 요동칠 지경이 되었다.

"미안합니다만 몸이 좋지 않아요. 난 그만 가볼게요."

그가 속삭이자 여직원이 미심쩍은 듯 말했다.

"무슨 말씀이세요? 제가 보기엔 멀쩡해 보이시는데요."

"속이 좋지 않아요."

그가 중얼거리자 그녀는 고집스레 대꾸했다.

"저기요, 죄송한데 제가 오늘 밤 입으려고 특별히 이 원피스도 샀거든요. 네 시간은 입고 있어야 해요. 그때까지는 나갈 수 없어요."

캘빈은 여직원의 얼굴 쪽으로 택시비를 불쑥 건넨 다음 놀란 그녀를 내버려 두고 로비로 뛰어나갔다. 한 손으로는 배를 잡고 곧바로 화장실로 향했다. 금방이라도 큰일이 터질 듯한 배를 자극하지 않으려고 아주 조심하면서 말이다.

운 좋게도 엘리자베스 역시 동시에 로비에 나왔다. 캘빈처럼 그녀도 화장실에 가던 길이었다. 길게 늘어선 화장실 줄을 보고 좌절한 채 몸을 휙 돌린 그녀는 어쩌다가 캘빈과 정통으로 부딪치고 말았다. 캘빈은 곧바로 엘리자베스에게 토했다.

"세상에, 맙소사."

그는 토하는 중간중간 말을 뱉었다.

처음에는 깜짝 놀랐지만 이내 정신을 가다듬은 엘리자베스는 방금 캘빈 때문에 엉망이 된 원피스는 아랑곳하지 않고 다만 배를 잡고 선 그의 몸통에 위로하듯 손을 얹었다.

"이 사람이 아픈데 누가 의사 좀 불러주시겠어요?"

엘리자베스는 그가 캘빈이라는 것도 아직 모른 채로 화장실 앞에 줄을 선 사람들에게 소리쳤다.

하지만 아무도 의사를 불러주지 않았다. 극장 화장실을 찾은 사람들은 토사물의 악취와 구역질하는 소리로부터 얼른 피신했다.

"세상에. 이럴 수가."

캘빈은 여전히 배를 부여잡은 채로 계속 이 말만 해댔다. 엘리자베스가 부드럽게 말했다.

"종이 타월을 갖다드릴게요. 택시도 불러드리고요."

그녀는 캘빈의 얼굴을 자세히 보다 덧붙였다.

"어, 우리 만난 적 있지 않아요?"

20분 뒤 엘리자베스는 캘빈을 그의 집에 데려다주고 있었다.

"이제 디페닐아민 아르신의 에어로졸 분산은 문제가 되지 않을 것 같군요. 아무도 영향받지 않았으니까요."

그녀의 말에 캘빈은 숨을 헐떡이며 대꾸했다.

"혹시 전쟁이 일어난 겁니까? 그래서 지금 화학 무기가 살포된 거죠? 제발 그런 거였으면 좋겠군요."

"아뇨. 아마도 당신이 뭔가를 잘못 먹었나 봐요. 식중독이겠죠."

그는 신음을 흘렸다.

"아, 정말 민망하네요. 진짜 미안해요. 당신 원피스가 엉망이 됐군요. 세탁비를 드리겠습니다."

"괜찮습니다. 그냥 조금 튀었을 뿐이에요."

엘리자베스는 캘빈을 소파에 앉혔다. 앉자마자 그는 커다란 덩어리처럼 무너져 내렸다.

"나…… 대체 얼마 만에 토한 건지 모르겠어요. 특히 공공장소에서는 이런 적이 거의 없는데."

"그럴 수도 있죠."

"데이트 중이었단 말입니다. 상상이나 돼요? 여자를 거기 내버려두고 왔어요."

"상상은 안 되네요."

그녀는 마지막으로 데이트했던 게 언제였는지 떠올려보면서 대꾸했다.

둘은 잠시 말없이 앉아 있었다. 이윽고 캘빈은 눈을 감았다. 엘리자베스는 그 표정을 그만 집에 가라는 신호로 받아들였다.

"다시 사과할게요. 정말 미안합니다."

그는 엘리자베스가 문으로 다가가는 발소리를 듣고서 조용히 말했다.

"괜찮습니다. 사과할 필요 없습니다. 체내에서 바람직하지 않은 화학 변화를 일으키는 성분의 혼합에서 비롯된 반응이잖아요. 우리는 과학자니까 그런 걸 이해해야지요."

캘빈은 정확히 설명하고픈 마음으로 힘없이 말했다.

"아니, 그게 아니라요. 지난번에 당신을 행정 직원이라고 생각했던 일 말이에요. 당신더러 담당 화학자에게 전화하라고 했잖아요. 그때 정말 미안했어요."

이 말에 그녀는 아무 대답을 하지 않았다.

"우리 서로 정식으로 자기소개 한 적 없죠? 나는 캘빈 에번스라고 해요."

"엘리자베스 조트입니다."

그녀는 소지품을 챙기며 대답했다. 캘빈은 살짝 미소를 지으며 말했다.

"음, 엘리자베스 조트 씨, 날 구해주셨군요."

하지만 그녀는 이 말을 듣지 못한 게 분명했다.

그다음 주, 그녀는 구내식당에서 캘빈과 커피를 마시며 이야기를 나누었다.

"나의 DNA 연구는 응축제로 작용하는 다중인산polyphosphoric acids의 특성에 대한 거예요. 이제까진 연구가 잘 진행됐어요. 하지만 지난달에 다른 프로젝트에 배정되었죠. 아미노산 연구로요."

"왜요?"

"도나티 박사가…… 아, 당신은 도나티의 부하 직원 아닌가요? 어쨌든 도나티 박사님은 내 연구가 그 프로젝트에 필요 없다는 결정을 내렸어요."

"하지만 DNA를 더 잘 이해하려면 응축제 연구는 꼭 필요한데요……."

"나도 알아요, 안다고요. 원래는 그걸로 박사 과정 연구를 하려고 했었어요. 물론 내가 정말로 관심 있는 분야는 화학진화Abiogenesis지만요."

"화학진화요? 생명이 단순하고 비생명적인 형태에서 생성되었다는 이론 말이에요? 아주 흥미로운데요. 하지만 당신은 박사가 아니잖아요."

"아니죠."

"하지만 화학진화는 박사 연구주제인데요."

"난 화학 석사 학위가 있어요. UCLA에서 받았어요."

캘빈은 동정심을 품고서 고개를 끄덕였다.

"아아, 학계가 좀 그렇죠. 구식인 곳이라 거기 있고 싶지 않았던 거군요."

"그렇진 않았어요."

그 뒤로 오랫동안 불편한 침묵이 이어졌다. 이윽고 엘리자베스는 심호흡하고서 다시 말을 이어갔다.

"있죠, 다중인산에 대한 나의 가설은 이래요."

정신을 차리고 보니 어느새 캘빈과 엘리자베스는 한 시간 넘게 대화를 나누고 있었다. 그동안 캘빈은 고개를 끄덕이며 메모했고 가끔은 구체적인 질문을 던지기도 했는데 그때마다 엘리자베스는 쉽게 대답했다.

"나는 그 분야 연구를 좀 더 할 수 있었을 거예요. 하지만 아까도 말했듯이 난 '재배치' 받았어요. 게다가 그전에도 실제 연구에 필요한 기본적인 물품을 지원받는 게 불가능하다는 걸 알아버렸고요."

엘리자베스는 그래서 다른 실험실에서 장비와 물품을 훔칠 수밖에 없는 신세라고 설명했다. 캘빈은 의아하게 물었다.

"물품 지원 받기가 왜 그리 어렵죠? 헤이스팅스는 돈이 많은데."

엘리자베스는 그를 빤히 응시했다. 마치 캘빈이 중국에 그토록 논이 많은데 어째서 굶어 죽는 어린이들이 나오느냐고 묻기라도 한 듯한 눈초리였다.

"성차별 때문이에요."

그녀는 언제나 귀에 꽂고 다니는 HB연필을 들고서 강조하듯 탁자를 두드리며 대답했다.

"거기에 더해 사내 정치와 편애와 불평등과 어디에나 존재하는 불공평함까지 있죠."

캘빈은 입술을 깨물었다.

"하지만 주로 성차별 때문이에요."

그녀의 말에 캘빈은 순수한 태도로 물었다.

"대체 어떤 성차별이 있다는 말이에요? 과학계가 여자를 받아들이지 않을 이유가 뭐가 있다고요? 말이 안 되잖아요. 과학자란 많으면 많을수록 좋을 따름인데."

엘리자베스는 깜짝 놀라서 그를 바라보았다. 이제껏 캘빈 에번스가 똑똑한 남자라고 생각해 왔건만 다시 보니 그는 아주 좁은 분야에서만 똑똑했다. 그녀는 마치 문제를 해결하려면 뭐가 필요한지 파악하듯 캘빈을 좀 더 자세히 살펴보았다. 그러고는 양손으로 머리카락을 모아 두 번 꼰 뒤 틀어 올렸다. 마지막으로 연필을 귀 뒤에 꽂은 다음 엘리자베스는 두 손을 조심스럽게 탁자 위에 올려놓고 이렇게 물었다.

"케임브리지에 있을 때, 여성 과학자들을 얼마나 알고 지냈나요?"

"여자는 없었습니다. 동료들은 모두 남자뿐이라서요."

"아, 그렇군요. 하지만 그래도 분명 어딘가에선 여자도 같은 기회를 받고 있었을 거잖아요? 여성 과학자를 몇 명이나 알고 있어요? 퀴리 부인 빼고요."

캘빈은 이제야 문제가 뭔지 인식하고 그녀를 바라보았다.

"캘빈, 문제가 뭐냐면요, 이 세상 인구의 절반이 쓰이지도 않고 있다는 거예요. 내가 연구를 완수할 만큼 물품을 지원받지 못해서 하는 소리가 아니에요. 문제는 여자들이 해야 할 일을 하는 데 필요한 교육을 받을 수가 없다는 거예요. 여자들이 대학에 간다 해도 케임브리지 같은 곳은 못 다녀요. 그 말은 여자에게 남자와 동등한 기회가 주어지지도 않고, 따라서 동등한 존중도 받을 수 없다는 뜻이죠. 여자들은 맨 아래에서 시작하지만 더는 높이 올라가지 못할 거예요. 임금 차별은 두말할 것도 없어요. 이건 모두 애초에 여자들이 남자들만 받아주는 학교에 입학할 수 없어서 생긴 문제예요."

캘빈은 천천히 말했다.

"그러니까 당신 말은, 더 많은 여자가 사실은 과학계에서 일하고 싶어 한다는 건가요?"

그녀는 눈을 크게 뜨고 대꾸했다.

"당연하죠. 과학계만이 아니에요. 의학과 경영과 음악과 수학에서도 마찬가지예요. 어떤 분야든지요."

하지만 엘리자베스는 이내 말을 멈추었다. 사실 그녀가 아는 여자 중 과학을 비롯한 여타 분야에서 일하고 싶어 하는 사람은 소수에 불과했기 때문이다. 이제껏 대학에서 만난 여자들은 흔히들 남편감을 만나고 싶어서 진학했다고 말했다. 참 당황스러운 대답이었다. 다들 술에든 약에든 취해서 일시적으로 정신이 나간 게 아닌가 싶기도 했다.

어쨌든 그녀는 말을 이었다.

"하지만 여자들은 그 대신 집에서 아기를 낳고 양탄자를 청소하죠. 그건 합법적인 노예나 다름없어요. 제아무리 가정주부가 되고 싶어 하는 여자라 해도 스스로의 일을 완전히 오해하고 있다고요. 남자들은 아이를 다섯 명 키우는 엄마가 그날그날 내리는 중요한 결정이래 봤자 매니큐어를 무슨 색으로 칠할까 정도밖에 없다고 생각하는 경향이 있어요."

캘빈은 애가 다섯 딸린 집을 생각하고는 몸을 부르르 떨었다. 그는 이 말싸움의 주제를 바꿔보고픈 마음에 다시금 입을 열었다.

"당신 일 말인데요, 내가 바로잡아 줄 수 있을 것 같네요."

"당신이 바로잡아 줄 필요 없어요. 난 이 상황을 바로잡을 능력이 얼마든지 있으니까요."

"아뇨. 당신은 그럴 수 없어요."

"지금 뭐라고 했어요?"

"당신은 그럴 능력이 없다고요. 세상은 그런 식으로 돌아가지 않으니까. 인생이란 원래 불공평하잖아요."

이 말에 엘리자베스는 격분해 버렸다. 감히 이 '남자'가 '여자'인 나에게 불공평을 운운하다니. 애초에 불공평이 뭔지 알지도 못하면서. 그녀는 대번에 무어라 말하려 했지만 그가 말을 막았다.

"봐요, 인생은 원래가 불공평해요. 그런데 당신은 마치 인생이 공평한 것처럼 행동하고 있잖습니까. 몇 가지 오류만 고치면 나머지는 알아서 잘 맞아떨어질 것처럼요. 그런데 그게 아니라고요. 내가 조언 하나 할까요?"

그녀가 됐다고 말하기도 전에 그는 다시 선수를 쳤다.

"시스템대로 움직이지 마요. 시스템을 뛰어넘어버려요."

엘리자베스는 가만히 앉아서 그의 말을 곱씹어 보았다. 캘빈의 말은 참으로 불공평하게 들렸지만 짜증날 정도로 일리가 있었다.

"자, 마침 우연히 운이 좋네요. 나도 작년부터 다중인산에 대해 다시 생각해 왔거든요. 그런데 아무런 성과가 없었어요. 당신이 연구하면 뭔가 해낼 수 있겠죠. 내가 도나티에게 당신의 연구 결과를 갖고 일해야겠다고 이야기해 놓으면, 당신은 내일부터 다시 원래 자리로 돌아갈 수 있을 겁니다. 내게 당신 연구 결과가 필요 없더라도 내가 당신한테 미안한 일을 저질렀잖아요? 저번엔 화학자인 줄 몰라봤고 그다음엔 옷에다가 토하기도 했으니까. 그리고 솔직히 말해서 난 그 연구 결과가 정말로 필요해요."

엘리자베스는 계속 가만히 앉아 있었다. 이러면 안 된다는 걸 알면서도 어쩐지 지금 들은 제안에 마음이 갔다. 하지만 솔직한 심정으로는 그러고 싶지 않았다. 시스템을 굳이 뛰어넘어야 한다는 전제 자체가 싫었으니까. 애초에 시스템을 바르게 만들면 안 되는 거야? 호의를 받아들인다는 것도 정말 싫었다. 호의란 결국 꼼수와 다를 게 없다.

하지만 엘리자베스에겐 목표가 있었다. 제길, 왜 그냥 멍하니 앉아 있어야만 하는 건데? 그렇게 앉아 있기만 하면 아무것도 이룰 수 없고 아무 데도 못 가잖아.

결국 그녀는 얼굴에 흘러내린 머리카락을 빗어 넘기며 뾰족한 목소리로 말했다.

"있죠, 내가 너무 성급히 결론 내린다고 생각하지 말고 들어봐요. 나는 이제껏 많은 문제를 겪었거든요. 그러니 정확히 짚고 넘어가죠. 난 당신과 데이트하지 않을 거예요. 이건 일일 뿐이니까요. 난 어떤 종류의 인간관계에도 관심이 없어요."

그러자 캘빈도 고집스레 말했다.

"나도 마찬가지입니다. 이건 일일 뿐이죠. 그뿐입니다."

"그뿐이에요."

이윽고 두 사람은 커피 잔을 들고서 반대 방향으로 떠났다. 하지만 둘 다 마음속으로는 방금 상대방이 한 말이 제발 진심이 아니기를 바랐다.

제 4 장

화학 입문

그로부터 약 3주 뒤, 캘빈과 엘리자베스는 서로 언성을 높이며 주차장으로 걸어갔다.

"당신 아이디어는 완전히 틀렸어요. 단백질 합성의 기본 성질을 간과했잖아요."

그녀의 말에 캘빈은 속으로 생각했다. 이제껏 자신의 아이디어가 틀렸다고 말한 사람은 아무도 없는데 이게 무슨 일인가. 막상 이런 말을 들으니 기분이 상했다.

"반대로 난 어째서 당신이 분자 구조를 완전히 간과했는지 정말 믿을 수가—"

"내가 언제 간과했다는—"

"이중 공유 결합을 까먹어놓고선—"

"삼중 공유 결합이거든요? 어떻게―"

"나도 알아요. 하지만 그건 오로지―"

그 순간 자신의 차 앞에 다다른 엘리자베스는 걸음을 멈추고 말을 잘랐다.

"봐요, 이게 문제로군요."

"뭐가 문제예요?"

"당신요. 당신이 문제라고요."

그녀는 양손으로 캘빈을 가리키면서 단호하게 말했다.

"우리 의견이 일치되지 않아서요?"

"그건 문제가 아니에요."

"그럼 뭐가 문제인데요?"

"그게……."

엘리자베스는 확신 없이 손을 내젓더니 멍한 눈빛으로 캘빈의 시선을 피했다.

캘빈은 한숨을 쉬고서 그녀의 파란 구형 플리머스에 손을 얹었다. 그러고는 그녀가 다시금 퇴짜 놓기를 기다렸다.

지난 몇 주간 캘빈과 엘리자베스는 여섯 번 만났다. 두 번은 점심을 같이 먹었고 네 번은 커피를 마셨다. 그때마다 캘빈은 기분이 너무 들떴다가 심하게 나빠지곤 했다. 기분이 좋았던 이유는 엘리자베스가 더없이 총명하고 통찰력이 있으며 호기심이 많은 데다가, 다들 알다시피 그가 살면서 만났던 사람 중에서 단연 매력적인 여자였기 때문이었다. 기분이 심하게 나빠지는 이유는 다른 게 아니었다. 엘리자베스가 언제나 급히 자리를 뜨려는 것 같아서였다. 그녀가 서둘러 일어설 때마다 캘빈은 비참한 기분으로 그날 내내 우울하게 보냈다.

"최근에 누에나방에 대해서 알아낸 연구 결과가 있어요.《사이언스 저널》최신호에 실려 있는데, 그게 바로 내가 말한 복잡한 부분이라고요."

엘리자베스가 이야기하는 동안 그는 이해했다는 듯 고개를 끄덕였지만 사실은 대화 내용을 전혀 이해하지 못하고 있었다. 이해가안 되는 건 누에나방만이 아니었다. 그녀와 만날 때마다 캘빈은 그녀에게 아무런 사적인 관심이 없으며 오로지 그녀의 전문적 능력만높이 사고 있다는 점을 온 힘을 다해 증명했다. 엘리자베스에게 커피를 사주지도 않았고, 다 먹은 점심 그릇을 대신 치워주겠다고 하지도 않았고, 길 가다가 문을 열어주지도 않았다. 심지어 그녀가 얼굴이 안 보일 정도로 높이 쌓인 책 더미를 들고 갈 때도 그랬다. 개수대 앞에 있던 엘리자베스와 우연히 부딪쳤다가 머리카락 향기가훅 끼쳐왔을 때도 캘빈은 기절하지 않았다. 어떻게 머리카락에서 그런 냄새가 날까. 이 여자는 혹시 꽃으로 머리를 감는 걸까. 알 수 없는 일이었다.

이렇게까지 했는데 엘리자베스는 자신이 일 외에서 선을 넘지 않으려 애쓰고 있다는 점을 알아줬던가? 모든 게 그저 화만 났다.

"그 누에나방의 봄비콜* 말이에요."

"그래요."

그는 멍하니 대답했다. 속으로는 엘리자베스를 처음 만났을 때 자신이 얼마나 멍청하게 굴었는지를 떠올리고 있었다. 그녀를 일개 행

---

* 누에나방의 페로몬.

정 직원 취급하다니. 연구실에서 쫓아내다니. 그 뒤엔 또 어떻게 했더라? 옷에다 토해버렸지. 엘리자베스는 괜찮다고 했지만 그 뒤로 그 노란색 원피스를 다시 입었던가? 안 입었잖아. 그녀는 다 잊었다고 했지만, 아무리 봐도 아직 마음에 담고 있는 게 분명했다. 원한을 품기로 둘째가라면 서러운 자신이 봤을 때, 그런 일은 아무리 봐도 쉽사리 잊을 수 없었다. 자신은 그녀에게 버러지 같은 짓을 했다.

"그 봄비콜이 암컷 누에나방의 화학적 메신저인 페로몬이죠."

그는 본인 생각에 푹 빠진 나머지 무심코 혼잣말로 빈정거렸다.

"버러지 같은 짓이나 저지르고. 잘했네."

뜬금없이 들려온 험악한 말에 엘리자베스는 한 발짝 물러섰다. 그녀의 귓가가 새빨개졌다.

"그런 덴 관심이 없군요?"

"그런 덴 전혀 관심 없어요."

엘리자베스는 숨을 훅 들이쉬더니 핸드백에서 재빨리 차 키를 찾았다.

어찌나 실망스러운지 모르겠다. 엘리자베스는 마침내 제대로 된 대화 상대를 찾았는데, 그것도 아주아주 총명하고 통찰력 있으며 호기심이 많은 사람인데(게다가 미소 지을 때마다 놀랍도록 매력적인 얼굴이 되는 남자인데). 나에게 관심이 없다니. 그것도 전혀.

지난 몇 주간 그 남자와는 여섯 번 만났다. 그때마다 엘리자베스는 아주 바쁜 것처럼 행동했고 그건 캘빈도 마찬가지였다. 물론 그 남자는 도를 넘어서 무례하다시피 했지만. 어마어마한 책 더미를 들고 있느라 문도 보이지 않았던 그날은 어땠더라? 도와줄 생각도 하지 않았지. 그런데도 같이 있을 때마다 엘리자베스는 정말이지 그에게 키스하고 싶은 충동을 참기가 힘들었다. 아무리 봐도 자신답지 않은 행동이었다. 만날 때마다 그녀는 이러다 이 남자에게 키스하게 될까 봐 무서워서 최대한 빨리 그 자리를 떴다. 그렇게 헤어진 다음에는 절박한 마음이 되어 그날 내내 우울하게 보냈다.

"가야겠어요."

"언제나처럼 일이 있는 모양이로군요."

캘빈이 쏘아붙였다. 그러나 둘 다 움직이지 않았다. 다만 주차장에서 누구를 만날 약속이라도 있는 것처럼 서로 반대 방향을 바라보고 있었을 뿐이다. 하지만 지금은 금요일 밤 7시가 다 되어가는 시각이었고 주차장 남쪽 구역엔 차가 단 두 대뿐이었다. 엘리자베스와 캘빈의 차였다.

마침내 캘빈이 큰마음을 먹고 물었다.

"주말에 재미있는 계획이라도 있어요?"

"네."

엘리자베스는 거짓말을 했다.

"그럼 재밌게 보내요."

그는 쏘아붙이고는 돌아서서 가버렸다.

그녀는 잠시 그 뒷모습을 바라본 다음 차에 올라타 눈을 감았다. 캘빈은 바보가 아니다. 그도 《사이언스 저널》을 읽는다. 자기가 봄비콜 이야기를 했을 때 그 속뜻이 뭔지 알아들었을 텐데. 암컷 누에나방이 수컷을 유혹하려고 내뿜는 페로몬 아니던가. 그런데 대답이 뭐였더라. 버러지 같은 짓이라고 아주 잔인하게 대꾸했지. 뭐 저런 놈이 다 있어. 게다가 자신은 또 얼마나 바보처럼 굴었나. 주차장에서 노골적으로 사랑 이야기를 꺼냈다가 거절이나 당하다니.

*"그런 덴 관심이 없군요?"*라는 말은 왜 했을까.

*"그런 덴 전혀 관심 없어요"*라는 대답이나 들었잖아.

엘리자베스는 눈을 뜨고 차 키를 꽂았다. 자신이 그와 만난 목적이 오로지 실험 장비를 더 받아내기 위해서라고 생각한 게 뻔했다. 금요일 밤에 텅 빈 주차장에서 여자가 봄비콜 이야기를 꺼내는 동안 서쪽에서 부드러운 바람이 불어와 어마어마하게 비싼 샴푸 향이 비강을 파고드는 상황이 남자가 보기엔 대체 뭐겠냐고. 그저 비커를 얻어내려는 수작으로 여겨질 수밖에 없잖아? 다른 이유는 생각나지 않았다. 진짜 이유를 본인도 깨닫지 못한 것이다. 엘리자베스가 그를 사랑하게 되었다는 걸.

바로 그때 왼쪽 차창을 날카롭게 두드리는 소리가 들렸다. 고개를 들어보니 캘빈이었다. 그는 차창을 내리라고 손짓했다.

"난 실험실 비품이나 얻으려고 당신을 따라다니는 게 아니야!"

그녀는 둘 사이를 가르고 있던 유리를 내리자마자 버럭 소리쳤다.

"내가 문제라니, 내 어디가 문제라는 거야!"

캘빈은 고개를 숙이고 그녀의 눈을 똑바로 바라보며 쏘아붙였다.

엘리자베스는 성을 있는 대로 내면서 그를 바라보았다. *어떻게 감히 이 남자가 나한테 이래?*

캘빈도 지지 않고 그녀를 바라보았다. *어떻게 감히 이 여자가 나한테 이래?*

그 순간 충동이 엘리자베스를 다시 덮쳤다. 캘빈과 함께 있을 때마다 느꼈던 바로 그 충동이었다. 이제는 참을 수가 없었다. 그녀는 두 손을 차창 밖으로 뻗어 캘빈의 얼굴을 잡아당겼다.

그리하여 둘의 첫 키스는 그 어떤 화학 법칙으로도 설명할 수 없는 영구적인 결합을 형성했다.

제 5 장

가족의 의미

엘리자베스의 연구실 동료들은 그녀가 캘빈 에번스와 사귀는 이유가 뻔하다고 생각했다. 그가 유명하니까. 캘빈을 뒷배로 두었으니 이제 그녀는 아무도 건드릴 수 없는 존재가 되었다고. 하지만 진짜 이유는 아주 단순했다. 누군가 그녀에게 캘빈이랑 왜 사귀냐고 물어봤다면 "그 남자를 사랑하니까"라고 대답했을 것이다. 그러나 아무도 물어보는 이가 없었다.

그건 캘빈도 마찬가지였다. 누군가 왜 엘리자베스와 사귀냐고 물었더라면 캘빈은 엘리자베스 조트가 세상에서 가장 소중한 사람이며, 그녀가 예뻐서나 똑똑해서가 아니라 자신을 사랑해 주고 자신이 사랑하는 여자니까 사귄다고 대답했을 것이다. 우리는 일종의 충만함과 확신과 믿음을 가지고 사랑하고 있고, 그래서 서로에게 헌신한다고 강조했을 것이다. 그들은 친구나 단짝이나 동지, 심지어 보통의 연인보다 더욱 의미가 깊은 사이였다. 인간관계가 직소 퍼즐과 같다면, 그들의 관계는 처음부터 다 맞춰진 퍼즐이나 마찬가지였다. 누군가 퍼즐 조각이 든 상자를 마구 흔든 다음, 바닥에 우수수 쏟았더니 모든 조각이 하나하나 정확하게 내려앉아 저절로 단단하게 맞물려 완벽한 이미지를 형성하는 완성품이 되었다고나 할까. 다른 연인들이 보기에는 정말 눈꼴신 커플이었다.

사랑을 나눈 밤이면 둘은 언제나 같은 자세로 등을 대고 누웠다. 캘빈은 그녀의 다리에 자신의 다리를 얹고서 그녀 쪽으로 고개를 살짝 숙이고, 엘리자베스는 그의 허벅지에 팔을 올려놓은 채로 이야기를 나누곤 했다. 어떤 때는 당면한 문제에 관해서였고, 어떤 때는 서로의 미래에 관해서였다. 어쨌든 언제나 화제는 일에 관한 것이었다. 관계 후에는 피곤했지만, 둘의 대화는 종종 새벽까지 몇 시간이고 이어졌다. 게다가 과학적 발견이나 화학 공식 이야기가 나오는 날에는 결국 둘 중 하나는 꼭 침대에서 일어나 내용을 적어두곤 했다.

어떤 연인들은 함께 붙어 있으면 업무에 나쁜 영향을 받기도 하지만, 엘리자베스와 캘빈은 전혀 그렇지 않았다. 그들은 일하지 않을 때도 일하고 있는 거나 마찬가지였다. 서로의 창의성과 독창성에 새로운 관점을 제시하여 불을 붙이면서 말이다. 훗날 과학계는 두 사람이 이룬 업적의 어마어마한 생산성에 경탄했지만, 만약 그들의 업적이 대부분 벌거벗은 채 이루어졌다는 사실을 알았다면 더더욱 경탄했을 것이다.

"아직 안 자?"

어느 날 캘빈은 침대에 누운 채로 머뭇머뭇 말을 이었다.

"실은 나 하고 싶은 말이 있어서. 추수감사절 말인데."

"추수감사절?"

"음, 곧 추수감사절이잖아. 혹시 너 집에 가나 해서. 집에 갈 거라면 나도 데려가면 어때?"

캘빈은 잠시 말을 멈추었다가 빠르게 내뱉었다.

"너희 가족을 만나게 해줘."

엘리자베스는 속삭여 대답했다.

"뭐? *집에?* 아니, 나 집에 안 가. 추수감사절은 여기서 보낼까 생각 중인데. 우리 둘이서 말이야. 어, 저기, 그게, *너야말로* 집에 갈 생각 없어?"

"절대 안 가."

캘빈은 대꾸했다.

지난 몇 달 동안, 캘빈과 엘리자베스는 온갖 주제에 관해 대화를 나누었다. 책, 경력, 신념, 영화, 정치, 심지어 알레르기까지. 하지만 단 하나 예외가 있었으니 바로 가족 이야기였다. 물론 일부러 처음부터 피한 건 아니었다. 나중에야 그쪽 이야기는 삼가긴 했지만 말이다. 그러나 오만 화제를 몇 달 동안 다 나누고 나니 가족 이야기를 전혀 한 적이 없다는 사실이 점점 분명해졌다.

물론 서로의 뿌리에 대해 궁금하지 않은 건 아니었다. 타인의 어린 시절을 끝까지 파헤쳐서 쟤는 대체 누구 때문에 저런 사람이 되었는지 속속들이 파고들고 싶은 욕망은 다들 있는 것 아니겠는가? 엄격한 부모님 때문이었구나, 항상 이기려 드는 형제자매 때문이었구나, 미친 고모가 있기 때문이었구나 하며 이런저런 판단을 내리는 게 사람의 습성이다. 두 사람 역시 그런 욕망이 있었다.

그리하여 가족 이야기는 마치 유서 깊은 고택을 탐방하다가 마주친 '출입 금지' 방 같은 화제가 되었다. 누군가 슬그머니 그 방문 사이로 고개를 빼꼼 들이밀고 어둑어둑한 안쪽을 살짝 엿보는 것처럼 말이다. 캘빈은 어디서 자랐을까? 아마 매사추세츠 같은데? 엘리자베스는 형제가 있었나? 아니면 자매가 있던가? 하지만 감히 그 안에 성큼 들어가 벽장을 엿볼 엄두는 나지 않는 그런 방 있잖은가.

그러다 마침내 캘빈이 추수감사절 이야기를 꺼낸 것이다. 그는 짙은 침묵을 깨고서 용감히 말했다.

"내가 이런 질문을 하게 될 줄은 정말 몰랐어. 생각해 보니까 네 고향이 어딘지도 모르더라고."

엘리자베스가 말했다.

"아, 음, 오리건이야. 거의 거기서 자라났어. 너는?"

"아이오와."

"정말? 난 네가 보스턴 출신이라고 생각했는데."

"아니야. 근데 너는 형제자매가 어떻게 돼?"

캘빈이 재빨리 다음 질문으로 넘어가자 그녀가 대답했다.

"오빠 하나. 너는?"

"아무도 없어."

그의 목소리는 딱딱했다. 엘리자베스는 가만히 누워서 그 어조를 곰곰이 따져보다 물었다.

"그럼 외로웠어?"

"응."

캘빈은 퉁명스럽게 말했다. 그녀는 이불 아래로 그의 손을 잡으며 대답했다.

"마음이 아프다. 네 부모님은 둘째를 바라지 않으셨어?"

그는 귀에 거슬릴 만큼 높은 목소리로 말했다.

"뭐라고 해야 할까. 아이가 되어서 부모님에게 할 법한 질문은 아니잖아? 하지만 아마 둘째는 바라지 않았을 거야. 그건 분명해."

"그래도—"

"두 분은 내가 다섯 살 때 돌아가셨어. 엄마는 그때 임신 8개월이셨고."

"세상에, 정말 마음이 아프다, 캘빈."

엘리자베스는 이렇게 말하다가 불쑥 물었다.

"어떻게 돌아가셨는데?"

캘빈은 무미건조한 목소리로 대답했다.

"기차 사고. 기차에 치여서 돌아가셨어."

"캘빈, 정말 뭐라 말해야 할지 모를 만큼 마음이 아파."

"괜찮아. 벌써 오래전 일이야. 난 사실 부모님이 기억도 잘 안 나."

"그래도—"

"자, 이젠 네 이야기를 해봐."

캘빈은 불쑥 말했다.

"아니, 잠깐만. 캘빈, 그럼 넌 누가 *키워주셨어?*"

"고모. 하지만 그분도 곧 돌아가셨어."

"뭐? 어쩌다가?"

"같이 차를 타고 가다가 고모에게 심장 마비가 왔어. 차는 커브 길에서 벗어나 나무를 들이받았지."

"세상에."

"우리 가족 내력인가 봐. 사고로 죽는 거."

"그런 농담 하지 마."

"농담 아니야."

"그때 몇 살이었는데?"

엘리자베스는 집요하게 물었다.

"여섯 살."

그 대답에 그녀는 눈을 질끈 감았다.

"그럼 이후에 자란 곳은……."

말끝을 차마 맺을 수가 없었다.

"천주교 소년 보육원이었어."

"그러면……."

그녀는 이런 걸 자꾸 물어보는 자신이 싫었지만, 그래도 듣고 싶은 마음에 운을 띄웠다.

"그곳은 어땠어?"

말도 안 되게 간단한 질문이었지만, 캘빈은 솔직하게 대답하겠다는 듯이 잠시 생각에 잠겼다.

"힘들었지."

마침내 나온 대답이었다. 엘리자베스에게도 간신히 들릴 정도로 목소리가 낮았다.

4백 미터쯤 떨어진 곳에서 기차의 기적 소리가 들려와 엘리자베스는 움찔했다. 이곳에 누워 잠들었던 수많은 밤, 캘빈은 저 기적 소리를 들으면서 돌아가신 부모님과 태어날 수도 있었던 동생을 생각했겠지. 하지만 그러면서도 한마디 말이 없었구나. 어쩌면 전혀 생각하지 않았을지도 모른다. 기억이 잘 안 난다고 했으니까. 그렇다면 캘빈은 누구를 추억할까? 그들에 대한 기억은 어떨까? "힘들었지"라는 말의 정확한 의미는 뭘까? 엘리자베스는 묻고 싶었지만, 너무나도 낮고 어둡고 묘한 그의 어조는 더는 묻지 말라는 경고로 다가왔다. 그렇다면 그 뒤엔 어떻게 살았을까? 아이오와에 살면서 조정은 어떻게 배웠으며, 대체 또 어쩌다가 케임브리지까지 가서 조정을 다 하게 됐을까? 대학교는? 학비는 누가 댔지? 그전에 다닌 학교의 학비는? 아이오와에 있는 보육원에서 자란 소년이라면 배움의 기회가 많지는 않았을 텐데. 물론 캘빈은 총명했으니 기회가 있었을 수도 있지만, 제아무리 총명해도 기회를 잡지 못한 이들도 많지 않은가. 만약 모차르트가 잘츠부르크의 교양 있는 가문이 아닌 뭄바이의 빈민가에서 태어났다면 교향곡 36번 C장조를 작곡할 수나 있었을까? 어림없는 일이다. 그렇다면 캘빈은 어떻게 바닥에서부터 올라와 세계 최고로 인정받는 과학자가 될 수 있었을까?

그때 캘빈이 그녀를 다시 옆자리에 눕히면서 딱딱한 목소리로 말했다.

"이젠 네 차례야. 오리건에서 자랐다고?"

"응."

그녀는 자신의 이야기를 꺼내야 한다는 데 무시무시한 두려움을 느끼며 대답했다.

"오리건엔 자주 가?"

"안 가."

"왜?"

캘빈은 그만 소리칠 뻔했다. 어째서 남부럽지 않은 가족이 있으면서 가족을 외면한단 말인가. 그것도 살아 있는 가족을.

"종교적인 문제가 있어."

캘빈은 잠시 말을 멈췄다. 자신이 뭔가 놓친 부분이 있다는 기색이었다. 엘리자베스는 보충 설명을 했다.

"우리 아버지는…… 말하자면 종교 전문가야."

"뭐?"

"하나님을 상품으로 판매하는 외판원 같은 거야."

"무슨 소린지 모르겠—"

엘리자베스는 민망한 기색이 가득한 목소리로 말했다.

"세상이 망할 거라고 설교하면서 돈을 버는 사람. 뭔지 알잖아. 종말이 가까이 왔다고, 대비책이 있다고 하면서 돈을 뜯는 인간 말이야. 특별 세례를 받거나 비싼 성물이 있으면 된다고 말하는 사람들. 그러면 최후의 심판 날에 좀 더 버틸 수 있다면서."

"그걸로 돈을 벌 수 있단 말이야?"

그 말에 엘리자베스는 캘빈 쪽으로 고개를 돌리며 말했다.

"아, 당연하지."

그는 가만히 누워서 그게 어떤 건지 상상하려 했다.

"어쨌든 아버지 직업 때문에 이사를 아주 자주 다녔어. 계속 종말이 온다고 설교하는데 정작 종말은 안 오니까 어쩔 수 없었지."

"그럼 어머니는?"

"어머니는 성물을 만들었어."

"아니, 내 말은 어머니 역시 종교적인 분이셨냐는 거야."

엘리자베스는 주저하다 말했다.

"탐욕도 종교라면 종교적인 사람이었지. 그쪽 분야는 경쟁이 치열해, 캘빈. 정말 수익성이 좋거든. 아버지는 특히 재능이 뛰어나서 매년 새 캐딜락을 뽑았어. 어떻게 그럴 수 있었냐면, 아버지를 정말로 돈보이게 하는 재능이 있었거든. 아버지는 자연 발화를 할 줄 알았어."

"잠깐만, 뭐라고?"

"어떤 사람이 '계시를 내려주십시오!'라고 소리 지르면 갑자기 불꽃이 화르르 타오른다고 생각해 봐. 그걸 어떻게 무시하겠어?"

"잠깐만. 그러니까 네 말은—"

엘리자베스는 다시금 평소 말할 때처럼 과학적 어조를 갖추어 이야기했다.

"캘빈, 피스타치오가 천연 인화 물질이라는 거 알아? 지방 함량이 높거든. 보통 피스타치오는 습도와 온도, 압력이 아주 엄격하게 제한된 조건에서 보관돼. 하지만 이 조건이 변하면 피스타치오의 지방 분해 효소가 유리 지방산을 생성하는데, 유리 지방산은 씨앗이 산소를 흡수하고 이산화탄소를 배출할 때 분해돼. 그럼 어떻게 되겠어? 불이 붙겠지. 아버지를 생각하면 잊을 수 없는 두 가지가 있어. 일단 아버지는 신이 보여주는 계시가 필요할 때마다 자연 발화를 일으킬 수 있었어."

엘리자베스는 고개를 절레절레 저었다.

"세상에, 피스타치오 이야기를 다 했네."

"다른 한 가지는 뭐야?"

캘빈은 경이로움을 느끼며 물었다.

"아버지는 나에게 화학을 알려준 사람이야. 그 점은 고마워해야겠지. 하지만 사실은 고맙지 않아."

엘리자베스는 쓰라린 말투로 대답했다.

캘빈은 왼쪽으로 고개를 돌렸다. 실망했음을 내색하고 싶지 않았다. 이 순간 자신이 엘리자베스의 가족을 얼마나 만나고 싶었는지 새삼 깨달았기 때문이다. 추수감사절에 가족들과 함께 둘러앉기를 이제껏 얼마나 바랐던가. 자신이 엘리자베스의 것이었기에 그녀의 가족 또한 자기 가족이 되어줄 그날을 얼마나 바랐던가.

"그럼 오빠는?"

캘빈이 묻는 말에 그녀는 굳은 목소리로 대꾸했다.

"죽었어. *자살했어.*"

캘빈은 흠칫 놀랐다.

"*자살했다고? 어떻게?*"

"목을 맸어."

"아니, 그러니까…… 왜?"

"아버지가 오빠한테 그랬거든. 하나님이 널 미워한다고."

"하지만…… 어떻게…….'"

"말했잖아. 아버지는 아주 대단한 설득력을 지닌 사람이었어. 아버지가 사람들에게 하나님이 이걸 원하신다, 하면 그들은 대개 하나님한테 그걸 바쳤지. 물론 그 하나님은 아버지였고."

캘빈의 속이 죄어들었다.

"넌…… 오빠랑 사이가 좋았어?"

엘리자베스는 숨을 깊이 들이쉬었다.

"응."

"그래도 이해가 안 돼. 너희 아버지께서는 어쩌다 그런 짓을 저지르신 거야?"

그는 고집스레 말을 잇고는 어두운 천장을 빤히 바라보았다. 가족 사이에서 산 경험이 많지는 않았지만, 그래도 가족의 일원으로 살아간다는 건 중요하다고 생각해 왔다. 안정감을 느끼려면 반드시 가족이 있어야 한다고, 힘든 시기를 헤쳐나가는 데 필요한 버팀목이 되어주는 게 가족이라고. 그는 가족이 이토록 고통을 주는 존재가 될 수 있다고는 한 번도 생각해 보지 않았다.

"존은, 그러니까 오빠는 동성애자였어."

엘리자베스의 말에 그는 이제야 알겠다는 듯 대답했다.

"아, 그렇구나. 안타깝네."

그녀는 몸을 일으켜 팔꿈치로 기댄 다음 어둠 속에서 캘빈을 가만히 바라보며 쏘아붙였다.

"무슨 뜻으로 한 말이야?"

"어, 그게…… 그런데 오빠가 동성애자라는 걸 어떻게 알았어? 오빠가 말해줬을 리 없잖아."

"난 과학자야, 캘빈, 까먹었어? 난 알 수 있었어. 동성애는 잘못된 게 아니야. 아주 정상적인 거라고. 인간 생물학의 기본적인 사실이잖아. 왜 사람들이 그 점을 모르는지 이해가 안 돼. 다들 마거릿 미드* 책도 안 읽어봤나? 어쨌든, 나는 존이 동성애자라는 걸 알았고, 오빠도 내가 안다는 사실을 알았어. 우리는 대화를 했거든. 오빠는 자기 선택으로 동성애자가 된 게 아니야. 그냥 그렇게 태어났다고. 오빠의 제일 좋았던 점이 뭔지 알아?"

---

* Magaret Mead. 미국의 인류학자. 문화와 성 역할이 개인의 기질과 행동에 반영된다는 것을 밝혀내어 페미니즘과 문화인류학에 큰 영향을 끼쳤다.

그녀는 서글픈 기색으로 덧붙였다.

"오빠는 내 정체성을 알아주었어."

"너의 정체성이 뭐기에—"

엘리자베스는 쏘아붙였다.

"내가 과학자란 걸 알아주었다고! 봐, 네가 많이 힘든 환경에서 자라나서 남의 마음을 헤아리기 힘들 수도 있다는 건 알아. 하지만 부모님이 있는 가정에서 태어났다는 이유로 꼭 그 가족의 일원으로 살아가야 한다는 법은 없어."

"하지만 사람이라면—"

"아니야. 제대로 알아둬, 캘빈. 우리 아버지 같은 사람은 사랑에 대해서 설교하지만, 속에는 미움이 가득해. 누구든 편협한 믿음에 반기를 들라 치면 용서하지 않지. 오빠가 남자아이와 손을 잡은 걸 엄마가 본 날이 그랬어. 순리에서 벗어난 놈이라는 소리를 들은 지 1년 뒤에, 오빠는 헛간에서 목을 맸어."

그녀는 심하게 새된 목소리로 말했다. 울지 않으려고 있는 힘을 다해 참는 목소리였다. 캘빈은 그녀에게 팔을 벌렸고, 엘리자베스는 그의 품에 자신을 맡겼다.

"그때 넌 몇 살이었어?"

"열 살. 존은 열일곱 살이었어."

"오빠 이야기를 더 해줘. 어떤 분이었어?"

달래는 듯한 캘빈의 목소리에 그녀는 중얼거렸다.

"아, 있지. 오빠는 상냥했어. 남을 지켜주는 사람이었어. 존은 매일 밤 내게 책을 읽어주고, 무릎이 까지면 밴드를 붙여주고, 글 읽기와 쓰기를 가르쳐줬어. 너무 자주 이사를 다니는 바람에 난 한 번도 친구를 제대로 사귀어본 적이 없었는데, 오빠가 있어서 괜찮았어. 우리는 주로 도서관에서 시간을 보냈어. 그곳이 우리에게 안식처가 돼 줬지. 도시를 옮겨 다닐 때마다 진짜 안식처는 도서관뿐이었어. 지금 와서 생각해 보면 웃기네."

"무슨 소리야?"

"우리 부모님이 하는 사업이 남들에게 안식처를 주는 일이잖아. 그런데 정작 자기 애들한테는 안식처를 주지 못했지."

캘빈은 고개를 끄덕였다.

"캘빈, 내가 배운 게 하나 있어. 사람들은 자신이 처한 복잡한 문제를 풀 때 언제나 간단한 해결책을 간절히 바란다는 점이야. 볼 수 없고, 만질 수 없고, 설명할 수 없고, 변할 수 없는 걸 믿는 편이 훨씬 쉽거든. 실제로 보이고 만져지고 설명할 수 있는 걸 믿기는 오히려 어려워. 말하자면 실재하는 자기 자신을 믿기가 어렵다는 말이지."

그녀는 한숨을 쉬면서 배에 힘을 주었다.

그들은 말없이 누워서 비참한 과거를 헤맸다.

"그럼 지금 부모님은 어디 계셔?"

"아버지는 감옥에 있어. 하나님의 계시라며 불을 질렀다가 그만 사람 셋을 죽였거든. 어머니는 아버지랑 이혼하고 재혼해서 브라질로 이민 갔어. 거기엔 범죄인 인도법이 없거든. 우리 부모님이 세금을 한 번도 낸 적이 없다고 말했던가?"

캘빈은 길고 낮은 휘파람을 불었다. 꾸준히 슬픔을 먹으며 자라난 사람은 다른 이가 자신보다 더 큰 슬픔을 먹고 살았다는 걸 이해하기 힘든 법이다.

"그러면 너희 오빠가…… 죽은 다음에는…… 부모님이 널……"

엘리자베스는 말을 잘랐다.

"아니, 나는 혼자 컸어. 부모님은 일하느라 종종 몇 주 동안 집을 비웠거든. 존이 죽은 다음부터 난 혼자 자라야 했어. 혼자 컸지. 혼자 요리하는 법이랑 자잘한 집안일을 터득했어."

"그럼 학교는?"

"말했잖아. 도서관에 갔다고."

"그게 전부야?"

그녀는 캘빈을 바라보았다.

"그게 전부야."

둘은 쓰러진 나무처럼 함께 누웠다. 몇 블록 떨어져 있는 교회에서 종이 울렸다.

"어렸을 때 난 스스로 이렇게 말하곤 했어. 살아갈 날이 많으니까 힘내자, 내일은 달라질 거야. 뭐든 좋은 일이 일어날 거야."

캘빈이 조용히 말하자 그녀는 손을 잡아주었다.

"그러면 괜찮아졌어?"

그의 입가가 시무룩하게 처졌다. 보육원의 담당 주교가 그의 아버지에 대해 폭로했던 일이 떠올랐기 때문이다.

"내 말은, 과거에 얽매이지 말자는 거야."

그녀는 고개를 끄덕이며 부모님을 잃은 지 얼마 되지 않은 고아 소년이 앞으로 밝은 미래가 펼쳐질 거라고 애써 믿는 모습을 상상했다. 너무나 힘든 삶을 견뎌내야 하는 아이가, 우주의 모든 법칙과 눈앞에 드러난 증거가 네 삶이 불행할 거라고 외치는데도 불구하고 내일은 나아질 거라고 마음먹다니. 정말이지 보통 용기 있는 아이가 아니었구나.

"살아갈 날이 많으니까 힘내자, 내일은 달라질 거야."

캘빈은 아직도 본인이 어린아이인 듯 그 말을 반복했다. 하지만 아버지가 어떤 사람인지 알게 되었을 때의 기억을 떠올리는 건 견디기 힘들어서 그만두었다.

"있잖아, 나 피곤해. 이제 자자."

"그래, 우리 좀 자야 해."

엘리자베스는 이렇게 말했지만 졸린 기색은 없었다. 그는 우울하게 대꾸했다.

"나중에 또 이야기하자."

"그래, 내일쯤."

하지만 그녀의 대답은 거짓이었다.

제 6 장

헤이스팅스 구내식당

자신은 행복하지 않은데 다른 사람이 분에 넘치게 행복한 꼴을 보는 것보다 짜증나는 게 또 있을까. 헤이스팅스 연구소 동료들이 보기에 엘리자베스와 캘빈은 분에 넘치게 행복한 인간들이었다. 일단 캘빈은 똑똑했고 엘리자베스는 아름다웠으니까. 그런데 그 둘이 연인이 되어버렸으니 당연히 그들의 분에 넘치는 행복도 두 배가 되어서 세상은 더욱 불공평해지고 말았다.

동료들이 보기에 제일 나쁜 건 그 두 사람이 분에 넘치는 행복을 노력해서 받은 게 아니라는 점이었다. 그들은 태어날 때부터 그렇게 태어났다. 그들의 분에 넘치는 행복은 고된 노력의 결과가 아니라 운 좋게 훌륭한 유전자를 타고났기 때문이란 말이다. 두 사람이 노력도 하지 않고 얻은 서로의 자질을 결합해 사랑하는 연인이자 아주 많이 섹스할 게 분명한 사이로 발전하자, 그 결과 다른 사람들은 그 꼴을 매일 점심시간마다 목격할 수밖에 없게 되었고, 세상이 심각하게 나빠졌다고 느꼈다.

"저기 온다. 배트맨과 로빈 납셨네."

7층에서 근무하는 지질학자가 말했다. 그러자 같은 연구실 동료가 물었다.

"쟤들 동거한다던데. 너도 들었어?"

"모르는 사람이 어딨어."

"난 몰랐는데."

에디라는 이름을 가진 또 다른 이가 우울하게 말했다.

세 지질학자는 엘리자베스와 캘빈이 구내식당의 빈 탁자를 골라 앉는 모습을 보았다. 그러자 그 주변 탁자에 앉았던 사람들이 일제히 쟁반과 은 식기를 우당탕 퉁탕거리며 정리하는 소리가 총소리처럼 울려 퍼졌다. 구내식당에서 제공하는 스트로가노프*의 악취가 질식할 정도로 가득 찬 가운데, 캘빈과 엘리자베스는 탁자 위에 터퍼웨어**를 늘어놓고 뚜껑을 열었다. 치킨 파르메산과 감자 그라탱 그리고 샐러드가 들어 있었다.

"아, 그렇군. 여기 음식은 쟤네한테 별로인가 보네."

지질학자 셋 중 하나가 말하자, 또 다른 사람이 쟁반을 밀며 대꾸했다.

* 볶은 소고기에 사워크림을 넣어 먹는 러시아 음식.
** 미국의 플라스틱 주방 용품 브랜드로 밀폐 용기의 고유명사처럼 불린다.

"우리 고양이도 이것보단 좋은 걸 먹어."

"여러분, 안녕!"

프래스크가 명랑한 목소리로 인사를 건넸다. 그녀는 인사과에 근무하는 행정 직원으로, 지나치게 명랑한 태도와 평퍼짐한 엉덩이를 지닌 여자였다. 프래스크는 쟁반을 내려놓은 다음 목을 가다듬고서 에디가 의자를 빼주기를 기다렸다. 그녀는 에디와 사귄 지 세 달째였고, 자기 입으로는 둘 사이가 아주 잘되어간다고 신나서 떠들어댔지만, 사실이 아니었다. 에디는 천박한 성품에다 인격이 덜된 인간이었다. 그는 입을 쩍 벌려가며 음식을 먹었고, 우습지도 않은 농담에 박장대소했으며 "조, 조, 존나 섹시해!"라고 지껄여댔다. 그래도 에디에겐 중요한 장점이 하나 있었으니, 그는 아직 미혼이었다.

결국 에디가 허리를 굽혀 의자를 빼주자 프래스크가 말했다.

"어머, 고마워, 에디. 정말 상냥하기도 해라!"

"어디 계속 떠들어봐, 그러다 큰일 나도 몰라."

다른 지질학자가 캘빈과 엘리자베스 쪽으로 고갯짓을 하며 경고했다.

"왜요? 지금 어디 보고 있는데요?"

그녀는 고개를 돌려서 모두의 시선이 향한 쪽을 바라보며 행복한 연인들을 염탐했다.

"어머 세상에, 또 시작이네?"

네 사람은 엘리자베스가 공책을 꺼내서 캘빈에게 건네는 광경을 말없이 바라보았다. 캘빈은 공책을 열심히 읽어본 다음 무어라 첨삭을 했다. 엘리자베스는 고개를 젓더니 특정 지점을 가리켰다. 캘빈은 고개를 끄덕이더니 옆으로 갸웃하며 천천히 입술을 씹기 시작했다.

"저 남자 너무 매력 없다."

프래스크는 혐오감 어린 목소리로 말했다. 하지만 그녀는 인사과 직원이었고, 인사과 직원들은 연구소 직원의 외모를 두고 품평해서는 안 되었기에 급히 덧붙였다.

"아, 내 말뜻은 저 사람에게 파란색이 안 받는다는 소리였어요."

지질학자 하나가 스트로가노프를 한 입 먹더니 그만 먹겠다는 뜻으로 포크를 내려놓았다.

"그 이야기 들었어? 에번스가 또 노벨상 후보에 올랐대."

탁자에 앉은 이들 모두가 한숨을 쉬었다. 또 다른 지질학자가 말했다.

"그게 뭐 대수라고. 누구나 후보에는 오를 수 있잖아."

"아, 그래? 그래서 넌 오른 적 있나?"

그들은 질린 표정으로 두 연인을 계속 바라보았다. 잠시 후, 엘리자베스가 손을 뻗어 유산지에 싼 무언가를 꺼냈다.

"저게 뭘까?"

한 지질학자가 물었다. 에디는 경외감이 가득한 목소리로 말했다.

"뭘 구워왔나 봐. 쟤는 베이킹도 하네."

그들은 엘리자베스가 캘빈에게 브라우니를 건네는 모습을 바라보았다. 프래스크는 좌절해서 한숨을 쉬었다.

"아유, 정말. 베이킹도 한다는 게 무슨 소리예요? 베이킹쯤이야 다들 하는 건데."

"저 여자를 정말 이해 못 하겠어. 에번스가 자기 건데, 대체 왜 아직도 여길 다녀?"

이렇게 말한 지질학자가 잠깐 말을 멈추고 온갖 가능성을 가늠해

보다가 덧붙였다.

"혹시 에번스가 쟤랑 결혼하고 싶어 하지 않는 건가?"

"공짜로 우유를 주는 데가 있는데 뭐 하러 젖소를 사겠어?"

또 다른 지질학자가 말하자 에디가 한술 더 떴다.

"내가 농장에서 자라서 아는데, 소 키우는 거 많이 힘들어."

프래스크는 곁눈질로 에디를 바라보았다. 마치 태양을 바라보는 해바라기처럼 그가 목을 쭉 빼고 엘리자베스 조트를 계속 바라보는 꼴이 짜증났다.

"내가 인간 행동 전문가거든요. 한때 심리학 박사 과정에 있었잖아요."

그녀는 같이 점심을 먹는 이들이 자신의 학문적 성취에 관해 묻길 바라며 쳐다보았지만, 다들 전혀 관심이 없었다.

"어쨌든 내가 확실하게 말할 수 있어요. 사실은 엘리자베스가 캘빈을 이용하고 있는 거예요."

구내식당 저쪽에 자리 잡은 엘리자베스는 논문에 줄을 쭉쭉 그은 다음 일어섰다.

"금방 자리를 떠서 미안해, 캘빈. 하지만 나 회의가 있어서."

"회의라고?"

캘빈은 그녀가 방금 사형을 집행하러 간다는 소리를 들은 것처럼 반응하더니, 이렇게 말했다.

"네가 내 연구실에서 일하면 회의 같은 건 안 해도 될 텐데."

"하지만 네 연구실에서 일하는 게 아니니까."

"언제든 내 연구실에서 일할 수 있어."

그녀는 한숨을 쉬면서 서둘러 터퍼웨어 뚜껑을 닫았다. 물론 캘빈의 연구실에서 일하고야 싶지만 그건 불가능했다. 그녀는 지금 초짜 화학자였다. 자기 앞길은 알아서 개척해야 했다. 그녀는 자신의 처지를 이해해보라고 캘빈에게 수도 없이 말했었다.

"하지만 우린 같이 살잖아. 그러니 같은 연구실에서 일하는 게 논리적으로 당연한 순서야."

그는 엘리자베스를 설득하려면 논리를 들이대야 한다는 걸 알고 있었다.

"같이 살기로 한 건 그저 경제적인 결정이었을 뿐이야."

그녀는 캘빈에게 다시 일깨워 주었다. 겉으로 보기에 그게 경제적이라는 건 사실이었다. 일하지 않는 대부분의 시간을 같이 보내니, 같은 집에서 사는 게 경제적으로 낫다는 말을 처음 꺼낸 것도 캘빈이었다. 하지만 당시는 1952년이었다. 1952년에는 결혼하지 않은 여자가 외간 남자와 같이 사는 법은 없었다. 그래서 엘리자베스가 조금도 주저하지 않고 동거를 시작하자 캘빈은 약간 놀랐다.

"내가 생활비 절반을 낼게."

엘리자베스는 그때 이렇게 말했다.

그녀는 귓가에 꽂은 연필을 빼 들고 탁자를 두드리면서 그의 대답을 기다렸다. 사실 생활비를 정말로 절반 내겠다는 뜻은 아니었다. 정확히 반을 내는 건 불가능했다. 그녀의 월급은 우스운 수준을 간신히 넘었는지라 생활비의 절반을 낼 형편이 못 되었기 때문이다. 어쨌든 집은 캘빈 명의이니, 세금 혜택은 캘빈만 받게 될 터였다. 그러니 절반을 내는 건 공정하지 못했다. 그녀는 캘빈이 셈을 해볼 시간을 주었다. 반은 너무 심했으니까.

"반이라."

캘빈은 제안을 곰곰이 생각하는 듯했다.

하지만 엘리자베스가 절반을 부담할 수 없다는 사실을 그는 이미 알고 있었다. 절반이 뭔가. 4분의 1도 낼 수 없을 텐데. 헤이스팅스 연구소는 임금에 아주 인색했다. 그녀의 월급은 같은 직종의 남자가 받는 월급의 반밖에 되지 않았다. 캘빈이 그녀의 인적 사항을 불법으로 엿보다가 알게 된 사실이었다. 어쨌든 그의 집은 대출도 끼어 있지 않았다. 화학상을 수상하며 받은 상금으로 작년에 자그마한 저택 대출금을 다 갚았기 때문이다. 물론 돈을 갚고 곧바로 후회하긴 했다. "절대로 달걀을 한 바구니에 담지 마라"라는 말 있잖은가. 그런데 캘빈은 다 담아버렸으니.

그때 엘리자베스가 환한 얼굴로 말했다.

"아니면, 우리 교환 협정을 맺을 수도 있어. 알잖아. 국제적으로 나라들이 하듯."

"무슨 교환?"

"집세 대신 용역을 제공할게."

캘빈은 화들짝 놀라 몸이 굳어버렸다. 본인도 '공짜 우유' 운운하는 소문을 엿들은 적이 있기 때문이었다.

"내가 저녁을 만들게. 일주일에 네 번."

그가 뭐라 대꾸하기도 전에 엘리자베스가 말했다.

"알았어, 그럼 다섯 번. 하지만 더는 안 돼. 그리고 나는 요리를 꽤 잘하거든, 캘빈. 요리란 엄연한 과학이야. 따지고 보면 화학이라고."

그리하여 둘은 같이 살게 되었고, 모든 게 순조로이 이루어졌다.

하지만 연구실을 같이 쓰자고? 그녀는 두 번 생각하지도 않고 거절했다.

"넌 최근에 노벨상 후보에 올랐잖아, 캘빈."

그녀는 감자 그라탱이 담긴 터퍼웨어 뚜껑을 딱 소리 나게 닫으며 말을 이었다.

"5년 새 벌써 세 번째로 후보가 되었다고. 나는 내가 세운 업적으로 평가받고 싶어. 네가 나 대신 연구해 줬다는 평을 듣고 싶지 않단 말이야."

"널 아는 사람이라면 그렇게 생각할 리 없잖아."

그 말에 터퍼웨어에서 공기를 뺀 다음 엘리자베스는 그를 다시 쳐다보았다.

"그게 문제야. 날 제대로 아는 사람이 아무도 없다고."

엘리자베스는 평생 이런 감정을 느끼며 살아왔다. 자신이 이룬 일이 아니라 다른 사람의 행동에 따라 규정되는 삶을 이어온 것이다. 과거 그녀는 방화범의 자식, 남편을 갈아 치우는 여자의 딸, 목매달아 죽은 동성애자의 동생 아니면 호색한으로 유명한 교수 밑에 있던 대학원생일 뿐이었다. 지금은 유명한 화학자의 여자친구가 되었다. 오롯이 엘리자베스 조트로 받아들여진 적은 단 한 번도 없었다.

다른 사람의 행동에 따라 규정되지 않을 때도 드물게 있기는 했다. 하지만 그런 경우 역시 그녀가 제일 싫어하는 자질에 근거해 별볼 일 없는 존재 아니면 일확천금을 노리는 사람으로 치부될 뿐이었다. 그녀의 외모를 보라. 제 아비같이 될 수밖에 더 있나.

그녀가 더 이상 잘 웃지 않게 된 이유도 아버지 때문이었다. 부흥사가 되기 전, 그녀의 아버지는 원래 배우 지망생이었다. 카리스마와 더불어 멋진 치열을 지니고 있었으니까. 물론 치열은 크라운을 씌워 교정한 것이었다. 그럼 뭐가 부족해서 배우가 되지 못했느냐? 바로 연기력이었다. 배우는 못 될 게 확실해지자, 그는 자신의 기술을 이용해서 부흥회를 열고 세상의 종말을 대비하는 사람들에게 가짜 웃음을 팔았다. 그래서 엘리자베스는 열 살 때부터 웃지 않게 되었다. 아버지와 닮은 모습을 지우기 위해서.

그러다 캘빈 에번스가 나타나자 그녀의 미소가 되살아났다. 처음 미소가 돌아왔던 순간은 극장에서 캘빈이 그녀의 원피스에 토했을 때였다. 첫눈에 알아본 건 아니었지만, 오물이 잔뜩 묻은 상황에서도 그인 것을 알아채자마자 엘리자베스는 허리를 굽히고 그의 얼굴을 자세히 살펴보았다. 캘빈 에번스잖아! 물론 그가 엘리자베스에게 먼저 무례하게 굴었기에 그녀도 좀 무례하게 굴긴 했다. 그놈의 비커 때문에 말이다. 그래도 처음 만난 그 순간부터 둘 사이에는 저항할 수 없는 끌림이 존재했다.

"더 먹을 거야?"

그녀는 거의 비어 있는 통을 가리키며 물었다.

"아니, 네가 먹어. 여분의 에너지가 필요할 테니까."

사실 캘빈은 남은 음식을 먹고 싶었다. 하지만 엘리자베스를 조금이라도 더 자리에 앉혀둘 수만 있다면 여분의 칼로리쯤이야 얼마든지 포기할 작정이었다. 엘리자베스와 마찬가지로 캘빈 역시 사람들과 어울리는 일이 예전에는 드물었다. 자세히 말하자면 조정을 시작하고 나서야 타인과 진짜 인간관계라 할 만한 것을 맺기 시작했다.

오래전 캘빈이 깨달은 대로, 육체적 고통을 함께 겪은 사람들끼리는 일상생활에서 얻을 수 없는 끈끈한 유대감이 생기게 마련이다. 캘빈은 여전히 케임브리지 조정부원 여덟 명과 연락하고 지냈다. 심지어 그중 하나와는 지난달 뉴욕에서 열린 학회에 참석했을 때 만나기도 했다. 그는 4번이었고(조정부원들은 아직도 서로를 배에 앉던 번호로 불렀다) 지금은 신경외과의가 되었다.

4번이 놀라서 말했다.

"뭐라고? 여자친구가 생겼어? 와, 잘됐다, 6번아! 그렇게 기다리더니 드디어 생겼네!"

그는 캘빈의 등을 철썩 치며 말했다.

캘빈은 신나게 고개를 끄덕이면서 엘리자베스의 일과 습관과 웃음 등 그가 사랑하는 그녀의 모든 면을 자세히 설명했다. 이어서 더욱 엄숙한 목소리로 엘리자베스와 일 외의 시간을 죄다 함께 보내는데도, 그러니까 같이 살면서 같이 식사하고 같이 연구소에 출퇴근을 하는데도 어쩐지 이것만으로는 충분하지가 않다는 생각이 든다고 말했다. 물론 그녀가 없어도 정상적으로 제 기능을 하며 살 수는 있겠지만, 그녀가 없다면 대체 제 기능을 하며 사는 게 무슨 의미가 있는지 모르겠다고 그는 4번에게 털어놓았다.

"이런 느낌을 뭐라고 정의해야 할지 모르겠어. 내가 그 애에게 중독된 걸까? 너무 병적이다 싶을 정도로 의존적인 인간이 되어버렸나? 혹시 뇌종양에 걸린 건 아니겠지?"

그는 온갖 검사를 들먹이며 토로했다. 그러자 4번이 말했다.

"맙소사, 6번아. 그게 바로 행복이라는 거야. 그래서 언제 결혼할 건데?"

바로 그게 문제였다. 엘리자베스는 결혼할 생각이 없다고 딱 잘라 말했다.

"내가 결혼 제도를 인정하지 않는 건 아니야, 캘빈. 우리가 결혼하지 않았다고 해서 우리를 인정하려 들지 않는 사람들을 인정할 수 없는 것뿐이야."

엘리자베스는 여러 번 말했다.

"나도 그래."

캘빈도 동의하긴 했지만 솔직히 속으로는 교회 제단 앞에 서서 "이 여자를 아내로 맞이하여"라는 말을 너무나 하고 싶어 애가 탈 지경이었다. 하지만 엘리자베스가 자신을 빤히 바라보는 눈길을 알아채고는 잽싸게 덧붙였다.

"이렇게 마음이 맞다니 우린 운이 좋네."

그러자 엘리자베스는 진심 어린 미소를 지었고, 그 미소에 캘빈의 머릿속은 흐물흐물해졌다. 하지만 캘빈은 그녀와 헤어지자마자 시내의 보석상에 갔다. 온갖 예물을 다 살펴본 끝에, 자신의 예산으로 살 수 있는 작은 다이아몬드 반지 중에서 제일 큰 걸 골랐다. 너무 흥분해서 죽을 것 같은 기분으로 그는 작은 반지 상자를 주머니에 넣은 채 적당한 때가 오기만을 석 달째 기다렸다.

"캘빈? 듣고 있어?"

엘리자베스는 구내식당 탁자에 앉아 남은 음식을 먹으며 말했다.

"내일 결혼식에 간다고 말했잖아. 사실 있지, 믿거나 말거나 난 결혼식에서 맡은 역할도 있어. 그러니 괜찮다면 오늘 밤에 산성 연구에 대해 논의해야 할 것 같아."

그녀는 초조하게 어깨를 으쓱였다.

"누가 결혼하는데?"

"내 친구 마거릿. 물리학과 행정 직원 알지? 15분 뒤에 만나야 해. 드레스를 입어봐야 해서."

"잠깐만, 너한테 친구가 있어?"

그는 엘리자베스에겐 오로지 연구실 동료만 있는 줄 알았다. 그녀의 기술을 알아보고 결과를 채 가는 과학자 놈들 말이다.

엘리자베스는 민망한 듯 얼굴을 붉히고 어색하게 대꾸했다.

"음, 있어. 마거릿이랑 나는 복도를 오가며 인사하는 사이야. 커피 포트 앞에서 대화도 몇 번 나눴어."

그게 과연 친구라고 부를 만한 사이일까. 캘빈은 최선을 다해 표정 관리를 했다.

"이제 가봐야 해. 마거릿의 들러리 하나가 몸이 안 좋아서 내가 대신 들어가기로 했어. 마거릿이 그러는데 신랑 들러리랑 쪽수를 맞추는 게 중요하다더라고."

이 말을 하자마자 그녀 역시 마거릿에게 뭐가 필요했는지 알게 되었다. 주말에 아무런 할 일이 없는 S사이즈를 입는 여자였다.

사실 엘리자베스는 친구 사귀는 일에 서툴렀다. 이사를 많이 다녔고, 부모님이 좋은 사람도 아니었으며 오빠마저 잃었기 때문이라고 그녀는 속으로 생각하곤 했다. 하지만 힘든 일을 겪어온 사람도 친구를 잘만 사귀는 경우가 있다는 것 역시 알고는 있었다. 어떨 때는 오히려 그런 사람들이 남보다 친구를 더 잘 사귀는 것 같았다. 마치 역마살이 끼어 돌아다녀야 할 운명이라거나 깊은 슬픔 등을 겪다 보니 언제 어디서든 정착한 곳에서 인맥을 쌓는 게 매우 중요하단 걸 깨달아버린 것처럼. 그렇다면 엘리자베스는 뭐가 문제였을까?

여자들의 우정에는 비논리적인 부분이 있었다. 귀중한 시간을 할애해 비밀을 만드는 능력과 그걸 정확한 때를 맞춰 폭로하는 능력을 반드시 둘 다 갖추어야 했으니까. 어릴 적 새로운 도시에 이사 갈 때마다, 주일 학교에서 만난 여자애들은 그녀에게 다가와 어떤 남자애한테 반했다는 비밀을 숨도 쉬지 않고 털어놓곤 했다. 그녀는 이 고백을 열심히 듣고 절대로 이야기하지 않겠다고 약속한 다음 굳건히 지켰다. 하지만 그건 틀린 행동이었다. 실은 다 말하고 다녔어야 했다. 그녀는 친구로서 응당 X라는 남자아이에게 가서 Y라는 여자애가 널 귀엽다고 생각한대, 라고 비밀을 까발릴 의무가 있었다. 그런 다음 둘 사이에서 서로 호감의 연쇄 반응을 일으켜야 했다. 하지만 엘리자베스는 친구가 되어줄 것 같은 아이에게 이렇게 질문하곤 했다. "왜 직접 가서 말 못 하는 거야? 쟤 바로 저기 있잖아." 그러면 여자애들은 질겁하며 물러섰다.

"엘리자베스."

캘빈이 재차 그녀를 불렀다.

"엘리자베스?"

그는 탁자 위로 몸을 숙이고 그녀의 손을 두드렸다. 그녀가 깜짝 놀라자 캘빈은 사과했다.

"미안해. 잠시 네가 딴생각을 하는 것 같았어. 어쨌든 방금 내가 뭐라고 했냐면, 나도 결혼식 좋아한다고. 그러니 너랑 같이 갈게."

사실 캘빈은 결혼식을 싫어했다. 이제껏 결혼식에 가면 늘 자신만 여전히 사랑받고 있지 못하는 듯한 느낌이 들었다. 하지만 이제는 엘리자베스가 있지 않은가. 내일 그녀는 결혼식 제단 가까이 서 있을 테고, 그러면 혹시라도 마음이 바뀌어 결혼하고 싶지는 않을까. 그는 그런 가설을 세워봤다. 이 가설에 '연관 간섭'이라는 이름도 붙였다.

하지만 그녀는 단번에 거절했다.

"아니야, 나는 누굴 데리고 가겠다고 하지 않았어. 게다가 그런 드레스를 입은 모습은 웬만하면 남에게 안 보여주고 싶어."

캘빈은 둘 사이로 기다란 팔을 뻗어 그녀를 다시 자리에 앉혔다.

"같이 가자. 마거릿도 네가 혼자 올 거라고 생각 안 할 거야. 게다가 그 드레스 말인데, 절대 이상하지 않을걸."

그러나 엘리자베스는 과학자다운 확신을 가진 이성적인 목소리로 대답했다.

"아니야, 진짜 이상해. 신부 들러리 드레스는 여자를 별로 매력적이지 않게 보이도록 디자인되거든. 신부가 평소보다 더 돋보이도록 말이야. 일반적으로 통용되는 관습이지. 생물학적 근거가 있는 기본적인 방어 전략이라고. 자연에서 언제나 찾아볼 수 있는 행태야."

캘빈은 그가 참석해 왔던 결혼식을 떠올려보고 그녀의 말이 옳다는 걸 깨달았다. 신부 들러리에게 같이 춤추자고 말하고픈 욕망이 일어난 적이 한 번도 없었으니까. 정말 드레스에 그만한 힘이 있다고? 그는 맞은편에 앉은 엘리자베스를 바라보았다. 그녀의 손은 확신에 차서 움직이며 드레스를 묘사했다. 골반에는 패드를 덧댔고 허리와 가슴 선은 확 모여 있으며 엉덩이는 두툼하게 나와 있다는 것이었다. 캘빈은 그 드레스를 디자인한 사람을 생각해 보았다. 그 디자이너나 폭탄 제조자나 포르노 스타처럼 자기 일에 이토록 서투른 인간들은 대체 무슨 수로 먹고사는 걸까.

"음, 어쨌든 친구를 돕겠다니 친절한 마음씨네. 하지만 난 네가 결혼식 같은 건 안 좋아하는 줄 알았어."

"아니야, 내가 싫어하는 건 결혼이지 결혼식이 아니야. 그건 나중에 이야기하자, 캘빈. 내 입장 알잖아. 어쨌든 마거릿에겐 잘된 일이라고 생각해. 어느 정도는."

"어느 정도라니?"

"음, 마거릿은 계속 말했어. 토요일 밤이 되면 마침내 피터 딕먼 부인이 된다고. 마치 여섯 살 때부터 줄곧 자기 성을 남편 성으로 바꾸는 걸 목표로 장거리 달리기를 해온 것 같았어."

"신랑이 딕먼이었어? 세포생물학 연구실에서 일하는?"

캘빈이 놀라 되물었다. 그는 딕먼을 좋아하지 않았다.

"맞아. 나는 왜 여자들이 결혼하면 중고차 바꾸듯이 옛 성을 바꿔야 하는지 모르겠어. 성은 물론이고 가끔 이름마저도 잃어버리잖아. 존 애덤스 부인! 에이브러햄 링컨 부인! 마치 자신의 예전 모습은 가주어*처럼 치부하고 새로 얻은 남편의 이름으로 진짜 사람이 된 것처럼 여기지. 피터 딕먼 부인이라니. 무기 징역 선고 같아."

하지만 엘리자베스 에번스라는 이름은 더없이 완벽한데. 캘빈은 속으로 생각했다. 캘빈은 미처 정신을 차리기 전에 무심코 안주머니

---

* 문장 구조를 완전히 갖추기 위해 설정하는 형식적 주어. 가주어를 쓰는 대표적인 언어로는 영어가 있다.

에서 작고 파란 상자를 꺼내 주저 없이 그녀 앞에 놓고 말았다.

"어쩌면 이걸 끼고 가면 드레스가 더 예뻐 보일지도 몰라."

그의 가슴은 전속력으로 뛰고 있었다.

"반지 상자야. 마음 단단히 먹어, 얘들아."

지질학자들이 말했다. 엘리자베스의 얼굴에는 뜻 모를 표정이 떠올랐다.

엘리자베스는 상자를 내려다본 다음 캘빈을 바라보았다. 두 눈은 심하게 겁에 질려 휘둥그레졌다. 캘빈은 급히 말했다.

"네가 결혼에 대해서 어떤 관점인지 알아. 하지만 나도 이제껏 많이 생각해 봤어. 너랑 나는 좀 다른 방식의 결혼을 하리라 생각해. 아주 비범한 결혼이 되겠지. 심지어 재미있을 거고."

"캘빈—"

"결혼해야 할 현실적인 이유도 있어. 예를 들면 세금 감면 혜택이라든가."

"캘빈—"

"최소한 반지라도 봐줘. 나 이거 몇 달 동안 들고 다녔어. 제발 부탁이야."

그는 애원했다. 하지만 엘리자베스는 그의 시선을 외면했다.

"싫어. 그러면 거절하기 더 어려워지잖아."

엘리자베스의 어머니는 언제나 여자의 가치는 얼마나 결혼을 잘했느냐에 달렸다고 주장했다. 그러면서 가끔 한탄하곤 했다.

"빌리 그레이엄*과 결혼할 수 있었는데. 빌리도 나에게 관심이 없지 않았던 것 같아. 엘리자베스, 약혼하게 되면 예비 신랑에게 최대한 큰 다이아몬드를 사달라고 고집 부려. 그래야 결혼 생활이 수틀릴 때 전당포에 맡길 수 있어."

이건 본인의 경험에서 나온 말이었다는 게 후에 드러났다. 부모님이 이혼 소송을 했을 때, 어머니는 이미 세 번 결혼했었던 전적이 밝혀졌다.

"나는 결혼 안 할 거야. 난 과학자가 될 거야. 성공한 여자 과학자는 결혼 같은 거 안 해."

엘리자베스의 말에 어머니는 비웃었다.

"오, 그래? 알겠어. 수녀들이 예수님과 결혼하듯 너는 일이랑 결혼하겠구나? 수녀가 되면 좋은 점이 있긴 하지. 적어도 남편인 예수님이 코를 골지는 않을 테니까."

어머니는 엘리자베스의 팔을 꼬집으며 덧붙였다.

"이 세상에 청혼을 거절하는 여자는 없어, 엘리자베스. 너도 거절하지 않게 될 거야."

캘빈은 눈을 휘둥그레 떴다.

"너 지금 청혼을 거절했어?"

"응."

"엘리자베스!"

•   Billy Graham, 미국의 유명 목사로 한국 개신교에서도 널리 알려진 인물.

"캘빈."

그녀는 조심스럽게 캘빈의 이름을 부르며 그의 손을 잡았다. 그러고는 창백해진 그의 얼굴을 바라보며 말했다.

"우리 이 얘기 합의한 줄 알았는데. 너도 과학자니까 내가 어째서 결혼을 생각조차 안 하는지 이해할 거 아냐."

하지만 그의 표정에서는 그런 이해 따위 전혀 없었다는 점이 드러났다.

"나는 네 이름에 내 과학 업적이 묻히는 상황을 감수할 수 없어."

그녀의 명확한 설명에 캘빈은 간신히 대답했다.

"그래, 물론 그렇겠지. 당연하지. 그러면 이건 업무 갈등이구나."

"그보다는 사회 갈등이라고 봐야겠지."

"뭐가 됐든 너무 싫어!"

캘빈은 버럭 소리쳤다. 이젠 그들을 보지 않던 사람들까지 죄다 고개를 돌려 구내식당 한가운데 앉은 불행한 연인을 빤히 보았다.

"캘빈, 우리 이미 이야기 끝냈잖아."

엘리자베스의 말에 캘빈은 항의했다.

"그래, 알아. 성을 바꾸고 싶지 않다 이거지. 하지만 내가 언제 너더러 내 성으로 바꾸라고 한 적 있어? 없잖아. 사실 난 네가 네 성을 그대로 유지하리라고 생각했어."

하지만 그건 진실이 아니었다. 캘빈은 당연히 엘리자베스가 성을 자기 성으로 바꿀 거라고 여겼으니까. 어쨌든 그는 말을 이었다.

"하지만 어느 경우든 우리의 행복한 미래는 달라지지 않아. 얼마 되지도 않는 사람들이 실수로 너를 에번스 부인이라고 부른다고 해서 행복이 사라지는 것도 아니잖아. 우리가 그런 사람들을 바로잡아주면 돼."

사실은 이미 '엘리자베스 에번스'라는 이름을 자그마한 저택의 등기 문서에 추가해 놓았지만, 지금은 그걸 말할 때가 아닌 것 같았다. 그는 벌써 지방 공무원에게 그녀의 성을 에번스라고 고쳐서 제출했던 것이다. 연구실에 돌아가자마자 공무원에게 전화해서 이름을 수정해야겠다고 캘빈은 속으로 다짐했다.

엘리자베스는 고개를 저었다.

"결혼을 하든 안 하든 우리의 행복한 미래가 바뀌지 않는 거야. 캘빈, 최소한 나한테는 그래. 난 이미 너에게 내 전부를 주었는걸. 결혼한다고 그 사실이 달라지지 않는단 말이야. 그리고 에번스 부인이라고 생각할 사람이 얼마 안 된다고 생각하지 마. 사회가 그렇게 생각한다고. 특히 과학계가 그렇게 생각할 거야. 내가 하는 모든 일이 갑자기 네 이름으로 편입될 거야. 마치 네가 한 일처럼. 솔직히 사람들은 대부분 네가 했다고 여길걸. 넌 남자니까. 그것도 캘빈 에번스니까. 난 제2의 밀레바 아인슈타인*이나 에스터 레더버그**가 되고 싶지 않아, 캘빈. 그런 삶은 거부하겠어. 우리가 법적인 절차를 모두 제대로 밟아서 내가 성을 바꾸지 않는다 해도, 나는 결국 캘빈 에번스 부인이 되어버릴 거야. 나에게 오는 크리스마스카드나, 은행에서 보내는 청구서나, 국세청에서 보내는 고지서마다 전부 캘빈 에번스 부부 귀하라고 쓰여 있겠지. 우리가 아는 엘리자베스 조트는 존재하지

●   Mileva Einstein, 세르비아의 과학자로 아인슈타인과 결혼했다가 이혼했다.
●●   Esther Lederberg, 미국의 미생물학자이자 세균 유전학의 선구자. 노벨상 수상자인 조슈아 레더버그의 아내였던 그녀는 미생물학에 혁혁한 공을 세웠음에도 대학교 종신 교수직을 제안받은 적이 없었으며 학계는 그녀의 성취가 남편 덕택이라고 여겼다.

않게 될 거야."

"그렇다면 캘빈 에번스 부인이 되는 건 너의 인생에서 가장 끔찍한 일이겠구나."

캘빈은 좌절감에 무너진 얼굴로 말했다.

"난 엘리자베스 조트로 살고 싶어. 그건 나한테 중요한 일이야."

그들은 잠시 불편한 침묵을 지키며 가만히 앉아 있었다. 꼴 보기싫은 작은 파란색 상자가 둘 사이에 불쑥 튀어나와 있는 게 꼭 복싱타이틀 경기에 서 있는 나쁜 심판 같았다. 그래서는 안 된다는 걸 알면서도, 엘리자베스는 어느새 상자 속 반지가 어떻게 생겼는지 궁금해지고 말았다.

"정말 미안해."

반복되는 사과에 그는 뻣뻣하게 대답했다.

"아냐. 괜찮아."

그녀는 눈길을 돌려버렸다.

"쟤네 헤어졌어! 완전히 끝났다고!"

에디가 동료들에게 새된 소리로 속삭였다.

제길, 조트가 연애 시장에 다시 매물로 나와버렸잖아.

프래스크는 속으로 생각했다.

하지만 캘빈은 차마 그런 상황을 두고 볼 수 없었다. 주위에서 바라보는 수십 쌍의 눈초리도 까맣게 모른 채, 30초 뒤 그는 의도했던 것보다 훨씬 큰 목소리로 말했다.

"맙소사, 중요한 건 사랑이잖아, 엘리자베스. 이름 따위가 무슨 상관이야. 넌 너야. 그게 중요하지."

"나도 그게 사실이면 좋겠어."

"사실이야. 이름이 뭐 어쨌다고? 이름은 아무런 의미도 없어!"

그가 고집스레 말하자 엘리자베스는 갑자기 퍼뜩 희망을 품고 그를 바라보았다.

"아무런 의미가 없다고? 음, 그렇다면 네 성을 바꾸면 어떨까?"

"뭐로?"

"내 성으로. 조트로."

캘빈은 너무 놀라서 그녀를 빤히 바라보다가 눈을 흘겼다.

"정말 웃기는 소리네."

"안 될 게 뭐 있어?"

그녀의 목소리에는 날이 섰다.

"왜 안 되는지 너도 알잖아. 남자는 성을 바꾸는 법이 없어. 내 연구도 있고, 평판도 걸린 문제잖아. 나는……."

그는 주저하며 말을 잇지 못했다.

"너는 뭐?"

"난…… 그러니까……."

"어서 말해봐."

"알았어. 난 *유명하잖아*, 엘리자베스. 그러니까 성을 막 바꿀 수는 없어."

"아아, 하지만 유명하지 않았다면 네 성을 내 성으로 바꾸는 게 문제없었을 거라 이거야?"

캘빈은 자그마한 파란 반지 상자를 집으며 말했다.

"있잖아, 이런 전통을 만든 건 내가 아니야. 세상 이치가 그렇다고. 여자가 결혼하면 남편 성을 따르게 되어 있어. 그리고 99.9퍼센트의 여자들은 만족하면서 살아."

"그 주장에는 근거가 있겠지?"

"뭐가?"

"99.9퍼센트의 여자들은 만족하면서 산다는 거 말이야."

"음, 없어. 하지만 불만을 가진 여자가 있단 소리는 못 들어봤어."

"네가 성을 바꿀 수 없는 이유는 네가 유명해서라고 했지. 하지만 99.9퍼센트의 유명하지 않은 남자들도 자기 성을 유지하면서 살아."

캘빈은 작은 상자를 안주머니에 세차게 쑤셔 넣었다. 어찌나 거칠게 넣었던지 상자 모서리를 따라 옷감이 불쑥 튀어나왔다.

"다시 말하지만 그 전통을 만든 건 내가 아니야. 그리고 아까도 이야기했지만, 나는 온 힘을 다해서 네 이름을 지켜줄 생각이야. 아니, 생각이었어."

"지금은 아니라는 거구나."

"나도 이젠 너와 결혼하고 싶지 않으니까."

엘리자베스는 자리에 털썩 주저앉았다.

"경기 끝! 반지는 다시 주머니에 들어갔음!"

지질학자 중 하나가 소리쳤다.

캘빈은 분노를 뿜으며 의자에 앉았다. 그렇지 않아도 오늘 하루가 너무 힘든데 이게 무슨 꼴인가. 그날 아침만 해도 사기를 치려는 편지를 잔뜩 받아서 기분이 안 좋은 참이었다. 대부분은 그를 이제껏 몰랐던 먼 친척이라고 우기는 사람들이 보낸 것이었다. 이런 일은 자주 있었다. 그가 좀 유명해지자마자 사기꾼들이 대거 몰려들었다. '종조부'라는 사람은 자신이 연금술을 한다며 캘빈에게 투자해 달라고 요구했다. '마음 아파하는 어머니'라는 사람은 자신이 캘빈의 생모라며 우습게도 그에게 돈을 주고 싶다고 했다. 소위 사촌이라는 놈은 현금을 요구했다. 심지어 자신이 캘빈의 아이를 가졌으니 양육비를 내라고 우기는 여자들의 편지도 두 통이나 있었다. 이제껏 그가 같이 잔 여자가 엘리자베스 조트뿐임에도 불구하고 이런 편지가 오다니. 이런 일들은 대체 언제 끝난단 말인가?

그는 머리를 벅벅 긁으며 애원했다.

"엘리자베스, 부디 이해해줘. 난 우리가 가족이 되었으면 좋겠어. 진짜 가족 말이야. 그건 나한테 중요한 일이야. 어쩌면 내가 가족을 잃었기 때문일 수도 있고…… 모르겠어. 내가 아는 건 말이야, 널 만난 뒤부터 우리는 셋이 되어야 한다는 것뿐이야. 너랑 나랑 그리고…… 어…….'

엘리자베스는 심히 겁에 질려 눈을 휘둥그레 뜨더니 깜짝 놀란 목소리로 말했다.

"캘빈, 우리 그 이야기도 이미 끝냈잖아."

"음, 솔직히, 한 번도 이야기해 본 적 없어."

"아냐, 있어. 분명히 했었어."

그녀가 우기자 그가 대꾸했다.

"딱 한 번 있긴 했지. 그건 이야기라 할 수 없어. 따지고 보면."

엘리자베스는 당황해서 말했다.

"어떻게 그렇게 말할 수 있어? 우리 서로 정확하게 동의했잖아. 아이는 낳지 말자고. 이런 식으로 말하다니 정말 이해가 안 돼. 어떻게 된 거야?"

"알았어. 하지만 나는 우리가—"

"난 분명히 말했는데—"

그는 말을 잘랐다.

"알아, 하지만 나는—"

"이런 문제에서 마음을 막 바꾸면 안 돼."

이제 캘빈은 점점 화가 나기 시작했다.

"아 진짜, 엘리자베스, 일단 내 말 먼저 끝까지 듣고—"

그녀는 쏘아붙였다.

"그럼 말해, 다 말해봐!"

캘빈은 좌절한 채로 그녀를 올려다보았다.

"난 우리가 개는 키울 수 있지 않나 생각했던 것뿐이야."

그녀의 얼굴에 안도감이 확 밀려들었다.

"개? 개 말이었구나!"

"제길."

캘빈이 고개를 숙여 엘리자베스에게 키스하자 프래스크는 조용히 내뱉었다. 그녀가 뱉은 말은 곧바로 구내식당 곳곳에 메아리처럼 똑같이 울려 퍼졌다. 은 식기가 쟁반에 힘없이 떨어지는 소리와 우울한 패배감으로 의자를 확 끄는 소리, 지저분한 냅킨을 구겨버리는 소리가 사방에서 들려왔다. 심각한 질투에서 비롯된 악의 넘치는 소음이었다. 이들은 절대로 해피엔딩을 바라지 않았으니까.

제 7 장

여섯시-삼십분

반려견을 구하는 사람들은 전문 브리더에게 가거나 유기견 보호소를 방문하는 경우가 대부분이다. 그러나 때로는, 특히 정말 그럴 수밖에 없는 운명적인 순간에는, 딱 맞는 개가 사람을 찾아오기도 한다.

청혼 사건이 있은 지 한 달쯤 지난 어느 토요일 저녁이었다. 엘리자베스는 저녁거리를 사러 동네 식료품점으로 달려가고 있었다. 이윽고 그녀는 커다란 살라미 소시지와 먹거리가 든 가방을 팔에 걸고 다시 집으로 향했다. 그런데 냄새나고 지저분한 개 한 마리가 식료품점 골목 그늘에 숨어서 그녀를 지켜보고 있었다. 개는 다섯 시간째 자리에서 움직이지 않고 있었지만 엘리자베스를 본 순간 몸을 일으켜 그 뒤를 따라갔다.

집에 있다가 우연히 창밖을 내다본 캘빈은 집으로 걸어오는 엘리자베스와 그녀의 뒤에서 정중하게 다섯 걸음 떨어져서 따라오는 개를 보았다. 그녀가 걷는 모습을 본 순간 캘빈의 몸에 이상한 전율이 휩쓸고 지나갔다.

"엘리자베스 조트, 너는 세상을 바꾸게 될 거야."

캘빈은 저도 모르게 이렇게 중얼거렸다. 그 말을 입 밖에 낸 순간 사실이라는 것도 깨달았다. 엘리자베스는 세상에 필요한 아주 혁명적인 일을 하게 될 것이다. 제아무리 반대파들이 몰려와도 불멸의 존재로 길이길이 남을 것이다. 그걸 증명이라도 하듯 벌써 첫 번째 추종자를 달고 오지 않았나.

"뒤따라오는 애는 누구야?"

캘빈은 이상한 전율을 떨쳐버리려는 마음에 그녀에게 소리쳤다.

"여섯시-삼십분이야."

그녀는 손목시계를 보고서 소리쳐 대답했다.

'여섯시-삼십분'은 반드시 목욕을 해야 했다. 커다랗고 야윈 회색 개는 마치 감전되었다가 간신히 살아난 것처럼 온몸의 털이 철조망처럼 꼬부라지고 엉켜 있었다. 개는 두 사람이 샴푸로 거품을 내는 동안 엘리자베스를 빤히 바라보며 미동도 없이 서 있기만 했다.

엘리자베스는 마지못해 말했다.

"애 주인을 찾아줘야 하지 않을까. 주인이 죽을 만큼 걱정하고 있을 텐데."

"주인이 없는 것 같아."

캘빈이 그녀를 안심시켰고 그 말은 옳았다. 나중에 유기견 보호소에 전화도 해보고 지역 신문사 광고에 실종 신고가 나지는 않았는지 찾아보기도 했지만 아무 소식도 없었다. 주인이 있다 하더라도 '여섯시-삼십분'은 이미 마음을 굳게 먹었다. 이 집에 가만히 있기로.

사실 '가만히'라는 말은 개가 맨 처음 배운 말이었다. 몇 주 안에 개는 최소 다섯 가지 단어를 배웠다. 엘리자베스가 가장 놀랐던 점도 바로 '여섯시-삼십분'의 학습 능력이었다.

그녀는 캘빈에게 여러 번 물었다.

"애 좀 특이하다는 생각 안 들어? 눈치가 아주 빠른 것 같아."

"은혜를 아는 거지. 우리를 기쁘게 해주고 싶어서 그래."

캘빈은 이렇게 말했지만 엘리자베스의 말이 옳았다. '여섯시-삼십분'은 아주 눈치 빠르게 행동하는 훈련을 받았다.

특히 폭탄이 터지는 상황을 빠르게 파악했다.

이 개는 골목에 숨어들기 전, 지역 해병대 기지인 캠프 펜들턴에서 폭발물 탐지견 훈련을 받았다. 하지만 안타깝게도 개는 폭탄 탐지를 못해도 너무 못했다. 거기다 언제나 폭탄을 잘 찾아내는 건방진 독일 셰퍼드가 항상 칭찬을 독차지하는 상황을 참고 견뎌야 했다. 결국 개는 퇴소하고 말았다. 그것도 불명예스럽게, 잔뜩 화난 훈련사가 개를 고속도로로 데리고 가서 길 한가운데에 유기하는 방식으로 말이다. 그리하여 2주 뒤, 개는 흘러흘러 그 골목까지 오게 되었고, 2주하고 다섯 시간 뒤, 엘리자베스에게 '여섯시-삼십분'이란 이름을 부여받고 목욕을 하게 되었다.

"정말로 애를 헤이스팅스 연구소에 데려가도 되는 거 맞아?"

월요일 아침 개를 차에 태우는 캘빈에게 엘리자베스가 물었다.

"응, 안 될 게 뭐겠어?"

"난 연구소에서 개를 본 적이 한 번도 없어. 게다가 연구실 환경은 별로 안전하지도 못하고."

"우리가 잘 지켜보면 돼. 온종일 집에 혼자 있는 게 개한테는 더 안 좋아. 얘도 뭔가 자극이 필요하다고."

이번에는 캘빈의 말이 옳았다. 여섯시-삼십분은 캠프 펜들턴에서 사는 걸 좋아했다. 거기선 외롭지 않기도 했지만, 주된 이유는 거기 있으면 전에는 한 번도 가져본 적 없었던 목표 의식이란 게 생겼기 때문이었다. 하지만 문제가 하나 있었다.

폭발물 탐지견에게는 두 가지 선택지가 있었다. 제때 폭발물을 찾아내 사람들이 해체하게 해주든(이런 행동이 선호되었다), 아니면 폭발물에 몸을 던지는 궁극적인 희생을 수행해 부대원들을 구해주든(선호되는 행동은 아니었지만 사후 훈장을 받을 수 있었다). 훈련 기간에 본 폭탄은 전부 가짜였기 때문에 개가 폭탄에 몸을 던진다 해도 기껏해야 시끄러운 폭음과 더불어 빨간 페인트가 커다랗게 터질 뿐이었다.

그런데 바로 그 소리가 문제였다. 여섯시-삼십분은 폭음을 죽을 만큼 무서워했다. 매일 훈련사가 그에게 "폭탄을 찾아와"라고 명령하면 후각으로는 이미 폭탄이 서쪽 45미터 지점에 있다는 걸 알아차리고도 곧장 동쪽으로 도망쳐서 바위 사이에 코를 들이밀고 숨었다. 그러고는 다른 용감한 개들이 망할 놈의 가짜 폭탄을 찾아내 마침내 상으로 비스킷을 받는 동안 가만히 기다렸다. 그렇지 않으면 폭탄을 너무 늦게 찾거나, 너무 거칠게 행동해서 폭탄을 터트리곤 했다. 그러면 여섯시-삼십분은 아무런 상 없이 그저 목욕만을 당했다.

"에번스 박사님, 개를 여기에 데려오시면 안 됩니다. 항의가 들어왔어요."

프래스크가 캘빈에게 설명했다.

"아무도 나한테 항의하지 않았습니다만."

캘빈은 어깨를 으쓱이며 말했다. 물론 그는 감히 자신에게 항의할 사람이 없다는 것도 알고는 있었다.

프래스크는 두말하지 않고 곧장 물러났다.

여섯시-삼십분은 몇 주 만에 헤이스팅스 연구소를 완벽하게 파악했다. 마치 대재앙에 대비하는 소방관처럼, 매 층과 각 방은 물론 비상구까지 빠짐없이 외웠다. 엘리자베스 조트를 보호하기 위해서 개는 비상경계 태세를 갖췄다. 그녀는 과거에 고통스럽게 살아왔다. 여섯시-삼십분은 그 점을 탐지할 수 있었다. 그래서 엘리자베스가 앞으로는 절대로 고통받는 일이 없게 하겠다고 다짐했다.

그건 엘리자베스 역시 마찬가지였다. 그녀는 여섯시-삼십분이 그저 도로에 버려진 유기견 신세가 된 것보다 더 큰 고통을 받았었다는 걸 감지했고, 그래서 지켜줘야겠다고 다짐했다. 처음에 캘빈은 여섯시-삼십분을 주방에서 재우는 게 좋겠다고 제안했지만, 엘리자베스는 두 사람의 침대 옆에서 재워야 한다고 고집 부렸다. 결국 엘리자베스가 이겨서, 여섯시-삼십분은 더없이 행복하게 둘 곁에서 잘 수 있었다. 물론 캘빈과 엘리자베스가 서로의 사지를 정신 사납게 뒤얽은 채로 시끄럽게 숨을 헐떡거리면서 서툰 몸짓을 할 때는 좀 불만스러웠다. 다른 동물도 이런 행동을 하긴 하지만 훨씬 효율적으로 수행하건만. 인간은 왜 이럴까. 여섯시-삼십분이 보기에 인간이란 일을 어렵게 만드는 경향이 있었다.

새벽에 이런 신체 접촉이 벌어질 때면 엘리자베스는 곧바로 일어나 아침을 만들었다. 원래는 집세 대신 일주일에 다섯 번 저녁을 만들기로 합의했지만 그녀는 아침과 점심도 만들었다. 엘리자베스에게 요리란 그저 여성의 일로 정해진 의무가 아니었다. 그녀가 캘빈에게도 말했듯, 요리는 화학이었으니까. 실제로 요리란 어딜 봐도 화학이다.

$$200°C로 35분 = 설탕 1몰^{mole}당 1개의 H_2O 손실;$$
$$55분 동안 총 4개 손실 = C_{24}H_{36}O_{18}^{•}$$

그녀는 공책에 적으며 중얼거렸다.
"그래서 비스킷 반죽이 제대로 안 구워진 거구나. 아직도 물 분자가 너무 많아서."
그녀는 연필로 조리대를 톡톡 쳤다. 캘빈이 옆방에서 소리쳤다.
"잘돼가?"
"이성질화 과정에서 원자를 하나 잃었어. 다른 걸 만들어야 할 것

•   당에서 수분이 빠져나가는 캐러멜화 과정에서 생성된 중합체가 된 구조.

같아. 넌 잭 방송 보고 있어?"

엘리자베스가 말한 건 잭 러레인Jack LaLanne이었다. 그는 TV에 나오는 유명 피트니스 전도사로, 사람들에게 몸을 잘 돌보라고 권유하는 홈 트레이닝 마니아였다. 사실 지금 잭의 방송을 보고 있느냐고 캘빈에게 물을 필요도 없었다. 보지 않아도 잭이 TV에서 인간 요요처럼 "위! 아래! 위! 아래!"라고 소리치는 게 다 들렸으니까.

"응, 같이 할래?"

캘빈은 숨찬 목소리로 대답했다. 방금 잭은 열 번 더 하라고 요구한 참이었다.

"난 단백질 변성 중이라서 안 돼."

그녀가 소리쳤다. 잭은 시청자들을 재촉했다.

"이젠 제자리 뛰기입니다!"

잭이 이렇게 권유했지만 캘빈은 제자리 뛰기만큼은 할 마음이 없었다. 잭이 발레슈즈와 흡사하게 생긴 신발을 신고서 제자리 뛰기를 하는 동안 캘빈은 추가로 윗몸일으키기를 했다. 뭐 하러 발레슈즈를 신고서 방 안에서 뛰어야 하는지 캘빈은 이해할 수가 없었다. 그는 항상 바깥에서 테니스슈즈를 신고 달리기를 했다. 당시는 조깅이 대중화되기 전이었고 아직 그런 달리기에 조깅이라는 이름이 붙지도 않았을 시기였으니, 그는 말하자면 조깅의 선구자였던 셈이다.

안타깝게도 다른 이들은 조깅이라는 개념을 처음 접하는지라, 이웃 사람들은 옷도 제대로 입지 않은 남자가 푸르딩딩한 입술로 숨을 헉헉 내뿜으면서 동네를 뛰어다니고 있다며 끊임없이 경찰서에 신고했다. 캘빈은 항상 네다섯 군데의 코스를 정해놓고 달렸기 때문에 경찰은 곧 이런 신고 전화에 익숙해졌다.

"그 사람은 범죄자가 아니에요. 캘빈이란 사람이에요. 왜 뛰냐고 물어봤더니 집에서 발레슈즈를 신고 제자리 뛰기를 하고 싶지 않아서 그런다네요."

경찰은 이렇게 대꾸하곤 했다.

"엘리자베스? 여섯시-삼십분은 어딨어? 해피가 나왔어."

잭은 다시 소리쳤다.

해피는 잭 러레인이 키우는 독일 셰퍼드였다. 해피는 잭의 방송에 가끔 나오곤 했는데, 해피가 TV에 등장할 때마다 여섯시-삼십분은 항상 방에서 나갔다. 엘리자베스는 잭의 독일 셰퍼드를 보면 여섯시-삼십분의 기분이 나빠진다는 걸 눈치챘다.

"얘는 나랑 있어."

그녀는 소리쳐 대답했다. 그러고는 달걀을 하나 쥔 채로 개를 돌아보며 말했다.

"기억해둬, 여섯시-삼십분아. 달걀을 깰 때는 절대로 그릇 옆에 치지 마. 그러면 껍데기 조각이 생길 가능성이 크거든. 차라리 날카롭고 얇은 칼로 채찍을 내리치듯 달걀을 치는 게 나아. 이것 볼래?"

그녀는 달걀을 그릇에 깨 넣으며 말했다.

여섯시-삼십분은 눈도 깜빡이지 않고서 그녀를 지켜보았다. 엘리자베스는 달걀을 휘저으며 말했다.

"이제 달걀의 내부 결합을 흐트러뜨려서 아미노산 사슬을 연장할 거야. 그러면 자유 원자들이 비슷하지만 다른 자유 원자들과 결합할 수 있게 돼. 다음에는 느슨한 상태의 혼합물을 정확한 온도로 가열 중인 철과 탄소 합금 표면에 부은 다음, 계속 휘저어서 응고 단계에 가까워지게 만들 거야."

그때 캘빈이 흠뻑 젖은 티셔츠 차림으로 주방에 들어와 선언했다.

"잭 러레인은 짐승 같아."

엘리자베스는 프라이팬을 불에서 내린 다음 달걀을 접시 두 장에 나누어 담으며 대답했다.

"그렇지. 이론적으론 인간도 동물이니까. 내가 보기에는 우리가 짐승에 불과하다고 비하하는 동물들이 오히려 우리보다 훨씬 고등하고, 우리야말로 그보다 못난 짐승인데 열등하다고 생각하지 않으며 살아가는 것 같아."

그녀는 그렇지 않느냐는 눈빛으로 여섯시-삼십분을 보았지만, 개가 단번에 이해하기에는 문장이 좀 길었다.

커다란 몸집의 캘빈이 의자에 앉으며 말했다.

"음, 잭의 방송을 보면서 생각난 건데 너도 들으면 좋아할 거야. 너한테 조정을 가르쳐줄게."

"거기 염화나트륨 좀 줄래?"

"너도 조정을 좋아할 거야. 우리는 같이 배를 탈 수 있어. 같이 페어*를 해도 되고, 아니면 더블**도 할 수 있겠지. 배를 타면서 해돋이를 볼 수도 있고."

"별로 하고 싶지 않아."

"내일부터 시작할 수 있어."

캘빈은 여전히 일주일에 사흘씩 조정을 했지만 언제나 혼자 타는 싱글을 택했다. 최고 기량의 조정 선수에겐 흔한 일이었다. 서로의

- 두 선수가 노를 하나씩 잡는 조정 방식.
- •• 두 선수가 양손으로 두 개의 노를 잡는 조정 방식.

세포 수준까지 속속들이 아는 동료와 팀이 되어 배를 타본 선수는 보통 사람과 함께 조정을 하기가 힘들 때가 있다. 엘리자베스는 캘빈이 케임브리지 조정부원들을 얼마나 그리워하는지 알고 있었다. 그렇다 해도 그녀는 조정에 관심이 전혀 없었다.

"난 하고 싶지 않아. 게다가 넌 새벽 4시 30분에 배를 타잖아."

"아니야. 배는 5시부터 타. 집에서 나가는 게 4시 30분인데."

그는 이렇게 말하면 훨씬 합리적으로 들릴 거라는 듯이 대답했다.

"어쨌든 싫어."

"왜?"

"싫다니까."

"아니 왜?"

"그땐 잘 시각이니까."

"그거야 쉽게 해결할 수 있지. 일찍 자면 되잖아."

"싫어."

"우선 로잉 머신 사용법을 알려줄게. 보트 저장고에 몇 개 있긴 한데, 가정용으로 하나 만들 거야. 로잉 머신이 익숙해지면 배를 타보자. 그걸 셸 보트^{shell boat}라고 하거든. 4월쯤에는 우리 둘이 노를 딱딱 맞추고 완벽한 조화를 이루어 만^{bay} 위를 슬렁슬렁 저어가면서 해돋이를 볼 수 있을 거야."

하지만 이렇게 말하는 캘빈도 4월에 엘리자베스와 같이 배를 타는 게 불가능하다는 걸 알고 있었다. 첫째로, 세상에 한 달 만에 조정을 배울 수 있는 사람은 없다. 보통 사람이 조정을 잘하게 되려면 제아무리 전문가의 가르침을 받더라도 1년은 있어야 한다. 사람에 따라서는 3년이 걸리기도 하며, 평생 못 배우는 사람도 많다. 슬렁슬렁 노를 젓는다는 것도 그랬다. 조정에서는 노를 슬렁슬렁 젓는 법이 없다. 만약 노를 슬렁슬렁 비슷하게라도 젓는 경지에 이른 사람이라면 분명 올림픽 선수일 것이다. 조정 선수들이 경기 코스를 따라 노를 획획 저어갈 때 얼굴에는 차분한 만족감이 아니라 절제된 괴로움이 드러난다. 때때로 단호한 결심이 나타나기도 하는데, 알고 보면 이 경기만 끝나면 조정을 때려치우고 다른 운동을 찾아봐야겠다는 결심일 때가 많다.

그런데도 캘빈은 이 생각을 하자 너무 마음이 좋았다. 엘리자베스와 페어로 조정을 하다니. 얼마나 눈부시게 아름다울까!

"싫어."

"아니, 왜?"

"왜냐니, 여자가 조정을 어떻게 한다는 거야."

이 말을 뱉자마자 엘리자베스는 후회하고 말았다.

캘빈은 깜짝 놀라 물었다.

"엘리자베스 조트, 지금 너 여자는 조정 못 한다고 말했어?"

그 말 때문에 앞날은 정해져버렸다.

다음 날 아침 그들은 작은 저택을 어둠 속에 남겨둔 채 길을 나섰다. 캘빈은 낡은 티셔츠와 운동복 바지 차림이었지만, 엘리자베스는 집에 있는 옷 중 그나마 운동복 비슷하게 보이는 아무 옷이나 입었다. 이윽고 보트 하우스 앞에 차가 서자, 여섯시-삼십분과 엘리자베스는 차창 밖을 바라보았다. 몇 사람이 미끄러운 부두에 서서 맨손 체조를 하는 모습이 보였다.

"저걸 꼭 바깥에서 해야 해? 아직 어두운데."

그녀가 묻자 캘빈이 대답했다.

"아침 날씨가 괜찮은데 왜 안에서 해?"

오늘은 안개가 끼었다.

"네가 비를 싫어하는 줄 알았는데."

"이건 비가 아니잖아."

이거 정말 괜찮은 계획일까. 엘리자베스가 이런 생각을 한 게 벌써 네 번째는 되었다.

"오늘은 쉬운 걸로 시작할게."

캘빈은 그녀와 여섯시-삼십분을 보트 보관소로 데리고 가며 말했다. 거대한 창고에서는 흰곰팡이와 땀 냄새가 났다. 잘 쌓아놓은 이쑤시개처럼 천장까지 겹겹이 쌓인 기다란 나무 경기정 무더기를 지나며, 캘빈은 옷차림이 후줄근한 사람에게 고개를 끄덕여 인사했다. 그 사람도 하품하며 캘빈에게 고개를 끄덕였지만 대화는 불가능해 보였다.

이윽고 캘빈은 찾던 것 앞에서 걸음을 멈추었다. 바로 구석에 처박혀 있는 로잉 머신이었다. 그는 로잉 머신을 꺼내서 배로 둘러싸인 공터 한가운데에 놓았다.

"중요한 것부터 먼저 하자. 정확한 방법을 가르쳐줄게."

그는 로잉 머신에 앉은 다음 기구를 당기기 시작했다. 이내 호흡이 빨라지더니 거칠고 고통스럽게 헉헉대는 소리가 이어졌다. 전혀 쉬워 보이지도 재미있어 보이지도 않았다. 그는 헐떡대며 설명했다.

"비결은 손목을 평평하게 유지하는 거야. 무릎은 내리고 복근에 힘을 주고, 또……."

캘빈이 하도 숨을 몰아쉬는 바람에 그다음 말은 무슨 뜻인지 알아들을 수도 없었다. 게다가 몇 분 지나자 그는 엘리자베스가 옆에 있다는 것도 잊어버린 듯했다.

엘리자베스는 그 자리를 몰래 빠져나왔다. 그녀는 여섯시-삼십분을 데리고 보트 보관소 안을 살펴보다가 말도 안 되게 기다란 노가 빽빽하게 보관된 선반 앞에서 멈춰 섰는데, 마치 거인의 놀이터 같았다. 옆에는 커다란 트로피 장식장이 있었다. 새벽녘 빛이 비쳐들기 시작하면서 은색 트로피와 낡은 조정 유니폼 더미가 보였다. 각각 누가 더 빨리 노를 저었는지, 누가 더 효율적이며 더 불굴의 의지를 지녔는지, 아니면 누가 그 셋 모두 잘했는지 알려주는 증거였다. 캘빈의 말에 따르면 이들은 결승선을 통과하는 것보다 속력과 효율성, 굳센 의지를 더 집중적으로 우선했던 용감한 자들이었다.

유니폼 옆에는 거대한 노를 든 건장한 젊은이들의 사진이 있었다. 그중에는 다른 사람과는 달라 보이는 사람도 하나 있었다. 승마 기수처럼 몸집이 작은 남자였는데, 표정만큼은 무척 심각해서 꾹 다문 입술에선 확고하고도 음울한 기색이 드러났다. 바로 콕스*였다. 콕스는 선수들에게 언제 뭘 해야 하는지 알려주는 사람이라고 캘빈이 설명해 준 적이 있다. 말하자면 속도를 높이거나 방향을 틀거나 다른 배를 추월하거나 더 빨리 가야 하는 게 언제인지 결정을 내리는 사람이다. 엘리자베스는 이 자그마한 사람이 여덟 마리 야생마 같은

---

* 타수라고도 하는 배의 키잡이.

남자들의 고삐를 잡고 조종한다는 개념이 마음에 들었다. 그가 소리를 높이면 그들이 명령을 받든다니. 그의 손짓이 그들의 방향타가 되며 그의 격려가 그들의 연료로 작용한다니.

그녀는 고개를 돌려 다른 조정 선수들이 모여드는 모습을 보았다. 캘빈이 시끄러운 로잉 머신을 계속 당기는 동안, 그들은 하나같이 경의를 표하며 고개를 끄덕였고, 캘빈이 딱 봐도 티 나게 부드러운 동작으로 강도를 높이자 몇몇은 부러운 시선을 보내기도 했다. 엘리자베스 역시 캘빈의 타고난 운동 신경을 알아볼 수 있었다.

그중 하나가 그의 어깨를 두드리며 물었다.

"우리랑은 언제 배를 탈 건가, 에번스? 이 힘을 좋은 데 쓸 수 있을 텐데!"

하지만 캘빈은 그 말이 들리지 않는 것 같았다. 들어도 반응하지 않는 것이다. 다만 그대로 앞을 바라보며 자세를 유지했다.

캘빈은 이 분야에서도 전설적인 인물이구나, 엘리자베스는 그렇게 생각했다. 저들이 경의를 표하는 눈빛도 그랬지만, 그가 참 웃긴 짓을 하고 있는데도 어떻게든 곁에서 얼쩡거리는 사람들의 비굴한 태도가 분명히 보였다. 게다가 캘빈은 지금 보트 보관소 한가운데에 로잉 머신을 놓고 운동하고 있다. 콕스는 이 상황이 매우 짜증난 기색이었다.

"배를 들자!"

그는 여덟 명의 조정 선수들에게 소리를 질렀다. 깜짝 놀란 그들은 경기정 한쪽에 자리 잡은 다음, 무거운 보트를 들어 올리려고 자세를 잡았다. 콕스는 명령을 내렸다.

"살살 꺼내. 하나, 둘, 셋에 어깨에 올려."

하지만 경기정을 들어봤자 움직일 수 없을 게 뻔했다. 캘빈이 한 가운데 버티고 있었으니까.

엘리자베스는 그의 뒤로 다가가 급히 속삭였다.

"캘빈, 네가 길을 막고 있어. 비켜야 해."

하지만 그는 계속 로잉 머신을 잡고 있었다.

"맙소사, 또 이 녀석이 문제군."

콕스가 잇새로 숨을 훅 불면서 말했다. 그는 엘리자베스를 슬쩍 바라보더니 엄지손가락으로 그녀를 밀고는 캘빈의 왼쪽 귓가 바로 뒤에서 허리를 숙였다.

"잘하고 있어, 캘빈. 계속 이 너비로 가, 이 개자식아. 아직 5백 미터나 남았는데 벌써 지치면 안 된다고. 옥스퍼드 놈들이 우현으로 올라와서 지금 우리를 따라잡고 있단 말이야."

엘리자베스는 놀라서 콕스를 쳐다보고 말했다.

"저기요, 죄송한데 ──"

하지만 콕스는 엘리자베스의 말을 끊고 으르렁댔다.

"이것보다 잘할 수 있잖아, 에번스. 아닌 척하지 마, 이 빌어먹을 기계 같은 놈아. 2분 뒤엔 스무 배는 더 힘을 내야 한다고. 2분 뒤에 내가 시키는 대로 하면, 이 옥스퍼드 개새끼들을 조져버릴 수 있어, 그 녀석들이 차라리 죽는 게 낫겠다고 빌게 만들란 말이야, 넌 개들을 죽여버릴 수 있어, 에번스. 어서 노를 저어, 우린 아직도 32밖에 안 돼! 40까진 가야 해, 내 신호 들어, 하나, 둘, 여길 봐, 스무 배 더 세게! 이 새끼야! 당장!"

그는 고래고래 고함을 질렀다.

엘리자베스에겐 그저 모든 게 충격적이었다. 이 자그마한 남자의 언사도 충격적이었고, 그 말에 캘빈이 내놓은 격렬한 반응도 충격적이었다. "이 빌어먹을 기계 같은 놈아"나 "개새끼들"이라는 말을 듣자마자 캘빈의 얼굴은 저예산 좀비 영화에서 볼 법한 정신 나간 표정이 되었다. 그는 더욱 힘차고 빠르게 노를 저었고, 숨은 엄청나게 거칠어졌으며, 질주하는 기관차 같은 소리를 냈지만 자그마한 남자는 거기서 만족하지 않았다. 그는 계속 캘빈에게 소리 지르며 더 열심히 하라고, 더 빨리 하라고 요구하더니 급기야 화난 스톱워치처럼 노 젓는 횟수를 카운트다운하기 시작했다. 20! 15! 10! 5! 이윽고 카운트다운이 끝나니 들려오는 건 단 두 마디였다. 엘리자베스는 그 말에 어찌나 안심이 되었는지 모른다.

"이제 끝."

콕스가 말했다. 캘빈은 마치 등에 총을 맞은 듯 앞으로 푹 고꾸라졌다.

"캘빈! 세상에!"

엘리자베스는 소리 지르며 캘빈의 곁에 다가갔다. 그러자 콕스가 대꾸했다.

"괜찮을 거요. 그렇지, 캘빈? 이제 이 망할 로잉 머신을 길에서 옮겨봐."

캘빈은 산소를 마구 들이마시며 고개를 끄덕였다.

"응…… 그래…… 샘…… 고마워……. 근데…… 먼저…… 소개를…… 시켜주고…… 싶은데…… 이쪽은…… 엘리…… 엘리……엘리자베스 조트…… 인데…… 앞으로…… 나랑…… 페어…… 파트너…… 할 거야."

그는 헐떡이는 와중에도 말을 이었다. 그러자 보트 보관소 안에 있던 사람들이 죄다 엘리자베스를 바라보았다. 그중 한 선수가 눈을 둥그렇게 뜨고 물었다.

"에번스랑 페어를 한다고요? 그럼 얼마나 잘하는 겁니까? 올림픽에서 금메달이라도 땄어요?"

"네?"

"여성 조정팀을 하는군요?"

콕스는 흥미를 보이며 물었다.

"음, 아뇨. 사실 저는 한 번도⋯⋯."

그러다 엘리자베스는 되물었다.

"여성 팀이 있어요?"

그때 숨을 돌리기 시작한 캘빈이 끼어들었다.

"엘리자베스는 이제부터 배울 거야. 하지만 이미 필요한 자질은 갖췄어. 여름쯤에는 너희 모두와 함께 만을 누빌 수 있을 거야."

그는 깊이 숨을 들이쉬고 내려 선 다음 로잉 머신을 옆으로 치우기 시작했다.

엘리자베스는 방금 들은 말이 무슨 뜻인지 알 수가 없었다. 만을 누벼? 그래도 경주를 한다는 뜻은 아니겠지? 아까는 해돋이를 보자고 했으면서 왜 말이 바뀌는 거야?

캘빈이 몸을 말리러 간 동안 그녀는 콕스를 바라보며 조용히 말했다.

"저기요, 저는 사실 조정을 정말로—"

"아니, 당신은 조정을 하게 될 겁니다."

콕스는 엘리자베스가 말을 맺기도 전에 딱 잘라 말했다.

"에번스가 자기 몸도 못 하는 사람에게 같이 배를 타자고 말하지는 않을 테니까요."

그는 한쪽 눈을 감고 나머지 눈을 가늘게 뜨며 덧붙였다.

"그래, 내 눈에도 보이는군요."

"네?"

엘리자베스는 놀라서 되물었지만 콕스는 벌써 돌아서서 경기정을 부두로 가져가라고 소리쳐 명령하고 있었다.

"한쪽 발 넣은 다음, 내려!"

그가 명령하는 소리가 들렸다. 잠시 후 경기정은 짙은 안개 사이로 사라졌다. 차갑고 굵은 빗방울이 하나둘씩 떨어지며 앞으로 기분 나쁜 비가 내릴 거라는 전조를 보여주었지만, 남자들은 이상하리만큼 열심이었다.

제 8 장

욕심이 너무 과해

물에 들어간 첫날, 엘리자베스와 캘빈은 배를 뒤엎고 물에 빠졌다. 둘째 날도, 셋째 날도 물에 빠졌다.

"내가 뭘 잘못해서 이렇게 된 거야?"

길고 가느다란 경기정을 부두로 미는 동안 그녀는 덜덜 떨리는 치아를 부딪치며 물었다. 게다가 캘빈에게 한 가지 사소한 사실을 깜빡 잊고 이야기하지 못했는데, 그녀는 수영을 못 했다.

"전부 다 잘못했어."

캘빈은 한숨을 쉬었다.

10분 뒤 엘리자베스가 아직도 흠뻑 젖어 있는 걸 보면서도 캘빈은 로잉 머신을 가리키면서 앉으라고 말했다.

"전에도 말했지만, 조정을 하려면 완벽한 테크닉을 익혀야 해."

그녀가 발판을 조정 하는 동안 캘빈은 설명했다. 수면이 너무 거칠거나 때를 기다려야 하거나 코치의 기분이 정말 안 좋은 날에는 보통 로잉 머신을 탄다고 말이다. 로잉 머신을 다 타고 나면 보통은 토한다고도 했다. 특히 체력 테스트를 할 때 그렇다나. 물이 정말 좋아 보이는 날에 로잉 머신을 타게 되면 그날은 정말 최악의 날이라고도 했다.

그런데 그 뒤로 두 사람은 정말 최악의 날을 계속 겪고야 말았다. 다음 날 둘은 또 배를 타러 물에 나갔으니까. 왜 최악이었느냐 하면, 캘빈이 여전히 말하지 않은 기본적인 사실이 하나 있었기 때문이다. 둘이 타는 페어는 조정에서 제일 어려운 종목이었다. 마치 비행기 조종을 B52 폭격기로 배우는 것이나 다름없었다. 하지만 캘빈이 달리 어쩌겠는가? 8인용 경기정에 엘리자베스를 태우려 한들 다른 선수들이 받아주지 않을 텐데. 엘리자베스가 여자여서도 그렇지만, 경험이 없는 사람을 태우면 조정을 제대로 할 수 없기 때문이다. 게다가 그녀가 노를 허투루 젓기라도 하면 갈비뼈가 몇 개는 부러질 수도 있었다. 캘빈은 그 점 역시 그녀에게 말하지 않았다. 이유야 뻔했다. 그런 소리를 들으면 누가 조정을 하겠는가?

두 사람은 경기정을 바로잡고 다시 안으로 기어 올라갔다.

"몸을 앞으로 미끄러뜨릴 때 참을성이 없는 게 문제야. 지금보다 훨씬 느리게 해야 한다고, 엘리자베스."

"느리게 하고 있어."

"아냐. 지금도 너무 빨라. 그게 조정할 때 저지르는 최악의 실수야. 네가 몸을 앞으로 서둘러서 미끄러뜨릴 때마다 어떻게 되는지 알아? 하나님이 새끼 고양이를 죽이신다고. 끔찍한 일이 일어난단 말이야."

"어우, 그런 소리 좀 하지 마, 캘빈."

"그리고 넌 캐치*가 너무 느려. 조정의 목적은 빨리 가는 거잖아?"

엘리자베스는 후미에서 쏘아붙였다.

"아주 잘 알아듣겠어. 느리게 움직여서 빨리 가라 이거구나."

캘빈은 드디어 그녀가 말귀를 알아들었다는 듯 어깨를 쳤다.

"바로 그거야."

엘리자베스는 몸을 부르르 떨면서 노를 잡았다. 뭐 이런 바보 같은 운동이 다 있지. 그 뒤로 30분 동안 그녀는 캘빈의 모순된 명령을 열심히 수행하려 애썼다. *손을 들어. 아니, 낮게! 몸을 내밀어. 아니, 너무 내밀지는 마! 맙소사, 너무 구부렸잖아! 너무 젖혔잖아! 너무 빠르잖아! 너무 느리잖아! 너무 서둘렀잖아!*

결국 경기정조차 캘빈의 명령이 지겨웠던지 다시 두 사람을 물속에 처박고 말았다.

"너랑 조정을 하려고 하지 말았어야 했나 봐."

캘빈은 다시 보트 보관소로 가면서 말했다. 무거운 경기정이 잔뜩 젖은 두 사람의 어깨를 짓눌렀다.

"내 문제가 뭔 것 같은데?"

엘리자베스가 경기정을 선반에 내려놓으면서 물었다. 그녀는 최악의 대답을 각오하며 마음을 단단히 먹었다. 캘빈은 언제나 조정이

---

* 노를 젓기 위한 첫 단계로 노의 날이 물속에 들어가 젓기 시작하는 부분을 물을 '붙잡는다'고 개념화한 용어다.

란 최고의 팀워크를 요구하는 운동이라고 말했다. 그리고 엘리자베스의 팀장 말에 따르면, 그녀는 팀과 원만히 협력하지 못하는 직원이었다.

"그냥 말해봐. 솔직하게."

"물리학적으로 동작이 안 맞아."

"아아, 물리학적으로 문제였구나. 다행이다."

그녀는 안심하며 대꾸했다.

"알았다. 조정은 간단한 문제였네. 운동에너지 대 보트의 항력과 질량 중심으로 생각하면 돼."

그날 연구실에서 엘리자베스는 물리학 교과서를 쭉 훑어보며 몇 가지 공식을 적었다.

"중력과 부력, 비율과 속도, 균형과 기어 장치, 노의 길이와 날의 종류까지 생각하면……."

그녀는 계속 책을 읽으면서 더욱 많은 공식을 적었다. 그러자 복잡한 알고리즘 속에서 조정이란 게 무엇인지 서서히 감이 잡히기 시작했다. 이윽고 그녀는 의자에 털썩 몸을 기대며 말했다.

"오, 세상에나. 조정은 별로 어려운 게 아니네."

이틀 뒤, 두 사람이 탄 경기정이 물 위를 거침없이 질주하자 캘빈은 감탄했다.

"와, 뭐야? 너, 어떻게 이토록 딴사람이 됐어?"

그녀는 아무 대답 없이 그저 머릿속으로 공식을 떠올릴 뿐이었다. 이윽고 둘의 배가 잠시 쉬고 있던 8인용 경기정 옆을 지나자, 배에 타고 있던 선수들이 죄다 고개를 돌려 그들의 배를 지켜보았다.

콕스는 화난 목소리로 선수들에게 소리쳤다.

"봤냐? 저 여자가 과하게 욕심 부리지 않고 손을 정확히 뻗어서 노 젓는 거 봤냐고?!"

하지만 한 달 뒤 엘리자베스의 팀장인 도나티 박사는 그녀가 욕심이 과하다고 지적했다.

"조트 양, 자네는 말이야, 욕심이 너무 과해."

그는 잠시 말을 끊고는 엘리자베스의 어깨를 지그시 쥐었다.

"화학진화는 박사 논문 주제론 별로야. 말하자면 '이렇게 재미없는 걸 누가 해?'라는 소리나 듣기 딱 좋다고. 오해하지 말고 들어. 이 주제는 자네의 지적인 능력을 벗어났어."

"제가 그 말씀을 정확히 어떻게 받아들여야 할까요?"

그녀는 어깨에서 도나티의 손을 떨쳐냈다. 하지만 도나티는 그녀의 어조에 아랑곳 않고 반창고가 잔뜩 붙은 그녀의 손을 잡았다.

"손은 왜 이래? 혹시 실험실 장비를 다루기 힘들면 연구원들한테 도와달라고 해."

"조정을 배우고 있어서요."

엘리자베스는 손가락을 홱 빼며 대꾸했다. 최근에 실력이 늘긴 했지만 그다음 몇 단계는 완전히 실패의 연속이었다.

"조정을 한다고?"

도나티는 눈을 흡떴다. *에번스 이 자식.*

도나티 역시 조정 선수였다. 그것도 무려 하버드 대표 선수였다. 망할 놈의 헨리 로열 조정 경주 축제*에서 에번스가 사랑해 마지않는 케임브리지 조정팀과 딱 한 번 경기를 한 적 있는데, 그때 상상을 초월하는 불행한 사건을 겪었다. 그들은 어마어마하게 뒤처진 데다가(경기정 길이의 일곱 배, 그러니까 139미터 정도), 엄청나게 커다란 모자를 쓰고 빽빽이 앉은 관중 중에 그들의 충격적인 패배를 슬쩍이나마 봐준 사람도 얼마 되지 않았다. 이 패배의 원인은 사실 전날 밤 어마어마하게 퍼마신 맥주였지만, 모두들 맥주 대신 조심스럽게 먹은 피시 앤드 칩스를 원망했다.

다시 말하자면, 그들은 애초에 취한 채로 출전했다.

경기가 끝난 뒤 하버드대학교 감독은 선수들에게 가서 젠체하는 케임브리지 선수들을 축하해 주라고 명령했다. 그때 도나티는 케임브리지 선수 중에 미국인이 하나 있다는 걸 처음 알았다. 그것도 하버드에 원한을 품은 미국인. 도나티는 에번스와 악수하면서 "너희 잘하더라"라고 덕담을 건넸건만, 에번스는 친절히 대답해 주기는커녕 "*맙소사, 너 취했냐?*"라고 되물었다.

그 순간 도나티는 그를 싫어하게 되었다. 후에 에번스가 자신처럼 화학 전공일 뿐만 아니라 이미 화학계에 한 획을 그은 에번스, 바로 캘빈 에번스라는 사실을 알게 되자 세 배는 더 싫어졌다.

몇 년 뒤 헤이스팅스가 내건 모욕적이다 싶게 비루한 일자리를, 심지어 도나티가 직접 조건을 정한 그 자리를 에번스가 받아들였을 때 도나티가 그다지 기뻐하지 않은 게 뭐 그리 놀랍겠는가? 그를 싫어할 이유는 많았다. 첫째로, 에번스는 그를 기억하지 못했다. 참으

•　매년 여름 영국 템스강에서 열리는 조정 경기.

로 무례하게도 말이다. 둘째로, 에번스는 아직도 건강을 유지하고 있는 듯했다. 참으로 짜증나게도 말이다. 셋째로, 에번스는 《케미스트리 투데이》에 헤이스팅스 연구소 자리를 받아들인 이유가 연구소의 명성 때문이 아니라 '빌어먹을 날씨가 좋아서'라고 대답했다. 정말이지 개새끼였다.

그러나 한 가지 위안이 있었다. 화학과장이 바로 도나티라는 점이다. 물론 그가 과장이 된 건 그의 아버지가 연구소 CEO와 골프를 치기 때문도 아니고, 우연히 그 CEO가 그의 대부이기 때문도 아니며, 그가 CEO의 딸과 결혼했기 때문은 더더욱 아니었다. 어쨌든 그 위대하신 에번스 님도 어쩔 수 없이 과장인 자신에게 보고하는 아랫사람이 되었다는 게 중요했다.

서열로 본때를 보여주기 위해 그는 거드름 피우는 에번스와의 회의를 소집했다. 그러고는 일부러 20분 늦게 들어갔다. 하지만 안타깝게도 회의실에는 아무도 없었다. 에번스는 아예 나타나지도 않은 것이다. 나중에 에번스는 그에게 말했다.

"미안해, 다이노. 난 회의 같은 건 질색이라서."

"내 이름은 다이노가 아니라 도나티야."

지금은 어떤가? 에번스에 이어 엘리자베스 조트까지 나타나다니. 그는 조트를 좋아하지 않았다. 이 여자는 강압적이고 똑똑하고 자기주장이 강했다. 게다가 더 나쁘게도 남자 취향이 형편없었다. 여타 남자와는 달리, 도나티는 조트를 예쁘다고 생각하지 않았다. 그는 은테두리 액자에 끼워 넣은 자신의 가족사진을 보았다. 귀가 커다란 남자아이 세 명을 입이 뾰족 튀어나온 이디스와 자신이 안고 있는 사진이었다. 그와 이디스는 부부라면 응당 이루어야 할 팀의 모습을 갖춘 부부였다. 망할 놈의 조정 따위나 같이 하는 사이가 아니라, 사회적으로나 신체적으로 적합한 성별 역할을 따르는 팀. 도나티가 집에 돈을 벌어 가면, 이디스가 아이를 낳아 기르는 식으로. 그것이야말로 정상적이고 생산적이며 하나님께서 승인하신 결혼 생활 아니겠는가? 도나티가 다른 여자와 자기도 하느냐고? 그런 걸 쓸데없이 뭐 하러 물어보는가. 유부남 중에 다른 여자랑 안 자는 놈이 어딨다고.

"……저의 근본적인 가설은……."

조트가 계속 말했다.

근본적인 가설 좋아하시네. 도나티가 조트를 싫어하는 이유는 바로 이래서다. 어쩜 이다지도 지칠 줄 모르는지. 아주 뻣뻣해. 멈춰야 할 때를 모르는 여자다. 누가 조정 하는 인간 아니랄까 봐. 조정 하는 것들은 다 똑같다고 도나티는 생각했다. 그는 조정을 그만둔 지 오래였다. 그런데 이 동네에 여자팀이 있기는 한가? 아무리 생각해도 에번스와 같이 조정을 할 리는 없는데? 에번스 같은 엘리트 조정 선수는 절대로 초보자와 배를 같이 타주는 법이 없다. 제아무리 같이 사는 사이라도. 아니, 말이야 정확히 하자. 같이 자는 사이라면 더더욱 배를 같이 탈 리 없지. 에번스는 분명히 조트를 초보자 클럽 같은 데 등록시켰을 것이다. 조트가 자기 몫을 해낸다는 걸 언제나처럼 증명해 보이려고 말이다. 조정 선수들이 잔뜩 모여 힘겹게 노를 젓는 가운데 노 날이 제어할 수 없는 주걱처럼 물을 마구 쳐대는 모습을 상상하자 도나티는 몸이 부르르 떨렸다.

"……이걸 끝까지 지켜보기로 결심했습니다, 도나티 박사님."

조트가 주장했다. 그래, 그래, 그러시겠지. 조트 같은 여자들은 항상 '결심' 같은 단어를 즐겨 쓴다. 그래, 그렇다면 도나티도 결심했다. 바로 어젯밤에 조트를 다룰 새로운 방법을 생각해 냈던 것이다. 에번스에게서 이 여자를 훔쳐내자. 그 잘나신 인간에게 이보다 더 좋은 복수가 어디 있겠는가? 일단 에번스와 조트의 사랑이 깨져서 둘 다 살아남지 못하게 되면, 도나티는 조트를 차버린 다음 임신한 아내와 어쩌면 세상 이토록 시끄러운지 모르겠는 아이들이 기다리는 가정으로 돌아가면 되는 것이다. 안전하게.

그의 계획은 단순했다. 우선 조트의 자존감을 공격하자. 여자들은 너무나 쉽게 자존감을 잃어버리니까.

도나티는 일어서서 배에 힘을 주고는 그녀를 문 쪽으로 쫓아버리며 말했다.

"내가 말했지만, 자네는 그만큼 똑똑하지가 않아."

엘리자베스는 복도를 걸어갔다. 힐이 바닥에 부딪히며 위험하게 들릴 만큼 또각또각 소리를 냈다. 숨을 깊이 들이쉬면서 마음을 차분하게 가라앉히려고 했지만, 그것도 잠시, 다시금 허리케인처럼 불안함이 몰려들었다. 순간 걸음을 우뚝 멈춘 엘리자베스는 벽을 주먹으로 쾅 친 뒤 주어진 선택지를 생각해 보았다.

보고서를 고쳐서 다시 제출할까.

그만둘까.

연구소에 불을 지를까.

인정하고 싶지 않았지만 도나티의 발언은 자꾸만 커지는 엘리자베스의 자기 의심에 기름을 새로 끼얹은 것과 다름없었다. 그녀는 다른 사람들처럼 교육받지도 못했고 경험이 많지도 않았다. 자격만 없는 게 아니라 논문 수도 부족했고, 동료 연구자, 재정 지원, 수상 경력도 없었다. 그럼에도 엘리자베스는 이것 하나만큼은 분명히 알았다. 자신에게는 대단한 것을 이룰 가능성이 있었다. 누군가는 위대한 업적을 이룰 운명을 타고나기 마련이고, 자신 역시 바로 그런 사람이었다. 엘리자베스는 손으로 이마를 짚었다. 이러면 머리가 폭발하는 걸 막을 수 있다는 듯이.

"조트 양, 저기. 조트 양?"

갑자기 불쑥 누군가의 목소리가 들렸다.

"조트 양!"

바로 앞에 있는 모퉁이에서 머리숱이 적은 남자 하나가 서류뭉치를 든 채 이쪽을 빼꼼 내다보았다. 연구소 동료인 보리웨이츠 박사였다. 다들 그렇듯 아무도 보지 않을 때 슬그머니 다가와 엘리자베스에게 종종 도움을 청하는 사람이었다.

"이것 좀 봐줄 수 있어요?"

그는 엘리자베스에게 옆으로 오라고 손짓한 다음 이맛살에 걱정을 한가득 드리운 채 낮은 목소리로 말했다.

"내 최근 실험 결과인데요. 내가 보기엔 학계를 뒤흔들 내용 같아요. 안 그래요? 새로운 게 나왔거든요."

보리웨이츠는 그녀의 손에 서류 뭉치를 덥석 건네며 말했다. 심지어 손까지 덜덜 떨고 있었다.

그는 방금 유령이라도 본 것처럼 겁먹은 표정이었다. 그가 항상 달고 다니는 표정이었다. 보리웨이츠가 대체 어떻게 화학 박사 학위를 땄는지, 또 어떻게 헤이스팅스 연구소에 취직했는지 참 신기하다고 사람들은 생각했다. 가끔 보면 그저 얼빠진 놈으로밖에 보이지 않았으니까.

"조트 양 남자친구 되시는 분이 혹시 이 결과에 관심이 있으실까요? 혹시 이걸 보여줘 볼래요? 지금 에번스 씨 연구실에 갈 거죠? 괜찮다면 나도 따라갈 수 있는데."

그는 손을 뻗어 엘리자베스의 팔을 잡았다. 마치 그녀가 구명정이라도 되는 것처럼, 그래서 그녀를 잡고 있으면 캘빈 에번스라는 거대한 구조선이 조만간 자신을 살려줄 것처럼.

엘리자베스는 그의 손아귀에서 조심스럽게 종이를 꺼냈다. 보리웨이츠는 좀 모자라는 사람이지만 그녀는 이 남자를 좋아했다. 예의 바르고 나름 전문가다운 태도를 보여주었으니까. 게다가 그들은 공통점도 있으니, 바로 둘 다 시대를 잘못 타고나서 잘못된 곳에서 일한다는 점이었다. 물론 무엇이 잘못됐는지는 정반대로 달랐지만.

엘리자베스는 자신의 고민을 일단 접어두기로 마음먹고 그의 보고서를 꼼꼼하게 읽어보았다.

"있잖아요, 보리웨이츠 박사님. 이건 아미드 결합으로 연결된 반복 단위를 가진 고분자예요."

"맞아요. 그렇죠."

"다른 말로 하면 폴리아미드라고도 하고요."

"폴리……."

그의 얼굴이 어두워졌다. 아무리 보리웨이츠가 바보라지만 그도 폴리아미드가 태곳적부터 존재해 왔다는 건 알고 있었다.

"조트 양이 잘못 본 게 아닐까요. 다시 봐요."

"발견하신 게 나쁘지는 않아요. 다만 이미 증명된 것이라서요."

그는 패배감 어린 모습으로 고개를 저었다.

"그럼 이건 도나티 박사님께 보여드릴 수 없겠네요."

"박사님은 지금 나일론을 재발견하신 거예요."

"그러네요. 제길."

그는 자신의 결과지를 바라보며 고개를 푹 떨구었다. 잠시 불편한 침묵이 흘렀다. 보리웨이츠는 손목시계에 혹시 답이 있을지 모른다는 듯 흘끔 보더니, 마침내 반창고를 감은 엘리자베스의 손가락을 가리키며 물었다.

"손은 왜 그래요?"

"아, 조정을 해서요. 아직은 초보자예요."

"조정 잘해요?"

"아뇨."

"그런데 왜 해요?"

"저도 모르겠어요."

그러자 보리웨이츠는 고개를 저었다.

"아, 나도 그 마음 뭔지 알아요."

"프로젝트는 잘돼가?"

몇 주 뒤, 캘빈은 엘리자베스와 같이 점심 먹는 자리에서 물었다. 물론 그녀의 프로젝트가 어떻게 되어가는지 알고는 있었지만, 내색하지 않으려고 애쓰며 칠면조 샌드위치를 한입 베어 물고선 열심히 씹었다. 사실은 모두가 그녀의 프로젝트에 대해 알고 있었다.

"잘돼가."

"아무 문제 없이?"

"아무 문제 없어."

그녀는 물을 홀짝거렸다.

"알겠지만 내가 도와줄 게 있으면—"

"네 도움은 필요 없어."

캘빈은 좌절감에 한숨을 쉬었다. 참 순진한 사고방식이네, 라는 생각이 절로 들었다. 인생은 열심히 노력해서 헤쳐나가면 되는 거라고 믿고 있지 않은가. 물론 노력도 중요하지만, 운도 따라줘야 하는 법인데. 하지만 이제껏 엘리자베스는 운이 좋았던 적이 한 번도 없었기 때문에 그 운이라는 걸 믿으려 하지 않았다. 최선을 다하기만 한다면 노력이 언젠간 빛을 발할 거라고 그녀가 얼마나 단언했던가? 셀 수 없을 정도였다. 인생에는 사실상 최선을 다해도 노력이 빛을 잃는 경우가 더 많은 법인데. 헤이스팅스에서는 특히 그랬다.

엘리자베스가 점심을 먹는 둥 마는 둥 하는 동안 캘빈은 남은 음식을 모두 먹었다. 그리고 절대로 그녀의 일에 끼어들지 않겠다고 속으로 다짐했다. 엘리자베스의 마음을 존중했으니까. 그녀가 스스로 알아서 하고 싶어 하니까. 그러니 캘빈은 관여하지 않을 생각이었다.

하지만 정확히 10분 뒤, 캘빈은 자신의 상사인 도나티의 연구실에 불쑥 나타나 고래고래 소리를 질렀다.

"도나티, 대체 왜 이러는 거야? 생명의 기원이 어디서 시작되었는지 연구하는 게 왜 문제라는 거야? 종교계에서 압박이라도 해? 화학 진화는 이 세상에 신이 없다는 사실을 한번 더 증명하는 것뿐이잖아. 혹시 기독교인들에게 욕먹을까 봐 무서워? 그래서 조트의 프로젝트를 취소했어? 당신이 그러고도 과학자야?"

도나티는 심드렁하게 머리 뒤로 팔을 뻗으며 말했다.

"캘빈, 나도 잠시 이야기를 나누고야 싶지만, 내가 지금은 좀 바빠서 말이야."

"그게 아니라면 이유는 하나밖에 없겠네. 당신은 엘리자베스의 연구를 이해할 머리가 없는 거로군."

캘빈이 커다란 카키색 바지 앞주머니에 손을 꽂으며 말했다.

도나티는 눈을 흡뜨고 입술에서 고약한 숨을 훅 내뱉었다. 머리 좋은 사람들은 왜 이리 하나같이 둔하지? 에번스의 머리가 조금이라도 돌아간다면, 자기의 예쁜 여자친구 일에 뭐 하러 참견하느냐고 따져야 하지 않을까?

도나티는 담배를 비벼 끄며 말했다.

"캘빈, 솔직히 말하는데, 나는 그저 조트의 경력에 좀 힘을 실어주는 중이었어. 아주 중요한 프로젝트에서 나랑 직접 일할 기회를 준 거라고. 다른 분야에서도 좀 클 수 있게 말이야."

그래, 다른 분야에서 큰다라. 분야야 갖다 붙이면 그만이지. 도나티는 속으로 생각했다.

하지만 캘빈은 이미 엘리자베스의 최근 실험 결과를 두고 호통치기 시작했다. 마치 그들이 아직도 일 이야기를 하고 있는 것처럼 말이다. 도나티는 전혀 모르는 일이었다.

"나는 매주 이직 제의를 받고 있어. 내가 연구할 데가 헤이스팅스밖에 없는 줄 알아?"

캘빈은 으름장을 놓았다.

또 시작이군. 도나티가 이 말을 대체 몇 번째 들었던가? 물론 에번스는 연구계에서 아주 인기 있는 인물이었다. 헤이스팅스가 받는 연구 자금 상당수가 캘빈의 존재 때문인 것도 사실이었다. 그건 펀드 매니저들이 에번스의 이름만 있으면 다른 연구계 거물들도 끌어들일 수 있다고 맹신하기 때문이었다. 하지만 그런 일은 일어나지 않았다.

어쨌든 도나티도 에번스가 떠나길 바라지는 않았다. 다만 그가 실패하기를 바라는 것뿐. 사랑하는 연인과 깨진 다음 너무나 속상한 나머지 폐인이 되어 연구자로서의 명성을 망치고 앞날의 기회도 날려버리기를 바랄 뿐이었다. 떠나려면 일단 그렇게 된 다음에 떠나야 했다.

도나티는 침착한 목소리로 대꾸했다.

"내가 말했잖아, 난 그저 조트 양이 개인적으로 성장할 기회를 주려던 것뿐이야. 그녀의 앞길을 돕고 싶었을 뿐이라고."

"엘리자베스는 자기 앞가림을 알아서 할 수 있어."

도나티는 웃었다.

"그렇겠지. 하지만 그럼 넌 여기 왜 왔어?"

그러나 도나티가 캘빈에게 말하지 않은 게 있었다. 그가 세운 '조트를 이용하여 에번스를 처리한다'는 해결책에 최근 거대한 파리, 그러니까 어마어마하게 커다란 돈주머니를 쥔 기부자가 떨어져서 일을 망쳤다는 사실이었다.

이틀 전에 느닷없이 나타난 기부자는 백지수표와 더불어 뭐든 지원하겠다는 의사를 밝히며 화학진화에 자금을 대겠다고 말했다. 도나티는 아주 정중하게 기부자와 논쟁을 했다. 화학진화 말고 지질대사 lipid metabolism는 어떠신지요? 아니면 세포 분열도 있는데? 하지만 기부자는 화학진화 연구가 아니면 돈을 대지 않겠다고 고집을 부렸다. 그래서 도나티는 어쩔 수 없이 조트를 다시 원래의 연구 프로젝트로 돌려보냈다. 화성에 가겠다는 것만큼이나 웃긴 화학진화로.

사실, 도나티는 엘리자베스를 밟아버리겠다는 계획에서도 별 진척을 보지 못하고 있었다. 계속해서 "넌 똑똑하지 않아"라고 말해도 고집스러운 그녀는 굽히고 들어오지 않았다. 대체 몇 번을 말했는지 모르겠는데도 조트는 제대로 된 반응을 보인 적이 없었다. 왜 자존감에 상처를 안 받아? 왜 안 울어? 따분하기 짝이 없는 화학진화 이야기만 냉정하게 늘어놓거나, 그게 아니면 기껏해야 한다는 말이 "저 만지지 마세요. 안 그럼 인생을 후회하게 만들어줄 테니까"라는 소리고. 대체 에번스는 애를 왜 좋아하는 거지? 이런 애, 그놈이나 가지라고 해. 도나티는 잘나신 에번스에게 복수할 다른 방법을 찾아야 할 것 같았다.

그날 오후 엘리자베스가 캘빈의 연구실로 달려와 말했다.

"캘빈, 대단한 소식이 있어. 나 그동안 너한테 숨겼던 게 있어. 미안해. 하지만 너까지 말려들게 하고 싶지 않아서 그랬어. 도나티가 몇 주 전에 내 연구 프로젝트를 취소했거든. 그래서 프로젝트를 되찾으려고 싸우고 있었는데 드디어 결판이 났어. 도나티가 결정을 번복했어. 내 연구를 검토한 다음에 그만두기에는 너무 중요한 연구라고 결정해 줬어."

캘빈은 활짝 웃으며 자신의 표정이 놀라움을 적절하게 표현했기를 바랐다. 그가 도나티의 연구실에서 나온 지 30분도 되지 않았으니까. 캘빈은 엘리자베스의 등을 토닥이면서 말했다.

"잠깐만, 정말이야? 도나티가 화학진화 연구를 취소하려고 했었어? 음, 애초에 실수였네."

"미리 이야기하지 않아서 미안해. 나 혼자 처리하고 싶었어. 그리고 혼자서 해내서 이제 기뻐. 내 일에 확신이 생긴 것 같아. 자신감이 들었다고."

"당연히 그렇겠지."

엘리자베스는 한 발짝 물러서서 그를 찬찬히 바라보았다.

"나, 이거 내 힘으로 해낸 거 맞지? 너 전혀 관여 안 했지?"

"이 사건 자체를 너한테 처음 들었어."

"도나티한테 말 안 한 거 맞지? 넌 전혀 모르는 일이지?"

"그렇다니까. 맹세해."

엘리자베스가 떠난 뒤, 캘빈은 기쁨을 조용히 만끽하며 두 손을 꼭 마주 잡고 하이파이 오디오를 튼 다음 「온 더 서니 사이드 오브 더 스트리트 On The Sunny Side Of The Street」 LP 판을 놓았다. 그가 더없이 사랑하는 사람을 구한 게 이번이 두 번째였다. 제일 좋은 건 그녀가 이 사실을 모른다는 점이었다.

캘빈은 의자에 앉아 공책을 펴고 글을 쓰기 시작했다. 그는 일곱 살쯤부터 일기를 쓰기 시작했고, 화학 방정식 사이에 자신의 삶에 대한 사실과 공포를 적어나갔다. 오늘도 그의 연구실은 글씨를 거의 알아볼 수 없는 공책으로 가득했다. 모두가 캘빈이 일을 많이 한다고 생각하는 이유에는 어마어마하게 많은 공책 수도 한몫했다.

"여기 네가 쓴 글씨 못 읽겠어. 뭐라고 쓴 거야?"

엘리자베스는 몇 번이고 말했다. 지금 그녀는 캘빈이 몇 달째 심심풀이로 생각해 온 RNA 관련 이론을 가리키고 있었다.

"효소 적응에 대한 가설이야."

"그럼 이건?"

그녀는 페이지 아래를 가리켰다. 그가 엘리자베스에 관해 쓴 내용이 있었다.

"그것도 역시 가설이야."

그는 공책을 옆으로 치우며 말했다.

그 내용이 엘리자베스가 읽으면 안 되는 끔찍한 내용이라서 못 보여주는 건 아니었다. 오히려 그 반대라서 절대로 보여줄 수 없었다. 그는 엘리자베스가 죽을지도 모른다는 생각에 사로잡혀 있었다.

캘빈은 오래전부터 자신에게 징크스가 있다고 생각했다. 확실한 증거도 있었다. 그 징크스란 바로 자신이 사랑하는 사람이 항상 기이한 사고를 당해서 죽는다는 것이었다. 이 치명적인 운명의 장난에 종지부를 찍는 방법은 사랑하지 않는 것뿐이었다. 그래서 캘빈은 아무도 사랑하지 않았다. 그런데 엘리자베스를 만나버렸고, 절대 그럴 의도가 없었으나 어쩔 수 없이 멍청하고 이기적이게도 다시 사랑을 시작하고 말았다. 그리하여 엘리자베스는 그의 징크스라는 불 옆에 서고 말았다.

물론 캘빈은 화학자이니만큼 징크스에 집착하는 행위가 전혀 과학적이지 않음을 잘 알고 있었다. 그건 미신일 뿐이다. 음, 그렇다면 좋겠지. 하지만 인생이란 결과에 아랑곳하지 않고 계속해서 시험할 수 있는 가설이 아니었다. 무언가는 반드시 폭발하게 되어 있다. 그래서 캘빈은 엘리자베스에게 위협이 될 만한 게 뭔지 항상 경계해왔다. 오늘 아침에도 그녀는 조정을 하다가 죽을 뻔했다.

둘이 페어로 타다가 배가 뒤집힌 것이다. 캘빈의 잘못이었다. 처음으로 둘이 동시에 같은 쪽에서 물에 빠지는 바람에 그는 끔찍한 사실을 알아채고 말았다. 엘리자베스가 수영을 할 줄 모르다니. 그녀가 겁을 잔뜩 먹고 개헤엄을 치는 모습을 보아 하니, 살면서 한 번도 수영 수업을 받아본 적이 없는 게 분명했다.

엘리자베스가 보트 보관소의 화장실에 간 사이, 캘빈과 여섯시-삼십분은 남자 조정팀 주장인 메이슨 박사에게 다가갔다. 지금은 날씨가 안 좋은 계절이었다. 캘빈과 엘리자베스가 계속 조정을 할 마음이 있다면, 8인승 배에 타는 게 제일 좋을 것이다. 안전하기도 하고, 실제로 그녀는 8인승 배를 타고 싶어 하니까. 8인승 배는 뒤집힐 리도 없고, 만에 하나 뒤집힌다고 해도 사람이 많으니까 누군가가 엘리자베스를 구해줄 수 있다. 어쨌든 메이슨은 3년 넘게 캘빈을 팀에 영입하려고 노력해 왔으니 말이라도 한번 해볼 수 있을 터였다.

"어때요? 하지만 우리 둘 다 들어가는 조건입니다."

그는 메이슨에게 말했다.

"*여자*를 남자 8인 팀에 넣으라고요?"

메이슨 박사는 짧게 깎은 스포츠머리 위로 모자를 고쳐 쓰며 되물었다. 그는 해병대에서 복무했지만 해병대를 싫어했다. 그래도 머리 스타일만큼은 그대로 유지했다.

"엘리자베스는 잘합니다. 아주 강하다고요."

캘빈의 말에 메이슨은 고개를 끄덕였다. 그는 산부인과 전문의였기에 여자들이 마음만 먹으면 얼마나 강해지는지 알고 있었다. 하지만 그래도 그렇지 여자를 남자 팀에? 그게 어떻게 가능하지?

잠시 후 캘빈은 엘리자베스에게 말했다.

"있잖아. 놀라운 소식이 있어. 남자 팀에서 오늘 우리 둘에게 8인 승 배를 같이 타자고 제안이 왔어."

"정말?"

그녀의 목표는 언제나 8인승 배에 타는 것이었다. 좀처럼 뒤집힐 것 같지 않은 배라서였다. 이제껏 캘빈에게 수영을 못 한다고 말한 적도 없었고. 일부러 걱정 끼칠 필요가 뭐 있다고?

"팀 주장이 방금 나한테 와서 하는 말이, 네가 조정 하는 걸 봤다는 거야. 보니까 너한테 재능이 있대."

둘의 발치에서 여섯시-삼십분이 한숨을 쉬었다. *거짓말에 또 거짓말, 끝없이 이어지네.*

"그럼 언제부터 하는데?"

"지금부터."

"지금?"

그녀는 와락 겁에 질렀다. 물론 8인승 배를 타고 싶긴 했지만, 8인 승을 타려면 완벽하게 조화를 이루는 수준이 되어야 하는데 아직 그 경지에 이르지 못했기 때문이었다. 배가 잘 가려면 각자 신체 조건 이 모두 다르고 크고 작은 차이가 있는 팀원들이 그 차이를 무마할 만큼 한 몸이 되어 노를 저어야 했다. 완벽한 조화야말로 조정의 진 정한 목표였다. 한번은 캘빈이 보트 보관소에 있던 사람에게 이렇게 말하기도 했다. 케임브리지 선수로 있을 때 코치는 팀원들이 눈도 동시에 깜빡이기를 바랐다고. 그러자 놀랍게도 듣던 사람이 고개를 끄덕이며 이렇게 대꾸했다. "우리 팀은 발톱도 똑같은 길이로 길러야 했어. 그랬더니 결과가 아주 좋게 나오더라고."

잠시 멍하니 있던 엘리자베스에게 캘빈이 말했다.

"너는 2번 자리에 앉아서 노를 저으면 돼."

"잘됐네."

그녀는 덜덜 떨리는 손을 캘빈이 못 보았기를 바라며 대꾸했다.

"콕스가 명령을 내릴 거야. 너는 잘할 수 있어. 그냥 앞에 있는 노 날만 봐. 무슨 일이 있어도 배 밖을 보지 마."

"잠깐만, 배 밖을 보지 않으면서 어떻게 앞에 있는 노 날을 볼 수 있어?"

"그냥 보지 말라면 보지 마. 주변 환경은 잊어버려."

캘빈은 경고했다.

"그래도─"

"긴장 풀고."

"하지만 나─"

그때 콕스가 소리쳤다.

"준비!"

"걱정하지 마. 넌 잘할 거야."

캘빈이 말했다.

언젠가 엘리자베스는 이런 글을 읽은 적이 있었다. 사람들이 걱정하는 일의 98퍼센트는 애초에 아예 일어나지 않는다고. 하지만 그렇다면 나머지 2퍼센트는 어떨까 궁금했었다. 누가 그 수치를 계산한 걸까? 2퍼센트라니, 수상쩍다 싶을 만큼 낮지 않은가. 10퍼센트라면 엘리자베스도 믿었을 것이다. 아니, 20퍼센트라도 믿었을 거다. 경험에 따르자면 50퍼센트는 결국 걱정한 대로 일어난다고 봐야 했다. 그녀는 지금 배 타는 걸 걱정하고 싶은 마음이 전혀 없었지만 어쩔 수 없이 걱정이 되었다. 50퍼센트의 확률로 자신은 조정을 망쳐버릴 예정이었으니까.

팀원들이 어둠 속에서 배를 부두로 나르는 동안 그녀 앞에 있던 남자가 뒤를 슬쩍 돌아보았다. 언제나 2번 자리에 앉던 사람이 왜 오늘따라 작은 건지 알아봐야겠다는 눈초리였다.

"엘리자베스 조트라고 합니다."

"잡담하지 마!"

콕스가 소리쳤다. 하지만 남자는 미심쩍은 목소리로 물었다.

"누구라고요?"

"제가 오늘 2번 자리에 앉아요."

"거기 뒤! 조용히 하라니까!"

콕스가 고함을 질렀다. 하지만 남자는 믿을 수 없다는 목소리로 속삭였다.

"2번 자리라고요? 당신이 2번 자리에 탄다고?"

"뭐 문제라도 있나요?"

엘리자베스는 나지막이 쏘아붙였다.

"너 정말 대단하더라! 다들 그렇게 생각했다고!"

두 시간 뒤 캘빈은 자동차 핸들을 마구 내리치며 환성을 질렀다. 여섯시-삼십분은 이러다 집에 가기도 전에 사고가 나는 건 아닐까 걱정하게 되었다.

"다들이 누구야? 아무도 나한테 한마디도 안 하던데."

"아, 그거야 네가 다른 화난 팀원들 이야기만 들어서 그렇지. 어쨌든 요점은, 우리가 수요일 조정 인원에 선발되었다는 거야."

그는 자랑스럽게 미소를 지었다. 또 엘리자베스를 구했어. 처음에는 일터에서 그리고 지금은 조정에서. 어쩌면 이러다가 징크스가 사라질 수도 있지 않을까. 아무 말 없이 조심스럽게 예방 조치를 취하다 보면 될지도 모른다.

엘리자베스는 몸을 돌려 차창을 내다보았다. 조정이라는 스포츠가 정말 이토록 남녀 평등하단 말이야? 이건 피의자들이 품는 평범한 공포에 불과한 걸까? 조정팀 사람들도 연구소의 과학자들처럼 캘빈에게 밉보일까 봐 겁먹은 건 아닐까? 그는 원한을 품기로 명성이 자자하잖아.

그들은 해안을 따라 달렸다. 집으로 가는 길에 수십 명의 서퍼들이 기다란 서프보드를 해안에 꽂아놓은 채로 떠오르는 햇살을 받으며 일하러 가기 전에 파도를 잠깐 타려고 준비하고 있었다. 그 모습을 보던 엘리자베스는 문득 캘빈이 원한을 품는 걸 한 번도 본 적이 없다는 사실을 깨달았다.

그녀는 캘빈을 바라보며 물었다.

"캘빈, 어째서 다들 네가 원한을 심하게 품는다고 말하는 거야?"

"그게 무슨 소리야?"

캘빈은 여전히 웃음을 참지 못하면서 대꾸했다. 아무 말 없이 조심스럽게 예방 조치를 취하다 보면 평생의 문제를 해결할 수 있어! 얼마나 기쁜가!

"무슨 말인지 알잖아. 연구소에서 다들 수군대. 네 말을 안 듣는 사람이 있으면 네가 가만두지 않는다고."

그는 조심스럽게 대답했다.

"아, 그거. 그냥 헛소문이야. 날 험담하는 거지. 질투해서 그래. 물론 내가 안 좋아하는 사람이 있긴 있지만, 내가 일부러 나서서 가만두지 않는다고? 그런 짓은 안 해."

"그렇지. 그래도 궁금한 게 있어. 넌 살면서 절대로 용서하지 못할 만큼 미운 사람이 있어?"

"생각나는 사람은 없는데. 너는 어때? 평생을 미워하기로 한 사람이라도 있어?"

캘빈은 명랑하게 대답하고는 그녀를 바라보며 물었다. 조정의 여파로 아직도 뺨이 붉게 물들어 있는 그녀는 바닷물을 맞아 축축한 머리카락을 드리운 채로 심각한 표정을 지었다. 그러고는 숫자를 세려는 듯 손가락을 폈다.

제 9 장

원한

캘빈은 자신이 원한 같은 걸 품지 않고 아무도 미워하지 않는다고 말하긴 했지만, 그건 어떤 이들이 '나 아직 밥 안 먹었어'라고 말하는 것과 다를 바 없었다. 한마디로 거짓말이었다는 뜻이다. 제아무리 과거에 연연하지 않는 척해도 과거는 여전히 마음에 남아 캘빈의 마음을 좀먹어 갔다. 그에게 잘못을 저지른 사람은 참으로 많았지만 그중 절대로 용서할 수 없는 사람을 꼽으라면 단 한 명 있었다. 캘빈이 죽는 날까지 미워하겠다고 다짐한 건 그 사람뿐이었다.

캘빈은 아홉 살 때 그 남자를 처음 보았다. 보육원 문 앞에 기다란 리무진이 서더니 남자가 내렸다. 키가 크고 우아한 자태에 은제 커프스단추가 달린 고급 정장을 단정하게 차려입은 남자는 아이오와의 풍경과 어울리는 데가 하나도 없었다. 다른 소년들처럼 캘빈도 울타리에 다닥다닥 붙어 서서 그를 구경했다. 아이들은 속으로 생각했다. 영화배우인가 봐. 어쩌면 유명한 야구선수일지도 몰라.

아이들은 이런 상황에 익숙했다. 1년에 두 번쯤 유명한 사람들이 기자들을 줄줄이 달고 보육원에 와서는 아이를 몇 명 골라 사진을 같이 찍었으니까. 가끔은 야구글러브 두어 개나 본인이 서명한 사진을 주고 가기도 했다. 하지만 이 남자가 가져온 건 서류 가방뿐이었다. 아이들은 모두 돌아섰다.

하지만 남자가 방문한 지 약 한 달 뒤부터 온갖 물건들이 도착하기 시작했다. 과학책이나 수학 게임, 화학 실험 세트 같은 것이었다. 그 선물은 사인된 사진이나 야구 글러브와 달리 모두에게 하나씩 충분히 돌아갔다.

보육원 담당 신부는 새 생물학 책을 하나씩 나누어주면서 말했다.

"주님께서 주신 것이다. 무슨 뜻인고 하니, 너희는 얌전하게 입 다물고 가만히 앉아 있어야 한다는 말이다. 거기 뒷줄 녀석들! 가만히 앉아 있으라고!"

신부는 자로 근처 책상을 탕 내리쳐서 모두를 깜짝 놀라게 했다. 그때 캘빈이 받은 책을 훑어보다 말고 물었다.

"저기요, 신부님. 제가 받은 책이 이상해요. 몇 페이지가 빠져 있어요."

"빠진 게 아니란다, 캘빈. 우리가 뜯어내서 그래."

신부가 말했다.

"왜요?"

"잘못된 내용이니까 그렇지. 이제 책 119페이지를 펴라, 얘들아.

오늘 배울 내용은—"

"진화론 부분이 빠져 있어요."

캘빈은 책을 마구 넘기며 끈질기게 물었다.

"그만해라, 캘빈."

"하지만—"

그 순간, 신부는 그의 손등을 자로 세차게 내리쳤다.

주교는 지친 모습으로 말했다.

"캘빈, 대체 왜 이러니? 이번 주에 네가 날 찾아온 게 벌써 네 번째구나. 게다가 네가 거짓말한 걸 우리 도서관 사서가 들었다며 불평한 것까지 치면 너 때문에 시달린 게 그 이상이야."

"사서라니요?"

캘빈은 놀라서 물었다. 주교님이 말씀하시는 사람이 누구지? 혹시 항상 술에 취해서 책장 앞에 웅크려 있는 신부님을 말하는 건가? 설마 책도 얼마 안 되는 빈약한 보육원 책장을 도서관이라고 말한 거야?

"아모스 신부님이 그러는데, 네가 우리 서가에 있는 책을 다 읽었다고 주장한다면서. 거짓말은 죄악이란다. 하물며 남에게 떠벌리려고 하는 거짓말은 어떻겠니? 그보다 더 나쁜 건 없어."

"하지만 저는 정말로—"

"조용히 해!"

주교는 캘빈을 위협하려는 듯 벌떡 일어나 소리쳤다.

"어떤 인간은 원래부터 썩어빠진 채로 태어난다. 나쁜 부모 밑에서 그런 애가 나오지. 하지만 너 같은 경우는 어쩌다가 이렇게 됐는지 모르겠구나."

"무슨 말씀이세요?"

주교는 캘빈에게 고개를 숙이며 대답했다.

"그러니까 내 말은, 넌 아무래도 착하게 태어났다가 나중에 나빠진 것 같구나. 아주 썩어버렸다고. 잘못된 선택을 거듭해서 이렇게 된 거겠지. 아름다움이란 내면에서 온다는 말은 들어본 적 있지?"

"네."

"음, 너의 내면은 못생긴 외면과 일치한다는 뜻이다."

캘빈은 울지 않으려고 애쓰면서 부어오른 손을 꽉 쥐었다. 주교는 말했다.

"왜 지금 가진 것에 만족하며 살지를 못하니? 생물학 교과서가 아예 없는 것보다는 반이라도 남았으니 다행 아니니? 맙소사, 이게 문제가 될 줄 알았어."

그는 책상에서 벌떡 일어나 사무실 안을 마구 걸어 다니기 시작했다.

"과학책이니, 화학 세트니 그따위 것이 다 뭐야. 우리가 받아야 할 건 금고에 넣어둘 현금뿐인데."

그는 화가 난 눈초리로 캘빈을 바라보았다.

"그것도 역시 네 잘못이야. 네 아버지만 아니었어도 이런 꼴을 보지 않았을 텐데—"

순간, 캘빈은 고개를 번쩍 들었다.

"아니, 됐다."

주교는 다시 책상으로 돌아가 서류를 집어 들었다. 하지만 캘빈은 열이 오른 얼굴로 말했다.

"어떻게 우리 아빠 이야기를 하시는 거예요? 누군지도 모르시잖아요!"

주교는 그를 노려보았다.

"누구를 이야기하든 그건 내 마음이지. 어쨌든 기차 사고로 죽은 네 양아버지를 말한 게 아니야. 내가 말한 건 너의 진짜 아버지다. 우리한테 이런 빌어먹을 과학책이나 얹어주다니. 네 아버지가 한 달 전쯤 커다란 리무진을 타고 와서 기차 사고로 죽은 양부모가 남긴 열 살 먹은 남자애를 찾았지. 고모가 운전하다가 나무를 들이받고 죽은 아이 말이야. '아주 키가 클 것 같은' 남자애를 찾는다고 했지. 그래서 난 캐비닛을 뒤져서 네 자료를 줬다. 어쩌면 잃어버리고 못 찾았던 여행 가방을 회수하러 오듯 너를 데리러 올 거라고 생각했으니까. 어쩌면 네가 입양을 갈 수도 있을 줄 알았어. 하지만 네 사진을 보여주자마자 그는 관심을 보이지 않더구나."

새로운 사실을 알게 된 캘빈은 눈을 둥그렇게 떴다. 내가 입양아였다고? 그럴 리 없어. 돌아가셨든 아니든 부모님은 여전히 그의 부모님이었다. 아이는 눈물을 애써 참으면서 예전의 행복했던 기억을 떠올려보았다. 아버지의 커다랗고 안정감 있는 손을 잡았던 기억, 어머니의 따스한 가슴에 머리를 기댔던 기억을. 주교님 말은 틀렸어. 거짓말하는 거야. 이곳 아이들은 항상 그들이 어떤 식으로 올 세인츠 보육원에 오게 되었는지에 대해 들었다. 어머니가 아이를 낳다 세상을 떠나고 아버지는 홀로 아이를 키울 수가 없었다거나, 아이를 기를 수가 없는 환경이었다거나, 먹여 살릴 식구가 너무 많아서 같이 살 수가 없었다거나 하는 이야기였다. 그런데 여기 한 가지 이야기가 새로이 드러나다니.

주교는 수많은 이야기 목록에서 아무거나 하나 골랐다는 듯 말을 던졌다.

"너도 알다시피 네 친어머니는 널 낳다가 세상을 떠났고, 친아버지는 아이를 키울 수가 없었던 거다."

"그 말 안 믿어요!"

"그렇구나. 과학자 꿈나무께서는 증거가 있어야 믿는 법이니."

주교는 무심하게 말하며 캘빈의 서류철에서 서류 두 장을 꺼냈다. 입양 증명서와 어떤 여자의 사망 진단서였다.

캘빈은 눈물 때문에 흐려진 눈으로 서류를 읽기 시작했다. 하지만 한 글자도 알아볼 수 없었다. 주교는 손을 모아 쥔 채로 말했다.

"그럼 좋아. 이런 소식이 물론 큰 충격이겠지만, 캘빈, 좋은 쪽으로 생각해 봐라. 너는 살아 계신 아버지가 있고, 그분은 너를 보살피고 있단다. 적어도 교육 쪽은 신경 쓰고 있지. 그건 다른 아이들이 갖지 못한 아주 큰 장점 아니겠니. 이 점을 두고 너무 이기적으로 생각하지 말라는 뜻이다. 넌 운이 좋았어. 첫째로 좋은 양부모님을 만났잖니. 그리고 이젠 부자 아버지도 생겼고."

주교는 잠시 주저하다가 이렇게 덧붙였다.

"아버지가 주신 선물을 기념으로 간직하렴. 네 어머니를 기리는 마음이라고 말이야. 추모의 뜻으로."

그래도 캘빈은 주교의 말을 여전히 믿을 수가 없었다.

"하지만 그분이 정말로 제 아버지라면, 나를 여기에서 데려갔을 텐데요. 나랑 같이 살고 싶어 했을 거라고요."

주교는 놀란 눈빛으로 캘빈을 내려다보았다.

"뭐라고? 아니야. 내가 말했잖아. 네 어머니는 널 낳다가 세상을 떠났고, 아버지는 아이를 키울 수가 없었던 거라고. 그래서 우리는 합의를 했단다. 특히 그분이 네 서류를 읽은 다음, 너는 여기 있는 게 좋겠다고 했어. 너 같은 아이는 엄격한 규율을 지키면서 도덕적인 환경에서 자라야 해. 부잣집에서는 자녀를 많이들 기숙학교에 보낸단다. 올 세인츠 보육원도 그런 학교와 다르지 않아."

그는 주방에서 올라오는 시큼한 냄새를 맡으며 코를 킁킁거렸다.

"물론 그분은 우리가 더 많은 교육을 해야 한다고 주장하긴 하셨지. 내가 보기엔 좀 주제넘은 언사였지만."

주교는 옷소매에서 고양이 털을 떼어내며 말을 이어갔다.

"우리는 이미 교육 전문가인데 굳이 교육법을 일러주더라고."

그는 일어나 캘빈에게 등을 돌린 채 창밖으로 건물 서쪽에 비스듬히 깔린 지붕을 바라보았다.

"좋은 소식은 말이다, 그분이 우리에게 꽤 많은 돈을 남겼다는 사실이란다. 너한테만은 아니고 다른 애들도 함께 쓸 돈이지. 아주 너그러우시더라. 만약 그 돈을 과학과 운동 부분에만 쓰라고 지정하지 않았다면 더 좋았겠지만. 어휴, 부자들이란. 저들만 세상 이치를 아는 줄 안다니까."

"그…… 그분은 과학자였나요?"

"내가 언제 그분이 과학자라고 했었니? 봐라. 그분은 오셔서 질문을 몇 가지 하고 가버리셨어. 수표를 남기고 말이다. 그만하면 웬만한 무능력자 아버지보다 훨씬 낫단 말이다."

"그러면 언제 다시 오신대요?"

캘빈은 보육원에서 나가기만을 간절히 바라는 마음으로 절박하게 물었다. 알지도 못하는 남자와 함께 산다 해도 상관없을 정도로.

"그건 기다려봐야겠지. 그런 말씀은 없으셨거든."

주교는 돌아서서 납으로 된 창틀을 내다보며 말했다.

캘빈은 그 남자를 생각하며 터벅터벅 교실로 들어왔다. 어떻게 하면 그가 돌아오게 할 수 있을까. 그는 반드시 돌아와야 했다. 하지만 돌아온 것이라고는 더욱 많은 과학책뿐이었다.

그래도 캘빈은 아직 어렸다. 어린애답게 희망을 참 오랫동안 품었다. 이제는 그만 품어야 할 만한 시점을 훌쩍 넘겨서까지. 그는 새롭게 등장한 아버지가 보내준 책을 모두 읽었다. 마치 그 책이 사랑인 것처럼 마구 욱여넣으면서 아픈 마음을 온갖 이론과 알고리즘으로 채웠다. 그리고 자신과 아버지가 나누었던 화학적 관계를, 영원히 이어져 있어 끊을 수 없는 유대를 밝혀내자고 결심했다. 하지만 어린아이가 독학으로 배운 것은 타고난 권리를 훌쩍 뛰어넘을 만큼 화학이 복잡하다는 점, 때로는 비정하리만큼 뒤틀리고 꼬였다는 점이었다. 그리하여 캘빈은 이 새로운 아버지가 자신을 버렸을 뿐만 아니라, 심지어 만나주지도 않았으며 화학이라는 그 학문 자체에서 그가 숨기지도 키우지도 못한 원한이 피어났다는 사실을 느끼며 살아가야만 했다.

제10장

목줄

엘리자베스는 반려동물을 키워본 적이 없었다. 지금도 자신이 반려동물을 키우고 있는 건지 확신이 서지 않았다. 여섯시-삼십분은 인간이 아니었지만, 그 애는 이제껏 엘리자베스가 봤던 웬만한 사람보다 훨씬 더 인간적인 특징을 보여주는 듯했다.

그래서 엘리자베스는 목줄을 사지 않았다. 그건 그릇된 행동일 뿐만 아니라 여섯시-삼십분에게 모욕적이기도 한 것 같았다. 여섯시-삼십분은 애초에 그녀의 곁에서 멀리 떨어지는 법이 없었고, 무턱대고 길로 뛰어들거나 고양이를 쫓아가지도 않았다. 개가 갑자기 도망쳤던 적은 딱 한 번, 7월 4일 독립기념일에 폭죽이 바로 앞에서 터졌을 때뿐이었다. 그때 엘리자베스와 캘빈은 도망친 개를 몇 시간이고 찾아다니다가, 마침내 어느 골목 쓰레기통 뒤에 덜덜 떨며 숨어 있던 여섯시-삼십분을 찾아냈었다.

하지만 시에서 목줄을 매야 한다는 법을 통과시켰고, 엘리자베스는 이젠 목줄을 채워야 하나 생각하게 되었다. 물론 좀 더 복잡한 이유가 있었다. 개에 대한 애착이 점점 커져서, 개를 언제나 옆에 두어야겠다는 생각 역시 덩달아 커졌던 것이다.

엘리자베스는 목줄을 하나 산 다음 복도의 옷걸이에 걸어두고서 캘빈이 눈치채기를 기다렸다. 하지만 일주일이 지나도 캘빈이 목줄을 눈여겨보지 않자, 마침내 그녀가 먼저 말을 꺼냈다.

"여섯시-삼십분에게 채울 목줄을 샀어."

"왜?"

캘빈이 묻는 말에 그녀가 설명했다.

"법이 생겨서."

"무슨 법?"

그녀가 새로운 법을 설명하자 그는 웃었다.

"아, 그거. 음, 그건 우리한테는 해당하지 않아. 여섯시-삼십분 같은 개가 아닌 반려견을 키우는 사람들이나 매야 하는 거지."

"아니야, 이건 모두에게 해당하는 법이야. 새로 제정됐다고. 어기면 안 될 게 분명해."

하지만 캘빈은 미소를 지었다.

"걱정하지 마. 여섯시-삼십분이랑 나는 거의 매일 경찰서 앞을 지나가. 경찰도 우릴 알아."

"하지만 상황이 곧 바뀔 거야. 이미 반려동물 사망 사건이 급증하고 있어. 개랑 고양이가 차 사고로 죽는 빈도가 늘고 있다고."

엘리자베스는 고집을 부렸다. 이게 사실인지는 확인하지 않았지만, 분명히 그럴 것 같았다.

"어쨌든, 어제 내가 여섯시-삼십분에게 목줄을 매고 산책을 시켜 봤어. 목줄을 좋아하던데."

하지만 캘빈은 시선을 슬쩍 올리며 말했다.

"난 목줄을 잡고 뛸 수 없어. 묶여 있는 느낌이 들어서 싫다고. 게다가 얘는 항상 내 옆에 있으니 괜찮아."

"무슨 일이라도 생기면 어떡해?"

"무슨 일이 생기다니?"

"얘가 도로로 뛰어들지도 몰라. 그러다 차에 치일 수도 있어. 폭죽 터졌을 때 기억 안 나? 내가 걱정하는 건 네가 아냐. 얘지."

캘빈은 속으로 미소를 지었다. 이건 처음 보는 엘리자베스의 단면, 모성애였다.

"어쨌든 일기예보에서 번개가 친다고 했어. 메이슨 박사가 전화했는데 이번 주 조정은 취소래."

"아, 안타깝네."

엘리자베스는 속으로 안심했지만 애써 티를 내지 않고 대꾸했다. 이제까지 남자팀에서 8인승 경기정을 네 번 타봤는데, 인정하고 싶지는 않았지만 매번 기진맥진해졌으니까.

"박사님이 또 다른 말은 안 했어?"

짐짓 칭찬 같은 걸 받고 싶어 하는 것처럼 들릴까 봐 걱정스럽긴 했지만 그녀는 솔직히 칭찬을 듣고 싶었다. 메이슨 박사는 괜찮은 남자 같았다. 언제나 엘리자베스를 다른 사람과 동등하게 대해주었기 때문이다. 캘빈의 말로는 그가 산부인과 의사라고 했다.

"다음 주 선수 명단에 우리 둘 다 들어갔다고 했어. 그리고 봄이 되면 레가타^{regatta}에 나가는 게 어떻겠냐고 묻더라."

"보트 경주 말이야?"

"너도 좋아할 거야. 재밌거든."

사실 캘빈은 엘리자베스가 좋아하지 않을 거라고 확신했다. 경주는 스트레스가 무척 심했다. 진다는 생각만으로도 두렵지만, 조정 경기 자체가 몸이 무척 상하는 일이었다. 일단 "어텐션*!"이라는 소리를 듣자마자 선수들은 심장 마비에 걸리거나 갈비뼈에 금이 가거나 폐가 망가져서 이식받아야 하는 상황을 각오해야 한다. 마지막에 싸구려 메달을 받기 위해서 말이다. 2등도 괜찮지 않냐고? 아, 제발 그런 소리는 넣어두길. 2등이 패배자들 중 1등이라는 말이 괜히 있는 게 아니다.

"재밌을 것 같네."

엘리자베스는 거짓말을 했다.

"응, 정말 재밌어."

캘빈도 거짓말을 했다.

"조정 취소됐다고 했잖아. 기억 안 나?"

이틀 뒤, 어둠 속에서 옷을 입는 엘리자베스의 기척을 느끼고 캘빈이 말했다. 그는 자명종 시계를 들어 시간을 확인했다.

"아직 4시야. 도로 자."

"잠이 안 와. 그냥 일찍부터 일해야겠어."

• 경기 전 준비 구령.

"안 돼. 나랑 있어."

그는 애원하면서 이불을 걷고 그녀에게 들어오라 손짓했다. 하지만 그녀는 신발을 신으면서 말했다.

"오븐에 감자 요리를 넣어두고 낮은 온도로 설정해 놨어. 아침 식사로 먹으면 돼."

"음, 네가 일어나면 나도 일어날래. 잠깐 기다려."

그는 하품했다.

"아니, 그러지 마. 넌 더 자."

30분 뒤, 다시 잠에서 깬 캘빈은 혼자라는 걸 깨달았다.

"엘리자베스?"

소리쳐 불러봐도 대답은 없었다. 주방에 가봤더니 조리대에 오븐용 장갑 두 짝이 보였다. '감자 요리 맛있게 먹어. 이따 보자. 사랑해. 엘리자베스.'

"오늘 아침에는 연구소까지 달려가자."

그는 여섯시-삼십분에게 말했다. 사실 뛰고 싶은 마음은 별로 없었지만, 일터까지 뛰어가면 퇴근할 때 셋이서 차 한 대에 타고 집으로 올 수 있었다. 기름을 절약하고 싶어서가 아니라, 엘리자베스 혼자 집까지 운전한다는 생각을 견딜 수 없었다. 나무를 들이받으면 안 되니까. 기차 사고를 당할 수도 있으니까.

캘빈이 이토록 걱정하며 호들갑 떠는 걸 알면 엘리자베스는 좋아하지 않을 터여서 그는 아무 말도 하지 않았다. 하지만 무엇보다 사랑하는 사람을 두고, 이토록 사랑할 수 있을까 싶은 사람을 두고 어떻게 호들갑을 떨지 않을 수 있단 말인가? 게다가 엘리자베스도 그를 두고 호들갑을 떨기는 마찬가지였다. 식사를 제대로 해라, 밖에서 뛰지 말고 그냥 잭 러레인을 보면서 집 안에서 뛰는 게 어떻겠냐, 개목줄을 사라 등등.

그는 고지서 몇 장을 곁눈질로 슬쩍 바라보고는 최근 자신에게 온 쓰레기 같은 편지 더미를 정리해야겠다고 머릿속에 입력했다. 그는 자기가 친어머니라고 주장하는 여자의 편지를 또 받은 참이었다. 편지에는 항상 '사람들이 네가 죽었다고 했어'라는 말이 적혀 있었다. 추가 편지로는 캘빈이 자신의 아이디어를 모두 훔쳐갔다고 주장하는 문맹자가 쓴 게 한 통, 그리고 자신이 오래전 헤어진 캘빈의 친형제이니 돈을 좀 보내달라는 남자가 쓴 게 한 통 있었다. 참 이상하게도 자기가 아버지라고 주장하는 편지는 한 통도 없었다. 어쩌면 아버지가 여전히 어딘가에서 본인에게 아들이 없는 척 살고 있기 때문은 아닐까.

캘빈이 보육원을 떠난 뒤, 아버지에게 원한을 품었다는 사실을 털어놓은 사람은 주교 외에 단 한 명이 있었다. 바로 펜팔 친구였는데, 하고많은 사람들에게도 이야기하지 않았던 사실을 캘빈은 그에게 털어놓았다. 펜팔 친구를 한 번도 만난 적은 없었지만 둘은 아주 깊은 우정을 쌓을 수 있었다. 고백이란 게 그렇듯 속내는 만날 일이 없는 사람에게 말하는 게 더 편하다고 둘 다 생각했기 때문이었을까. 하지만 1년 동안 거리낌 없는 편지가 제한 없이 줄기차게 이어진 끝에 드디어 주제가 아버지에 이르자, 모든 것이 바뀌고 말았다. 캘빈은 그만 아버지가 죽었으면 좋겠다는 속내를 흘려버렸고, 펜팔 친구는 심한 충격을 받은 게 분명한 기색으로 그가 예상하지 못했던 반응을 보이고 말았다. 바로 답장을 뚝 끊어버린 것이다.

캘빈은 자신이 선을 넘었다고 생각했다. 친구는 신앙심이 깊은 사람이지만 자신은 그렇지 않았으니까. 어쩌면 아버지가 죽기를 바란다는 건 종교계에서는 받아들일 수 없는 생각일지도 모른다. 이유야 어쨌든 그들의 은밀한 사담은 끝나버렸고, 캘빈은 그 뒤 몇 달을 우울하게 보냈다.

그래서 캘빈은 아직 살아 있는 아버지 이야기를 엘리자베스에게 하지 않기로 마음먹었다. 혹시나 옛날 펜팔 친구와 같은 반응을 보이며 그녀가 자신을 떠나면 어떡하나, 아니면 예전에 주교가 말한 자신의 치명적인 단점, 즉 태어날 때부터 진저리나는 존재였다는 걸 그녀가 갑자기 깨달아버리면 어떡하나 너무 두려웠기 때문이다. 외면과 내면이 모두 못난 캘빈 에번스라고 생각하면 어쩌나. 엘리자베스는 이미 청혼도 거절하지 않았던가.

어쨌든 지금 와서 이야기한다 해도 엘리자베스는 왜 이제껏 아무 말도 없었느냐 물을지도 몰랐다. 또 이야기하지 않은 건 뭐가 있느냐고 물어볼 수도 있기 때문에 그건 위험한 짓이었다.

그래, 세상에는 말하지 않는 게 나은 것들도 있다. 게다가 엘리자베스 역시 자기 프로젝트 문제를 계속 숨기고 있었잖아? 아무리 친한 사이라도 각자 혼자만의 비밀이 있을 수 있다. 그건 당연하다.

그는 낡은 운동복을 입고서 엘리자베스와 함께 쓰는 양말 서랍장을 뒤적였다. 그녀의 향기가 훅 끼쳐오자 기분이 좋아졌다. 캘빈은 자기계발 같은 걸 한 번도 해본 적 없었다. 심지어 데일 카네기의 『인간관계론』도 끝까지 읽지 않았다. 한 열 장쯤 훑어보고 나자, 자신은 남의 생각 따위에 아랑곳하지 않는 인간이라는 걸 깨달았기 때문이다. 하지만 엘리자베스를 만나고 나서는 달라졌다. 그녀가 행복하면 자신도 행복하다는 사실을 알게 되었으니까. 이게 바로 사랑의 정의가 되어야 하지 않을까. 누군가를 위해서 정말로 내 모습을 바꾸고 싶은 마음. 이런 생각을 하며 그는 테니스슈즈를 집어 들었다.

허리를 굽혀 테니스슈즈의 끈을 묶으면서도 가슴에는 새로운 감정이 솟구쳤다. 이런 게 감사함이라는 걸까? 그는 어릴 적 부모님을 잃고 이제껏 사랑받은 적 없는 못생긴 캘빈 에번스로 살았다. 그런데 지금은 어떤가. 어쩌다 보니 여자도 생겼고, 개도 생겼고, 연구도 하고, 조정도 하고, 달리기도 하고, 잭 러레인 방송도 열심히 보고 있다. 바라왔던 것보다 훨씬 더 많이 받은 삶이었다. 그가 마땅히 받아야 할 수준보다 훨씬 더 큰 것들이었다.

시계를 보니 오전 5시 18분이었다. 엘리자베스는 지금쯤 의자에 앉아 원심 분리기를 최고 속도로 가동하고 있겠지. 그는 휘파람을 불어서 여섯시-삼십분에게 현관으로 나오라고 명령했다. 연구소까지의 거리는 8킬로미터가 조금 넘고, 여섯시-삼십분과 같이 뛰면 42분 뒤에 도착할 수 있다. 하지만 캘빈이 문을 열자 여섯시-삼십분은 망설였다. 밖은 아직 어두운 데다가 부슬비까지 내리고 있었으니까.

"가자, 얼른. 왜 그래?"

캘빈은 이렇게 말하다가 무언가를 떠올렸다. 그러고는 돌아서서 목줄을 갖고 와 허리를 굽힌 다음 여섯시-삼십분의 목걸이에 채웠다. 처음으로 개와 단단하게 연결된 캘빈은 돌아서서 문을 잠갔다.

그리고 37분 뒤에 죽었다.

제11장

예산 삭감

"이 녀석아. 빨리 뛰자."

캘빈은 여섯시-삼십분에게 말했다. 여섯시-삼십분은 캘빈보다 다섯 발짝 앞서서 달리다 종종 고개를 돌려 캘빈이 뒤에서 잘 오고 있는지 확인했다. 우회전을 하자 신문 가판대가 나왔다. '바닥을 친 시 예산', '경찰과 소방 인력 위기'라는 머리기사가 대문짝만 하게 적혀 있었다.

캘빈은 목줄을 쥔 손에 힘을 주어 여섯시-삼십분에게 왼쪽으로 가라고 지시했다. 왼쪽에는 커다란 저택과 새파란 잔디밭이 깔린 오래된 주택가가 있었다. 캘빈은 함께 달리며 개에게 장담했다.

"언젠가 우리는 이곳에서 살게 될 거야. 내가 노벨상을 타고 나면 말이지."

여섯시-삼십분도 캘빈이 노벨상을 타리란 건 알고 있었다. 엘리자베스가 이미 말해주었다.

다시 모퉁이를 돌았을 때, 캘빈은 이끼를 밟고 미끄러졌다가 가까스로 발을 디뎠다.

"하마터면 넘어질 뻔했네."

그는 숨을 훅 내쉬었고, 둘은 함께 경찰서 근처를 지났다. 여섯시-삼십분이 앞을 바라보자 경찰차들이 신체검사를 기다리는 군인들처럼 쭉 늘어서 있었다.

하지만 경찰차들은 점검을 받은 적이 없었다. 경찰청에서 4년 동안 세 번째로 예산을 삭감했기 때문이었다. 그 세 번의 예산 삭감은 '예산은 더 적게, 일은 더 많이!'라는 계획에 따라 저질러진 일이었는데, 이 표어는 시 홍보부의 몇몇 중간급 공무원들이 구상한 것이었다. 그런데 이번 예산 삭감으로 바로 그 공무원이 타격을 입어버렸다. 연봉이 동결되고, 임금 인상은 물 건너갔다. 그다음으론 정리해고가 이어졌다.

그래서 경찰관들은 정리해고만큼은 막기 위해 모든 걸 했다. '예산은 더 적게, 일은 더 많이!'라는 표어를 받아들이고 그걸 자신들이 속해 있는 공간에 가장 먼저 적용했다. 바로 경찰차를 대는 주차장을 없앤 것이다. 예산 삭감의 결과는 흑인과 백인이 알아서 부담해보라지. 그들은 경찰차 엔진을 정비하거나 오일을 교환하거나 브레이크를 연결하거나 경광등을 교체하지 않고 그저 손을 놓았다.

여섯시-삼십분은 경찰서 주차장이 마음에 들지 않았다. 특히 경찰이 서둘러 엉거주춤하게 물러서는 모습이 마음이 들지 않았다. 캘빈과 함께 조깅할 때 가끔 손을 흔들어주는 친절한 경찰관조차 별로 좋아하지 않았는데, 그들은 캘빈의 활력 넘치는 모습과는 정반대로 느릿느릿 터벅터벅 걸었기 때문이었다. 여섯시-삼십분이 보기에 경찰관들은 우울해 보였다. 낮은 임금과 지루하고 반복적인 업무, 경찰 학교에서 배웠던 인명 구조 훈련을 전혀 써먹을 일이 없는 자질구레한 응급 상황만 끊임없이 일어나는 일상에 붙들려 있었으니까.

캘빈과 함께 경찰서로 가까이 다가간 여섯시-삼십분은 킁킁대며 냄새를 맡았다. 날은 아직 어두웠다. 한 10분 정도 있으면 해가 뜰 테지만······.

탕!

어둠을 뚫고 무시무시한 폭음이 들려왔다. 마치 폭죽같이 날카롭고 시끄러우며 사악한 소리였다. 여섯시-삼십분은 깜짝 놀라 쩔쩔 맸다. *방금 뭐였지?* 개는 도망치려고 했지만, 캘빈과 연결된 끈 때문에 몸이 홱 당겨지고 말았다. 캘빈 역시 반응했다. *방금 그거, 총소리인가?* 그는 정확히 반대 방향으로 달려갔다. *피융! 피융! 피융!* 폭발음이 마치 기관총처럼 울렸다. 캘빈은 소리에 반응하며 앞으로 뛰면서 여섯시-삼십분을 이쪽으로 끌고 뛰어갔다. 하지만 여섯시-삼십분은 눈을 크게 뜬 채 *이쪽이 아니란 말이야!* 라고 말하는 것처럼 앞발을 들어 정신없이 저항했다. 목줄은 마치 줄다리기의 밧줄처럼 팽팽해졌고 타협의 기미는 전혀 보이지 않았다. 그 순간 캘빈은 미끄러운 엔진 오일이 고인 지점을 밟고서 서투른 아이스 스케이팅 선수처럼 미끄러졌고, 안녕을 고할 시간조차 없는 옛 친구처럼 순식간에 포장도로 위를 끌려가고 말았다.

쾅.

캘빈의 머리를 둘러싸고 얇고 붉은 자국이 이어지며 검은 후광을 만들어냈다. 여섯시-삼십분은 캘빈을 도우려고 고개를 돌렸지만 무언가 그들을 짓누르고 있었다. 거대한 배 같은 것이 무시무시한 힘으로 돌진해 둘 사이의 목줄을 갈랐고 개는 옆으로 내동댕이쳐졌다.

여섯시-삼십분이 고개를 들자, 캘빈의 몸 위로 경찰차 바퀴가 부딪쳤다.

"맙소사, 이게 뭐야?"

경찰관이 동료에게 말했다. 그들은 차에서 계속 폭발음이 들리는 데엔 익숙했지만, 이건 그런 차원이 아니었다. 그는 서둘러 차에서 내렸다가, 커다란 남자가 바닥에 쓰러져 있는 걸 보고 깜짝 놀랐다. 회색 눈을 휘둥그레 뜬 남자의 머리에서 피가 철철 흘러 보도를 물들였다. 그는 앞에 선 경찰관을 보며 두 번 눈을 깜빡였다.

"세상에, 우리가 이 사람을 친 건가? 세상에. 선생님, 제 말 들리십니까? 지미, 구급차를 불러."

캘빈은 경찰차에 치여 팔이 두 동강 나고 두개골이 골절된 채로 누워 있었다. 손목에는 끊어진 목줄의 잔해가 매달려 있었다. 그는 힘없이 속삭였다.

"여섯시-삼십분아?"

"뭐라고? 지금 이 분이 뭐라고 했지, 지미? 세상에."

"여섯시-삼십분아?"

캘빈은 다시 속삭였다. 그러자 옆에서 몸을 숙이고 있던 경찰관이 대답했다.

"아뇨, 선생님. 지금 거의 6시가 다 되었습니다. 아직 되지는 않았지만요. 정확히 말하자면 5시 50분입니다. 6시 10분 전이죠. 이제 선생님을 여기서 옮겨드릴게요. 저희가 치료해 드리겠습니다. 걱정하지 마세요. 걱정하실 것 없습니다."

그의 뒤로 경찰서에서 경찰들이 달려 나왔다. 저 멀리 구급차가 곧 도착한다는 뜻으로 사이렌을 마구 울려댔다.

캘빈의 폐에서 숨이 빠져나가는 동안 경찰 중 하나가 말했다.

"아니, 이럴 수가. 이 사람, 우리가 항상 말하던 그 사람 아니야? 달리는 사람?"

여섯시-삼십분은 3미터 떨어진 곳에서 고개를 푹 수그린 채 그 모습을 지켜보았다. 개의 목에는 아직도 목줄 반쪽이 달랑거리고 있었다. 여섯시-삼십분은 너무나도 캘빈에게 다가가고 싶었다. 그의 얼굴에 코를 대고 상처를 핥아주면서 모인 사람들이 더는 가까이 다가갈 수 없도록, 물러서게 하고 싶었다. 하지만 개는 알고 있었다. 3미터 바깥에서도 알 수 있는 사실이었다. 캘빈의 눈이 스르르 감겼다. 그의 가슴은 더는 숨을 쉬지 않았다.

여섯시-삼십분은 구급차에 실려 가는 캘빈을 바라보았다. 몸에 하얀 천을 덮고, 들것에서 삐죽 나와 덜렁이는 오른손 손목에 끊어진 목줄이 여전히 감겨 있는 캘빈을.

여섯시-삼십분은 슬픔에 겨워 몸을 돌렸다. 그러고는 고개를 푹 수그린 채로 돌아서서 엘리자베스에게 비보를 전하러 떠났다.

제 1 2 장

캘빈의 이별 선물

엘리자베스가 아홉 살 때, 오빠인 존이 그녀에게 절벽에서 뛰어내릴 수 있겠느냐고 도발한 적이 있었다. 그래서 엘리자베스는 뛰어내렸다. 그 아래는 옥색 물이 가득 찬 채석장이었다. 엘리자베스는 미사일처럼 수면을 파고들었다. 발가락이 바닥에 닿은 다음 물 위로 다시 떠오르자 오빠가 바로 옆에 있어서 놀랐던 기억이 난다. 오빠도 그녀를 따라 뛰어내렸던 것이다. *대체 무슨 생각으로 그런 거야, 엘리자베스? 농담도 못 해? 너 죽을 뻔했다고!* 오빠는 그녀를 옆으로 끌고 가면서 잔뜩 화난 목소리로 소리쳤다.

이제 연구실 의자에 뻣뻣하게 앉은 엘리자베스는 경찰관의 이야기를 듣고 있었다. 누군가가 죽었다고, 여기 손수건이 있으니 받으시라고. 누군가가 수의사 이야기도 했지만 지금 그녀의 머릿속에 떠오르는 것이라고는 오래전 발가락이 바닥에 닿았던 느낌뿐이었다. 부드럽고 포근한 진흙이 발에 닿으며 여기 있으라고 속살거리던 그 순간. 이제야 엘리자베스는 깨달았다. 머릿속에는 드는 생각은 단 하나뿐이었다. *그때 바닥에 그냥 있을걸.*

이건 그녀의 잘못이었다. 그녀는 그걸 경찰관에게 설명하려 했다. 목줄. 그걸 산 게 엘리자베스였으니까. 하지만 아무리 말해도 경찰은 이해하지 못하는 것 같았고, 그래서 엘리자베스는 혹시 이게 다 자신의 망상이 아닐까 하는 생각에 이르렀다. 캘빈은 죽지 않았어. 지금 조정을 하고 있어. 아니, 여행 중이야. 아니, 다섯 층 더 높은 곳에 있는 자기 연구실에서 공책에 뭘 적고 있을 거야.

누군가가 엘리자베스에게 집에 가라고 했다.

그 뒤로 며칠 동안 그녀와 여섯시-삼십분은 헝클어진 침대에 누워 자지도 못하고, 먹지도 못한 채 천장만 바라보았다. 오로지 캘빈이 저 문을 열고 들어와 주기를 기다렸다. 그들을 괴롭힌 것은 단 하나, 바로 전화벨 소리였다. 전화를 받을 때마다 장례 지도사의 징징거리는 목소리가 들려왔다. 그는 "빨리 결정을 내리셔야 해요!"라고 우겼다. 관에 넣을 옷을 뭘로 할지 정해야 한다는 얘기였다. "누구 관인데요? 지금 말씀하시는 분은 누구세요?"라고 엘리자베스는 대꾸했다.

이런 전화가 너무 많이 오자, 여섯시-삼십분은 그녀의 혼란스러운 모습에 지친 나머지 그녀를 옷장 쪽으로 슬쩍 민 다음 앞발로 옷장 문을 열었다. 그제야 엘리자베스는 보았다. 캘빈의 셔츠가 죽은 사람의 몸뚱이처럼 옷걸이에 대롱대롱 매달려 있는 모습을.

그제서야 그녀는 깨달았다. 캘빈은 죽었구나.

오빠가 자살했을 때와 마이어스에게 성폭행을 당했을 때도 그랬지만, 이번에도 엘리자베스는 울지 않았다. 물론 눈꺼풀 뒤에는 눈물이 잔뜩 맺혀 있었지만, 고집스럽게도 눈 밖으로 나오려 하지 않았다. 마치 온몸의 숨이 다 빠져나간 것 같았다. 제아무리 숨을 깊이 들이마셔도 폐에서 공기를 거부하는 듯했다. 그녀는 어릴 적 도서관에 있다가 어떤 외다리 남자가 사서에게 하는 이야기를 엿들은 적이 있었다. 남자는 누군가가 서가 사이에서 물을 끓이고 있다고, 위험하니까 어서 가서 조처해야 한다고 말했다. 하지만 사서는 물을 끓이는 사람은 아무도 없다며 남자를 애써 안심시켰다. 그 도서관은 홀이 하나라서 구석구석이 훤히 보이는 구조였기 때문이다. 하지만 남자는 계속 우기면서 사서에게 소리 질렀고, 결국 다른 두 사람이 나서서 남자를 끌어내야 했다. 그중 하나가 설명하기를, 이 불쌍한 남자는 아직도 전쟁신경증*을 앓고 있다고 했다. 낫지 못할 게 뻔하다면서.

그런데 문제는, 이제 엘리자베스의 귀에도 물 끓는 소리가 들려온다는 것이었다.

전화가 그만 울려대게 하려면 일단은 정장을 찾아야 했다. 하지만 캘빈은 정장이 없었기에 그 대신 엘리자베스는 그가 장례식 때 입고

• 폭발의 충격과 전투 상황에서 오는 극도의 공포감에 정신이 붕괴하면서 발생하는 증상.

싶어 했을 것 같은 옷을 골랐다. 바로 조정 선수복이었다. 그녀는 선수복을 작게 포장한 다음 장의사 사무실로 가서 장례 지도사에게 전달했다.

"여기요."

오랫동안 유가족들을 대하며 나름의 기술을 익혀온 장례 지도사는 엄숙한 기색으로 그녀가 선별한 옷을 받아들며 예의 바르게 고개를 끄덕였다. 하지만 그녀가 나가자마자 그는 조수에게 옷을 건네며 말했다.

"4호실에 있는 시체에 46사이즈 특대형을 입혀."

조수는 옷 보따리를 받아 든 다음 아무런 표시도 없는 옷장에 휙 던져 넣었다. 그 옷장 안에는 유가족들이 시신에 입혀달라며 가져온 부적절한 의상이 자그마한 산더미를 이루고 있었다. 말하자면 몇 년간 쌓여온 슬픔의 산더미라고나 할까. 조수는 커다란 옷장으로 가서 46사이즈 특대형 옷을 꺼냈다. 그러고는 바지를 털고 어깨에 소복하게 내려앉은 먼지를 후 분 다음 4호실을 열었다.

엘리자베스가 열 블록도 걷기 전, 장례 지도사의 조수는 캘빈의 경직된 몸을 정장 안에 쑤셔 넣고, 한때 사랑하는 여자를 잡았던 손을 어두운 소매에 밀어 넣고, 한때 사랑하는 여자의 몸을 감쌌던 다리를 모직 바지에 끼워 넣었다. 그런 다음 셔츠의 단추를 채우고 허리띠의 버클을 잠그고 넥타이를 매고 구두끈을 묶는 동안 정장의 이 끝에서 저 끝까지 죽음의 일부처럼 내려앉은 먼지를 털었다. 옷을 다 입힌 조수는 한 발짝 물러나 자신의 솜씨를 감상한 다음 윗도리의 옷깃을 정돈했다. 다음으로 빗을 들었다가 생각을 고쳐먹었다. 작업을 마친 조수는 문을 닫고 복도로 나가 갈색 종이봉투에 담긴 점심을 가져오려다가 잠시 걸음을 멈추었지만, 뭘 더 하지는 않고 작은 사무실에서 커다란 계산기 앞에 앉아 있는 여자에게 지시를 내릴 뿐이었다.

엘리자베스가 열두 블록을 걷기도 전에 더러운 정장 가격이 장례 비용 영수증에 추가되었다.

장례식에는 사람이 꽉 찼다. 조정 선수 몇 명, 기자 한 명, 헤이스팅스 연구소 직원이 50명쯤 참석했다. 연구소 사람 몇은 어두운 옷차림으로 고개를 푹 숙이고 있었지만, 그들이 장례식에 온 건 애도를 표하기 위해서가 아니라 고소해하기 위해서였다. *이야! 왕께서 승하하셨군.* 그들은 속으로 환호성을 질렀다.

이리저리 장례식장을 맴돌던 과학자 중 몇 명은 조트가 멀찍이 떨어져서 개와 함께 선 모습을 보았다. 이번에도 그 망할 놈의 개는 목줄을 매지 않았다. 시에서 새로 반려견 목줄 법을 제정했는데도, 게다가 애초에 울타리 친 묘지에는 개를 들일 수가 없다는 걸 알 텐데도 저 모양이로군. 어쩜 그리 변한 게 없는지. 죽어서도 조트와 에번스는 세상의 규칙이 저들에겐 적용되지 않는 것처럼 굴고 있었다.

멀찌감치 떨어진 곳에 선 엘리자베스는 손차양을 하고서 모여든 군중을 바라보았다. 잘 차려입은 사람들이 호기심을 잔뜩 내비치며 약간 떨어진 무덤가에 드문드문 서 있었다. 마치 50중 추돌사고 현장을 보듯 장례를 지켜보았다. 그녀는 붕대를 감은 여섯시-삼십분 위에 한 손을 올린 채로 이제 어떻게 해야 할지 고민 중이었다. 사실은 관 가까이 가는 게 두려웠다. 마음 같아서는 저 관 뚜껑을 열고 안으로 들어가 자기도 캘빈과 같이 묻히고 싶었다. 하지만 그러면 사람들이 모두 자신을 막아서겠지. 그녀는 사람들이 막아서는 상황을 원치 않았다.

여섯시-삼십분은 그녀가 죽고 싶어 한다는 걸 눈치챘다. 사실 이미 그 주 내내 그녀의 자살을 막기 위해 감시하고 있었다. 하지만 문제는 여섯시-삼십분도 죽고 싶다는 데 있었다. 더욱 나쁜 건, 그녀가 자신과 같은 처지가 아닐까 하는 생각이 든 것이다. 말하자면 엘리자베스 역시 죽고 싶은 마음이 간절하지만, 여섯시-삼십분을 잘 키워야 한다는 의무감을 느끼고 있다는 것이다. 이 무슨 말도 안 되는 헌신이란 말인가.

그때 둘의 뒤에 있던 누군가가 말했다.

"뭐, 최소한 에번스는 장례식 날씨 하난 좋네."

마치 날씨가 눅눅하지 않고 좋으니 축제 같은 장례식이 되었다는 듯한 말투였다. 여섯시-삼십분이 고개를 들어 보니, 턱이 각지고 빼빼 마른 남자가 작은 수첩을 들고 서 있었다. 그는 엘리자베스에게 말했다.

"실례합니다만, 이쪽에 혼자 앉아 계신 걸 봤어요. 혹시 제가 도움을 받을 수 있을까 해서 여쭤봅니다. 에번스 씨에 대한 기사를 쓰고 있는데요, 몇 가지 질문을 드려도 될까요? 아, 혹시 언짢지 않으시다면 말이죠. 고인을 얼마나 잘 알고 지내셨는지 말씀해 주실 수 있을까요? 뭔가 일화라든가요. 오랫동안 알고 지낸 사이셨습니까?"

"아뇨."

엘리자베스는 그의 시선을 피했다.

"아니…… 라고요?"

"오래 알고 지낸 사이는 아닙니다. 충분히 오래는 아니었습니다."

그러자 그는 고개를 끄덕였다.

"아, 그렇군요. 알겠습니다. 그래서 멀리 떨어져 계셨군요. 친한 친구는 아니었지만 그래도 조의를 표하시려고요. 그럼 에번스 씨와는 이웃이셨나요? 혹시 그분 부모님이 누군지 말해주실 수 있으십니까? 아니면 형제자매나 사촌이 누군지는요? 에번스 씨의 배경을 정말 알고 싶어서요. 이야기는 많이 들었죠. 개중에는 그분이 완전히 바보라고 말하는 이들도 있더군요. 거기에 대해 한마디 해주실 수 있나요? 그분이 결혼하지 않은 건 알지만, 혹시 사귀는 여자는 없었을까요?"

하지만 엘리자베스가 계속 멍하니 어딘가를 응시하자, 기자는 목소리를 낮추고 말했다.

"그런데 말입니다, 혹시 저 표지판을 보셨는지 모르겠는데요. 묘지에는 개를 데리고 들어오시면 안 됩니다. 그러니까 절대로 안 된다고요. 묘지 관리인이 절대 허락하지 않을 게 뻔하잖아요. 아, 제가 몰라서 그러는데, 얘가 안내견이면 또 모르지만요. 그러니까 시각장애인 안내견 말입니다. 혹시 아가씨가…… 음, 제가 무슨 말을 하는지 아시겠―"

"그렇습니다."

기자는 한 발짝 물러서더니 사과를 건넸다.

"앗, 이런. 정말요? 아가씨는……. 아, 정말 죄송합니다. 하지만 겉으로 보기에는 말이죠―"

"그렇습니다."

엘리자베스는 다시 말했다.

"영구적인 장애를 입으셨나요?"

"네."

"안됐네요. 혹시 병 때문이신가요?"

기자는 궁금한 듯 물었다.

"목줄 때문입니다."

그 대답에 기자는 한 발짝 더 물러섰다.

"아, 그것참 안됐군요."

그는 다시 말하더니 그녀의 얼굴 앞에 살짝 손을 흔들어 반응을 한번 확인했다. 아니나 다를까. 아무런 반응이 없었다.

순간 저 멀리서 목사가 나타났다. 기자는 엘리자베스에게 눈앞에 보이는 상황을 이야기해 주었다.

"행사가 시작된 것 같네요. 사람들이 자리에 앉고, 목사님이 성경을 폈어요."

그는 몸을 뒤로 젖혀 또 올 사람이 있나 하고 주차장을 보았다.

"그런데 가족이 보이질 않네요. 가족들은 어딨죠? 맨 앞줄에 아무도 앉지 않았거든요. 어쩌면 에번스 씨는 진짜 바보였나 보네요."

기자는 무슨 대답이라도 들을 수 있으려나 하는 마음에 엘리자베스를 슬쩍 봤다가, 그녀가 벌떡 일어선 모습을 보고 놀랐다.

"아가씨? 저기까지 가실 필요 없어요. 사람들은 아가씨 상황을 이해할 겁니다."

하지만 그녀는 기자를 주시하면서 핸드백을 더듬었다.

"정 가시겠다면 제가 도와드려야겠네요."

그가 엘리자베스의 팔에 손을 뻗었지만, 팔을 잡는 순간 여섯시-삼십분이 으르렁거렸다.

"이런, 나는 도와주려는 거야."

"캘빈은 바보가 아니야."

엘리자베스는 이를 악물고 대꾸했다. 그러자 기자는 민망한 기색으로 말했다.

"아, 그렇죠. 당연히 아니겠죠. 미안합니다. 그냥 들은 대로 말한 것뿐이에요. 아시다시피 소문이란 게 그렇잖아요. 사과할게요. 하지만 아까는 에번스 씨를 잘 모른다고 하지 않으셨어요?"

"그런 말 한 적 없습니다."

"하지만 아까는—"

"충분히 오래는 아니었다고 했죠."

엘리자베스의 목소리가 떨렸다. 기자는 그녀의 팔을 잡으며 부드럽게 받아넘기려 했다.

"제 말이 그 말이었어요. 그리 오래 알고 지내신 건 아니잖아요."

"건드리지 마십시오."

엘리자베스는 잡힌 팔을 비틀어 빼낸 다음 여섯시-삼십분과 함께 울퉁불퉁한 잔디밭을 지났다. 그녀는 묘지에 널린 천사상과 시든 꽃을 양쪽 시력이 2.0씩 되는 사람처럼 아주 솜씨 좋게 피한 다음, 쓸쓸하게 텅 비어 있는 맨 앞줄로 다가가 캘빈의 길고 검은 관 바로 앞에 앉았다.

그 뒤로 으레 장례식에서 볼 법할 장면이 펼쳐졌다. 슬픈 표정과 흙 묻은 삽, 지루한 추모사와 터무니없이 엉뚱한 내용의 기도문 등. 하지만 관 위로 첫 흙을 뿌리려는 순간, 엘리자베스는 목사님의 마지막 헌사를 가로막더니 "좀 걸어야겠어요"라고 말했다. 그러더니 돌아서서 여섯시-삼십분과 함께 자리를 떴다.

집으로 가는 길은 길었다. 하이힐에 검은 상복 차림으로 단둘이서 거의 10킬로미터나 되는 길을 걸어야 했으니까. 게다가 묘하기도 했다. 그 길은 걷기에 좋은 곳도 나쁜 곳도 많다는 게 묘했고, 또 이른 봄의 분위기와 상충하는 핏기 없는 여자와 다친 개가 걷고 있다는 것도 묘했다. 그들이 걷는 곳마다, 심지어 그 일대에서 가장 칙칙한 갈라진 보도 틈새와 화단에서도 활짝 핀 꽃이 고개를 빼꼼 내밀며 그 둘에게 예쁜 모습을 자랑하고 관심을 달라 소리쳤다. 꽃향기는 섬세한 향수를 만들어낼 것처럼 어지러이 뒤섞여 풍겼다. 그렇게 생생한 봄의 향연 속을, 엘리자베스와 여섯시-삼십분만 살아 있되 죽은 존재로 걸어갔다.

운구차는 처음에는 2킬로미터가 좀 안 되는 곳까지 엘리자베스를 따라왔다. 운전기사는 그녀에게 제발 차에 타라고 애원하면서 그 하이힐을 신고서는 15분도 걸을 수 없다고 말했다. 운구차 비용도 이미 내지 않았느냐고 하면서. 하지만 개를 데리고 탈 수는 없다며 사과하더니, 다른 차에 탄 누군가가 분명히 개를 태우고 올 거라고도 말했다. 엘리자베스는 시끄러운 기자에게 앞이 안 보이는 것처럼 행동했듯 운전기사의 말이 들리지 않는 것처럼 행동했고, 결국 운전기사를 비롯한 나머지 사람들은 포기하고 둘을 내버려 두었다. 그렇게 엘리자베스와 여섯시-삼십분은 그들이 이해할 수 있는 유일한 행동, 즉 걷기를 계속했다.

하지만 다음 날, 집에 있을 수도 없고 달리 갈 곳도 없었던 엘리자베스는 개와 함께 일터로 돌아갔다.

그녀의 행동은 연구소 동료들에게 문젯거리가 되었다. 그들은 이미 해줄 수 있는 말을 다 해버린 참이었기 때문이다. *정말 마음이 아프다, 혹시 필요한 게 있으면 말해라, 어떻게 이런 슬픈 일이 벌어졌을까, 그는 심한 고통을 겪지 않고 세상을 떠났을 거다, 내가 있어주겠다, 지금 그는 하나님의 품에서 안식할 것이다* 등등의 말은 이미 했기에 동료들은 그녀를 피했다.

　"쉬고 싶은 만큼 쉬도록 해."

　도나티는 장례식에서 그녀의 어깨에 손을 얹으며 이렇게 말했다. 하지만 속으로는 얘는 어떻게 이토록 검은색이 안 받을까 놀랄 따름이었다.

　"내가 있어줄게."

　엘리자베스가 멍한 상태로 연구실 의자에 앉은 모습을 보자, 도나티 역시 그녀를 피했다. 나중에 보니 모두가 했던 "내가 있어주겠다"라는 말이 엘리자베스가 "연구실에 없는 동안" 있어주겠다는 뜻이었음이 분명해지자, 엘리자베스는 도나티의 충고를 받아들여 그곳을 떠났다.

　이제 남은 곳은 캘빈의 연구실이었다.

　"거기 가면 죽을 만큼 힘들겠지?"

　캘빈의 연구실 문 앞에 선 그녀는 여섯시-삼십분에게 속삭였다. 개는 그녀의 다리에 머리를 기대고 들어가지 말라고 애원했지만, 그녀는 결국 문을 열었고 둘은 안으로 들어갔다. 세척액 냄새가 마치 증기기관차처럼 그들을 확 들이받았다.

　인간은 참 이상하지, 하고 여섯시-삼십분은 생각했다. 살아 있는 동안에는 흙먼지가 묻는 걸 그토록 싫어하며 온갖 난리를 치다가도 죽은 다음에는 기꺼이 흙먼지 속에 파묻히다니. 장례식에서 여섯 시-삼십분은 캘빈의 관을 덮는 어마어마한 양의 흙을 보고 무척 놀랐고, 그에 비하면 너무 작은 삽을 보고 자기도 뒷다리로 흙을 같이 메워줘야 하는 건 아닌가 생각했다. 지금은 다시 흙먼지를 만났지만, 이건 잘못된 방향이었다. 캘빈이 남긴 흔적이 싹 지워져 있었으니까. 방 한가운데 선 엘리자베스가 충격을 받고 멍해진 것이 보였다.

캘빈의 공책은 사라졌다. 혹시나 가까운 친지 같은 인간이 들이닥쳐서 유품을 내놓으라 하는 상황을 헤이스팅스 연구소 경영진이 초조하게 기다리는 동안, 모든 연구 자료는 상자에 쌓인 채 한쪽에 보관되어 있었다. 엘리자베스는 누구보다도 캘빈의 연구를 잘 이해하는 사람이었고 그 어떤 친족보다도 그와 가까운 사이였지만, 그녀에겐 유품에 대한 권리가 없다는 건 두말할 나위도 없었다.

남은 건 사람들이 캘빈의 개인 소지품을 모아둔 상자였다. 엘리자베스의 사진, 프랭크 시내트라 음반 몇 장, 목캔디 몇 개, 테니스공, 개 간식, 그리고 바닥에는 도시락 통이 있었다. 엘리자베스는 무거운 마음으로 그 통을 알아보았다. 저 안에는 9일 전에 자신이 만들어준 샌드위치가 아직도 들어 있겠지.

그녀는 도시락 통을 열어보았다가 심장이 덜컥 멎을 뻔했다. 안에는 작고 파란 상자가 들어 있었다. 그리고 그 상자 안에는 작은 다이아몬드 중에서 가장 굵은 다이아몬드가 박힌 반지가 있었다.

바로 그때 프래스크가 방 안으로 고개를 들이밀었다.
"여기 있었군요, 조트 양."

그녀는 큐빅이 박힌 캣아이 안경을 체인에 달아 목에 달랑달랑 걸고 있었다. 마치 엉성한 올가미 같았다.

"나 알죠? 프래스크예요. 인사부에서 일하잖아요. 방해할 생각은 아니었는데. 하지만……."

그녀는 잠시 말을 멈추고는 문을 좀 더 열더니 엘리자베스가 상자를 뒤지는 모습을 보았다.

"어머, 조트 양. 건드리면 안 돼요. 이 물건은 에번스 씨의 소지품이잖아요. 물론 나도 잘 알고는 있고, 인정도 해요. 음, 당신과 에번스 씨가 평범하지 않은 관계를 즐겼다는 걸 말이죠. 하지만 우리는요, 법률에 따라서 누군가 찾아올 사람이 있나 아주 잠시 기다려봐야 하거든요. 형제나 조카 같은 혈연관계인 사람 말이에요. 그런 분들이 이 물건을 가져가겠다고 나설 수 있어서요. 이해하시죠? 당신에게 개인적으로 악감정이 있어서 그러는 건 아니에요. 뭐, 그런 성향도 난 다 이해하니까. 도덕적인 판단 같은 건 안 내려요. 하지만 에번스 씨가 실제로 당신에게 물건을 남긴다는 서류 같은 걸 작성하지 않았다면, 미안하지만 우리는 법대로 해야 해요. 우리는 이미 에번스 씨의 실제 연구를 확보할 조처를 했거든요. 당신은 벌써 접근금지가 되었다고요."

그녀는 말을 딱 끊고는 엘리자베스를 쭉 훑어보았다.

"조트 양, 괜찮아요? 꼭 기절할 것 같아요."

순간 엘리자베스가 살짝 앞으로 고꾸라지자 프래스크는 문을 벌컥 열고 안으로 들어왔다.

구내식당에서 대소동이 벌어졌던 날 이후, 프래스크에겐 조트가 완전히 믹상일 따름이었다. 에디가 전에는 한 번도 보인 적 없는 눈길로 조트를 바라보았기 때문이다. 에디는 황홀한 표정으로 말했다.

"내가 오늘 엘리베이터를 타고 있는데, 글쎄 조트 양이 타는 거야. 우리는 네 층이나 같이 올라갔어."

"그래서 그 여자랑 대화를 좀 나눴어? 좋아하는 색이 뭔지 알아내기라도 했어?"

프래스크는 어금니를 악물고 말했다.

"아니, 하지만 다음번엔 꼭 물어봐야지. 어휴, 정말 그 여자는 달라도 뭔가 달라."

그 이후로도 프래스크는 적어도 일주일에 두 번 이상 '조트는 달라도 뭔가 다르다'라는 소리를 들어야 했다. 에디에게선 항상 조트가 어떻다느니 저떻다느니 하는 말만 나왔다. 프래스크에게 쉼 없이 조트 이야기를 하는 건 에디뿐만이 아니었다. 모두가 다 조트, 조트, 조트 이야기뿐이라 그녀는 조트가 정말이지 지긋지긋했다.

프래스크는 조트의 등에 포동포동한 손을 얹으며 말했다.

"내가 굳이 말하지 않아도 알겠지만, 당신은 아직 직장에 복귀하긴 너무 일러요. 특히 여기는 오지 말았어야 했어요."

그녀는 한때 캘빈의 연구실이었던 방 안을 고갯짓했다.

"여기 있는 건 당신에게 좋지 않아요. 아직도 충격이 가시지 않았잖아요. 당신은 좀 쉬어야 해요."

그녀는 어설픈 손짓으로 엘리자베스의 등을 쓸어주었다. 그러고는 자신이 헤이스팅스 연구소에 떠도는 소문의 시발점이라는 걸 암시하듯 말했다.

"이제 사람들이 하는 소리가 무슨 뜻인지 제대로 알겠네요. 다들 뭐라고 하는지 당신도 알고 있죠?"

그녀는 엘리자베스가 소문에 대해서 전혀 모른다고 확신하며 말을 이어갔다.

"에번스 씨가 당신과 살며 공짜 우유를 얻었든 아니든, 내가 보기엔 갑자기 에번스 씨가 세상을 떠나서 당신이 슬픈 건 당연해요. 사실 내가 보기에는요, 공짜 우유를 얻은 건 당신이에요. 그 우유를 쏟아버리기로 마음먹는다 해도 그건 당신 소관이죠."

아, 속이 시원하네. 이제 조트도 사람들이 뭐라고 쑥덕거리는지 알겠지. 프래스크는 만족스러웠다.

엘리자베스는 망연자실한 얼굴로 프래스크를 바라보았다. 절대 그런 말을 해서는 안 되는 상황에서 정확하게 그런 말을 해버리는 것도 나름의 기술이 아닐까 싶었다. 어쩌면 인사과에서 근무하는 사람에겐 꼭 필요한 기술인지도 모른다. 눈치가 아예 없어 해맑다시피 하면 유가족을 모욕할 수 있는 능력이 생기나 보다.

프래스크는 계속 말했다.

"그리고 당신을 따라온 데는 몇 가지 이유가 더 있어요. 우선 에번스 씨의 개 말인데요. 그래, 바로 저거."

그녀는 여섯시-삼십분을 손가락으로 가리켰다. 개는 그녀를 우울하게 바라보았다.

"안됐지만 저 개는 이제 여기 오면 안 돼요. 이해하시죠? 헤이스팅스 연구소는 에번스 씨의 말이라면 무조건 껌뻑 죽었죠. 그분의 기이한 성향을 다 받아줬고요. 하지만 이젠 에번스 씨가 떠났기 때문에, 미안하지만 개도 같이 떠나줘야 한답니다. 내가 알기로 저 개는 사실 에번스 씨 것이잖아요."

그녀는 자기 말이 맞지 않느냐는 듯 엘리자베스를 바라보았다.

"아뇨. 저 개는 우리 개였습니다. 이제는 내 개입니다."

엘리자베스는 간신히 대답했다.

"그렇군요. 하지만 지금부터는요, 쟤는 집에 있어야 해요."

한쪽 구석에 있던 여섯시-삼십분이 고개를 들었다.

"나는 저 아이 없이는 여기 있을 수 없습니다. 그럴 순 없어요."

엘리자베스의 말에 프래스크는 방의 불빛이 너무 밝다는 듯 눈을 깜빡이더니, 갑자기 어디선가 불쑥 클립보드를 꺼내 뭔가를 메모했다. 그러고는 계속 그 메모를 쳐다보며 대꾸했다.

"물론 나도 개를 좋아하긴 해요."

사실 그녀는 개를 좋아하지 않았다.

"하지만 아까도 말했듯이 우리는 에번스 씨를 봐주었던 거예요. 그분은 우리에게 상당히 중요한 인물이었으니까. 하지만 그것도 정도껏이에요."

그녀는 한 손으로 엘리자베스의 어깨를 또 두드리며 말했다.

"이젠 좀 깨달을 때가 됐잖아요? 당신에게 주어진 특혜도 여기까지라고요."

엘리자베스의 표정이 변했다.

"특혜라니요?"

프래스크는 클립보드에서 고개를 들고서 나름 전문가다운 분위기를 내려고 애썼다.

"무슨 말인지 알면서 왜 그래요."

"난 캘빈 덕분에 특혜를 받은 적이 없습니다."

"내가 언제 그렇다고 했어요?"

프래스크는 짐짓 놀란 투로 대꾸했다. 그러고는 비밀을 이야기해주듯 목소리를 낮추었다.

"내가 한마디해도 될까요?"

그녀는 숨을 훅 들이쉬고 말을 읊었다.

"남자는 많아요, 조트 양. 물론 에번스 씨처럼 유명하고 영향력 있는 남자는 아니라 해도, 남자는 다 똑같아요. 난 심리학을 전공해서 이쪽 방면을 좀 알거든요. 당신은 에번스 씨를 선택했죠. 유명하고, 미혼이고, 어쩌면 당신 앞길을 도와줄 수도 있는 남자를 고른 게 뭐 그리 잘못이겠어요? 하지만 일이 잘 안 돼버렸네요. 이제 에번스 씨는 죽었고 당신은 슬프겠죠. 당연히 슬프고말고요. 하지만 긍정적으로 생각해 봐요. 당신은 다시 자유의 몸이 됐잖아요? 괜찮은 남자는 아주 많아요. 그 사람보다 *잘생긴* 남자가 많단 뜻이에요. 그중 하나는 틀림없이 당신에게 결혼반지를 끼워줄걸요."

프래스크는 말을 멈추고 못생긴 에번스를 잠시 생각하다가, 곧바로 예쁘장한 조트가 다시 데이트 시장에 들어왔다는 점을 떠올렸다. 이미 남자들이 어장 속에 제 발로 들어간 물고기처럼 마구 물거품을 일으키며 조트를 못살게 굴고 있지 않은가.

"남자를 하나 골라잡으면 어때요? 변호사가 괜찮을 것 같은데."

프래스크는 특정 직업군을 딱 골라 내밀며 말을 이었다.

"그러면 당신은 과학이니 뭐니 하는 헛짓거리는 집어치우고 집에 들어앉아 아기를 많이 낳으면 되는 거예요."

"내가 바라는 건 그런 게 아닙니다."

그 말에 프래스크는 자세를 바로잡고 말했다.

"뭐, 그렇다면 당신도 나처럼 소수의 변절자인 모양이죠."

그녀는 조트가 싫었다. 싫어도 너무 싫었다.

프래스크는 펜으로 클립보드를 두드리며 말했다.

"어쨌든 말할 게 딱 하나 더 있어요. 당신의 위로 휴가 건인데요. 헤이스팅스에서 사흘을 더 줘서 총 5일 휴가가 생겼어요. 가족 구성원이 아닌 사람에게 주는 휴가치고는 아주아주 너그러운 처사랍니다, 조트 양. 에번스 씨가 우리에게 얼마나 중요한 분이었는지 다시금 일깨워 주는 처사죠. 그래서 내가 당신에게 집에 가서 쉬라는 거예요. 쉴 수 있고, 쉬어야 한다고요. 개를 데리고 가세요. 제가 허락하겠으니."

순간 엘리자베스는 구역질을 느꼈다. 프래스크의 말에 담긴 잔인함 때문이었을까. 아니면 그녀가 들어오기 직전 주먹 속에 숨겨둔 작고 차가운 반지의 이물감 때문이었을까. 알 수 없었지만 엘리자베스는 참지 못하고 개수대에 구역질했다.

프래스크는 재빨리 방에 있던 종이 타월 한 뭉치를 가져다주었다.

"이러는 게 정상이죠. 아직도 충격에서 헤어나질 못했잖아요."

하지만 엘리자베스의 이마에 종이 타월을 올려놓은 뒤 캣아이 안경을 쓰고 그녀의 얼굴을 자세히 살펴본 프래스크는, 고개를 뒤로 젖히고는 알았다는 듯 한숨을 쉬었다.

"아아, 그렇구나. 알겠다."

"뭘 말입니까?"

엘리자베스가 중얼거리며 묻자, 프래스크는 못마땅하다는 듯 대꾸했다.

"어휴, 뭐긴 뭐겠어요?"

프래스크는 크게 혀를 차며 조트가 자신의 말뜻을 알아듣기를 바랐다. 하지만 조트가 자신도 알고 상대도 알 법한 것을 좀처럼 인정하려 들지 않자, 프래스크는 정말로 궁금해졌다. 만에 하나 정말로 조트가 모를 가능성이 있다면? 그래, 과학자 중에는 이런 사람들도 있긴 하다. 과학을 믿기는 믿는데, 그게 자신에게도 적용될 거라고는 전혀 생각하지 않는 과학자들 말이다.

프래스크는 옆구리에서 신문을 꺼내며 말했다.

"아, 맞다. 깜빡했네요. 이걸 꼭 보여주고 싶었어요. 사진 참 잘 나왔죠?"

신문에는 장례식에 참석한 기자가 쓴 기사가 실려 있었다.

'총명한 과학자 잠들다'라는 머리기사가 보이는 가운데 에번스의 까다로운 성격 탓에 그가 지닌 과학적 잠재력이 완전히 결실을 보지는 못했다는 암시가 깔린 글이 이어졌다. 그 점을 증명이라도 하듯 바로 오른쪽에 엘리자베스와 여섯시-삼십분이 관 앞에 선 사진이 있었다. 사진 아래에는 "사실, 사랑은 눈멀지 않았다"라는 캡션이 붙었고, 에번스의 여자친구조차 그에 대해 잘 모르더라는 짧막한 설명이 뒤따랐다.

"정말 끔찍한 내용을 써놨군요."

엘리자베스는 배를 부여잡고 속삭였다. 프래스크는 종이 타월을 더 건네면서 그녀에게 핀잔을 주었다.

"또 구역질할 건 아니죠? 당신은 화학자잖아요, 조트 양. 그러니 이럴 거라고 예상했어야죠. 생물학도 공부했을 텐데."

엘리자베스는 초췌해진 얼굴에 텅 빈 눈빛을 하고서 고개를 들었다. 그 순간, 프래스크는 아주 잠깐이나마 저도 모르게 이 여자가 안

됐다고 생각했다. 저 못생긴 개도 그렇고, 토한 것도 그렇고, 앞으로 다가올 온갖 문제가 다 불쌍하게 느껴졌다. 제아무리 머리가 좋고 미모가 뛰어나고 말도 안 될 정도로 남자들을 홀리고 다니는 여자여도, 조트의 처지는 여타 여자에 비해 나을 게 전혀 없으니까.

"뭘 예상합니까? 무슨 소리죠?"

그 말에 프래스크는 결국 엘리자베스의 배를 펜으로 톡톡 치며 버럭 소리를 질렀다.

"생물학 몰라요? 조트, 진짜 왜 이래요! 우린 여자잖아요! 에번스가 당신에게 뭘 남기고 갔는지 잘 알 텐데요!"

그 말을 듣자마자 엘리자베스는 눈을 휘둥그레 뜨며 깨닫고 말았다. 그리고 다시 구역질을 했다.

제 1 3 장

바보

헤이스팅스 연구소 경영진은 커다란 문제에 봉착했다. 스타 과학자가 죽었고, 신문 기사는 그의 더러운 성격 때문에 가치 있는 연구 성과가 나오지 못했다는 말이나 떠들어댔으며, 헤이스팅스 연구소의 투자자인 육군과 해군, 여러 제약회사와 개인 투자자, 그리고 몇몇 재단이 벌써 "헤이스팅스의 기존 프로젝트를 재검토하겠다"라거나 "추가 지원을 재고하겠다"라며 떠들고 있었다. 연구란 건 다 이런 것이다. 돈을 내는 사람의 마음에 달린 문제다.

헤이스팅스 경영진은 이러한 말 같지도 않은 이야기를 잠재우기로 마음먹었다. 에번스는 사실 좋은 성과를 거두고 있었잖은가? 그의 연구실에는 공책이 잔뜩 있으니까. 그 안에는 기묘해 보이는 짧은 방정식이 알아볼 수 없게 적혀 있고 느낌표가 마구 달린 문장도 많았으며 사람이 뭔가를 생각해 냈을 때 그을 법한 두꺼운 밑줄도 많지 않았던가. 사실 캘빈은 한 달 뒤에 제네바에서 연구 성과를 정리한 논문을 발표하기로 되어 있었다. 물론 지금은 다 물 건너간 이야기지만. 캘빈이 비 오는 날 새벽에 바깥에 나가서 달리다가 경찰차에 치여 죽지 않고 남들처럼 집 안에서 발레슈즈를 신고 제자리 뛰기를 했더라면 논문이 공개되었을 텐데.

과학자들이란 참. 그들은 유별나지 않으면 안 되는 법이긴 하다.

그 역시 문제였다. 헤이스팅스의 과학자들은 대부분 유별나지가 않았다. 아니, 유별나다 하더라도 충분히 유별나지 않았다. 그들은 일반적으로 평범했다. 개중에는 독특하더라도 평균을 겨우 살짝 넘는 수준의 사람이 있었다. 그러니까 바보는 아니지만 그렇다고 천재도 아니랄까. 그들은 회사마다 다수를 차지하는 부류의 사람, 즉 평범한 일을 하는 평범한 사람들이었다. 가끔 고무적이지 않은 성과를 내고 승진하는 자들, 세상을 바꿀 생각은 없지만 그렇다고 실수로 세상을 날려버리지도 않는 사람들 말이다.

하지만 이들만 가지고는 부족했다. 경영진은 혁신가에 의존해서 살아가야 했고, 에번스가 세상을 떠난 지금 진짜 재능 있는 사람은 극소수에 불과했다. 게다가 그들 모두가 캘빈처럼 높은 지위에 있는 것도 아니었다. 사실을 따지자면 심지어 그런 이들 중 몇 명은 본인이 혁신가라는 사실조차 몰랐다. 하지만 헤이스팅스 경영진은 대개 그들이 커다란 아이디어와 돌파구를 내놓았다는 걸 알고 있었다.

이런 사람들의 문제는 위생을 전혀 신경 쓰지 않는다는 점과 더불어 실패를 긍정적인 결과로 받아들이는 경향이 있다는 점이다. 그들은 "난 실패한 게 아니야. 다만 일이 안 되는 만 가지 방법을 발견했을 뿐이야"라는 에디슨의 말을 끝없이 인용해댔다. 그 말이 과학에서도 용인되는지는 모르겠으나 고액의 매출을 올릴 수 있는, 즉각적이면서도 오래 써야 효과가 있는 암 치료법을 개발하기를 바라는 수많은 투자자에겐 너무나 잘못된 말이었다. 완치되는 치료법 따위는 필요 없다 이 말이다. 완치된 사람에게선 돈을 뽑아내기가 훨씬 더 어려운 법이니까.

그런 이유로 헤이스팅스 경영진은 이런 소수의 혁신가를 언론에 절대로 드러내지 않으려고 온갖 노력을 했다. 물론 과학 관련 언론은 괜찮다고 예외로 쳐주었다. 과학 기사를 읽는 사람은 없으니까. 하지만 지금은 어떤가? 세상을 떠난 에번스가 《LA타임스》의 11면을 장식했고, 게다가 관 옆에 있는 건 또 누구인가? 조트와 그 망할 놈의 개가 아닌가.

조트야말로 경영진의 세 번째 문제였다.

조트는 경영진이 알아챈 혁신가 중 하나였다. 물론 모두가 알지는 못했지만, 그녀는 마치 자신이 그 사실을 알고 있는 것처럼 행동했다. 일주일도 지나지 않아 경영진은 조트에 대한 불만을 접수하게 되었다. 그녀가 자신의 의견을 마구 주장한다, 자기가 논문을 썼으니 자신의 이름이 올라가야 한다고 고집을 부린다, 커피를 타지 않는다 등등 불만은 끝이 없었다. 하지만 조트가 연구를 잘하고 있다는 건 부정할 수 없었다. 이제껏 캘빈이 대신 해준 건지는 모르겠지만.

그녀의 연구 프로젝트인 화학진화는 팔자 늘어진 기부자가 홀연히 나타나 하고많은 것 중에서 화학진화에 자금을 대겠다고 했기에 승인되었을 뿐이다. 어떻게 이런 일이 우연히 벌어졌을까? 물론 백만장자들이 하는 짓이 다 그렇긴 하다. 그들은 쓸모없이 뜬구름이나 잡는 프로젝트에 돈을 대는 짓을 해대는 족속들이니. 그 부자 기부자는 E. 조트가 오래전에 UCLA에서 쓴 논문을 읽었다면서, 그 내용의 무궁한 발전 가능성에 매료되었다고 했다. 그날 이후로 줄곧 조트가 누구인지 찾아다녔다나.

"조트요? 조트 씨는 여기서 일하고 있습니다!"

그들은 두 번 생각하지도 않고 대뜸 대답해 버렸다.

그러자 부유한 투자자는 진심으로 놀란 표정이었다.

"난 이 도시에 하루 머물 예정인데, 그 조트란 분을 꼭 만나보고 싶군요."

그 순간 모두 당황하고 말았다. 조트를 만나겠다니. 그러면 그가 사실은 여자라는 걸 알아버릴 텐데? 그러면 기부금은 없어지는 거나 마찬가지잖아.

"참 안타깝지만 그럴 수는 없습니다. 조트 씨는 지금 유럽에 있거든요. 학회에 갔습니다."

"안타깝군요. 그럼 다음 기회에 뵙지요."

부유한 투자자는 이렇게 말하더니, 프로젝트의 진행 상황은 몇 년에 한 번 정도만 확인할 거라고 알려주기까지 했다. 과학 연구가 느리게 진행된다는 걸 알고 있기 때문이란다. 연구에는 많은 시간이 걸리니까 간섭하지 않을 거고, 인내심을 가질 필요가 있다는 것도 안다고 했다.

많은 시간이 걸리니까 간섭하지 않고 인내심을 가지시겠다라. 어떻게 이런 분이 다 있을 수 있지?

"정말 현명하시군요. 믿어주셔서 감사합니다."

모두들 사무실에서 공중제비라도 돌고 싶은 마음을 억누르며 대답했다. 그리고 기부자가 리무진에 앉기도 전에, 이미 그가 준 거액의 기부금을 이리저리 나누어서 더 유망한 연구 분야에 배정할 계획을 짰다. 심지어 그 일부를 에번스가 받기도 했다.

그런데 그 순간 그 에번스가 들이닥친 것이다. 경영진이 너무나 너그럽게도 '뭘 하는지는 잘 모르겠지만 하긴 하는' 에번스의 연구에 자금을 얹어준 직후에, 에번스가 사무실로 들이닥쳐서는 자신의 예쁜 여자친구에게 자금을 대주지 않으면 연구소를 떠나겠다고 엄포를 놓은 것이다. 갖고 놀던 장난감과 온갖 아이디어와 노벨상 후보에 오른 자의 명성을 싹 가지고 떠나겠다고. 경영진은 에번스에게 이성적으로 생각하라고 애원했다. 아니, 화학진화 연구에 정말로 돈을 써달란 소리야? 아, 왜 이래. 하지만 에번스는 꿈쩍도 않고서 조트의 아이디어가 자기 것보다 훨씬 더 좋을 수 있다는 소리까지 해댔다. 그때 경영진은 그 소리를 어쩌다 우연히 예쁜 여자와 자게 된 남자가 해대는 헛소리라고 치부했다. 하지만 지금은?

그녀의 이론은 에디슨의 "난 실패한 게 아니야. 다만 일이 안 되는 만 가지 방법을 발견했을 뿐이야"라는 인용문에나 어울릴 법한 다른 이론들과는 달리, 아주 타당해 보였다. 적어도 에번스의 말로는 그랬다. 오래전 다윈은 생명체가 단세포 박테리아에서 생겨났으며, 박테리아가 사람과 동식물 등 복잡한 계열로 다양하게 진화했다는 이론을 내놓았다. 그렇다면 조트는 뭘 했나? 그녀는 그 맨 처음의 단세포가 어디서 왔는지 추적하는 사냥개와 같았다. 즉, 그녀는 역사상 가장 위대한 화학의 수수께끼 중 하나를 풀기 시작했던 것이다. 만약 그녀의 발견이 빠르게 진행된다면 언젠가 그 세포의 기원을 찾아내리란 점은 분명했다. 적어도 에번스의 말로는 그랬다. 여기서 유일한 문제는, 그러기까지 약 90년이 걸릴 거라는 사실이었다. 90년이란 누구도 감당할 만한 세월이 아니다. 그 팔자 늘어진 기부자는 분명히 그보다 훨씬 일찍 죽을 테니까. 더욱 중요한 것은, 헤이스팅스 경영진 역시 그보다 훨씬 일찍 죽을 거란 점이었다.

그리고 별것 아닌 다른 사항도 있었다. 방금 경영진은 조트가 임신했다는 소식을 들었다. 미혼에다가 임신까지 하다니.

어떻게 일진이 이렇게 사납단 말인가?

그녀는 당연히 연구소를 떠나야 했다. 그건 의문의 여지가 없었다. 헤이스팅스 연구소도 나름의 기준이 있었으니까.

하지만 조트가 떠난다면 혁신의 최전선에는 누가 서야 할까? 몇 안 되는 사람이 그마저도 아기 목마 타듯 제자리걸음이나 하는 곳이 바로 여긴데. 제자리걸음이나 하는 연구로는 고액의 보조금을 따낼 수 없다.

다행히도 조트와 함께 연구하는 동료가 세 명 있었다. 헤이스팅스 경영진은 곧바로 그들을 소환했다. 경영진은 조트가 말하는 중요한 연구라는 게 조트 없이도 그럭저럭 진행될 수 있다는 확신이 필요했다. 실제로는 투자되지 않은 돈이 유용하게 쓰이고 있는 것처럼 보이기 위해서라면 그들은 뭐든 할 기세였다. 그러나 세 명의 박사가 방에 들어오는 순간, 헤이스팅스 경영진은 큰일 났다는 걸 직감했다. 박사 두 명은 조트가 이 연구의 주력 인물이며, 뭐든 진척을 보려면 반드시 그녀가 있어야 한다는 사실을 마지못해 시인했다. 그런데 또 다른 박사인 보리웨이츠는 다른 소리를 했다. 자신이야말로 실제로 모든 연구를 했다는 이야기였다. 하지만 본인이 했다면서도 의미 있는 과학적 설명은 전혀 하지 못했다. 경영진은 앞에 선 자들이 과학적 바보라는 걸 깨달았다. 헤이스팅스는 그런 놈들이 넘쳐나는 데라서 이상할 것도 없었다. 바보들은 어느 회사에나 있지 않던가. 심지어 그런 놈들은 면접도 잘 본다.

지금 앞에 있는 보리웨이츠라는 화학자는 어떻냐고? 이놈은 화학진화의 철자조차 몰랐다.

거기에 더해 인사과에서 근무하는 프래스크가 있었다. 조트의 상황을 처음으로 퍼뜨린 사람이라지? 그녀는 한정된 재능을 이용해 조트가 임신했다는 소문을 널리 퍼뜨렸고, 정오쯤에는 조트의 문제를 온 헤이스팅스 사람이 다 알게 되었다. 그 소문을 듣자 모두들 겁을 먹었다. 이 추문이 들불처럼 퍼지면 연구소의 거물 투자자들이 알게 되겠지. 투자자들이란 누구나 알고 있듯이 추문을 싫어하는 법이다. 게다가 조트를 지원하는 팔자 늘어진 부자도 문제였다. 화학진화 연구에 써달라며 정말로 백지수표를 보내온 백만장자 말이다. 조트가 사실은 여자일 뿐만 아니라 결혼도 안 했는데 임신까지 했다는 사실을 알게 된다면? 맙소사. 그들은 커다란 리무진이 다시 연구소 앞으로 돌아와서, 운전기사가 시동을 끄지 않은 채로 기다리는 동안 투자자가 성큼성큼 다가와 수표를 내놓으라고 요구하는 장면을 상상하고 말았다. "내가 과학자랍시고 떠드는 매춘부에게 돈을 대고 있었단 말이오?" 아마 이렇게 소리치겠지. 문제다, 문제. 그래서 그들은 어떻게든 조트를 당장 처리해야 했다.

"자네 때문에 우리가 얼마나 끔찍한 상황에 빠졌는지 알고 있나, 조트 양?"

일주일 뒤 도나티 박사는 엘리자베스 앞에 해고 통지서를 내밀며 말했다.

"저를 해고하시는 건가요?"

엘리자베스는 당황해서 물었다.

"나는 최대한 정중한 방식으로 일을 마무리 짓고 싶네."

"제가 왜 해고되는 거죠? 무슨 근거로요?"

"알고 있잖나."

"아뇨, 알려주세요."

그녀는 몸을 숙이며 두 손을 꼭 움켜쥐었다. 왼쪽 귓가에 꽂은 HB연필이 불빛에 반짝였다. 어떻게 해야 평정심을 찾을 수 있을지 알 수 없었지만, 그래도 마음을 차분하게 가라앉혀야 한다는 건 알았다.

도나티는 프래스크를 슬쩍 보았다. 그녀는 무언가를 바쁘게 적고 있었다.

"자네는 임신했잖나. 아니라고 하지 마."

"네, 저는 임신했습니다. 맞아요."

엘리자베스의 대답에 도나티는 목 졸린 소리를 냈다.

"맞아? 지금 맞는다고 했어?"

"네, 맞습니다. 임신했습니다. 그게 일과 무슨 상관입니까?"

"제발 말이 되는 소릴 해!"

엘리자베스는 두 손을 펴며 말했다.

"저는 전염병에 걸린 게 아닙니다. 임신은 콜레라가 아니란 말입니다. 제가 연구소에 다닌다고 다른 사람에게 임신을 옮기지는 않습니다."

"배짱이 참 대단하군. 여자가 임신하면 일을 계속할 수 없다는 건 잘 알 텐데. 게다가 자네는 임신만 한 게 아니라 결혼도 안 했잖아. 그건 수치스러운 거야."

"임신은 자연스러운 현상입니다. 수치스러운 게 아닙니다. 모든 인간은 임신으로 태어나는 겁니다."

그러자 도나티의 목소리가 점점 높아졌다.

"어떻게 감히 그런 소리를 하지? 여자가 나한테 임신을 운운해? 네가 대체 뭔데 나한테 그런 소리를 해?"

그녀는 그 질문에 놀란 듯 대답했다.

"그야 저는 여자니까요."

그때 프래스크가 끼어들었다.

"조트 양, 우리 연구소의 행동강령은 이런 일을 용납하지 않는다는 거 아시잖아요. 해고 통지서에 서명하고 짐을 정리하세요. 우리는 나름의 기준이 있어요."

하지만 엘리자베스는 조금도 물러서지 않았다.

"이해가 안 됩니다. 제가 결혼하지 않고 임신했다는 이유로 해고하다니요. 그렇다면 남자도 이렇습니까?"

"무슨 남자? 에번스 말인가?"

도나티가 물었다.

"아뇨, 남자 전체 말입니다. 여자가 결혼하지 않은 상태로 임신해서 해고당하면, 그 여자를 임신하게 만든 남자도 같이 해고됩니까?"

"뭐? 지금 무슨 소릴 하는 거야?"

"예를 들어 지금 상황에서 에번스 씨를 해고할 수 있었을까요?"

"당연히 아니지!"

"그렇다면 엄밀히 말해서 저를 해고하실 근거가 없습니다."

도나티는 어리둥절한 표정이었다. *이게 무슨 소리야?* 그는 더듬더듬 말했다.

"아니, 당연히 해고할 수 있어. 당연히 할 수 있다고! 넌 여자잖아! 임신한 건 너란 말이야!"

"일반적으로는 그런 말이 통하겠지요. 하지만 박사님은 임신하려면 남자의 정자가 필요하다는 걸 아시잖습니까."

"조트 양, 내가 경고하는데, *말조심해.*"

"그렇다면 결혼하지 않은 남자가 결혼하지 않은 여성을 임신시켜도 그에겐 아무런 일이 생기지 않는다는 말씀이시군요. 그의 인생은 별 탈 없이 진행될 테고요. 평소와 다름없이 말입니다."

프래스크가 끼어들었다.

"그렇다 해도 그게 우리 잘못은 아니잖아요? 당신이 에번스와 결혼하려고 그 남자를 함정에 빠뜨렸으면서. 그건 분명해요."

엘리자베스는 이마 위로 흐트러진 머리카락을 쓸어 넘기며 대답했다.

"캘빈과 저는 아이를 낳고 싶지 않았습니다. 우리는 그런 일이 생기지 않도록 모든 예방 조치를 했습니다. 그러니 이 임신은 도덕성의 문제가 아니라 피임에 실패한 문제이며, 여러분이 상관할 바가 아닙니다."

도나티는 버럭 소리쳤다.

"우리가 상관하게 만들고 있잖아! 혹시 모를까 봐 말해두겠는데, 임신을 그만둘 수 있는 아주 확실한 방법이 있어! '낙' 자로 시작하는 방법 말이지! 우리에겐 규칙이 있다고, 조트! 규칙이!"

엘리자베스는 차분하게 말했다.

"이 일에 대해서는 그러실 수 없습니다. 제가 직원 규율서를 처음부터 끝까지 다 읽어보았습니다."

"이건 불문율이야!"

"그래서 법적인 구속력이 없지 않습니까."

도나티는 그녀를 노려보았다.

"에번스가 알았다면 당신을 매우매우 부끄럽게 여겼을 거야."

역시, 엘리자베스는 공허하지만 침착한 목소리로 짧게 대꾸했다.

"아뇨. 그럴 리 없습니다."

방 안엔 침묵이 감돌았다. 한 점 부끄러움 없이, 조금도 신파적이지 않게, 마치 최후의 발언권이 있다는 듯이, 결국엔 자신이 이긴다는 걸 안다는 듯이 엘리자베스는 계속 해고 통지를 거절했다. 바로 이런 태도 때문에 그녀의 동료들은 이제껏 그녀에게 불만을 갖고 있었다. 게다가 그녀는 자신과 캘빈의 관계가 절대로 분해할 수 없는 물질로 이루어진 것처럼, 캘빈이 세상을 떠났어도 그 관계는 변치 않고 영속할 만큼 견고하다는 것을 은연중에 드러냈다. 그 역시 어찌나 짜증 나던지.

엘리자베스는 두 사람이 다시금 정신을 차리기를 기다리면서 탁자 위에 손을 얹었다. 사랑하는 사람을 잃으면 너무나 단순한 진실이 드러나기도 한다. 사람들이 이러쿵저러쿵 주장하긴 하지만 너무 쉽게 간과하는 진실, 바로 시간이 참으로 소중하다는 진실이다. 그녀에겐 할 일이 있었다. 이제 남은 건 그것뿐이었다. 그런데도 엘리자베스는 자칭 도덕의 수호자라는 이들과 함께 이곳에 앉아 있었다. 이들은 우쭐대며 판사인 척했지만 판단력도 없었다. 하나는 수정란 착상이 어떻게 이루어지는지 잘 모르는 것 같은 인간이었고, 이곳에

졸졸 따라온 또 다른 하나는 같은 처지의 여자를 깎아내리면 높은 위치의 남자들이 어떻게든 자신을 높이 평가해 줄 거라고 믿는 여자였다. 더욱 나쁜 것은 이러한 비논리적인 대화가 과학의 전당인 연구소에서 벌어지고 있다는 점이었다.

"하실 말씀은 이게 끝입니까?"

그녀는 자리에서 일어서며 물었다.

도나티는 충격으로 얼굴이 핼쑥해졌다. 이젠 끝이야. 조트는 지금 당장 떠나야 했다. 아비 없는 아기도, 최첨단 연구도, 죽음을 거부하는 로맨틱한 관계도 다 갖고 떠나야 했다. 그녀에게 돈을 대는 부자 투자자는 나중에 알아서 처리해야지.

"여기에 당장 서명해."

그가 명령하자 프래스크는 엘리자베스에게 펜을 던졌다.

"정오 전에 연구소 건물에서 나가. 급료는 금요일까지 쳐서 주지. 자네가 해고당한 이유를 아무에게도 이야기해서는 안 돼."

"의료보험도 금요일에 끝나요."

프래스크는 명랑하게 덧붙이면서 언제나 갖고 다니는 클립보드를 손톱으로 톡톡 두드렸다. 톡톡.

도나티는 해고 통지서에 서명이 끝나자마자 그것을 집어 들려고 손을 내밀며 덧붙였다.

"이로써 네 터무니없는 행동에 책임을 지는 법을 배우기를 바란다. 그리고 남 탓은 그만해. 에번스랑 다를 게 없군. 그놈도 너한테 연구비를 대라고 강요하더니. 그놈이 헤이스팅스 경영진 앞에서 너한테 돈을 대지 않으면 연구소를 떠나겠다고 협박했단 말이다."

엘리자베스는 따귀를 맞은 듯한 표정으로 도나티를 바라보았다.

"캘빈이 뭘 했다고요?"

"너도 알면서 뭘 물어."

도나티는 이렇게 말하며 문을 열었다.

"정오 전에 떠나주세요."

프래스크는 클립보드를 옆구리에 다시 꼈다.

"네 평판 조회는 몹시 나쁠 거야."

도나티는 복도로 나가며 말했다. 뒤이어 프래스크가 속삭였다.

"특혜를 받고 살았으니까."

제 1 4 장

슬픔

　묘지에 가는 동안 여섯시-삼십분이 제일 괴로운 건 캘빈이 죽은 곳을 지나가야 한다는 점이었다. 자신의 실패를 떠올리는 게 중요하단 말을 누군가가 했던 기억이 났지만, 여섯시-삼십분은 동의할 수 없었다. 실패란 천성적으로 잊을 수 없는 법이니까.

　묘지에 가까이 다가간 여섯시-삼십분은 자신의 적인 묘지 관리인이 있나 주의 깊게 바라보았다. 아무도 없는 걸 본 개는 뒷문 아래로 기어 들어가 줄줄이 늘어선 비석을 누비다가 어느 묘비 앞에서 싱싱한 수선화 한 다발을 물어 올린 다음 주인의 묘지에 내려놓았다.

캘빈 에번스

1927~1955

홀륭한 화학자이자 조정 선수,

친구이자 연인이었던 이가

이곳에 잠들다.

그대가 살아갈 날은

많이 남지 않았다.

묘비에 쓴 말은 마르쿠스 아우렐리우스Marcus Aurelius의 『명상록』
에서 인용한 것이다. 원래는 "그대가 살아갈 날은 많이 남지 않았다.
그 시간 동안 마음의 창을 열어 햇빛을 받도록 하라"라는 두 문장을
다 새기려고 했었다. 하지만 묘비가 너무 작은 데다가, 제작자가 첫
문장을 너무 크게 새겨버려 나머지 문장을 넣을 공간이 없었다.

여섯시-삼십분은 비문을 가만히 바라보았다. 엘리자베스가 글자
를 가르쳐줬기 때문에 개는 저게 글자라는 걸 알고 있었다. 그녀는
명령이 아니라 글자를 개에게 가르쳤다.

"과학적으로 개가 단어를 몇 개까지 배울 수 있다고 밝혀졌지?"

어느 날 저녁, 엘리자베스는 캘빈에게 물은 적이 있었다.

"50개 정도?"

캘빈은 책에서 눈을 떼지 않고 대답했다. 그러자 엘리자베스는 입
술을 내밀며 말했다.

"50개라고? 음, 틀렸어."

"그럼 백 개."

그는 여전히 책에 푹 빠진 채로 말했다. 그러자 엘리자베스는 믿
을 수 없다는 듯 반응했다.

"백 개라고? 그럴 리가? 얘는 벌써 단어를 백 개는 아는데?"

그제야 캘빈은 고개를 들었다.

"뭐라고?"

"개에게도 인간의 언어를 가르칠 수 있지 않을까? 내 말은, 전체 언어 체계를 말이야. 예를 들어, 영어 같은 거."

"그건 안 돼."

"왜?"

"그건……."

대답하려던 캘빈은 엘리자베스가 이 문제를 순순히 납득할 것 같지 않다는 사실을 뒤늦게 깨달았다. 이런 적이 정말 많았으니까.

"왜냐면 이종異種 간 의사소통은 뇌의 크기에 따라 제한되니까."

그는 책을 덮고서 물었다.

"그런데 쟤가 단어를 백 개 아는 줄은 어떻게 알았어?"

"정확히는 103개 알고 있어. 내가 세고 있거든."

그녀는 공책을 참고하며 말했다.

"그럼 네가 단어를 가르쳤다는 거구나."

"수용학습법을 썼어. 객체 식별법. 얘는 아이들과 마찬가지로 자기가 관심 있는 물건을 외우는 데 자연스럽게 수용적인 태도를 보이거든."

"그러면 얘가 관심 있는 물건은—"

"음식이야. 하지만 그것 말고도 다양한 관심사가 있다고 생각해."

엘리자베스는 일어나서 탁자에서 책을 모으기 시작했다.

캘빈은 믿을 수 없다는 눈으로 그녀의 뒷모습을 바라보았다.

그리하여 그들의 단어 맞추기 대장정이 시작되었다. 여섯시-삼십분과 엘리자베스는 바닥에 앉아서 커다란 어린이 책을 뒤적거렸다.

"해."

그녀는 그림을 가리키며 지시했다.

"아이."

그녀가 다음으로 읽어주며 가리킨 것은 그레텔이라는 소녀가 과자 집의 창틀을 뜯어 먹는 그림이었다. 여섯시-삼십분은 놀라지 않았다. 공원에 가보면 애들은 온갖 것을 먹고 있지 않던가. 코앞에 있는 건 뭐든지 말이다.

왼쪽 멀찍이에서 묘지 관리인이 소총을 어깨에 메고 터벅터벅 걸어왔다. 여섯시-삼십분에게는 이상해 보였다. 이미 죽은 자들이 있는 공간에 총은 뭐 하러 들고 나오나. 개는 몸을 웅크린 채 관리인이 떠나기를 기다렸다가, 아래에 묻힌 관을 따라 몸을 쭉 뻗고 휴식을 취했다.

'안녕, 캘빈.'

개는 이런 식으로 다른 세계에 있는 인간과 소통했다. 이러면 통하는 것도 같고, 아닌 것도 같았다. 개는 엘리자베스 안에서 자라고 있는 생명체와도 같은 식으로 소통했다. 엘리자베스의 배에 귀를 대고서 이렇게 전달하는 것이다.

'안녕, 생명체. 나는 여섯시-삼십분이라고 해. 나는 개야.'

개는 생명체와 대화를 시작할 때마다 항상 자기를 다시 소개했다. 자신이 배운 바대로 반복 학습이 중요하다는 걸 알기 때문이었다. 여기서 요점은 그렇다고 지나치게 반복하지 않는 데 있었다. 지겨울 정도로 반복을 하면 역효과가 나타나서 학습자는 오히려 배운 걸 잊어버린다. 그걸 가리켜 따분함이라고 한다. 엘리자베스의 말에 따르면, 따분함이야말로 오늘날 교육의 문제점이다.

지난주에도 개는 의사소통을 했다.

'생명체야, 여섯시-삼십분 여기 있어.'

그러고는 대답을 기다렸다. 가끔 생명체는 작은 주먹을 뻗어주었는데, 그럴 때마다 개는 짜릿함을 느꼈다. 어떨 때는 노랫소리가 들리기도 했다. 하지만 어제 개는 새로운 사실을 들려주었다.

'네 아버지에 대해서 알려줄 게 있어.'

그러자 생명체는 울기 시작했다.

개는 코를 잔디 깊숙이 묻고 소통하기 시작했다.

'캘빈, 우리 이야기 좀 하자. 엘리자베스 이야기야.'

캘빈이 세상을 떠난 지 석 달쯤 되었던 어느 날 새벽 2시, 여섯시-삼십분은 엘리자베스가 잠옷 차림에 고무 부츠를 신고서 주방에 있는 걸 보았다. 불을 온통 환하게 켜놓은 채였다.

쇠지레를 들고 있던 엘리자베스는 뒤로 물러서더니 놀랍게도 찬장에 쇠지레를 휘둘렀다. 그러고는 어떻게 아수라장을 만들까 가늠하는 듯 잠시 멈추었다가, 홈런을 치려는 듯 쇠지레를 더욱 크게 휘둘렀다. 그 뒤로 장장 두 시간 동안 엘리자베스는 사방을 때려 부쉈다. 여섯시-삼십분은 탁자 아래에 들어가 그녀가 숲을 벌목하듯 주방을 베어내는 모습을 지켜보았다. 사납게 휘두르는 공격은 정밀한 외과 수술을 하듯 경첩과 못만을 쳐댔다. 낡은 바닥에 철골과 널빤지가 가득 쌓여갔고, 그 위로 석고 먼지가 때아니게 내린 눈처럼 사방을 소복이 뒤덮었다. 이윽고 그녀는 잔해를 모두 들어 어두운 뒷

마당에 쌓았다.

엘리자베스는 구멍이 숭숭 뚫린 벽을 가리키며 여섯시-삼십분에게 말했다.

"여기에 선반을 설치할 거야. 그리고 저기에는 원심 분리기를 놓을 거고."

그녀는 줄자를 가져온 다음 탁자 아래에 있던 여섯시-삼십분에게 나오라고 손짓했다. 그러고서 개의 입에 줄자의 한쪽 끝을 물리더니 주방 저편을 가리켰다.

"줄자를 끌고 저쪽에 가 있어, 여섯시-삼십분아. 좀 더 멀리. 조금만 더. 좋아. 거기 그대로 있어."

그녀는 공책에 숫자 몇 개를 적었다.

아침 8시가 될 무렵에는 대략적인 평면도를 완성했다. 10시에는 사야 할 물건을 정했다. 11시에 둘은 차를 타고 목재상에 갔다.

사람들은 임산부가 뭘 할 수 있겠느냐며 능력을 과소평가할 때가 있다. 더욱이 슬픔에 잠긴 임산부라면 아무것도 할 수 없을 거라 치부해 버린다. 목재상에 있던 남자는 그녀를 신기한 눈초리로 쳐다보았다.

"남편이 인테리어를 다시 하고 있군요? 아이를 위해 방을 꾸미시나요?"

그는 엘리자베스의 살짝 부푼 배를 보며 말했다.

"실험실을 지으려고요."

"아기방 말씀이시군요."

"아뇨."

남자는 엘리자베스가 준 도면을 보다가 눈을 들었다. 그러자 엘리자베스가 물었다.

"뭐 문제라도 있나요?"

주문한 목재는 그날 느지막이 배달되었고, 그녀는《포퓰러 메커닉스》잡지에 실린, 도서관을 만드는 방법을 설명한 페이지를 한껏 펴놓은 다음 작업에 착수했다.

"7.5센티미터짜리 못."

그녀가 말했다. 여섯시-삼십분은 7.5센티미터짜리 못이 뭔지 몰랐지만, 그래도 엘리자베스의 고갯짓을 따라 옆에 있던 작은 상자로 가서 뭔가를 고른 후 그녀의 손바닥에 놓았다. 1분 뒤, 그녀는 다시 주문했다.

"7.5센티미터 나사."

개가 상자를 뒤지자 그녀가 말했다.

"그건 육각 나사못이야. 다시 찾아봐."

이런 식으로 작업은 온종일 이어졌다. 가끔은 밤에도 계속되었다. 가끔 여섯시-삼십분에게 낱말을 가르쳐주거나 누군가 초인종을 누를 때를 제외하면 둘은 계속 일했다.

엘리자베스가 해고된 지 2주 뒤, 보리웨이츠 박사가 그녀의 집을 찾아왔다. 표면상의 이유는 안부를 묻기 위함이었지만, 사실은 실험 결과 해석에 애를 먹고 있어서였다.

"잠깐이면 돼요."

그는 이렇게 말했지만 실제로는 두 시간이 걸렸다. 다음 날도 똑같은 일이 벌어졌다. 이번에는 연구실에 있던 다른 화학자였다. 셋째 날도, 그다음 날도 계속 연구원들이 찾아왔다.

그러자 그녀는 생각했다. 아, 돈을 받아야겠구나. 현금으로만.

누군가 배짱 좋게도 '연구소의 보고를 해주러' 오는 건데 왜 돈을 내야 하느냐고 묻는다면 요금을 두 배로 받을 생각이었다. 누군가 아무 생각 없이 캘빈에 대해 지껄이면 세 배를 받을 생각이었다. 임신한 걸 두고 행복하지 않냐, 기적과도 같다 운운하면 네 배를 받을 생각이었다. 이렇게 해서 그녀는 먹고살았다. 아무런 공로도 받지 못하고 다른 이들의 연구를 해주면서 말이다. 예전에 헤이스팅스에서 했던 일과 전혀 다를 바가 없었지만, 그래도 지금은 세금을 내지 않았다.

어느 날, 집에 찾아온 연구원 하나가 말했다.

"여기에 오는 동안 쾅쾅대는 소리가 들리더라고요."

"내가 연구실을 짓고 있습니다."

"농담이죠?"

"난 농담 같은 거 안 합니다."

"하지만 당신은 곧 엄마가 될 거잖아요."

연구원이 혀를 차자 엘리자베스는 소매에 묻은 톱밥을 털면서 대답했다.

"난 어머니이자 과학자입니다. 당신도 아이가 있는 아버지잖아요? 아버지이자 과학자 아닙니까."

"그래요. 하지만 나는 박사 학위가 있다는 게 다르죠."

그는 자신이 우월하다는 증거를 강조하고는 지난 몇 주간 뭐가 뭔지 이해할 수 없었던 일련의 시험 프로토콜을 가리켰다.

엘리자베스는 당황한 얼굴로 그를 바라보다가 종이를 두드리며 말했다.

"당신에겐 두 가지 문제가 있습니다. 일단 이 온도가 너무 높습니다. 15도 낮춰요."

"알겠어요. 그럼 다른 문제는 뭐죠?"

그녀는 고개를 옆으로 비스듬히 숙이고는 그의 멍청한 표정을 가만히 바라보았다.

"당신이 구제불능이라는 겁니다."

주방을 실험실로 개조하는 데는 약 넉 달이 걸렸다. 실험실이 완성되자 엘리자베스와 여섯시-삼십분은 가만히 서서 둘이 이룬 성과를 음미했다.

주방 벽을 쭉 둘러 단 선반에는 실험실 물품을 정리해 두었다. 화학약품, 플라스크, 비커, 피펫*, 사이펀** 병, 빈 마요네즈 병, 못 통, 손톱 줄 한 세트, 리트머스 종이 한 무더기, 약품용 스포이드 한 상자, 각종 유리관, 정원용 호스, 그리고 엘리자베스가 지역 병원의 연구실 뒷골목에 있는 쓰레기통에서 찾아낸 새 튜브 등 다양한 물품이었다. 한때 식기를 넣어두었던 서랍 안에는 튼튼한 항산성 장갑과 고글을 넣어두었다. 알코올 변성이 잘되도록 버너 아래에 금속 팬을 설치했고 중고 원심 분리기를 구매했으며 방충망을 잘라 가로세로 10센티미터짜리 와이어 판을 만들었다. 그리고 제일 좋아하는 향수 통을

• 일정한 부피의 액체를 정확히 옮기는 데 사용되는 유리관. 상단부를 이용해 시약을 빨아 올린다.

•• 관을 이용해 높은 곳에 있는 액체를 낮은 곳으로 옮기는 장치.

비우고 알코올버너로 만들었는데, 여기에 딸린 부속품으로는 립스틱 통을 자르고 캘빈이 쓰던 코르크 보온병 마개를 끼워 버너를 끌 때 쓰는 스토퍼를 만들었다. 또 철사 옷걸이로 시험관 홀더를 만들었고, 조미료 보관대를 개조해 다양한 액체를 놓을 선반을 만들었다.

어디서나 흔한 포미카*** 싱크대 상판, 낡은 세라믹 싱크대도 사라졌다. 그 자리에는 목재상에서 산 합판을 이용해 실험대를 쭉 이어붙였다. 실험대 위 철판은 철공소에서 부품별로 샀는데, 그 철공소에서 부품들을 구부리고 이어 붙여 딱 들어맞도록 제작해 주었다. 그 결과 스테인리스 강철 실험대의 완벽한 복제품이 창조되었다.

반짝이는 실험대 위에는 현미경 하나와 중고 분젠 버너 두 개가 놓여 있었다. 버너 중 하나는 케임브리지대학교의 선물로, 캘빈이 한때 그곳에 다녔던 걸 기념하는 의미로 받은 것이었다. 다른 하나는 고등학교 화학 교실에서 학생들이 관심이 없어 버린 장비를 주워왔다. 새로 만든 싱크대 바로 위에는 손으로 정성껏 적은 팻말이 두 개걸려 있었다. "여기에는 버리기만 하시오"와 "H_2O 수원"이라고 적힌 팻말이었다.

마지막으로 가장 중요한 환풍기 설치를 끝내자, 엘리자베스는 여섯시-삼십분에게 말했다.

"이건 네가 책임지고 할 일이야. 내가 바쁠 때는 네가 이 줄을 당겨줘. 이 커다란 버튼을 누르는 법도 배워야 할 거야."

••• 20세기 초 미국의 포미카 사에서 제조한 내열 멜라민 수지를 가리키며, 싱크대 상판으로 널리 쓰였다.

그 뒤, 여섯시-삼십분은 캘빈의 무덤에 찾아가 그 아래에 잠든 시체에게 상황을 설명했다.

'캘빈. 엘리자베스는 잠을 안 자. 연구실에서 일하거나 다른 사람 일을 대신 해주거나 나한테 책을 읽어주지 않을 때면 언제나 로잉 머신을 해. 로잉 머신을 안 할 때면 의자에 앉아서 멍하니 넋을 놓고 있어. 그러면 생명체에게 좋지 않을 텐데 말이야.'

캘빈도 종종 넋을 놓고 있었다는 걸 개는 기억했다. 그때 캘빈은 "난 이러면서 집중하는 거야"라고 설명했었다. 하지만 다른 이들은 캘빈이 아무것도 안 하고 멍하니 어딘가를 바라보기만 한다고 불평했었다. 언제 어느 때고 그의 실험실에 가보면 캘빈 에번스가 커다랗고 화려한 실험실 안에서 온갖 고가의 최고급 장비에 둘러싸인 채 음악을 있는 대로 틀어놓고 아무것도 안 하고 있다고 투덜댔다. 더욱 나쁜 건, 에번스는 그렇게 아무것도 안 하면서 돈을 받아간다는 점이었다. 하지만 가장 최악인 점은 그가 놀면서도 상을 많이 받는 과학자라는 것이었다.

여섯시-삼십분은 어떻게든 설명하려고 했다.

'하지만 엘리자베스의 눈초리는 뭔가 달라. 죽고 싶다는 눈빛이 짙거든. 무기력하다고. 난 어떻게 해야 할지 모르겠어.'

개는 무덤 아래에 묻힌 뼈에게 솔직하게 털어놓았다.

'그리고 말이야, 엘리자베스는 계속해서 내게 단어를 가르치려 해.'

그건 끔찍한 일이었다. 왜냐하면 여섯시-삼십분이 단어를 배운다 한들 엘리자베스에게 미래에 대한 희망을 조금도 줄 수 없기 때문이었다. 게다가 단어를 아무리 배워봤자 할 말이 생길 것 같지도 않았다. 모든 걸 잃어버린 이에게 대체 무슨 말을 해준단 말인가?

'엘리자베스에겐 희망이 필요해, 캘빈.'

개는 이렇게 생각하며 잔디를 세차게 비볐다. 혹시 이러면 뭔가 달라질까 해서였다.

그 순간, 마치 대답처럼 어디선가 총의 안전장치가 철컥 풀리는 소리가 들렸다. 고개를 들자 묘지 관리인이 이쪽으로 소총을 겨누고 있었다.

그는 여섯시-삼십분을 조준하며 말했다.

"이 망할 놈의 개새끼. 여기 들어와서 내 잔디밭을 망쳐놔? 여기가 네 땅인 줄 아나?"

여섯시-삼십분은 얼어붙었다. 심장이 쿵쿵대면서 앞으로 어찌 될지가 떠올랐다. 엘리자베스는 충격을 받겠지. 생명체는 당황할 것이다. 또 피가 흐르고, 또 눈물이 흐르고, 또 마음이 아프겠지. 자신 때문에 다시 또.

총알이 개의 귀 끝을 스치고 캘빈의 묘비에 파고드는 순간, 개는 앞으로 펄쩍 뛰어올라 묘지 관리인을 바닥에 쓰러뜨렸다. 그는 소리를 지르며 총을 잡으려 했지만, 여섯시-삼십분은 이를 드러내며 한 걸음 앞으로 다가섰다.

인간들이란 참. 동물의 왕국 안에서 저들의 위치가 실제로 어디쯤 되는지 파악하지 못하는군. 개는 늙은이의 목 위치를 가늠해 보았다. 저 목덜미를 덥석 물기만 해도 그는 끝장날 텐데. 묘지 관리인은 겁에 질린 눈빛으로 개를 올려다보았다. 그는 바닥에 세차게 부딪힌 상태였고, 귀 바로 왼쪽에 작게 핏물이 고이기 시작했다.

여섯시-삼십분은 캘빈이 죽을 때 생겼던 피 웅덩이가 얼마나 컸는지 기억하고 있었다. '처음에는 그저 조금 흘러나오나 싶었던 피가 작은 못을 이루더니 한순간에 커다란 호수를 이루었지.' 개는 마지못해 남자의 머리 옆에 몸을 붙이고 피가 흐르는 것을 막았다. 그리고 사람들이 올 때까지 짖었다.

가장 먼저 도착한 사람은 기자였다. 바로 캘빈의 장례식 기사를 쓴 기자 말이다. 그는 여전히 장례식 기사를 쓰고 있었는데, 데스크에서 그가 훨씬 더 좋은 기사를 쓰지 못할 거라 여겼기 때문이었다.

"아니, 너!"

기자는 곧바로 여섯시-삼십분을 알아보고 소리쳤다. 시각장애인 안내견인 줄 알았는데 아니었던 개잖아? 시각장애인인 줄 알았는데 아니었던 예쁘장한 과부, 아니지, 캘빈 에번스의 여자친구를 데리고 인파를 헤치고 무덤까지 인도했던 개를 또 보다니. 사람들이 달려와 구급차를 부른다며 허둥대는 동안, 기자는 카메라로 개를 이렇게도 찍고 저렇게도 찍으며 머릿속으로 이야기를 창작했다. 그러고는 피투성이 개를 안고서 차로 데려간 다음 목줄에 달린 주소지까지 데려다주었다.

어딘가 낯익은 남자의 품에 안겨 피투성이가 된 채 돌아온 여섯시-삼십분을 보자 엘리자베스는 문을 연 채로 울부짖었다. 기자는 엘리자베스를 안심시키며 말했다.

"아이고, 진정하세요. 얘는 다치지 않았어요. 이건 얘 피가 아니에요. 하지만 당신 개는 영웅이네요, 아가씨. 아니라 해도 제가 영웅으로 만들어줄 거라서요."

다음 날, 아직도 충격이 가시지 않은 엘리자베스가 현관에 놓인 신문을 보니 11면에 여섯시-삼십분의 기사가 있었다. 바로 일곱 달 전에 앉았던 캘빈의 무덤가에 그대로 앉은 개 사진도 실려 있었다.

"주인을 추모하는 개가 사람의 목숨을 구하다."

그녀는 큰 소리로 머리기사를 읽었다.

"반려견 묘지 출입금지법이 철폐되다."

기사에 따르면 사람들은 오래전부터 묘지 관리인이 총을 들고 다닌다며 민원을 제기했다. 몇몇 사람은 그가 옆에서 장례식이 벌어질 때 다람쥐와 새에게 총을 쏘았다고 증언했다. 관리인은 즉시 교체될 것이며 묘비 역시 교체될 것이라고 기사는 약속하고 있었다.

그녀는 여섯시-삼십분과 캘빈의 망가진 비석이 클로즈업된 사진을 자세히 바라보았다. 총탄을 맞은 충격에 비문의 3분의 1이 날아가고 없었다.

"이럴 수가."

엘리자베스는 남은 글자를 가만히 바라보며 중얼거렸다.

캘빈 에

1927~19

훌륭한 화

그대가 살아갈 날은

많   다.

"그대가 살아갈 날은 많…… 다. 많다."

그녀는 얼굴을 붉히며, 캘빈과 함께 누워 그가 어린 시절 주문처럼 되뇌었던 말을 들려줬던 슬픈 밤을 떠올렸다. 살아갈 날은, 많아.

그녀는 어안이 벙벙해진 채로 다시 사진을 바라보았다.

제 15 장

묻지도 않았는데 해주는 충고

"자기 인생은 곧 바뀔 거야."

"네?"

"자기 인생 말이야, 곧 바뀔 거라고."

은행 순번을 기다리던 엘리자베스 앞에 서 있던 여자가 고개를 돌리더니 엘리자베스의 배를 가리켰다. 여자의 표정은 우울했다.

"바뀐다고요? 그게 무슨 말씀이시죠?"

엘리자베스는 마치 자신의 둥근 배를 처음 본다는 듯 내려다보며 순수하게 되물었다.

이번 주만 벌써 일곱 번째였다. 누군가 엘리자베스에게 다가와, 네 인생이 곧 바뀔 것이며 앞으로 지긋지긋하게 살아가게 되리라는 말을 무슨 임무처럼 전달하곤 했다. 그녀는 앞으로 직업도 없어지고,

연구도 못 하게 되며, 방광 기능 조절도 안 되고, 발톱도 제대로 안 보이고, 잠도 푹 못 잘 것이며, 피부는 푸석푸석해지고, 허리가 아플 것은 물론이고 임신하지 않은 사람은 당연하게 여기는 온갖 자잘한 자유를, 이를테면 어떤 어려움도 없이 운전대 앞에 앉는 자유 같은 걸 전부 잃어버릴 거라고들 말해댔다.

그렇다면 잃어버리지 않는 건 없나? 있다. 바로 몸무게다.

엘리자베스는 배에 손을 얹으며 말했다.

"그렇지 않아도 검사를 받으러 갈까 생각 중이에요. 이 안에 뭐가 들었을 것 같으세요? 종양은 아니었으면 좋겠어요."

아주 잠시, 여자의 눈이 충격을 받아 휘둥그레졌지만, 그녀는 곧바로 가늘게 뜬 눈으로 투덜거렸다.

"그렇게 잘난 척 입방정 떠는 여자는 아무도 안 좋아해, 아줌마."

그로부터 한 시간 뒤, 엘리자베스가 슈퍼마켓 계산대 줄에 서서 하품을 하자, 파마머리 여자가 고개를 절레절레 젓더니 엘리자베스가 벌써 나약함을 보인다는 식으로 참견했다.

"피곤하죠? 조금만 기다려봐요. 애가 나오면 그때부터가 진짜야."

파마머리 여자는 끔찍한 두 살이니 지긋지긋한 세 살이니 악마 같은 네 살이니 무시무시한 다섯 살이니 하는 소리를 극적인 묘사와 함께 늘어놓더니, 숨도 돌리지 않고 세상 예민한 아동기와 여드름을 덕지덕지 단 사춘기에 이어 사람 새끼가 어쩜 이럴 수 있을까 싶도록 말 안 듣는 중고등학생을 키우는 이야기를 들려주었다. 그러면서 남자애가 여자애보다 언제나 훨씬 더 키우기 힘들다, 아니다 여자애 키우기가 훨씬 더 힘들다 하며 온갖 이야기를 계속 늘어놓았다. 식료품을 봉투에 다 넣고 나자 파마머리 여자는 어쩔 수 없이 이야기

를 그치고 인조 목재 패널을 단 스테이션왜건에 올라타 집으로 돌아
갔다. 자기가 키우는 배은망덕한 애들이 있는 곳으로 말이다.

"배가 위로 솟았네. 그럼 안 봐도 아들이야."

주유소에서 기름을 넣고 있는데 직원이 그녀를 보더니 말했다.

"배가 위로 솟았네요. 그럼 안 봐도 딸이에요."

도서관 사서는 이렇게 말했다.

그 주 주말, 묘지에 세운 이상한 묘비 앞에 혼자 서 있는 엘리자베
스를 본 어떤 신부는 이렇게 말했다.

"하느님께서 당신에게 선물을 주셨군요. 참 감사한 일입니다!"

"하느님이 주신 게 아니에요. 캘빈이 줬어요."

그녀는 새로 만든 묘비를 가리키며 대답했다.

신부가 물러가자 엘리자베스는 몸을 굽혀 손끝으로 복잡한 비문
을 어루만졌다.

캘빈 에번스

1927~1955

$$\begin{array}{c}
\text{CH}_2-\text{CH}-\text{C}-\text{NH}-\text{CH}-\text{C}-\text{NH}-\text{CH} \\
\end{array}$$

묘지 관리소 측은 그녀에게 말했었다.

"이 사건을 보상해 드리겠습니다. 새로운 묘비를 만들어드릴 뿐만 아니라, 거기에 원래 새기고 싶으셨던 비문을 끝까지 새겨드리겠습니다."

하지만 엘리자베스는 마르쿠스 아우렐리우스의 『명상록』 문장을 또 새길 마음이 없었다. 그래서 대신 행복을 유발하는 화학 반응식을 새기기로 했다. 이게 무슨 뜻인지 알아보는 사람은 아무도 없었지만, 그녀는 이제껏 별의별 일을 다 겪어왔기에 아무도 이의를 제기하지 않았다.

엘리자베스는 부푼 배를 가리키며 말했다.

"이제 이거에 대해 알아보러 의사한테 찾아가려고 해, 캘빈. 메이슨 선생님께. 날 남자 8인승 배에 태워줬던 조정 선수분. 기억하지?"

그녀는 대답을 기다리듯 비문을 가만히 바라보았다.

25분 뒤, 엘리자베스는 좁은 엘리베이터의 버튼을 눌렀다. 밀짚모자를 쓴 뚱뚱한 남자가 같이 탔다. 그녀는 또다시 묻지도 않은 충고를 들을 각오를 했다. 아니나 다를까, 남자는 팔을 뻗어 엘리자베스의 배를 만졌다. 마치 그녀가 자연사 박물관에 전시된, 만질 수 있는 전시물인 것처럼 말이다.

그는 엘리자베스를 쓰다듬으며 충고했다.

"두 명분을 먹으면 정말 행복하겠네. 하지만 정말로 2인분을 먹으면 안 돼! 얘는 아직 아가라고!"

"손 떼세요. 안 그럼 후회하게 될 테니까."

"둥둥 둥둥 둥 두둥 둥둥!"

그는 엘리자베스의 배가 드럼이라도 되는 것마냥 툭툭 치면서 흥얼거렸다.

"둥둥 둥둥 쾅!"

그녀는 남자의 흥얼거림을 따라 하다가 들고 있던 핸드백으로 그의 가랑이를 정확하게 가격했다. 핸드백 안에는 그날 화학 재료상에서 산, 돌로 만든 막자사발이 들어 있었다. 가랑이를 맞은 남자는 숨을 헉 들이켜더니 고통스러워하며 몸을 구부렸다. 마침 엘리베이터 문이 스르르 열렸다.

"그럼 재수 없는 하루 보내세요."

그녀는 이렇게 말하고는 복도를 쿵쿵 걸어가다가 다초점 안경과 야구 모자를 쓰고 있는 2미터짜리 황새 인형과 마주쳤다. 황새는 부리에 보따리를 각각 하나씩 물고 있었는데, 분홍색과 파란색이었다.

"엘리자베스 조트입니다. 메이슨 선생님 진료 예약했습니다."

그녀는 황새를 지나서 접수대로 다가갔다. 그러자 접수처 직원이 냉랭한 목소리로 말했다.

"늦게 오셨네요."

엘리자베스는 손목시계를 바라보며 아니라고 대답했다.

"5분 일찍 왔는데요."

"먼저 작성하실 서류가 있어서요."

직원이 클립보드를 건넸다. 거기에는 남편의 직장 주소와 남편의 전화번호와 남편의 보험 목록과 남편의 나이와 남편의 계좌 번호를 적으라고 되어 있었다.

"아기를 낳는 건 여자인데 왜 남편 정보를 적으라고 하는 거죠?"

하지만 직원은 대답하지 않고 이렇게만 말했다.

"5번 방으로 가세요. 복도를 따라가다가 왼쪽 두 번째 방이에요. 거기서 옷을 벗고 가운을 입으세요. 서류 다 작성하시고요."

"5번 방요. 알겠습니다."

엘리자베스는 클립보드를 들고서 중얼거리다가 질문했다.

"하나만 물어볼게요. 황새 인형은 왜 있는 거죠?"

"네?"

"산부인과 앞에 있는 황새 말이에요. 왜 황새를 뒀어요? 마치 경쟁을 부추기는 것 같잖아요."

"멋있으라고 해놓은 거예요. 5번 방으로 가세요."

"여기 환자들은 황새가 출산의 고통을 줄여주지 않는다는 걸 백 퍼센트 알고 있잖아요. 왜 이런 신화가 계속되게 놔두는 거죠?"

그때 하얀 가운을 입은 남자가 다가오자 직원이 말했다.

"메이슨 선생님, 이분이 4시에 예약한 환자예요. 그런데 늦게 오셨어요. 막 5번 방으로 보내려던 참이었어요."

"늦지 않았어요. 딱 맞춰 왔어요."

엘리자베스 조트는 그녀의 발언을 정정한 뒤 의사를 바라보았다.

"메이슨 선생님, 아마 저를 기억 못 하시겠지만—"

하지만 그는 놀라서 한 발짝 물러서며 대답했다.

"캘빈 에번스의 아내분 아니십니까? 아니, 아니지, 죄송합니다. 부군께선 돌아가셨지요."

그는 목소리를 낮추어 말하더니, 잠시 말을 멈추었다. 뭐라 말해야 할까 고민하는 기색이었다.

"남편분께서 그리되셔서 정말로 마음이 아픕니다, 에번스 부인."

그는 두 손을 마주 잡더니 마치 작은 칵테일을 만들듯 몇 번 흔들었다.

"남편분은 좋은 분이셨습니다. 그리고 훌륭한 조정 선수였지요."

"제 이름은 엘리자베스 조트입니다. 그리고 캘빈과 저는 결혼하지 않았습니다."

그녀는 이렇게 말하면 접수처 직원이 혀를 차고 메이슨이 당황한 표정을 지을 거라 예상했다. 그러나 메이슨은 볼펜을 딸깍 누르고는 가슴 주머니에 넣은 다음 그녀의 팔을 잡고 복도로 데려갔다.

"당신과 에번스는 우리 8인승 배를 몇 번 탔지요. 기억하시나요? 일곱 달 전에 말이에요. 노도 참 잘 저으셨는데. 하지만 그 뒤로 한 번도 오지 않으셨어요. 왜 안 오셨나요?"

엘리자베스는 놀라서 그를 바라보았다. 그러자 메이슨 박사는 급히 사과했다.

"아, 실례했습니다. 정말 미안해요. 당연히 그러셨겠죠. 에번스 때문이군요. 에번스가 떠났으니까요. 사과하겠습니다."

그는 민망한 기색으로 고개를 저으며 5번 방을 열었다. 그러고는 의자를 가리켰다.

"여기 앉으세요. 그런데 아직도 조정을 하세요? 아니, 내가 참 무슨 말을. 당연히 안 하시겠지요. 지금 이런 상태로는요."

그는 엘리자베스의 손을 잡고 돌려보았다.

"그런데 특이하군요. 아직도 굳은살이 박여 있네요."

"저는 로잉 머신을 합니다."

"이럴 수가."

"그러면 나쁩니까? 캘빈이 하나 만들어준 게 있습니다."

"아니, 왜 만들었죠?"

"그냥 만들어줬습니다. 괜찮은 거죠?"

"음, 그렇습니다. 확실히 괜찮습니다. 하지만 조정을 안 하면서 로잉 머신은 한다는 사람 이야기를 들어본 적이 없어서요. 그것도 임신한 여성분이 말이지요. 하지만 생각해 보면 로잉 머신은 출산에 대비하는 좋은 운동이에요. 그러니까, 산통의 차원에서 말이죠. 사실, 로잉 머신과 산통 둘 다 몹시 아프고 고통스러우니까요."

하지만 메이슨은 곧바로 깨달았다. 에번스가 죽고 난 다음부터 아픔과 고통은 분명히 이 여자의 삶에 항상 존재했으리라. 그는 방금 저지른 말실수를 감추기 위해 몸을 돌렸다.

"그럼 잽싸게 진료를 해볼까요?"

그는 부드럽게 말하며 탁자를 가리켰다. 그런 뒤 문을 닫은 다음 그녀가 가운으로 갈아입고 나오기를 기다렸다.

검사는 빠르지만 철저하게 진행되었고, 속 쓰림과 붓기는 어떤지 물으며 끝이 났다. 잠들기가 힘든가요? 아기가 특정한 시간에 태동을 보입니까? 그렇다면 태동은 얼마나 오래 이어지지요? 마침내 중요한 질문이 나왔다. 왜 이토록 오랫동안 진료를 미뤘던 겁니까? 벌써 임신 말기에 접어들었는데.

"일하느라 바빴습니다."

엘리자베스는 이렇게 대답했지만, 거짓말이었다. 진짜 이유는 내심 임신이 알아서 중단되기를 바랐기 때문이었다. 이런 상황에서 가끔 그러듯이 말이다. 1950년대에 낙태는 있을 수 없는 일이었다. 공교롭게도 혼외자녀 역시 마찬가지였다.

"당신도 과학자 맞으시죠?"

메이슨이 물었다.

"네."

"그런데 헤이스팅스 연구소가 임신해도 계속 다니게 해주는군요. 생각보다 훨씬 진보적인 회사인가 봅니다."

"아녜요. 저는 프리랜서입니다."

"프리랜서 과학자라. 그런 게 다 있군요. 잘되어가십니까?"

엘리자베스는 한숨을 쉬었다.

"그렇게 잘되진 않습니다."

그녀의 어조를 파악한 메이슨은 재빨리 진료를 마치고 마치 그녀가 수박이라도 된 양 배 여기저기를 두드렸다.

"모든 게 질서정연하니 좋아 보이네요."

메이슨은 장갑을 벗으며 말했다. 하지만 그녀가 미소를 짓지도 않고 무어라 대꾸하지도 않자, 그는 낮은 목소리로 말했다.

"적어도 아기는 좋아 보인다는 뜻이에요. 반면에 이제껏 당신은 무척 힘드셨겠지요."

누군가 엘리자베스의 처지를 알아준 건 처음이었다. 충격받은 그녀는 목이 꽉 메었다. 눈시울이 확 붉어지면서 금방이라도 눈물이 주르르 흐를 것만 같았다.

메이슨은 폭풍이 일어날지도 모르는 상황을 지켜보는 기상학자처럼 그녀의 얼굴을 찬찬히 바라보다 부드럽게 말했다.

"마음 아프네요. 저한테는 얼마든지 말씀하셔도 돼요. 우린 조정선수잖아요. 같은 배를 타는 사람 아닌가요. 비밀 지켜드릴게요."

하지만 엘리자베스는 눈길을 돌렸다. 이 남자는 잘 알지도 못하는 사람이다. 게다가 제아무리 그를 믿어보라는 말을 들어도, 그녀의 감정이 사람들에게 받아들여질 만한 것인지도 알 수 없었다. 엘리자베스는 이제 세상에서 아이 없이 살기로 마음먹었던 여자는 자기밖에 없다는 확신이 들 지경이었다.

마침내 그녀는 죄책감 어린 목소리로 말했다.

"정말 솔직하게 말씀드리면, 제가 엄마가 될 수 있을지 모르겠어요. 아이를 낳을 생각이 전혀 없었거든요."

놀랍게도 메이슨은 고개를 끄덕였다.

"세상 모든 여자가 아기를 원하는 건 아닙니다. 정확히 말하자면, 모든 여자가 아기를 낳아야 하는 것도 아니고요."

그는 누군가를 생각하듯 얼굴을 찌푸리다가 말을 이었다.

"어쨌든 임신이 참으로 힘든 일이라는 점을 생각하면, 어째서 이토록 많은 여자가 기꺼이 엄마가 되고 싶어 하는지 참 놀랍단 말이죠. 입덧에, 튼 살에, 잘못하면 죽을 수도 있고요. 아아, 당신은 괜찮을 거예요."

그녀가 소름 끼치는 표정을 짓자 메이슨이 재빨리 덧붙였다.

"말인즉슨, 사람들은 임신을 무슨 세상에서 가장 흔한 질병으로 치부하는 경향이 있다 이거예요. 발가락에 가시가 박힌 정도로 별것 아니라는 듯 말이죠. 하지만 알고 보면 임신은 트럭에 치이는 것과 동급입니다. 아니, 트럭에 치이는 편이 더 가벼울 지경이죠."

그는 목을 가다듬은 다음 엘리자베스의 서류에 메모했다.

"그러니까 제 말은, 운동하면 도움이 된다는 거예요. 그런데 임신 말기에 어떻게 로잉 머신을 제대로 하시는지 잘 모르겠습니다. 흉골 쪽으로 당기는 게 힘드실 텐데요. 잭 러레인 쇼를 보시는 건 어떠세요? 혹시 그 프로그램 보신 적 있습니까?"

잭 러레인의 이름을 듣자 엘리자베스의 표정이 침울해졌다.

"그 사람 안 좋아하시는군요. 괜찮습니다. 그럼 로잉 머신을 계속 하세요."

그녀는 낮은 목소리로 말했다.

"저는 그냥 로잉 머신을 계속해 왔을 뿐이에요. 그걸 하면 너무 힘들어서 가끔은 잠들 수 있거든요. 하지만 또 다른 이유는, 몸을 혹사하면 혹시……."

"무슨 뜻인지 알겠습니다."

메이슨은 그녀의 말을 가로막더니 혹시나 누가 듣지는 않았는지 확인하는 것처럼 양옆을 슬쩍 바라보았다.

"저기 말이죠, 저는 그런 사람들과는 달라요. 그러니까 흔히들 여자가—"

메이슨은 다시금 말을 멈추다가 이었다.

"그러니까 혼자 사시니까…… 사별하셨으니까…… 그럴 수…… 아뇨. 아니에요."

그는 말을 얼버무리고는 그녀 이름이 적힌 파일을 집었다.

"하지만 사실은요, 로잉 머신을 하신 덕분에 확실히 몸이 더 튼튼해지신 거예요. 그래서 아기도 튼튼해졌죠. 두뇌에 혈액이 많이 공급되고, 혈액 순환도 좋아졌어요. 혹시 로잉 머신을 하는 동안은 아기가 차분해진다는 걸 아셨나요? 왔다 갔다 하는 동안 그런 효과가 나타난답니다."

엘리자베스는 어깨를 으쓱이기만 했다.

"로잉 머신은 얼마나 하십니까?"

"10킬로미터요."

"매일요?"

"가끔 더 할 때도 있습니다."

메이슨은 휘파람을 불었다.

"세상에. 임신부가 산통에 대비해서 신체 능력을 추가로 발달시키는 것 같다고 늘 생각은 해왔지만, 그래도 그렇지 10킬로미터를? 가끔은 더 하신다고요? 그건, 와, 사실 저도 어떻게 가능한지 모르겠습니다."

그는 걱정스레 엘리자베스를 바라보았다.

"혹시 의지할 분이 있나요? 친구나 친척이나 어머니나, 뭐 그런 분 말이에요. 육아는 힘들거든요."

엘리자베스는 머뭇거렸다. 의지할 사람이 아무도 없다고 솔직하게 말하기가 민망했다. 메이슨 박사를 찾아온 이유도 캘빈이 언제나 했던 말 때문이었다. 조정 선수들은 특별한 유대감을 형성한다는 바로 그 주장 말이다.

"누구 안 계십니까?"

"개가 있습니다."

"그거 좋군요. 개는 아주 큰 도움이 되죠. 주인을 보호하고, 헌신적이고, 똑똑하잖아요. 어떤 개인가요? 수컷? 암컷?"

"수컷입니다."

"아, 당신 개가 기억나는 것도 같네요. 엄청 못생긴 개였죠? 3시인가, 뭐 그런 이름 아니었습니까? 아, 여섯이서 3인분이었나?"

"그 애 이름은—"

하지만 메이슨은 그녀의 말을 듣는 대신 서류에 메모하면서 중얼거렸다.

"개가 있고, 로잉 머신을 하신다라. 좋아요. 아주 좋습니다."

그는 다시 볼펜 심을 넣은 다음 서류철을 옆으로 치웠다.

"자, 이제 아이를 낳으신 뒤에 몸이 회복되시는 대로, 한 1년쯤이면 어떨까 싶은데요, 그때 다시 조정을 하러 오세요. 제 경기정에는 2번 자리를 맡아줄 사람이 필요한데 어쩐지 당신이 하실 수 있을 것 같거든요. 물론 그 전에 베이비시터를 찾아보셔야겠지만요. 배엔 아기를 태울 수가 없으니까요. 애가 있을 데가 얼마나 많은데 굳이 배까지 태워야겠습니까."

엘리자베스는 벗어두었던 재킷을 집으려고 손을 뻗었다. 메이슨의 말은 그저 으레 하는 말이려니 싶었다.

"메이슨 박사님, 정말 감사합니다만 박사님 말씀에 따르면 저는 곧 트럭에 치일 운명이라서요."

"그래도 곧 회복되실 수 있는 사고 수준일 겁니다. 보세요. 저는 조정에 대해서라면 뭐든 아주 정확하게 기억하는 재주가 있습니다. 우리가 같이 배를 탔던 때가 참 많이 기억나요. 그때가 좋았는데. 아주 좋았다고요."

"캘빈이 잘해서겠죠."

그러자 메이슨 박사는 놀란 표정을 지었다.

"아닙니다, 조트 양. 에번스 때문만이 아니에요. 배를 잘 타려면 여덟 명 모두 노를 잘 저어야 하거든요. 전부 다요. 어쨌든 하던 말을 계속하자면, 저는 당신의 상황에 대해서 좀 낙관하게 되었어요. 에번스가 세상을 떠나서 작지 않은 충격을 받으며 사셨을 테지요. 그 뒤로 임신을 이어가셨고요."

그는 엘리자베스의 배를 보며 말했다.

"하지만 모든 게 잘될 거예요. 어쩌면 아주 잘될 수도 있고요. 개도 있고, 로잉 머신도 하고, 앞으로 2번 자리에 앉으실 거고. 얼마나 좋습니까."

그러더니 명랑한 기색으로 엘리자베스의 두 손을 덥석 잡고 꼭 쥐는 게 아니겠는가. 메이슨의 말은 솔직히 말이 되질 않았다. 하지만 이제껏 그녀가 들었던 말과 비교해 보면, 마침내 처음으로 무언가 희망이 보이는 말이었다.

제16장

산고

"도서관에 갈까?"

그로부터 약 5주 뒤 엘리자베스는 여섯시-삼십분에게 물었다.

"좀 이따가 메이슨 박사님 진료 예약이 있어. 그 전에 이 책을 반납하려고. 네가 『모비 딕』을 좋아할 것 같아. 인간이 어떻게 다른 생명체를 계속해서 과소평가하는지 알려주는 이야기거든. 위험을 무릅써가면서 말이야."

엘리자베스는 수용학습법 외에도 책을 읽어주며 여섯시-삼십분을 가르쳤다. 쉬운 어린이 책은 오래전에 뗐고, 지금은 훨씬 더 묵직한 내용을 읽어주고 있었다.

그녀는 자신이 읽은 연구 논문을 인용하여 개에게 말해주었다.

"소리 내어 책을 읽으면 뇌 발달이 촉진된대. 그리고 어휘 축적이

가속화된대."

그건 효과가 있는 것 같았다. 엘리자베스의 메모에 따르면, 여섯 시-삼십분은 391개의 단어를 알고 있었다.

"넌 정말 똑똑한 개야."

바로 어제만 해도 엘리자베스는 그렇게 말했다. 여섯시-삼십분도 그 말에 너무나 동의하고 싶었지만, 사실은 그 '똑똑한'이란 단어가 정확히 무슨 뜻인지 알 수가 없었다. 그 단어는 종에 따라 아주 다양한 의미가 있는 것 같았고, 인간들은 자기 편한 대로 '똑똑한'이란 단어를 인식하는 것 같았다. 물론 엘리자베스는 예외였지만. 예를 들어 인간들은 "돌고래는 똑똑해"라고 말하면서 "하지만 소는 안 똑똑해"라고 말한다. 이건 소들이 묘기를 부리지 않는다는 사실에 근거한 편협한 생각 같았다. 여섯시-삼십분이 보기에는 그래서 소들이 더 똑똑한 거지, 덜 똑똑한 게 아니었다. 인간을 위해서 묘기를 부리는 게 뭐 그리 좋다고? 하지만 다시 본론으로 돌아와 보자. 나는 뭘 안다고 똑똑하단 소리를 듣나?

엘리자베스의 말에 따르면, 391개의 단어를 알기 때문이란다. 하지만 391개의 단어를 아는 게 뭐가 대단한가. 게다가 정확히 말하자면 '똑똑한'은 빼야 하니 390개의 단어다.

더욱 심각한 건, 방금 배운 바에 따르면 인간의 언어는 영어뿐이 아니라고 했다. 엘리자베스는 수백, 아니 어쩌면 수천 가지의 언어가 있으며, 그걸 전부 아는 인간은 하나도 없다고 했다. 인간들은 보통 한 가지 언어를 말하며, 많아도 두 개 정도 아는 이가 대부분이라나. 스위스인이라는 이들은 여덟 가지를 말하기도 한다지만. 그러니 인간이 동물을 이해하지 못하는 것도 어찌 보면 당연하다. 인간들끼리도 서로 이해하지 못하는 상황이니까.

적어도 엘리자베스는 여섯시-삼십분이 그림을 그릴 수 없으리란 사실을 깨달았다. 그림은 어린이들이 선호하는 의사소통 수단인 듯했다. 그 결과가 의도와는 다른 효과를 낸다 해도 여섯시-삼십분은 아이들의 노력에 감탄했다. 매일같이 아이들이 그 조그마한 고사리손으로 큼직한 분필을 쥐고 보도에 뭔가를 꾹꾹 눌러 그리는 모습을 보았다. 시멘트 바닥을 가득 채운 신기한 집과 원시적으로 선이 그어진 인간의 형상에는 그걸 그린 아이들만 이해할 수 있는 이야기가 담겨 있었다.

"정말 예쁜 그림이구나!"

그 주 초에 여섯시-삼십분은 어떤 여자아이와 엄마를 보았다. 아이가 추하고 거칠게 마구 그려놓은 그림을 보며 엄마가 감탄해 대고 있었다. 인간 부모는 아이에게 거짓말을 하는 경향이 있군. 개는 머릿속에 새겼다.

"이건 강아지야."

아이는 손에 분필을 잔뜩 묻힌 채로 말했다.

"참 예쁜 강아지구나!"

엄마가 맞장구치자 아이는 정색했다.

"아니야. 안 예뻐. 죽은 강아지란 말이야. 누가 강아지를 죽인 그림이야!"

그 말을 들은 여섯시-삼십분은 그림을 좀 더 자세히 살펴보았는데, 섬뜩할 정도로 정확한 설명이었다. 하지만 아이 엄마는 엄하게 말했다.

"아니야. 이건 죽은 강아지가 *아니야*. 아주 행복한 강아지야. 봐, 그릇에 담긴 아이스크림을 먹고 있잖아."

결국 좌절한 아이는 분필을 풀밭에 내던지고 발을 쿵쿵대며 그네를 타러 갔다.

개는 버려진 분필을 물었다. 생명체에게 선물로 줘야지.

엘리자베스와 여섯시-삼십분은 다섯 블록을 함께 걸었다. 그녀가 입은 셔츠 드레스의 엉덩이 부분이 꽉 끼어서 마치 참전하러 가는 것처럼 성큼성큼 걸어야 했다. 등에는 책이 가득 든 새빨간 가방을 메고 있었다. 여섯시-삼십분 역시 개조한 자전거 짐 가방을 메고 있었다. 안에는 엘리자베스의 가방에 다 넣지 못한 나머지 책을 넣어두었다.

11월의 음산한 공기를 가르며 한참 걷다가 갑자기 엘리자베스가 큰 소리로 말했다

"너무 배가 고프네. 소 한 마리도 통째로 먹을 수 있을 것 같아. 소변 검사도 하고 머리카락 단백질도 분석했는데. 또……."

그건 사실이었다. 그녀는 지난 두 달 동안 연구실에서 소변의 포도당 수치를 파악하고, 머리카락 케라틴의 아미노산 사슬을 관찰했으며, 체온을 측정해 두었다. 여섯시-삼십분은 그게 무슨 의미인지 알 수 없었지만, 그래도 엘리자베스가 자신의 생명체에 관심을 기울이는 모습을 보고 안심했다. 과학적 관심이라도 관심은 관심이니까. 하지만 출산을 위해 실제로 준비한 건 두껍고 네모난 하얀 천들과 위험해 보이는 핀 몇 개뿐이었다. 자루처럼 보이는 작은 옷도 세 벌 사긴 했다.

엘리자베스는 거리를 성큼성큼 걸어가며 여섯시-삼십분에게 말했다.

"아주 직설적으로 들리겠지만, 나는 가진통을 먼저 겪은 다음에 진진통을 겪게 될 거야. 출산 예정일까지는 아직 2주 남았어, 여섯시-삼십분아. 그래도 지금부터 이런 걸 생각해 놓으면 좋을 것 같아. 중요한 점을 기억해 두면, 때가 왔을 때도 침착할 수 있으니까."

하지만 여섯시-삼십분은 침착하지 못했다. 양수는 이미 몇 시간 전에 터져버렸으니까. 다만 약간의 수분만 배출되었는지라 엘리자베스가 미처 눈치채지 못했을 뿐이다. 하지만 여섯시-삼십분은 개라서 금방 알 수 있었다. 그 냄새는 틀림없이 양수였다. 아까 엘리자베스가 배고프다고 했던 건, 허기가 아니라 가진통의 수축이었다.

이윽고 도서관 정문에 도착하자 생명체는 좀 더 확실한 신호를 보내기로 마음먹었다.

"아, 으아아, 맙소사."

엘리자베스는 배를 부여잡고 신음했다.

열세 시간 뒤, 메이슨 박사는 기진맥진한 엘리자베스에게 아이를 안아 들고 보여주었다.

그는 방금 월척을 낚았다는 듯 아이를 보며 말했다.

"몸집이 크네. 앞으로 훌륭한 조정 선수가 되겠어. 그냥 말이 그렇다고요. 음, 내가 보기에는 좌현에서 배를 탈 것 같은데."

그는 엘리자베스를 바라보며 말을 이었다.

"잘했어요, 조트 양. 마취도 안 하고 끝까지 분만을 했군요. 그간 로잉 머신을 해온 게 도움이 될 거라고 내가 말했죠? 아이 폐가 아주 튼튼해요."

그는 아이의 작은 손을 가만히 바라보았다. 앞으로 이 손에 굳은 살이 박일 것이라고 상상하는 듯했다.

"당신과 아이는 앞으로 둘 다 우리 팀에서 노를 젓게 될 거예요. 내일 다시 들를게요. 그동안 푹 쉬시죠."

하지만 여섯시-삼십분이 걱정되었던 엘리자베스는 다음 날 아침 바로 퇴원을 했다.

"절대로 안 됩니다. 이건 규정 위반이에요. 메이슨 박사님이 난리 치실 거라고요."

수간호사가 말하자 엘리자베스는 이렇게 대답했다.

"박사님께 제가 로잉 머신을 하러 간다고 전해주세요. 그러면 알 았다고 하실 겁니다."

이윽고 택시를 예약하려는 엘리자베스에게 간호사는 마구 고함 을 쳤다.

"로잉 머신? 그게 대체 뭔데요?!"

30분 뒤, 엘리자베스는 아기를 가슴에 포근히 안고서 집 앞으로 걸어갔다. 여전히 가방을 멘 채로 현관 앞을 보초처럼 지키고 선 여 섯시-삼십분을 보자 그녀는 안심한 나머지 가슴이 두근거렸다.

여섯시-삼십분은 숨을 마구 헐떡였다.

'세상에! 이럴 수가, 이럴 수가, 이럴 수가. 살아 있었구나, 살아 있 었어. 세상에 내가 얼마나 걱정했다고.'

그녀는 허리를 굽혀 안고 있던 걸 보여주었다.

'생명체다! 애는, 쿵쿵, 여자애였구나!'

"여자애야."

엘리자베스는 웃으면서 개에게 말했다.

'안녕, 생명체야! 나야! 여섯시-삼십분! 내가 얼마나 걱정했다고!'

그녀는 문을 열며 말했다.

"정말 미안해. 많이 배고프지? 지금은……."

손목시계를 본 엘리자베스가 말했다.

"9시 22분이네. 그럼 24시간 이상 아무것도 못 먹었겠구나."

여섯시-삼십분은 흥분해서 꼬리를 흔들었다.

어떤 집은 아이 이름을 같은 머리글자로 짓는다. 예를 들어 애거사와 알프레드, 이런 식으로. 어떤 집은 각운을 맞추어 몰리와 폴리, 이런 식으로 짓는다. 여섯시-삼십분의 집은 시간에 맞추어 짓는다. 개는 이 집에 들어온 정확한 시간을 따서 여섯시-삼십분이 되었다. 그리고 이제 이 생명체의 이름이 정해졌다.

'안녕, 아홉시-이십이분아! 이쪽 세상에 잘 왔어! 오는 길은 어땠어? 자, 어서 들어와! 내가 분필도 갖다놨어!'

셋이 문을 열고 들어가자 묘한 기쁨이 사방에 가득 감돌았다. 캘빈이 죽은 뒤 처음으로, 다시금 그들은 전환점을 맞은 듯한 기분이었다.

하지만 10분 뒤, 생명체가 울기 시작하자 모든 게 무너져내렸다.

제 1 7 장

해리엇 슬로운

"대체 왜 그래? 그냥 말을 해!"

엘리자베스는 벌써 백만 번째 애원했다.

하지만 일주일 내내 쉬지 않고 울어온 아기는 왜 그러는지 이유를 말해주지 않았다.

심지어 여섯시-삼십분조차 당황하고 말았다.

'내가 아버지 이야기는 벌써 해줬잖아. 이거 얘기했던 건데.'

하지만 개가 아무리 소통해 보아도 생명체는 울부짖기만 했다.

새벽 2시, 엘리자베스는 작은 주택 안을 이리저리 거닐며 포대기를 위아래로 흔들었다. 두 팔은 녹슨 로봇처럼 뻣뻣해진 지 오래였다. 그러다 책 더미에 발이 걸려 그만 넘어질 뻔했다.

"제길."

그녀는 소리치며 아기를 보호하려고 가슴에 확 껴안았다. 갓 엄마가 된 여자들이 그렇듯 엘리자베스도 정신이 하나도 없는 상태라 바닥에는 작은 양말이며 열어둔 기저귀 핀, 오래된 바나나 껍질, 안 읽은 신문 등 온갖 것들이 아무렇게나 널려 있었다.

"어떻게 이토록 조그만 게 이런 난장판을 벌일 수 있지?"

엘리자베스가 소리를 지르자, 아기는 대답해 주겠다는 듯 자그마한 입을 엘리자베스의 귀에 갖다 댔다. 그러고는 숨을 깊이 들이마시더니 다시 울부짖기 시작했다.

"제발, 제발, 제발 그만 울어."

엘리자베스는 소파에 털썩 주저앉으며 속삭였다. 그러고는 딸을 팔에 눕힌 다음 젖병 꼭지를 인형처럼 조그마한 아이 입술에 콕콕 찔렀다. 지금껏 다섯 번이나 젖병을 거절했건만, 작은 아기는 이번엔 아주 맹렬하게 고무젖꼭지에 매달렸다. 마치 자기 맘을 몰라줬던 어머니가 결국 이렇게 해줄 줄 알았다는 듯. 엘리자베스는 혹시나 숨이라도 크게 쉬면 모든 일이 허사가 될 것 같아 숨을 죽였다. 아기는 시한폭탄이나 마찬가지였다. 조금만 잘못 움직여도 끝장이었다.

메이슨 박사가 경고했던 바로는, 영아를 키우는 건 중노동이라 했다. 하지만 이건 중노동 정도가 아니었다. 상전을 모시는 도제 계약이 이럴까. 이 작은 아기는 폭군 네로 황제 못지않게 요구가 많았다. 제정신이 아니기로는 노이슈반슈타인 성을 지은 미친 루드비히 왕과 맞먹었다. 게다가 울기까지 하다니. 엘리자베스는 아기 때문에 능력의 한계를 느꼈다. 더욱 걱정되는 건, 딸이 엄마인 자신을 좋아하지 않을 수도 있다는 사실이었다. 태어난 지 얼마 되지도 않았는데.

엘리자베스는 눈을 감고 어머니를 떠올렸다. 입술에 담배를 물고 있던 어머니. 엘리자베스가 오븐에서 막 꺼낸 캐서롤에 담뱃재를 떨던 어머니. 그래, 태어날 때부터 어머니를 좋아하지 않는 아기도 얼마든지 있을 수 있지.

일상은 반복적으로 흘러갔다. 수유하고, 씻기고, 기저귀를 갈고, 울음을 멈춰주고, 닦아주고, 트림시키고, 달래주고, 안고 걸어 다니고. 한마디로 일이 너무 많았다. 물론 세상 많은 것들이 반복적이긴 하다. 로잉 머신도, 메트로놈도, 불꽃놀이도 그렇다. 하지만 대부분 한 시간 안에는 끝나지 않나? 그런데 아기 키우기는 몇 년이 걸린다.

아기가 잠이 들면 할 일은 더욱 많아졌다. 빨래하고, 젖병을 닦고, 소독하고, 먹을 걸 준비하고, 거기다가 육아 전문가 스포크 박사가 쓴 『아기와 육아 상식 대백과』도 되풀이해 읽어야 했다. 게다가 아이는 도통 잠을 안 자는 것 같았다. 그밖에도 엘리자베스가 할 일 목록에 미처 적지도 못한 일도 잔뜩 있었다. 할 일 목록을 만드는 것도 일이었으니까. 마지막으로, 그녀가 해야 할 자신의 일도 있었다.

헤이스팅스의 일들. 엘리자베스는 방 저쪽에 놓아두고 손도 안 댄 공책과 연구 논문 더미를 걱정스러운 눈빛으로 바라보았다. 동료들의 자료는 더욱 높이 쌓였다. 그녀는 아기를 낳는 동안 메이슨 박사에게 진통제를 놓지 말아달라고 말했다.

"저는 과학자거든요. 이 과정을 멀쩡한 의식으로 겪고 싶습니다."

하지만 진짜 이유는 따로 있었다. 진통제를 맞을 돈이 없었기 때문이었다.

문득 아래에서 작고도 만족스러운 한숨 소리가 들려왔다. 아래를 본 엘리자베스는 딸이 잠든 것을 보고 깜짝 놀랐다. 아기의 잠을 방해하고 싶지 않아 꼼짝도 할 수가 없었다. 그녀는 발갛게 물든 얼굴과 오동통한 입술, 고운 금빛 눈썹을 가만히 바라보았다.

한 시간이 흐르자 온몸의 피가 그녀의 팔로 쏠렸다. 그녀는 무슨 말이라도 하려는 듯 입술을 움직여대는 아기를 경이로운 눈빛으로 응시했다.

그렇게 두 시간이 더 흘렀다.

일어나자. 움직여. 엘리자베스가 속으로 말했다. 몸을 숙이고 자신의 몸과 아기를 의자에서 들어 올린 다음 한 발짝도 흔들리는 일 없이 침실로 향했다. 아직 자는 아기를 조심스레 침대에 누인 다음 옆에 누웠다. 눈을 감고 숨을 내쉬자마자, 그녀는 꿈도 꾸지 않는 깊은 잠에 빠져들었다. 아기가 깰 때까지.

아기가 깬 건 그로부터 약 5분이 지난 뒤였다.

"내가 너무 일찍 온 건 아니겠죠?"

아침 7시, 현관문 앞에 선 보리웨이츠 박사가 물었다. 고개를 슬쩍 들이민 그는 엘리자베스 옆을 지나 전쟁터처럼 엉망이 된 거실에 들어오더니 요리조리 발을 디뎌 소파에 앉았다.

"네, 너무 일찍 왔습니다."

"음, 그래도 일 때문에 온 건 아니니 괜찮잖아요. 그냥 뭘 좀 잠깐 물어보러 왔어요. 어쨌든 당신이 잘 지내는지 보려고 잠깐 들른 거예요. 아기를 낳았다고 들었어요."

그는 엘리자베스의 헝클어진 머리카락과 잘못 끼운 블라우스 단추와 아직도 불룩한 배를 가만히 바라보더니, 서류 가방을 열고 포장지에 싼 선물을 꺼냈다.

"축하해요."

"저한테⋯⋯ 선물을 주시는 겁니까?"

"별거 아니에요."

"보리웨이츠 박사님은 아이가 있습니까?"

그는 이 말에 대답하지 않고 시선을 떨궜다.

엘리자베스가 상자를 열어보니 안에는 플라스틱 젖꼭지와 작은 토끼 인형이 들어 있었다. 그녀는 보리웨이츠가 들른 게 갑자기 기뻤다. 지난 몇 주간 아기하고만 있던 그녀가 처음으로 성인과 이야기를 나눈 순간이었으니까.

"고맙습니다. 정말 사려 깊은 선물이에요."

그는 어색하게 대답했다.

"아니에요. 아이가 좋아했으면 좋겠네요. 남자애인가요, 여자애인가요?"

"여자애예요."

'밴시*처럼 꽥꽥 울어 젖히는 여자애죠.'

여섯시-삼십분이 설명했다. 보리웨이츠는 다시 가방에 손을 뻗더니 이번엔 서류 뭉치를 꺼냈다. 하지만 엘리자베스는 거절했다.

"저는 잠을 못 잤습니다, 보리웨이츠 박사님. 지금은 정말로 이 일을 할 수 없어요."

보리웨이츠는 눈을 내리깔며 애원했다.

"조트 양, 두 시간 뒤에 도나티와 회의해야 해요. *제발 부탁해요.*"

그는 지갑에서 돈을 꺼내 내밀었다.

• 　아일랜드와 스코틀랜드의 민화에 나오는 요정으로 울음으로 가족의 죽음을 미리 알린다.

현금을 본 엘리자베스는 망설였다. 지난 한 달 동안 돈을 전혀 벌지 못했으니까.

"그럼 10분만입니다. 아기가 지금 선잠이 들었거든요."

그녀는 현금을 챙기며 대답했다. 하지만 결국 한 시간이나 걸리고 말았다. 놀랍게도 아이는 그간 깨지 않았다. 보리웨이츠가 떠난 다음, 엘리자베스는 일을 해야겠다고 생각하고 연구실로 가다가 그만 바닥이 매트리스인 것마냥 스르르 쓰러지고 말았다. 교과서를 베개처럼 베고서 그녀는 깊은 잠에 빠졌다.

꿈에 캘빈이 나왔다. 그는 핵자기공명에 관한 책을 읽고 있었고 엘리자베스는 여섯시-삼십분에게 소리 내어 『마담 보바리』를 읽어주고 있었다. 소설은 문제가 많은 장르라고 여섯시-삼십분에게 막 이야기한 참이었다. 사람들은 언제나 작품의 의미가 뭔지 안다고 주장한다고. 작가가 전혀 그런 뜻으로 쓴 게 아니더라도. 실은 그들이 이해했다고 생각하는 의미는 전혀 작품과 연관이 없는데도 말이다.

"『마담 보바리』가 바로 좋은 예야. 여기, 엠마가 손가락을 핥았다는 부분 있지? 이게 성적 욕망을 상징하는 거라고 보는 사람이 있어. 하지만 엠마가 닭고기를 참 좋아했던 것뿐이라고 여기는 사람도 있지. 그럼 플로베르는 무슨 뜻으로 썼을까? 솔직히 작가의 의도는 아무도 신경 쓰지 않아."

그때 캘빈이 책을 읽다 말고 고개를 들더니 이렇게 대답했다.

"『마담 보바리』에 닭고기가 나왔던가? 그런 기억이 없는데."

하지만 엘리자베스가 무어라 대꾸하기도 전에, 어디선가 끈질기게 똑똑, 똑똑, 똑똑 두드리는 소리가 들려왔다. 딱따구리가 성실하게 나무를 쪼는 듯한 소리였는데 그 뒤에 "조트 양?"이라는 말이 따라왔다. 똑똑, 똑똑, 똑똑 소리가 다시 들리더니 "조트 양?" 하고 누군가가 그녀의 이름을 불렀다. 그 소리에 이상하고 기묘한, 딸꾹질 섞인 울음도 따라왔다. 아기가 우는 소리를 듣자 캘빈은 벌떡 일어나 방에서 도망쳤다.

"조트 양."

목소리가 다시 들렸다. 이번에는 더 큰 소리였다.

엘리자베스가 눈을 뜨자, 레이온 원피스를 입고 두꺼운 갈색 양말을 신은, 회색 머리가 커다란 여자가 실험실 안에 있었다.

"나예요, 조트 양. 슬로운 부인이에요. 지나가다 봤더니 당신이 바닥에 쓰러져 있지 뭐예요. 문을 계속 두드렸는데 대답이 없더라고요. 그래서 들어왔어요. 괜찮은지 확인하려고요. 괜찮아요? 의사를 불러야 하지 않을까 싶은데요."

"스, 슬로운이라고요."

여자는 허리를 굽히고 엘리자베스의 얼굴을 자세히 바라보았다.

"아니, 안 괜찮은 것 같네요. 아기가 울고 있어요. 내가 가서 데려올까요? 내가 가서 데려올게요."

그녀는 잠시 후에 돌아와서 작은 포대기를 얼렀다.

"어머, 얘 좀 봐. 이 말썽꾸러기 이름이 뭐죠?"

"매드. 매, 매들린입니다."

엘리자베스는 바닥을 짚고 일어서며 말했다.

"매들린이라. 그럼 여자애네요. 뭐, 좋아요. 그동안 여기에 들르고 싶었어요. 당신이 이 말썽꾸러기를 집에 데려온 다음부터 계속 생각했어요. 들러서 잘 지내나 보자고요. 하지만 당신에게 항상 손님이 찾아오는 것 같더라고요. 사실 얼마 전엔 누가 나가는 것도 봤어요. 그래서 방해하고 싶지 않았어요."

여자는 매들린의 엉덩이 냄새를 깊이 맡은 다음, 아기를 탁자에 내려놓고 옆에 있던 건조대에서 깨끗한 기저귀를 가져왔다. 그리고 몸부림치는 아기의 기저귀를 카우보이가 올가미로 송아지를 잡듯 능숙하게 갈았다.

"애 키우는 게 쉽지 않다는 건 나도 알아요, 조트 양. 그러니까 에번스 씨도 없이 혼자 키우긴 더 힘들죠. 그분이 세상을 떠나서 나도 정말 안타까워요. 이런 말 너무 늦게 하는 것 같지만, 그래도 안 하는 것보다는 나으니까요. 에번스 씨는 좋은 사람이었어요."

"캘빈을…… 아십니까? 어떻게 아세요?"

엘리자베스는 여전히 멍한 상태로 물었다. 그러자 여자는 날 선 말투로 대답했다.

"조트 양, 나는 근처에 살아요. 건너편 집이에요. 파란 집 알죠?"

"아, 아, 네, 압니다."

엘리자베스는 새빨개진 얼굴로 대답했다. 전에는 슬로운 부인과 말 한마디 해본 적이 없다는 사실도 깨달았다. 그저 집에 오면서 손 몇 번 흔들었던 게 전부였다.

"죄송합니다, 슬로운 부인. 물론 알고 있습니다. 용서하세요. 제가, 좀 피곤해서요. 바닥에 쓰러져서 잤었나 봅니다. 저도 놀랍네요. 이런 적은 처음이에요."

"음, 앞으로도 이럴 일은 많을 거예요."

문득 슬로운 부인은 주방이라고 생각했던 곳이 사실은 주방이 아니라는 걸 깨달았다. 그녀는 일어서서 매들린을 럭비공처럼 한쪽 팔로 안은 채로 주위를 한 바퀴 둘러보았다.

"당신은 엄마가 된 지 얼마 안 되었잖아요. 게다가 혼자니까 당연히 지치고 아무런 생각도 못 하죠. 그런데 대체 이게 뭐예요?"

그녀는 커다란 은색 물체를 가리켰다.

"원심 분리기예요. 그리고 저는 정말로 괜찮습니다."

엘리자베스는 똑바로 앉으려 애썼다.

"신생아를 키우면서 괜찮은 사람은 하나도 없어요, 조트 양. 이 조그마한 악마는 당신 삶을 쪽쪽 빨아먹을 거라고요. 봐요, 당신 얼굴이 바로 그 증거잖아요. 꼭 사형수 같네. 내가 커피 끓여줄게요."

슬로운 부인은 스토브로 가다가 흄후드에 가로막혀 멈추었다.

"어머나 세상에, 대체 이런 게 주방에 왜 있는 거죠?"

"커피는 제가 내려드릴게요."

엘리자베스가 대답했다. 슬로운 부인이 지켜보는 가운데, 그녀는 스테인리스강 실험대로 비틀비틀 걸어가서 증류수 한 병을 플라스크에 부은 다음 코르크 마개로 막았다. 그리고 플라스크를 분젠 버너 두 개 사이에 있는 스탠드에 끼운 다음, 이상하게 생긴 금속 기구를 쳐서 부싯돌을 부딪치는 것처럼 불씨를 만들었다. 이윽고 불꽃이 일더니 물이 가열되기 시작했다. 이제 그녀는 선반에서 $C_8H_{10}N_4O_2$* 라는 이름표가 붙은 자루를 가져다가 내용물을 작은 사발에 붓더니 막자로 빻았다. 그러고는 다 갈려서 먼지처럼 보이는 물질을 이상하

---

* 카페인의 분자식.

게 생긴 작은 저울에 올려 무게를 재더니, 가로세로 15센티미터의 거즈 위에 쏟고서 거즈를 묶었다. 그녀는 묶은 거즈를 커다란 비커에 담고, 그 비커를 금속 스탠드에 꽂은 다음, 플라스크 마개에 달린 튜브를 커다란 비커의 바닥에 갖다 댔다. 플라스크 속 물에서 거품이 일기 시작했다. 슬로운 부인은 입을 쩍 벌리고는 물이 튜브를 타고 비커 안으로 밀려드는 모습을 지켜보았다. 곧 물이 끓던 플라스크가 다 비워지자 엘리자베스는 분젠 버너를 끄고 유리 막대로 비커의 내용물을 휘저었다. 그러자 너무나도 이상한 일이 일어났다. 갈색 액체가 저절로 움직여 위로 치솟더니 다시 원래의 작은 플라스크로 돌아간 것이다.

"크림과 설탕 넣으십니까?"

엘리자베스는 플라스크의 마개를 뽑은 다음 내용물을 잔에 따랐다. 슬로운 부인은 엘리자베스가 앞에 놓아주는 잔을 보며 말했다.

"어머나 세상에나. 그냥 폴저스* 같은 건 안 마셔요?"

하지만 받아 든 커피를 한 모금 마신 순간, 그녀는 더 이상 아무 말도 하지 않았다. 이런 커피는 처음이었다. 환상적인 맛이었다. 이런 커피라면 온종일 마실 수도 있을 거다.

"그래서 잘되고 있어요? 엄마 되는 거 말이에요."

슬로운 부인이 묻자, 엘리자베스는 마른침을 삼켰다.

"당신도 이 책이 있군요. 엄마들한텐 성경 같은 책이죠."

슬로운 부인은 스포크 박사의 책을 가리켰다. 엘리자베스는 순순

•   미국의 대표적인 인스턴트 및 일회용 커피 브랜드.

히 대답했다.

"제목 때문에 이걸 샀어요. 『아기와 육아 상식 대백과』라고 해서요. 아기를 키우는 법에는 말도 안 되는 소리가 많은 것 같아요. 너무 복잡해요."

슬로운 부인은 엘리자베스의 얼굴을 가만히 바라보았다. 커피 한 잔 만드는 데 인스턴트 가루를 타지 않고 20여 단계를 거쳐서 내려 마시는 사람이 저런 말을 다 하네.

"웃기지 않아요? 이런 책을 남자가 썼다는 게요. 출산과 그 이후의 일을 직접 경험해 본 적도 없으면서 책을 쓰다니. 그런데 결과는 어떤가요? 베스트셀러가 됐잖아요. 난 말이죠, 사실 이 책은 그 박사님 아내가 전부 썼을 거라고 봐요. 본인은 이름만 올린 거죠. 남자 이름이 박혀 있으면 더 권위가 서니까요. 당신도 그렇게 생각하죠?"

"아뇨."

"그래요. 나도 아니라고 생각해요."

둘은 저마다 커피를 한 모금씩 더 마셨다.

"안녕, 여섯시-삼십분."

슬로운 부인은 개의 이름을 부르며 손을 뻗었다. 개는 가까이 다가왔다.

"여섯시-삼십분을 아세요?"

"조트 양, 나 바로 저기에 산다고요. 저 앞집에요! 얘를 종종 봐요. 그건 그렇고, 목줄 법이 사실상―"

그 순간, '목줄'이라는 소리를 들은 매들린이 자그마한 입을 벌리고 등골이 오싹해지는 울음소리를 내기 시작했다.

"어머나 세상에, 이게 뭔 지랄이래! 얘 진짜 정신 사납게 우네!"

슬로운 부인은 비속어를 늘어놓으며 매들린을 품에 안은 채로 자리에서 벌떡 일어섰다. 그러더니 작고 빨간 아기의 얼굴을 들여다보며 포대기를 위아래로 흔들면서 실험실을 돌아다녔다. 울음소리가 하도 시끄러워 그녀는 목소리를 높여 말해야 했다.

"오래전에 내가 첫 아이를 낳았을 때, 슬로운 씨가 출장을 떠나 있던 동안 어떤 나쁜 놈이 우리 집에 쳐들어와서 있는 돈을 다 내놓지 않으면 아기를 데려가겠다고 하더라고요. 그때 난 나흘째 자지도 씻지도 못한 참이었어요. 머리는 일주일간 못 빗은 꼴이었고 자리에 앉아본 게 언제인지 기억도 안 날 지경이었죠. 그래서 내가 뭐라고 했게요? '아기 갖고 싶어요? 그럼 가져가요.'"

그녀는 매들린을 다른 팔에 바꿔 안으며 말을 이었다.

"그랬더니 그놈이 도망가더라고요. 다 큰 어른이 그렇게 빨리 뛰는 모습은 처음 봤다니까요."

슬로운 부인은 미심쩍은 눈초리로 방을 쓱 훑어보았다.

"혹시 젖병도 커피처럼 신기한 방식으로 준비하나요? 아니면 내가 보통 하듯이 젖병을 가져올까요?"

"벌써 하나 준비해 뒀습니다."

엘리자베스는 따뜻한 물이 든 작은 냄비에서 젖병을 꺼내고 슬로운 부인에게서 매들린을 받아들었다. 부인은 목에 건 모조 진주 목걸이를 움켜쥐며 말했다.

"신생아란 정말 끔찍한 것들이에요. 당신을 도와주는 사람이 있을 거라 생각했는데. 이런 줄 알았다면 더 일찍 와봤을 거예요. 음, 당신을 찾아오는 남자가 정말 많은 걸 봤거든요. 그것도 꽤 이상한 시각에요."

부인은 목을 가다듬었다. 엘리자베스는 매들린에게 젖병을 물리며 말했다.

"일 때문이에요."

"뭐, 일이든 뭐든 간에 말이죠."

"저는 과학자입니다."

"아, 저는 에번스 씨가 과학자라고 생각했는데."

"저도 그렇습니다."

슬로운 부인은 손뼉을 짝 쳤다.

"물론 당신도 그렇겠죠. 좋아요. 그럼 난 이만 가볼게요. 하지만 앞으로 혹시 도움이 필요하면, 나는 저 앞에 살고 있으니까 언제든 연락해요."

그녀는 주방 벽에 걸린 전화기 바로 위에 두꺼운 연필로 자신의 전화번호를 적었다.

"슬로운 씨는 작년에 은퇴해서 온종일 집에 있거든요. 그러니 나한테 부담 준다고 생각하지 말고 언제든 전화해도 괜찮아요. 전혀 부담이 아니니까. 사실 전화해 주면 내가 더 고마워요. 알겠죠?"

그녀는 몸을 굽히고 가져온 쇼핑백에서 무언가를 꺼냈다. 쿠킹 포일에 싸인 캐서롤이었다.

"이거 여기에 두고 갈게요. 맛은 보장 못 하지만, 당신은 좀 먹어야 해요."

"슬로운 부인, 육아에 대해 많이 알고 계신 것 같네요."

엘리자베스는 얼른 말했다. 혼자 있고 싶지 않다는 마음이 들었기 때문이다.

"남들이 아는 만큼은 알죠. 아기는 조그마한 주제에 이기적인 사

디스트랍니다. 왜 다들 애를 한 명 이상 낳는 건지 알다가도 모르겠
어요."

"아이를 몇 명 낳으셨어요?"

"넷이에요. 뭐 할 말 있어요, 조트 양? 특별히 걱정되는 거라도?"

엘리자베스는 목소리를 떨지 않으려고 애썼다.

"그게, 음, 그러니까……."

슬로운 부인은 어서 말해보라 재촉했다.

"그냥 말해봐요. 내뱉으라고요."

엘리자베스는 후다닥 대답했다.

"저는 아주 못된 엄마예요. 아기를 보다가 그냥 자버린 것도 그렇
지만, 여러 가지 면에서요. 아뇨, 모든 면에서 아주 못된 엄마예요."

"구체적으로 말해봐요."

"음, 예를 들면, 스포크 박사는 아기를 일정에 맞춰 길러야 한다고
했어요. 그래서 일정표를 짰는데, 아기가 따라주질 않아요."

슬로운 부인은 피식 웃었다.

"그리고 아무리 기다려도 그렇게 되는 때가 오지 않더라고요. 그
러니까…… 아시잖아요……."

"모르겠는데요."

"육아가 너무나 행복한 순간이 온다던데……."

슬로운은 참지 못하고 끼어들었다.

"여성 잡지가 사람 여럿 망치네. 그런 데 휘둘리면 안 돼요. 완전
헛소리니까."

"하지만 제가 느끼는 감정은…… 이런 감정이 정상이란 생각은
안 들어요. 전 아기를 낳고 싶었던 적이 한 번도 없어요. 그런데 아

250

기를 낳았다고요. 부끄럽지만 저는 얘를 어디다 갖다 버리고 싶은 마음이 적어도 두 번은 들었거든요."

슬로운 부인이 뒷문에 멈춰 섰다. 엘리자베스는 애원했다.

"제발 저를 나쁘게 생각하지 말아주시고……."

슬로운 부인은 잘못 들었다는 듯 대꾸했다.

"저기, 아기를 갖다 버리고픈 마음이 몇 번 들었다고요? 두 번?"

그러더니 고개를 저으면서 웃었다. 그 소리에 엘리자베스는 몸을 움츠리며 말했다.

"웃자고 한 말이 아니었습니다."

"두 번? 정말 두 번밖에 안 들었어요? 그런 마음이 스무 번 든다 해도 절대 많은 게 아니에요."

엘리자베스는 눈길을 떨구었다. 슬로운 부인은 동정하는 기색으로 씨근거렸다.

"이런 제길. 당신은 지금 세상에서 제일 힘든 일을 하는 중이라고요. 당신 어머니가 아무 말도 안 해줬어요?"

엄마 이야기를 하자마자 이 아가씨의 어깨가 흠칫 굳는 것을 슬로운 부인은 눈치챘다. 그녀는 한층 부드러운 목소리로 말을 이었다.

"좋아요. 내 말은 그냥 신경 쓰지 말고. 너무 걱정하지 말아요. 지금도 잘하고 있으니까요, 조트 양. 앞으론 좋아질 거예요."

엘리자베스는 절박한 심정으로 말했다.

"안 좋아지면요? 혹시…… 혹시 더 나빠지면 어떡하죠?"

슬로운 부인은 상대에게 거리낌 없이 스킨십을 하는 사람이 아니었지만, 떠나려고 섰던 문 앞에서 저도 모르게 돌아서서 앞에 선 아가씨의 어깨에 가볍게 손을 얹었다.

"아뇨. 반드시 좋아질 거예요. 그런데 조트 양, 이름이 어떻게 되나요?"

"엘리자베스예요."

슬로운 부인은 손을 거두고 대답했다.

"그래요, 엘리자베스. 나는 해리엇이라고 해요."

이윽고 어색한 침묵이 이어졌다. 서로의 이름을 알게 되자, 계획한 것 이상으로 자신을 많이 드러낸 기분이 들었다.

"엘리자베스, 그럼 가기 전에 충고 하나만 해도 될까요? 아니, 아니지. 충고는 안 할게요. 난 충고랍시고 사람들이 던지는 말을 싫어하거든요. 특히 묻지도 않았는데 해주는 충고가 제일 싫어요."

슬로운 부인은 얼굴이 빨개진 채로 말을 이었다.

"충고해 주겠다는 사람 싫어하죠? 나도 싫어해요. 그런 충고를 들으면 내가 무척 못난 사람이 된 기분이 들거든요. 게다가 다 형편없는 충고뿐이고."

"아닙니다. 말씀해 보세요."

엘리자베스는 재촉했다. 해리엇은 잠시 주저하더니, 입술을 모아 양옆으로 실룩였다.

"음, 그러죠. 어쩌면 이건 충고가 아닐 수도 있으니까. 말하자면 요령에 가까워요."

엘리자베스는 기대하는 눈빛으로 그녀를 바라보았다.

"혼자만의 시간을 가져봐요. 매일."

"시간이라고요?"

"자신이 최우선이 되는 시간을 가지는 거죠. 오롯이 나만의 시간요. 아기도, 일도, 죽은 에번스 씨도, 더러운 집도 다 제쳐두고요. 딱

나를 위한, 엘리자베스 조트를 위한 시간을 가져봐요. 뭘 필요로 하든, 뭘 원하든, 뭘 찾든 그 시간 동안 자신의 욕구를 충실하게 추구해봐요."

해리엇은 목걸이를 홱 잡아당기더니 덧붙였다.

"그런 다음에 일상으로 다시 돌아가는 거죠."

물론 해리엇이 이 충고를 직접 실천한 적은 한 번도 없었다. 사실은 아까 욕했던 우습기 짝이 없는 여성 잡지 어딘가에서 읽었던 말이었으니까. 하지만 이 말은 하지 않았다. 해리엇 또한 언젠가 자신의 목표에 닿을 날이 있을 거라고 믿고 싶었다. 그녀의 목표는 사랑을 하는 것이었다. 진짜 사랑을 해보는 것.

이윽고 그녀는 뒷문을 열고 고개를 끄덕여 인사한 다음 문을 닫았다. 그러자 때맞춰 매들린이 울기 시작했다.

제 1 8 장

서류상으로는 매드

해리엇 슬로운은 살면서 예뻤던 적이 한 번도 없었다. 하지만 그녀가 알고 지낸 예쁜 사람들에겐 언제나 안 좋은 일만 생기는 것 같았다. 그들은 예뻐서 사랑받으면서도 예쁘다는 이유로 미움을 받았다. 캘빈 에번스가 엘리자베스 조트와 사귀기 시작하자, 해리엇은 엘리자베스가 예쁘니까 에번스가 좋아하는 거라고 생각했다. 하지만 거실에 앉아 있다가 우연히 그들의 집에 걸린 커튼이 보란 듯이 갈라져 이쪽 거실에서도 안쪽이 훤히 보이게 되자, 그래서 처음으로 그들의 모습을 엿보게 되자 생각을 고쳐먹게 되었다.

해리엇이 보기에 캘빈과 엘리자베스는 이상한 사이였다. 말하자면 초자연적인 사이였다. 그들은 마치 태어나자마자 헤어진 일란성 쌍둥이가 우연히 전쟁터 참호에서 마주친 것 같았다. 주변에서 사람이 마구 죽어나가는데도 서로의 얼굴이 똑같이 생겼을 뿐 아니라 갑각류 알레르기도 있으며 배우 딘 마틴도 싫어한다는 사실을 알고는 어안이 벙벙해진 사이라고나 할까. 해리엇은 캘빈과 엘리자베스가 그들의 공통점을 깨닫고서 "정말? 나도 그런데!" 하며 줄곧 감격하는 장면을 상상했다.

하지만 은퇴한 슬로운 씨와 해리엇은 그런 사이였던 적이 한 번도 없었다. 처음에 느꼈던 흥분은 곧 싸구려 매니큐어처럼 닳아 없어졌다. 해리엇은 슬로운 씨에게 문신이 있었기에, 그리고 해리엇의 발목이 굵고 머리카락이 가늘다는 걸 그가 눈치채지 못한 것 같았기에 대범한 사람이라고 생각했다. 하지만 지금 와서 생각해 보면, 슬로운 씨가 해리엇이 어떤지 눈여겨보지 않았다는 점을 그냥 넘기지 말았어야 했다. 그랬다면 앞으로도 평생 그가 해리엇을 눈여겨보지 않으리라는 사실을 알 수 있었을 텐데.

결혼 후, 머지않아 그녀는 자신이 남편을 사랑하지 않으며 남편도 자신을 사랑하지 않는다는 걸 깨닫기 시작했다. 얼마나 빠르게 그 점을 깨달았는진 기억도 나지 않지만, 아마도 남편이 서랍을 '스랍'이라고 발음하거나 그의 체모가 마치 민들레 홀씨처럼 항상 저절로 떨어져 온 집 안을 뒤덮고 있다는 걸 알아챈 때부터였던 것 같다.

솔직히 슬로운 씨와 함께 사는 건 역겹지만, 해리엇은 그의 신체적인 결함을 전적으로 혐오하지는 않았다. 털이야 자신도 빠지는 것이니. 오히려 그녀가 혐오한 건 남편의 수준 낮은 행동이었다. 그의 얼굴에는 어리석음과 독선과 무식이 서려 있어 매력이 없었다. 그는 무지하고 편협하고 천박하고 둔한 사람이었다. 무엇보다도 그는 근거 없는 자신감이 넘쳤다. 멍청한 사람들이 흔히 그렇듯, 슬로운 씨는 자기가 얼마나 멍청한지 깨달을 만큼 똑똑하지 못했다.

엘리자베스 조트가 캘빈 에번스의 집으로 이사 왔을 때, 슬로운 씨는 즉각 그녀를 알아보았다. 슬로운 씨는 늘상 엘리자베스 이야기를 했고, 그녀를 두고 초라한 하이에나처럼 음담패설을 늘어놓았다.

"여기 좀 봐, 응?"

그는 젊은 엘리자베스가 차를 타는 모습을 창문 너머로 바라보며 벗은 배를 둥그렇게 문질렀다. 그때마다 방구석에는 꼬불꼬불하고 까만 털이 흩날렸다.

"그래, 좋아."

해리엇은 그럴 때마다 방에서 나갔다. 이만하면 다른 여자를 보며 흥분하는 남편의 모습에 익숙해져야 한다는 건 알았다. 그가 처음 침대 옆에 여성 잡지를 두고 자위했던 건 신혼여행을 갔을 때였다. 하지만 이런 남편이라도 같이 살아야지 어쩌란 말인가? 게다가 해리엇은 남자들이 이러는 것이 정상이라는 말을 들어왔다. 심지어 건강해서 그렇다고도 했다. 하지만 남편이 보는 잡지는 점점 선정성이 짙어졌고, 이런 습관도 심해졌다. 이제 쉰다섯 살이 된 해리엇은 가슴에 돌을 얹은 기분으로 남편의 끈적끈적한 잡지 무더기를 단정하게 정리했다.

그가 역겨운 점은 또 있었다. 아무에게도 관심을 받지 못하는 남자들이 흔히 그러듯, 슬로운 씨는 자신이 여자들에게 통하는 매력이 있다고 진심으로 믿었다. 해리엇은 참으로 의아했다. 대체 이런 터무니없는 자신감은 어디서 생기는 걸까. 멍청한 사람들이야 멍청하니까 그 점을 모른다 쳐도, 볼품없는 사람들은 자신이 볼품없다는 걸

모를 수가 없을 텐데. 거울이라는 게 있으니까.

　물론 볼품없는 건 잘못이 아니다. 해리엇의 외모는 볼품없었고, 스스로 그 점을 알고 있었다. 또한 캘빈 에번스도 볼품없었고, 엘리자베스가 언젠가 집에 데려온 못생긴 개도 볼품없었고, 엘리자베스가 앞으로 낳을 아이도 어쩌면 볼품없을 가능성이 있었다. 하지만 이들 중 그 누구도 추하지는 않았다. 앞으로 태어날 아이도 절대로 추할 리는 없다. 하지만 슬로운 씨는 홀로 추했다. 그 이유는 내면이 못생겼기 때문이었다. 실제로 이 근방에서 겉모습이 아름다운 존재는 엘리자베스뿐이었고, 해리엇은 그녀가 아름답기 때문에 가까이 하지 않았다. 앞서 말했듯 예쁜 사람들은 문제를 일으키는 존재였으니까.

　하지만 에번스 씨가 세상을 떠난 다음, 이 웃기지도 않은 남자들이 거만한 기색으로 서류 가방을 들고서 계속 엘리자베스의 집에 찾아오자 어느덧 해리엇도 슬로운 씨가 엘리자베스를 보듯 미심쩍은 눈초리로 그녀를 판단하게 되었다. 그래서 해리엇은 그날 엘리자베스가 잘 있나 보러 온 것이다. 그녀는 천주교인이라 이혼할 수 없기에 평생 슬로운 부인으로 살아야 할 운명이지만, 그렇다 해도 남편과 똑같은 인간이 되고 싶지는 않았다. 그리고 해리엇은 신생아들이 얼마나 키우기 힘든지도 잘 알고 있었다.

　나한테 전화해요. 해리엇은 커튼 사이로 앞집을 훔쳐보며 속으로 빌었다. *전화해요. 전화하라고. 전화하라니까.*

　한편, 건너편에 사는 엘리자베스 역시 해리엇 슬로운에게 전화하려고 지난 나흘 동안 적어도 열두 번은 수화기를 들었다. 하지만 그 때마다 차마 걸지 못하고 수화기를 내려놓았다. 언제나 자신이 유능한 인간이라고 자부해 왔건만, 어쩌다 해리엇과 함께 아주 잠깐 시간을 보낸 뒤 자신이 무능하다는 사실을 깨닫고 말았다.

그녀는 창문 앞에 서서 건너편 집을 바라보았다. 문득 절박한 마음이 온몸을 덮쳤다. 난 아기를 낳았으니 얘를 성인이 될 때까지 키워야겠지. 세상에. 성인이 될 때까지라니. 그때 방 저편에서 매들린이 식사 때가 되었다고 신호를 주었다.

"너 방금 먹었잖아."

엘리자베스가 일깨워 주었지만, 매들린은 마구 소리를 질러댔다.

"아 몰라, 기억 안 나."

아이의 울음소리가 꼭 이렇게 말하는 것 같았다. 이제부터 아기는 세상에서 제일 재미없는 게임을 공식적으로 진행할 참이었다. 바로 '내가 지금 뭐 하고 싶은지 맞춰봐' 게임이었다.

게다가 문제가 하나 더 있었다. 엘리자베스가 딸의 눈을 바라볼 때마다 자꾸만 캘빈이 보인다는 점이었다. 사실 그녀는 캘빈에게 여전히 화가 나 있었다. 캘빈은 그녀의 연구 기금에 대해서 거짓말을 했고, 그의 정자는 피임 확률을 무시하고 수정했으며, 다른 사람들은 다 실내에서 발레슈즈를 신고 뛰는데 혼자서만 테니스슈즈를 신고 밖을 달리지 않았던가. 물론 그에게 화내는 게 온당하지 않다는 건 알지만, 슬픔이란 원래 제멋대로 발현되는 법이다.

어쨌든 엘리자베스가 얼마나 화났는지 아는 사람은 아무도 없었다. 그 마음을 혼자만 간직했기 때문이다. 아, 물론 아이를 낳으며 산통을 겪다가 나중에 후회할 말을 마구 소리치긴 했던 것 같다. 손톱으로 누군지 모를 이의 팔뚝을 움켜쥐면서 한층 심해지는 자궁 수축을 견뎠을 때던가. 그때 옆에 있던 사람이 비명을 지르며 욕했던 게 기억났다. 그땐 이상하고도 전문가답지 못하게 굴었다.

모든 게 끝나고 조금 시간이 흘렀을 때였다. 간호사가 서류 뭉치를 들고 안으로 들어오더니 무언가를 대답하라고 요구했다. 뭐라고 하는 거지? 기분이 어떠냐고 물은 건가? 엘리자베스는 대답해 주기로 마음먹었다.

"화가 나서 미치겠어요mad."

"네? 매드라고요?"

"그래요. 화가 나서 미치겠다고요."

엘리자베스는 이렇게 대답했다. 정말로 화가 났으니까. 그런데 간호사는 끈질기게 물었다.

"정말이에요?"

"그렇다니까!"

당시 간호사는 죽겠다고 소리치기만 할 뿐 최선을 다해서 힘도 안 주는 여자들을 상대하는 데 넌더리가 난 참이었다. 게다가 이 산모는 진통하면서 자신의 팔을 손톱으로 미친 듯이 긁어대기까지 했었다. 응, 나도 화가 나서 미치겠어. 그래서 간호사는 아이의 출생증명서에 '매드Mad'라고 적은 다음 방에서 조용히 나갔다.

그리하여 아이의 공식적인 이름은 매드가 되어버린 것이다. 매드 조트.

며칠이 지나고 집에 와서야 엘리자베스는 이 사실을 알게 되었다. 식탁 위에 어지러이 쌓여 있는 병원 서류 가운데서 출생증명서가 우연히 눈에 들어왔다.

"이게 뭐야?"

그녀는 화려한 필치로 기록된 출생증명서를 어안이 벙벙한 채로 바라보았다.

"매드 조트라고? 세상에! 내가 그때 간호사 팔을 너무 심하게 잡아 뜯어서 그랬나?"

엘리자베스는 곧바로 아기의 이름을 바꾸려고 했지만 문제가 있었다. 딸의 얼굴을 보는 순간 알맞은 이름이 곧바로 떠오르리라 생각했는데, 전혀 생각나는 이름이 없었던 것이다.

실험실에 선 엘리자베스는 커다란 바구니 안에서 담요를 덮고 자는 자그마한 덩어리의 이목구비를 살펴보았다.

"수잔은 어떨까? 수잔 조트?"

그녀는 조심스럽게 말해보았지만, 마음에 들지 않았다.

"리사? 리사 조트? 젤다 조트?"

이것도 아니었다.

"헬렌 조트? 피오나 조트? 마리 조트?"

이것저것 생각해 보아도 하나같이 아니었다. 그녀는 몸을 가누듯 양손으로 허리를 짚었다. 마침내 마음을 굳게 먹고 그 이름을 발음해보았다.

"매드 조트."

순간 아기가 눈을 반짝 떴다.

탁자 아래에서 자기 자리를 지키고 있던 여섯시-삼십분은 한숨을 내쉬었다. 그는 놀이터를 오랫동안 다녀봤기 때문에 아이의 이름을 아무거나 붙이면 안 된다는 걸 잘 알고 있었다. 특히 아이의 이름을 실수로 지었거나, 엘리자베스의 경우처럼 간호사가 복수하려고 홧김에 붙인 경우라면 더더욱 잘 고쳐서 지어주어야 했다. 여섯시-삼십분이 보기엔 이름이란 성별이나 전통, 어감보다 의미가 훨씬 더 중요했다. 이름은 그 사람을 정의하는 것이었다. 아, 여섯시-삼십분은 개니까 그 개를 정의하는 것이라 해야겠지. 어쨌든 이름은 그 존재가 평생 흔들게 될 깃발과도 같으니 좋은 것을 가져야 마땅한 법이다. 여섯시-삼십분도 1년 이상 기다렸다 겨우 받은 이름이었으니까. 이보다 더 좋은 이름이 또 있을까?

"매드 조트. 맙소사."

엘리자베스의 속삭임이 들렸다.

여섯시-삼십분은 일어서서 살금살금 침실로 향했다. 엘리자베스는 모르고 있었지만, 개는 지난 몇 달 동안 침대 아래에 비스킷을 줄곧 넣어두었다. 캘빈이 죽자마자 시작한 습관이었다. 엘리자베스가 자신에게 먹이 주는 걸 잊어버릴까 봐 걱정돼서 아니었다. 개 역시 나름의 중요한 화학적 발견을 했다. 심각한 문제가 생겼을 때 뭘 먹으면 도움이 된다는 걸 깨달아서였다.

여섯시-삼십분은 비스킷을 씹으며 생각에 잠겼다.

'매드. 매지. 메리. 모니카.'

개는 비스킷을 하나 더 꺼내 와작와작 씹었다. 비스킷은 매우 마음에 들었다. 엘리자베스 조트의 주방에서 만든 걸작 중 하나였다. 비스킷을 먹자 개는 다시 생각에 잠길 힘을 얻었다.

'주방에 있는 물건을 따서 아기 이름을 지으면 안 될까? 폿pot. 폿 조트. 아니면 실험실 물건은 어떨까? 비커. 비커 조트. 아니면 실제로 화학을 의미하는 이름은 어떨까? 뭐, 케미 같은 건 안 되나? 아, 킴은 어떨까. 킴 노백이 있잖아. 내가 좋아하는 배우. 「황금팔을 가진 사나

이」를 찍었잖아. 킴 조트. 아니야. 킴은 너무 짧아.'

여섯시-삼십분은 다시 생각했다.

'매들린은 어떨까?'

엘리자베스는 언젠가 개에게 『잃어버린 시간을 찾아서』를 읽어준 적이 있었다. 솔직히 추천할 만한 책은 아니었지만, 한 부분은 기억이 났다. 바로 마들렌이 나오는 부분이었다. 그 레몬 과자 말이다.

'매들린 조트? 괜찮은데?'

그때 침대 협탁 위에 왜인지 마르셀 프루스트의 책이 펼쳐져 있는 걸 보고 엘리자베스는 여섯시-삼십분에게 물었다.

"매들린이라는 이름 어때?"

개는 멍한 얼굴로 그녀를 돌아보았다.

이제 남은 문제는 매드의 이름을 매들린으로 바꾸러 시청에 가야 한다는 것이었다. 그런데 시청에 가면 결혼증명서를 비롯한 여러 가지 서류, 즉 엘리자베스가 별로 보여줄 마음이 들지 않는 것들을 내놓으란 소리를 들어야 했다.

엘리자베스는 건물 바깥의 계단에서 여섯시-삼십분을 만나 이야기했다.

"있잖아, 이건 우리끼리만 알고 있자. 얘는 서류상으로는 매드로 남겨두는 거야. 하지만 우리는 매들린이라고 부르는 거지. 그러면 아무도 모를 거야."

여섯시-삼십분은 생각했다.

'서류상으로는 매드라. 그래, 잘못될 일이 뭐가 있겠어?'

매드에 대해 알아둘 점은 또 있다. 아기는 헤이스팅스 사람들이 들를 때마다 미친 듯이 화를 냈다. 스포크 박사라면 '애가 경기를 한다'는 진단을 내렸을 것이다. 하지만 엘리자베스는 아기가 사람을 참 잘 알아보는 건지도 모르겠다고 생각했기에 걱정이 되었다. 아기는 친엄마인 자신을 어떻게 생각할까? 가족과 연을 끊고 살고, 사랑하는 남자와의 결혼도 거부하고, 직장에선 해고되고, 개에게 단어를 가르치는 데 시간을 쏟는 사람을 뭐라고 생각할까? 이기적이다? 미쳤다? 아니면 둘 다?

엘리자베스는 알 수 없었다. 그렇지만 건너편에 사는 여자는 뭔가 알지도 모른다는 예감이 들었다. 엘리자베스는 신앙이 있는 사람이 아니었지만 해리엇 슬로운에게는 뭔가 성스러운 면이 있었다. 그녀는 현실 생활의 사제 같아서 그녀에게 공포와 희망, 실수 같은 걸 고백하면 그에 대한 응답을 받을 것 같았다. 얼간이 같은 인간들이 권하는 기도문과 묵주 말고, 정신과 의사가 흔히 내뱉는 "이제 기분이 어떠신가요?"처럼 판에 박힌 말 말고, 진짜 지혜 말이다. 당면한 문제를 해결할 방법, 살아남을 방법을 그녀가 줄 거야.

엘리자베스는 수화기를 들었다. 그녀는 몰랐지만, 사실 해리엇은 벌써 쌍안경으로 창문을 엿보며 그녀가 전화번호를 누르는 모습을 확인했다.

"여보세요. 슬로운 가입니다."

해리엇은 소파 쿠션 뒤에 쌍안경을 얼른 밀어 넣고는 아무렇지 않게 대답했다.

"해리엇, 저 엘리자베스 조트입니다."

"바로 갈게요."

제 1 9 장

1956년 12월

과학자의 자녀로 살면 좋은 점은? 바로 안 되는 게 별로 없다는 것이다.

매드가 걷게 되자마자 엘리자베스는 아이가 앞에 놓인 건 뭐든 만지고, 맛보고, 던지고, 튕기고, 태우고, 찢고, 쏟고, 흔들고, 섞고 튀기고 냄새 맡고 핥아보게 해주었다.

"매드! 그거 내려놔!"

해리엇은 매일 아침 집에 들어오자마자 소리치는 게 일이었다.

"내려놔!"

매드는 그 말에 동의하면서 커피가 반쯤 담긴 컵을 방 안에 휘둘렀다.

"안 돼!"

해리엇이 소리쳤다.

"안 돼!"

매드가 동의했다.

해리엇이 대걸레를 집어 들면 매드는 거실로 비틀비틀 걸어가면서 지저분하고 자그마한 손을 뻗어 뭘 집었다가, 또 다른 걸 버렸다가 하며 너무 날카롭거나 너무 뜨겁거나 너무 유독한 물건, 즉 부모라면 대개는 일부러 치울 것들에 자연스럽게 손을 댔다. 즉, 아이가보기에는 가장 좋은 물건 말이다. 하지만 아이는 죽지 않았다.

그건 여섯시-삼십분 덕택이었다. 개는 언제나 위험을 감지하고 아기 옆에 대기하면서 몸으로 전구를 막고 책장 아래를 지켰다. 매드는 거의 매일 책장에 올라갔는데, 개는 아기가 떨어질 때마다 그밑에 자기 몸을 쿠션처럼 대서 아이를 받치곤 했다. 이미 한번 사랑하는 사람을 지키지 못한 적이 있지 않은가. 여섯시-삼십분은 다시는 실패하지 않겠다고 마음을 단단히 먹었었다.

"엘리자베스, 매드가 하고픈 대로 내버려 두면 안 돼요."

해리엇은 엘리자베스를 꾸짖었지만, 엘리자베스는 시험관 세 개를 빤히 바라보면서 대꾸했다.

"그 말씀이 옳아요, 해리엇. 그래서 칼은 다 치웠어요."

"엘리자베스, 아이를 눈여겨봐야 해요. 어제는 애가 세탁기 안에 기어 들어가려는 걸 봤다고요."

해리엇은 간곡히 부탁했지만, 엘리자베스는 여전히 시험관을 바라보며 말했다.

"걱정하지 마요. 빨래 돌릴 때 항상 내부를 먼저 확인하거든요."

해리엇은 이들의 생활이 언제나 불안했지만, 그래도 매드가 자신의 아이들과는 전혀 다른 방식으로 자라고 있다는 점을 두고 입씨름을 하진 않았다. 더 특이한 점은, 엘리자베스와 매드의 모녀 관계가 해리엇에게도 빤히 보일 만큼 대칭적이라는 것이었다. 아이는 엄마의 행동을 보고 배웠지만, 반대로 엄마 역시 아이를 보고 배웠다. 꼭 상호 숭배적인 모임 같았다. 엘리자베스가 책을 읽어줄 때 매드가 엄마를 바라보는 시선이나 아이가 베이킹 소다에 식초를 섞을 때 엘리자베스가 아이를 바라보는 시선에서 대번에 알 수 있었다. 화학 실험이든, 잡담이든, 침을 흘리든, 무얼 하든, 무슨 생각을 하든, 때로 그들은 나름의 비밀 언어를 사용하는 것 같아서 해리엇은 살짝 소외감이 들기도 했다. 해리엇은 예전에 엘리자베스에게 주의를 준 적이 있었다. 부모는 자녀의 친구가 될 수도 없고 되어서도 안 된다고 말이다. 어떤 잡지에서 읽은 문장이었다.

해리엇은 엘리자베스가 매드를 무릎 위에 우뚝 세운 다음 부글부글 끓는 시험관에 가까이 다가가는 모습을 보았다. 아이의 눈에는 경이로움이 가득했다. 이걸 엘리자베스가 뭐라고 불렀더라? 체험학습법이던가?

지난주에 해리엇은 아이에게 『종의 기원』을 읽어주는 엘리자베스에게 그러지 말라고 했다. 그러자 엘리자베스가 대꾸했다.

"아이는 스펀지와 같아요. 나는 매드가 일찍 말라버리게 놔두고 싶지 않다고요."

"말라! 말라! 말라! 말라!"

매드가 마구 소리쳤다. 그래도 해리엇은 항변했다.

"하지만 아이가 다윈이 쓴 글을 한마디라도 이해할 리 없잖아요.

아니면 최소한 요약본을 읽어주면 안 돼요?”

해리엇은 언제나 책의 요약본만 읽었다. 《리더스 다이제스트》야말로 그녀가 가장 좋아하는 인쇄물이었다. 그 잡지는 아주 지루하고 긴 책들을 조각내 저용량 아스피린처럼 먹기 좋게 만들어놓았다. 언젠가 공원에서 어떤 여자가 《리더스 다이제스트》에서 성경도 좀 요약해 줬으면 좋겠다고 한 말을 들은 적이 있었다. *맞아, 그리고 결혼 생활도 좀 요약해 줬으면 좋겠네.*

“전 요약본이 좋다는 생각이 안 들어서요. 어쨌든 매드랑 여섯시-삼십분은 듣기 좋아하는 것 같았어요.”

엘리자베스가 대답했다. 그래, 특이한 점은 또 있었다. 바로 엘리자베스가 여섯시-삼십분에게도 책을 읽어준다는 점이었다. 해리엇은 여섯시-삼십분이 좋았다. 사실, 가끔 그녀는 이 개도 자신과 비슷하게 엘리자베스의 ‘될 대로 되라’식 육아법을 걱정하는 건 아닌가 싶기도 했다.

“네가 엘리자베스한테 말을 할 수 있다면 얼마나 좋았겠니. 네 말은 들었을 텐데.”

해리엇이 개에게 이런 말을 한 게 한두 번이 아니었다. 그럴 때마다 여섯시-삼십분은 한숨을 쉬며 그녀를 바라보았다. 엘리자베스는 실제로 자신의 말을 듣기 때문이었다. 의사소통이란 꼭 말로 하는 대화에만 국한되는 게 아니었다. 하지만 사람들은 대부분 개의 말을 듣지 않는다는 것도 알고 있었다. 그런 행동을 가리켜 무시한다고 하지. 아니, 무시가 아니라 무식이라 봐야 했다. 방금 개는 ‘무식’이라는 단어를 배운 참이었다.

그건 그렇고, 자랑하는 건 아니지만 여섯시-삼십분은 이제 497개의 단어를 알고 있었다.

개가 얼마나 많은 것을 이해하는지, 그리고 일하는 엄마로 사는 게 얼마나 힘든지 알아주는 건 엘리자베스 자신을 제외하곤 메이슨 박사뿐이었다. 전에 한번 예고했듯, 그는 출산한 지 약 1년 뒤에 그녀의 집에 찾아왔다. 명목상으로는 잘 지내고 있는지 보러 왔다지만, 실은 조정을 하기로 한 것을 기억하느냐고 일러주러 온 것이었다.

"안녕하십니까, 조트 양."

아침 7시 15분에 현관문을 연 엘리자베스의 눈앞에는 놀랍게도 메이슨 박사가 있었다. 그는 조정복을 입고, 짧게 깎은 스포츠머리에 물기를 잔뜩 묻힌 상태였다. 안개 자욱한 아침에 힘들게 배를 타고 온 차림이었다.

"잘 지내셨나요? 지금 제 꼴이 말이 아니죠? 오늘 아침에 배를 탔는데 진짜 최악이었거든요."

그는 안으로 들어와 그녀 옆을 쓱 지나가더니 아기 용품이 잔뜩 널린 바닥을 요리조리 헤치며 연구실로 들어갔다. 연구실에서는 아기 의자에 앉은 매드가 탈출할 생각을 하고 있었다.

"여기 있구나! 이제 다 컸네요. 아직 살아 있고요. 아주 좋아요."

메이슨은 활짝 웃더니, 갓 세탁한 기저귀 무더기에서 하나를 집어 들어 개기 시작했다.

"오래는 못 있습니다만, 이 동네를 지나다가 한번 들러야겠다고 생각했지요."

그는 허리를 굽히고 매드를 자세히 바라보았다.

"이야, 얘는 몸집이 크네요. 에번스를 닮아 그렇겠지요? 육아는 잘되고 있습니까?"

엘리자베스가 무어라 대답하기도 전에, 그는 스포크 박사의 육아서를 들고서 말했다.

"스포크 박사님 책에는 괜찮은 정보가 많아요. 아시겠지만 이분도 조정 선수입니다. 1924년 올림픽에서 금메달을 따신 분이죠."

엘리자베스는 그의 옷에서 바다 내음을 맡았다. 그를 보게 되어 참 기쁘다는 사실에 스스로 놀란 채로 말했다.

"메이슨 박사님, 들러주셔서 정말 감사합니다. 그런데—"

"걱정하지 말아요. 오래 있지는 않을 거라서요. 임무가 있거든요. 오늘 아침에 내가 애들을 보겠다고 아내와 약속을 해서 말이죠. 그냥 잘 지내시나 보러 온 것뿐입니다. 피곤해 보이시네요, 조트 양. 누구 도와주는 분은 없나요? 도우미라든가?"

"옆집 분이 들러서 도와주세요."

"그거 좋네요. 도와줄 분이 가까이 산다는 게 아주 중요하죠. 그러면 당신은 어때요? 자기 몸은 잘 챙기고 계신가요?"

"무슨 말씀이시죠?"

"아직도 매일 운동하시나요?"

"음, 저는—"

"로잉 머신 하세요?"

"조금요—"

"좋군요. 어딨습니까? 그 로잉 머신."

메이슨은 일어서서 옆방에 갔다. 잠시 후 그의 목소리가 들렸다.

"아니, 이게 뭐야? 에번스는 진짜 사디스트였군."

엘리자베스가 그를 다시 연구실로 불렀다.

"메이슨 박사님? 만나 뵈어 정말 반가웠습니다만, 30분 뒤에 여기서 회의가 있어서요. 제가 할 일이 좀—"

메이슨은 그녀의 말에 끼어들었다.

"죄송합니다. 제가 보통 이러지는 않아요. 산모님이 아기를 낳은 다음에 들러보는 일은 없거든요. 솔직히 말하면, 산모님들이 다시 배가 불러오지 않는 한 제가 또 만나는 일은 없습니다."

"그렇다면 찾아와 주셔서 정말 영광이네요. 하지만 말씀드렸다시피 제가—"

"많이 바쁘신 거 압니다."

메이슨은 대신 말을 맺어주었다. 그는 싱크대로 가서 설거지를 시작하더니 말을 이었다.

"자, 당신은 아기도 낳고, 로잉 머신도 하고, 프리랜서로 일도 하고, 연구도 하시는군요."

그는 엘리자베스가 열심히 산다는 이야기를 줄줄 늘어놓다가 거품투성이 손을 들고서 사방을 둘러보았다.

"그런데 여기 참 괜찮은 연구실이네요."

"고맙습니다."

"에번스가—"

"아뇨."

"그럼 누가—"

"제가 지었습니다. 임신한 동안에요."

메이슨은 놀랍다는 듯 고개를 저었다. 엘리자베스는 여섯시-삼십분을 가리키며 말했다.

"얘가 도와줬습니다."

여섯시-삼십분은 음식이 떨어지기를 기다리는 보초처럼 매드의 아기 의자 옆에 서 있었다.

"아, 그렇군요. 얘가 있었네. 개는 참 도움이 되지요. 아내와 저는 개를 키우면서 일종의 아이 키우기 체험판이라고 생각했었답니다. 아, 수세미는 어디 있나요?"

그는 냄비를 자세히 살펴보며 물었다.

"왼쪽에요."

메이슨은 수세미에 세제를 더 묻히며 말했다.

"체험판이라는 말이 나왔으니 말인데, 이제 본격적으로 체험해 볼 때가 됐습니다."

"무슨 때요?"

"배 타는 거요. 출산하신 지 거의 1년이 됐잖아요."

"재미있는 말씀이네요."

엘리자베스는 그만 웃고 말았다. 하지만 메이슨은 돌아서더니 어리둥절한 표정으로 바닥에 물을 뚝뚝 흘려가며 물었다.

"뭐가 재미있어요?"

이제 어리둥절해진 쪽은 엘리자베스가 되었다.

"우리 배에 결원이 생겼습니다. 2번 자리에요. 당신이 최대한 빨리 와야 해요. 늦어도 다음 주까지는요."

"뭐라고요? 아니에요. 저는—"

"피곤합니까? 바쁘세요? 분명히 시간이 없다고 말씀하실 거죠?"

"네. 정말로 시간이 없어요."

"누군 있습니까? 물론 어른이라고 해서 다 할 수 있는 건 아니긴

하죠. 안 그렇습니까? 한 가지 문제를 풀면 열 가지 새로운 문제가
나타나니까요."

"나타나!"

매들린이 소리쳤다.

"제가 해병대에서 배운 점이 딱 하나 있습니다. 바로 매일 아침
이부자리를 단정하게 정리하라는 거죠. 하지만 그것보다 더 좋은 일
이 뭔지 아세요? 동트기 직전에 우현에서 차가운 물을 얼굴에 철썩
맞는 거예요. 그러면 만사가 해결되죠."

메이슨이 계속 수다를 떠는 동안 엘리자베스는 커피를 한 모금
마셨다. 그녀도 해결책을 찾아야 한다는 걸 잘 알고 있었다. 이젠 슬
픔도 새로운 단계에 접어들었다. 사랑했던 남자를 애도하는 단계를
지나, 이제는 좋은 아버지가 될 뻔했던 그의 빈자리를 애도하는 것
으로 말이다. 캘빈은 매드를 공중에 번쩍 들어 올려주었을 텐데. 어
깨에 아이를 가볍게 앉히고 다녔을 텐데. 이런 생각을 자꾸 하지 않
으려고 그녀는 마음을 다잡았다. 물론 둘 다 아이를 원치 않았고, 엘
리자베스는 여자에게 아이를 낳으라고 강요해서는 안 된다고 열렬
히 믿었다. 하지만 현재 그녀는 한부모가 되었을 뿐만 아니라 인류
역사상 가장 비과학적인 실험, 즉 '인간 키우기' 실험을 해야 하는
선도적인 과학자가 되어 있었다. 부모가 되는 일은 공부하지 않은
영역의 시험을 치르는 것 같다는 생각이 매일 들었다. 너무나 어려
워서 주눅이 드는데 선택지도 없는 주관식이 대부분이다. 때로 그녀
는 땀에 흠뻑 젖은 채로 잠에서 깨어났다. 문 두드리는 소리가 들리
더니 누군지 모를 인물이 빈 아기 바구니를 들고서 권위적으로 "우

리가 당신의 최근 부모 수행 능력을 평가한 결과, 이렇게 말할 수밖에 없습니다. 당신은 해고입니다"라고 통보하는 꿈이었다.

메이슨 박사는 계속 말하고 있었다.

"나는 아내에게 오래전부터 조정을 시키려고 했어요. 아내도 좋아할 것 같았거든요. 하지만 항상 싫다더라고요. 왜인지 생각해 봤더니 아마도 보트 보관소에 여자가 없어서 그럴 수도 있겠다 싶었죠. 전 미치지 않았어요, 조트 양. 여자도 조정을 할 수 있다고요. 당신이 하잖습니까. 여자 조정팀도 있고요."

"어디예요?"

"오슬로요."

"노르웨이 말씀이세요?"

메이슨은 매드를 가리키며 말했다.

"애 말인데요, 애는 분명히 커서 좌현 선수가 될 거예요. 보세요. 아주 자연스럽게 체중을 오른쪽으로 옮기고 있잖아요?"

두 사람 모두 매들린을 바라보았다. 아기는 지금 손가락 길이가 왜 다 똑같지 않은지 놀랍다는 듯 손을 바라보는 중이었다. 어젯밤, 『보물섬』을 읽어주던 엘리자베스는 무척 경외심에 찬 듯 입술을 벌리고 자신을 빤히 올려다보는 매드를 보았다. 지금 그녀는 딸의 경외하는 눈빛을 다른 시각으로 보았다. 누군가가 자신을 이토록 믿어주는 모습도 참 오랜만에 보았다. 부족한 엄마를 이토록 믿음직하게 여기는 아이에게 그녀는 압도적인 사랑을 느꼈다.

"이 시기의 아이를 보고 얼마나 많은 걸 예측할 수 있는지 아시면 놀라실걸요. 애들은 미래 모습을 아주 작은 실마리를 통해 보여주거든요. 예를 들면, 이 아기는 이 방을 다 파악할 수 있죠."

메이슨은 계속 말하고 있었다. 엘리자베스는 고개를 끄덕였다. 지난주, 그녀는 낮잠 시간에 매드를 몰래 살펴보았는데 아이는 요람에서 일어나 앉아 여섯시-삼십분에게 무언가를 열심히 설명하고 있었다. 엘리자베스는 물러서서 경이로운 눈빛으로 아기를 바라보았다. 매드는 당장이라도 쓰러질 볼링 핀처럼 몸을 앞뒤로 기우뚱하면서 손을 흔들었고, 마치 빨랫줄에 옷을 걸듯 자음과 모음을 아무렇게나 꿰어 줄줄 늘어놓으며 수다를 떨었다. 아주 열정적으로 무언가를 전달하려는 매드의 모습에는 이 분야의 전문가라는 기백이 철철 넘쳤다. 여섯시-삼십분은 요람의 울타리 사이에 코를 박은 채로 넋을 잃고 아기가 내뱉는 음절에 귀를 쫑긋 세웠다. 그 순간, 매드는 마치 꼬리를 물던 생각을 놓친 듯 손을 멈칫하더니, 이내 개에게 몸을 숙이고 다시 말하기 시작했다.

"가가가가가가조조조나노우우우."

그러더니 요점을 분명히 알려주겠다는 듯 말했다.

"밥바두두밥두."

아기를 낳은 뒤 엘리자베스는 깨닫게 되었다. 아기를 키우는 건 저 먼 행성에서 지구를 찾아온 외계인과 함께 사는 것과 비슷하구나. 처음에는 외계인이 우리의 방식을 배우고, 또 우리는 외계인의 방식을 배우면서 서로 주고받는 부분이 분명히 있겠지만, 점차 외계인의 방식은 사라지고 우리 지구인의 방식이 고착화된다. 엘리자베스는 그 점이 유감스러웠다. 어른과 달리 외계인 같은 자신의 딸은 제아무리 작은 발견도 지치지 않고 해냈기 때문이다. 저번 달에는 매드가 거실에서 비명을 지르는 바람에 엘리자베스는 한 시간짜리 업무를 다 망치고서 급히 아이의 곁으로 달려갔다.

"왜 그러니, 매드? 무슨 일이야?"

엘리자베스는 전쟁터에 착륙하는 헬리콥터처럼 쏜살같이 내려앉으며 물었다.

매드는 눈을 휘둥그레 뜨고 숟가락을 들어 올리며 엄마를 보았다. 마치 이렇게 말하는 것 같았다. *'이것 봐요! 이게 여기 있었어요! 바닥에요!'*

"조정은 단순한 운동이 아니란다. 삶의 방식이야. 안 그러니?"

메이슨 박사는 계속 말했다. 알고 보니 그는 아기에게 말하고 있었다.

"그어니!"

매드는 아기 의자 앞에 있는 쟁반을 쾅쾅 내리치며 소리쳤다. 메이슨은 엘리자베스를 바라보았다.

"그건 그렇고, 우리는 코치를 새로 뽑았어요. 아주 재능이 뛰어난 사람이죠. 제가 당신 이야기도 해두었답니다."

"정말요? 그럼 제가 여자라는 이야기도 하셨나요?"

"아니!"

매드가 소리쳤다.

메이슨 박사는 그녀의 질문에 대답하지 않았다. 다만 수건을 물에 적신 다음 매드의 끈적끈적한 손을 닦아주며 말했다.

"중요한 건 이겁니다. 조트 양. 우리는 이제껏 2번 자리에 문제가 많았어요. 우리끼리 하는 얘기인데요, 지금까지 2번을 맡았던 사람은 너무 형편없었어요. 배에서 자리를 차지한 것도 같은 대학교 출신이어서였거든요. 하지만 드디어 지난주에 2번이 스키를 타다가 다리가 부러졌지 뭡니까."

메이슨은 기쁨을 애써 감추며 덧붙였다.

"다리가 세 군데나 부러졌대요!"

매들린이 팔을 앞으로 내밀자, 메이슨 박사는 아기를 의자에서 들어 올렸다.

"참 안타깝네요. 저를 믿어주셔서 정말 감사하지만, 저는 경험이 부족한 사람이에요. 박사님 배에 몇 번 탄 것뿐이고. 다 캘빈 덕분이었죠."

"앨-비인."

매드가 말했다. 순간 메이슨 박사는 깜짝 놀라 대답했다.

"아닙니다. 당신은 경험이 있어요. 왜 없다고 하죠? 캘빈 에번스에게서 직접 조정을 배웠잖아요? 게다가 페어로 탔으면서! 당신은 전문 지식이 있는 겁니다. 저라면 덩치만 컸지 조정에 대해 아무것도 모르는데 학연으로 팀원이 된 인간보다야 당연히 당신을 뽑을 겁니다. 아무 때나 와도 상관없어요."

"바쁘기도 하고요."

엘리자베스가 다시 설명했지만, 메이슨은 마치 지금이 아니면 살 수 없는 특별가를 광고하듯 강조해서 말했다.

"새벽 4시 30분에 바쁠 리는 없잖아요? 당신이 잠깐 자리를 비워도 그 시간에는 아기가 깨지도 않을 거예요. 애는 엄마가 나갔다 온 줄도 모를 거라고요. 자, 2번 자리 맡아주시는 겁니다. 기억하시죠? 우리 예전에도 이야기한 적 있잖아요."

엘리자베스는 고개를 저었다. 캘빈도 지금과 똑같이 굴었지. 조정이 당연히 모든 걸 제칠 수 있는 우선순위인 것처럼. 그녀는 옛날에 들은 일화를 떠올렸다. 어느 날 아침, 다른 팀 선수들이 자기네 5번이 나타나지 않았다며 놀란 적이 있었다. 그래서 그 팀의 콕스가 집으로 찾아갔더니 5번이 고열에 시달리고 있더라는 것이다. 그때 콕스는 "알았어. 그래도 배 타러 오긴 할 거지?"라고 강압적으로 물었다고 했다.

메이슨 박사는 계속 말했다.

"조트 양, 당신을 꼭 그 자리에 앉히려는 건 아니지만 사실을 말하자면 우리는 당신이 필요해요. 당신과는 몇 번 배를 타봤을 뿐이지만 난 그걸 확실히 알아요. 게다가 배를 다시 타면 당신 기분도 훨씬 더 좋아질 거예요. 우리도요."

그는 그날 아침 배를 탄 기억을 떠올리며 덧붙였다.

"우리 기분도 훨씬 더 좋아지겠죠. 옆집 분에게 부탁해보세요. 혹시 아기를 봐줄 수 있는지요."

"새벽 4시 30분에요?"

그녀가 묻자 메이슨 박사는 떠날 채비를 하며 말했다.

"사람들이 조정을 알아주지 않는 이유가 그겁니다. 사람이 밖에 안 나올 때 배를 타니까요."

"해줄게요."

해리엇이 말하자 엘리자베스는 놀랐다.

"진심은 아니시겠죠."

"재미있을 것 같아요."

해리엇은 한밤중에 일어나는 일이 재미있다는 걸 누구나 인정한다는 듯이 대꾸했다. 하지만 사실은 슬로운 씨 때문이었다. 그는 요새 들어 술을 더 많이 마시고 욕설도 더 많이 해댔다. 해리엇이 남편을 다루는 방법은 그저 멀리 떨어져 있는 것뿐이었다.

"그냥 한번 해보는 것뿐이에요. 전 시험 주행도 통과 못 할 걸요."

하지만 해리엇은 단호하게 말했다.

"잘할 거예요. 내가 보기엔 멋지게 합격할 거라고요."

그러나 이틀 뒤, 엘리자베스가 보트 보관소 안으로 들어가자 한데 모여 꾸벅꾸벅 졸고 있던 조정 선수들은 놀란 눈으로 그녀를 흘끔거렸다. 엘리자베스는 해리엇의 장담도, 메이슨 박사의 간절한 요구도 모두 과장이 아니었을까 생각하게 되었다.

"안녕하세요. 좋은 아침이에요."

그녀는 모인 선수들에게 대충 인사했다. 그러자 누군가가 속삭이는 소리가 들렸다.

"이 여자 여기서 뭐 하는 거야?"

다른 사람도 무어라 거들었다.

"맙소사."

보트 보관소 저 끝에서 메이슨 박사가 소리쳤다.

"조트 양, 여깁니다."

그녀는 머리가 부스스한 남자들이 옹기종기 모여 있는 사이를 요리조리 지나갔다. 남자들은 마치 몹시 나쁜 소식을 들은 것 같은 표정을 짓고 있었다.

"엘리자베스 조트입니다."

그녀는 손을 내밀며 단호한 목소리로 말했다. 하지만 아무도 악수를 받아주지 않았다.

"조트 양은 오늘 2번 자리에서 배를 탈 거야. 빌의 다리가 부러졌 잖아."

메이슨이 말했다. 침묵이 흘렀다.

"코치, 이 사람이 내가 말했던 조정 선수야."

메이슨은 사람을 하나 죽일 것 같은 표정을 짓고 있는 남자를 바라보며 말했다. 침묵이 흘렀다.

"너희 중에도 기억하는 사람 있을 거야. 예전에 같이 배를 탔던 분이잖아."

침묵이 흘렀다.

"질문 있어?"

침묵이 흘렀다.

"그럼 가자."

그는 콕스에게 고갯짓했다.

"잘된 것 같은데. 안 그런가요?"

조정을 마치고 차로 돌아가는 길에 메이슨 박사가 말했다. 엘리자베스는 고개를 돌려 그를 바라보았다. 끔찍한 고통을 겪으며 아기를 낳았을 때가 떠올랐다. 그때는 아기가 옷이 많이 필요한 사람이 여행 가방을 쌀 때처럼 그녀의 내부 장기를 쓱 채서 나오고 있다고 생각했었다. 어찌나 비명을 격하게 질렀던지 침대가 덜덜 떨릴 정도였다. 이윽고 자궁 수축이 지나가고 눈을 다시 뜨자, 메이슨 박사는 그녀를 내려다보며 말했었다. *이제 알겠죠? 별로 심하진 않잖아요?*

엘리자베스는 차 키를 만지작거리며 대답했다.

"콕스와 코치는 그렇게 생각하지 않을 것 같아요."

메이슨은 손을 내저으며 말했다.

"아, 그거요. 보통 그렇습니다. 알고 계신 줄 알았는데. 새로 들어온 선수는 온갖 일에 대해 다 비난을 받거든요. 당신은 에번스하고만 배를 탔으니까, 조정 문화의 정수를 이해하지 못하신다고 봐야죠. 몇 번 더 노를 저어보면 알게 될 겁니다."

엘리자베스는 그가 솔직하게 말한 것이기를 바랐다. 사실은 그녀도 다시 배를 타고 싶었으니까. 물론 몸이야 기진맥진했지만 기분은 좋았다.

"조정이 재미있는 점은 말이죠, 앞을 보지 못하고 노를 저어야 한다는 거예요. 조정이라는 운동은 마치 우리에게 자신을 앞서가지 말라고 가르치는 것 같달까요."

메이슨 박사는 계속 말하며 차 문을 열었다.

"사실 생각해보면 조정은 아이 키우는 거랑 아주 흡사합니다. 조정도 육아도 인내심과 지구력, 힘과 헌신이 필요하니까요. 우리가 어디로 가게 될지 보지 못한다는 것도 그래요. 오로지 우리가 어디까지 왔나만 볼 수 있죠. 이렇게 생각하면 아주 안심이 됩니다. 안 그래요? 물론 배가 뒤집어지는 일만 없으면 말이죠. 뒤집어지면 정말 어떡해야 할지 모르겠더라고요."

"배는 뒤집어진다 해도, 아이도 뒤집어지나요?"

메이슨은 차에 타면서 단호하게 고개를 끄덕였다.

"그럼요. 아이들은 정신이 회까닥 뒤집어지죠. 어제 우리 애 하나가 다른 애를 삽으로 때렸어요."

제 2 0 장

인생 이야기

매드는 네 살 무렵에 웬만한 다섯 살보다 몸집이 더 컸고, 웬만한 6학년보다 책을 더 잘 읽었다. 하지만 신체와 지성이 앞서갔음에도 불구하고 반사회적인 어머니의 성향과 원한을 품기 일쑤였던 아버지를 꼭 닮은 매드에게는 친구가 거의 없었다.

"유전자 돌연변이는 아닌지 걱정돼요. 캘빈과 내가 둘 다 원인일 수 있어요."

엘리자베스가 해리엇에게 털어놓자 해리엇이 물었다.

"'난 사람이 싫어'라는 유전자 말인가요? 그런 게 있어요?"

엘리자베스는 그녀의 말을 고쳐주었다.

"'소심함'이라고 할 수 있는 유전자요. 내성적인 성격 말이에요. 그래서 말인데요, 애를 유치원에 등록시켰어요. 새 학기는 월요일에 시작하더라고요. 그걸 깨달으니까 갑자기 모든 게 말이 되는 거 있죠. 매드는 다른 애들과 어울려 지내야 해요. 해리엇도 그렇게 말한 적 있잖아요."

그건 사실이었다. 해리엇은 지난 몇 년간 그런 의견을 적어도 백 번은 내놓았다. 매들린은 언어 능력과 이해력이 뛰어난 조숙한 아이였지만 해리엇은 아이가 여타 기본적 영역의 능력, 그러니까 신발 끈 묶기라든가 인형 놀이 하는 법을 알고 있는지 의문이었다. 며칠 전에 해리엇은 아이에게 같이 소꿉놀이를 하면서 흙으로 파이를 만들어보자고 했다. 그러자 매드는 눈살을 찌푸리더니 흙 위에 3.1415를 써놓고는 "다 됐어요"라고 말했다.

게다가 매드가 학교에 가면 해리엇은 어떡하나? 종일 뭘 해야 할까? 이미 해리엇은 누군가에게 필요한 존재로 살아가는 데 익숙해져 버렸는데. 그녀는 고집을 부렸다.

"얘는 너무 어려요. 적어도 다섯 살은 되어야 해요. 여섯 살이면 더 좋고."

"유치원에서도 그렇게 말하더라고요. 그래도 어쨌든 매드는 등록됐어요."

엘리자베스는 이렇게만 말했다. 사실 여기엔 굳이 밝히지 않은 사실이 있었는데, 유치원 등록이 가능했던 건 매들린이 총명해서가 아니었다. 엘리자베스가 볼펜 잉크의 화학 성분을 알아내 매들린의 출생증명서를 위조했기 때문이다. 엄밀히 말하자면 매드는 유치원에 가기에는 너무 어렸지만 엘리자베스는 딸아이가 교육받지 말아야 할 세부적인 이유를 하나도 찾아내지 못했다.

그녀는 해리엇에게 서류를 건네주며 말했다.

"우디초등학교 병설 유치원이에요. 담임은 머드포드 선생님이고 6반이에요. 아이가 다른 애들보다 약간 더 발달했을지 모른다는 건 알지만, 그래도 제인 그레이*를 읽는 애가 매드밖에 없진 않겠죠?"

여섯시-삼십분은 걱정스레 고개를 들었다. 개 역시 이 소식에 별로 감격하지 않았다. 매드가 학교에 간다고? 그럼 *나는* 어떡하지? 매드가 교실에 들어가면 어떻게 그 애를 지킬 수 있단 말인가?

엘리자베스는 커피 잔을 모아 싱크대로 가져갔다.

갑자기 정해진 듯한 유치원 등록은 사실 예전부터 생각해 오던 것이었다. 몇 주 전 그녀는 은행에 가서 저택을 저당 잡아 주택담보 대출을 받으려고 했다. 빈털터리가 되었기 때문이다. 캘빈이 세상을 떠난 다음에야 엘리자베스는 그가 자신의 이름을 서류에 올려놓았다는 사실을 발견했다. 만약 이름이 올라 있지 않았더라면, 모녀는 정부 보조금을 받으며 살아가야 했을 것이다.

은행 직원은 그녀의 상황을 냉담하게 평가하고 경고를 날렸다.

"이대로라면 상황은 점점 나빠지기만 할 겁니다. 아이가 어느 정도 자라는 대로 학교에 보내세요. 그런 다음 제대로 돈을 주는 직업을 구하세요. 아니면 부자랑 결혼하시든가."

엘리자베스는 차에 탄 다음 주어진 선택지를 검토했다.

은행을 털까.

보석상을 털까.

아니면 정말 혐오스럽지만, 자신을 털어먹던 곳으로 돌아갈까.

•   Zane Grey, 미국의 대중문학 작가로, 서부소설을 주로 썼다.

25분 뒤, 엘리자베스는 헤이스팅스 연구소 로비로 들어갔다. 손이 덜덜 떨리고 피부에선 식은땀이 흘렀으며, 온몸의 경보 시스템에서 사이렌을 울려댔다. 하지만 그녀는 숨을 깊이 들이마신 다음 남은 힘을 끌어 모아 안내원에게 말했다.

"도나티 박사님을 뵙고 싶습니다."

"내가 학교를 좋아하게 될까?"

갑자기 불쑥 나타난 매드가 물었다. 엘리자베스는 그다지 이해하지 못한 기색으로 대답했다.

"당연하지. 그런데 저게 뭐니?"

그녀는 매들린이 오른손에 쥐고 있는 커다란 종이를 가리켰다. 검은색 마분지였다.

"내 그림이야."

매드는 엄마가 앉은 탁자 위에 마분지를 올려놓으며 몸을 숙였다. 분필로 그린 그림이었다. 매들린은 크레파스보다 분필로 그림 그리는 것을 좋아했다. 하지만 분필은 쉽사리 번졌기에, 아이의 흐릿한 그림은 종종 사물이 종이 위에서 달아나려 하는 것처럼 보였다. 엘리자베스는 선을 찍찍 그은 형상을 자세히 바라보았다. 개와 잔디깎이, 해, 달, 아마도 자동차인 듯한 형상, 꽃 그리고 긴 상자였다. 서쪽에 그려진 불길은 그 근방을 파괴하고 있었다. 북쪽에는 온통 비가 내렸다. 또 중요한 것이 보였다. 그림 한가운데에 커다란 소용돌이 모양의 하얀 덩어리가 있었다.

"음, 정말 대단한 그림이구나. 네가 이 그림에 아주 많이 공들였다는 게 보여."

하지만 매드는 엄마가 그림을 절반도 이해하지 못했다는 듯 볼을 뚱하니 부풀렸다.

엘리자베스는 다시 그림을 자세히 바라보았다. 지금껏 그녀는 매들린에게 이집트인들이 석관 표면에 살아온 인생을 새겼다는 내용의 책을 읽어주었다. 석관 표면에 삶의 굴곡과 내면의 침잠과 용기를 전부 정교한 상징으로 새겼다고. 책을 읽던 엘리자베스는 어느새 궁금해졌다. 석관에 그림을 새긴 예술가는 한 번도 한눈판 적이 없었을까? 실수로 염소 대신 독사를 그렸던 적은 없었을까? 만약 그랬다면 실수한 걸 그대로 놔두었을까? 분명히 놔두었겠지. 한편으로 생각해 보면 삶이란 바로 그런 게 아니겠는가? 끝없이 일어나는 실수에 끊임없이 적응하는 게 삶이다. 그래, 엘리자베스는 그 점을 알아야 했다.

10분 뒤 도나티 박사가 로비에 나타났다. 이상하게도 그는 엘리자베스를 보자 안심하는 것 같기까지 했다.

"조트 양! 그렇지 않아도 방금 당신 생각이 났는데!"

그가 엘리자베스를 껴안자 그녀는 혐오감에 숨을 참았다.

사실 도나티는 지금껏 온통 조트 생각뿐이었다.

엘리자베스는 선으로 그린 형상을 가리키며 매드에게 말했다.

"이 사람들이 누군지 말해줘."

"엄마랑 나랑 해리엇이야. 그리고 여섯시-삼십분이 있어. 이건 엄마가 조정 하는 모습이야."

아이는 상자 같은 형상을 가리키며 말했다.

"이건 우리 집 잔디깎이야. 여기 있는 건 불이야. 이건 다른 사람들이야. 이건 우리 차야. 그리고 해가 뜨고, 여기는 달이 뜨고, 꽃이 있어. 알겠어?"

"이해한 것 같아. 계절 이야기구나."

"아니야. 이건 내 인생 이야기야."

엘리자베스는 이해했다는 척 고개를 끄덕였다. 하지만 그렇다면 잔디깎이는 왜 있는 거지?

"그러면 이건 뭐니?"

엘리자베스는 그림 한가운데를 차지한 소용돌이를 가리켰다.

"죽음의 구덩이야."

매드의 말에 엘리자베스는 덜컥 걱정이 되어 눈을 휘둥그레 떴다. 그녀는 연속적인 사선을 가리키며 또 물었다.

"그럼 이건 뭐니? 비야?"

"눈물이야."

엘리자베스는 무릎을 꿇고 매드와 눈높이를 맞추며 물었다.

"우리 딸, 슬프니?"

매드는 분필 가루가 묻은 작은 두 손으로 엄마의 얼굴을 잡았다.

"아니, 하지만 엄마가 슬퍼하잖아."

매드가 바깥으로 놀러 나간 뒤 해리엇은 "애들은 아무 말이나 하니 너무 마음 쓰지 말라"고 넌지시 말했지만, 엘리자베스는 못 들은 척했다. 그녀는 이미 딸이 어른처럼 책을 읽을 줄 안다는 사실을 인식하고 있었다. 특히 매드는 다른 사람이 숨기고 싶어 하는 점을 정확히 알아차리는 능력이 있다는 것도 벌써 눈치채고 있었다. 지난주

저녁 식사 시간에 아이는 느닷없이 이렇게 말했다.

"해리엇은 누군가를 사랑해 본 적이 없어."

아침 식사 시간에는 한숨을 쉬면서 말했다.

"여섯시-삼십분은 아직도 책임감을 느끼고 있어."

자기 전에는 이런 말을 하기도 했다.

"메이슨 박사님은 여자 성기를 지긋지긋하게 싫어해."

엘리자베스는 그래서 거짓말을 했다.

"나는 슬프지 않아요, 해리엇. 사실을 말하자면 좋은 소식이 있어요. 헤이스팅스 연구소에서 나에게 일자리를 주겠대요."

"일자리라고요? 하지만 이미 당신은 직업이 있잖아요. 그 직업으로 일도 하고, 매드도 키우고, 여섯시-삼십분 산책도 시키고, 본인 연구도 하고, 조정도 하죠. 세상에 이렇게 많은 일을 하는 여자가 얼마나 되겠어요?"

'없겠죠'라고 엘리자베스는 생각했다. 사실은 자신도 그렇게 일하고 있지 못했다. 쉴 새 없는 일정 때문에 죽도록 힘들고, 부족한 수입 때문에 가족의 생계가 위험했으며, 자존감은 계속해서 땅을 파고 들어가 최저치를 찍었다.

해리엇은 애를 유치원에 보내야 해서 언짢았다. 삶의 목적을 빼앗길 판이었으니까.

"난 마음에 안 드네요. 그 남자들이 당신과 에번스 씨를 어떻게 대했는지 기억 안 나요? 여기 들르는 그 멍청이들한테 당신이 굽실거리는 것만도 너무 싫은데요."

해리엇의 말에 엘리자베스는 대꾸했다.

"과학계도 다른 곳과 다를 게 없어요. 모두가 똑같이 잘하지는 못해서요."

"내 말이 그 말이에요. 학문 중에서 과학이야말로 지능이 바닥인 놈들을 골라내서 버릴 줄 알아야 하는 거 아닌가요? 다윈이 뭐라고 했어요? 약한 존재는 결국 죽어버린다고 하지 않았던가요?"

해리엇이 말했지만 엘리자베스는 이미 듣고 있지 않았다.

"애는 잘 크고 있어?"

도나티는 엘리자베스의 팔을 잡고 사무실로 데려가며 물었다. 그러다 그녀의 손가락을 슬쩍 내려다보고서 놀랐다. 이곳을 떠날 때와 마찬가지로 반창고가 덕지덕지 붙어 있었다.

조트는 그의 질문에 뭐라 대답하긴 했지만, 도나티는 앞으로 어떻게 해야 할까 머리를 굴리느라 정신이 없던 나머지 주의를 기울이지 못했다. 그는 지난 몇 년간 조트와 에번스 없이도 무척 화려하게 보냈다. 실제로 그 두 사람이 없어서 상황은 한결 나아졌다. 실질적으로 엄청난 성과를 거두지는 못했을지라도 만사가 수월하게 흘러갔으니까. 심지어 그 멍청한 보리웨이츠조차 어디 가서 괜찮은 두뇌를 갈아 끼운 것 같았다. 결국 에번스가 죽고 조트가 떠난 뒤에야 도나티 휘하의 다른 화학자들이 비로소 진가를 발휘하게 된 것이다.

그러나 단 하나, 옆구리에 박힌 가시 같은 문제가 있었으니, 바로 팔자 늘어진 투자자였다. 그가 돌아온 것이다. 투자자는 조트 씨가 지금껏 대체 자기 돈으로 뭘 연구했는지 알고 싶어 했다. 논문은 어딨나? 뭔가 알아낸 것은? 결과는?

조트가 예상치 못한 양이온 반응에 대해 떠들어대는 동안 도나티는 창밖을 응시했다. 맙소사. 과학은 정말 지루해. 그는 기침하며 들지 않고 있다는 사실을 애써 숨겼다. 이제 조금만 있으면 칵테일을 한잔할 시간이니 곧 이 자리를 끝내야 한다. 오래전, 대학 시절에 자신이 만든 엑스트라 드라이 마티니가 칭찬받았던 기억이 떠올랐다. 순간 문득 이런 생각이 들었다. 바텐더가 되면 어떨까? 그는 술을 참 좋아했다. 그리고 술을 잘 알았다. 그의 열정적인 모습에 다들 행복해했다. 말하자면 취했단 뜻이다. 게다가 칵테일 혼합은 나름 화학적인 면도 있다. 그렇다면 나쁜 점은? 연봉이 어떨지 모르겠다는 것?

연봉 이야기가 나왔으니 말인데, 사실은 조트를 고용할 예산의 여유는 없었다. 그것도 전혀. 하지만 어쩔 수 없다. 그 투자자에겐 조트가 있어야 하니까 도나티도 조트가 필요했다. 아니, 정확히 말하자면 남자인 조트가 그놈의 빌어먹을 화학진화를 연구해야 했다. 더 솔직하게 말한다면, 이러니까 모든 게 한층 허황되어 보일 뿐이다. 도나티는 투자자의 전화를 몇 달째 피해 다니고 있었다. 그러다 마침내 너무 절박해진 나머지, 팀원들을 불러다 혹시 화학진화 비슷한 거라도 연구한 적이 있느냐고 물었다. 그런데 누가 손을 들었는지 아는가? 바로 보리웨이츠였다.

문제는 보리웨이츠가 자신의 연구임에도 설명을 못 했다는 점이다. 도나티가 추궁하자 보리웨이츠는 조트에게 달려가서 화학진화에 대해 논의했다는 사실을 털어놓았다. 아니 이럴 수가? 그와 조트가 비슷한 결론에 도달했다나 뭐라나.

"내가 분명히 말해두겠는데요, 헤이스팅스에서 일하겠다는 건 아주 큰 실수예요."

해리엇은 커피 잔을 말리면서 말했다. 하지만 엘리자베스는 고집을 부렸다.

"이번엔 괜찮을지도 몰라요."

'논리에 결함이 생겼군.'

여섯시-삼십분은 생각했다.

제 21 장

E. Z.

화학부는 새로운 실험실 가운을 선물하며 엘리자베스의 복귀를
축하했다.

"우리가 주는 선물이야. 다들 얼마나 당신을 그리워했다고."

도나티는 이렇게 말하며 가운을 주었다. 놀란 엘리자베스는 기꺼
이 가운을 받아들고 힘없는 박수 소리와 이어지는 커다란 웃음 속에
서 가운을 입었다. 그녀는 가슴 주머니 위에 수놓인 이름을 슬쩍 보
았다. 원래는 'E. Zott'라고 새겨져 있던 자리에는 이제 'E. Z.'라는
머리글자만 보였다.

"마음에 드나? 그건 그렇고 말이야."

도나티는 윙크하며 묻더니 손가락을 까딱거리며 자기 방으로 따
라오라고 지시했다.

"자네가 아직도 화학진화를 연구하고 있다는 소리가 들리던데."

엘리자베스는 움찔 물러섰다. 연구에 대해서 이야기를 나눈 사람은 아무도 없다. 그 사실을 알 만한 사람은 보리웨이츠뿐이다. 지난번 그가 찾아와서 매드가 낮잠에서 깨버렸을 때, 엘리자베스가 아기를 돌보다가 돌아서자 보리웨이츠가 그녀의 책상에 앉아서 서류를 뒤지고 있었다. 그녀는 깜짝 놀라서 물었다.

"지금 뭐 하시는 거죠?"

"아무것도 안 했어요, 조트 양."

보리웨이츠는 상처 입은 티가 역력한 목소리로 대답했다.

도나티는 책상에 앉았다.

"내가 이번에 직접 연구한 게 있는데 말이야. 곧 《사이언스 저널》에 실릴 거야."

"주제가 무엇인가요?"

엘리자베스가 묻자 그는 어깨를 으쓱이며 대답했다.

"뭐, 별로 대단한 건 아니야. RNA 관련 논문이야. 알잖아. 때마다 뭔가 내놓지 않으면 전문적 명성을 유지할 수 없으니까. 하지만 자네 연구에도 관심이 있어. 언제쯤이면 논문을 읽어볼 수 있지?"

"집중적으로 봐야 할 게 몇 가지 남았습니다. 앞으로 6주 정도 방해받지 않고 집중할 수 있다면 뭔가 보여드릴 게 나올 겁니다."

그러자 도나티는 놀라서 되물었다.

"네 연구에 집중하겠다는 거야? 지금 캘빈 에번스처럼 굴겠다는 뜻이야?"

캘빈의 이름을 듣자 엘리자베스의 얼굴이 굳었다. 하지만 도나티는 아랑곳하지 않고 말했다.

"우리 부서 일은 그런 식으로 굴러가지 않는다는 걸 잘 알 텐데. 우리는 서로 도와가며 일한다고. 한 팀이란 말이야. 조정 선수처럼 말이지."

조롱 어린 말투였다. 그는 엘리자베스가 옆 화학자에게 여전히 조정을 하고 있다고 말하는 걸 엿들은 참이었다. 그래, 조정 할 시간을 줄이면 되겠네. 그럼 본인 연구를 할 시간이 늘어날 거 아냐? 물론 도나티는 그녀가 제출한 자료를 읽어보고서 보리웨이츠가 전했던 것보다 훨씬 더 많이 연구해 놓았다는 걸 알고 큰 충격을 받았다. 보리웨이츠는 참으로 바보였다.

도나티는 그녀에게 엄청난 서류 더미를 건네며 말했다.

"이거 받아. 타이핑부터 시작해. 연구실에 커피도 없으니 채워놓고. 그리고 동료들과 한 명씩 이야기해서 어떤 도움이 필요한지 알아봐."

"도움이라뇨? 저는 화학자지 연구 보조원이 아닙니다."

엘리자베스가 반문했지만, 도나티는 단호하게 말했다.

"아니야. 자넨 연구 보조원이야. 한동안 이쪽 일에서 손을 놓고 있었잖아. 솔직히 자네도 돌아오자마자 옛 자리에 그대로 들어갈 수 있을 거라고 기대하진 않았겠지? 몇 년 동안 빈둥거린 주제에. 하지만 잘만 하면 돌아가게 해줄게. 열심히 일해서 성과를 내보라고."

"하지만 이야기했던 것과는 다르잖습니까."

"자자, 진정해. 여자가 고분고분한 맛이 있어야 좋지. 그런 게─"

"지금 뭐라고 하셨죠?"

도나티가 뭐라 대답하기도 전에, 비서가 들어오더니 회의가 있다고 알렸다. 도나티는 엘리자베스에게 돌아서서 말했다.

"이봐, 에번스가 여기 있을 때 자네는 아주 호강하며 지냈지. 그래서 자네에게 억하심정을 가진 사람이 많아. 하지만 이번에는 누가봐도 자네가 열심히 해서 이 자리를 따냈다는 걸 사람들에게 확실히 보여주자고. 자네는 똑똑한 여자잖아, 리지. 그러니 할 수 있어."

"하지만 저는 화학자로서의 연봉을 기대하고 있습니다, 도나티박사님. 연구 보조원으로는 재정적으로 버틸 수 없습니다. 부양할 아이가 있단 말입니다."

도나티는 손을 내저으며 말했다.

"그 점 말인데, 좋은 소식이 또 있어. 자네가 추가 교육을 받을 수있도록 내가 헤이스팅스 경영진에게 요청해 놓았어."

엘리자베스는 깜짝 놀라 물었다.

"정말입니까? 헤이스팅스에서 제 박사 학위를 지원하겠다고 했습니까?"

도나티는 방금 운동을 마친 것처럼 머리 위로 두 팔을 쭉 뻗었다.

"아니. 내 말은, 자네가 속기 강좌를 수강하게 할까 생각 중이라는뜻이었는데. 속기사 알지? 방송 통신 강좌가 있더라고."

그는 엘리자베스에게 팸플릿을 내밀었다.

"이게 좋은 점이 말이야, 집에서 한가할 때 수강할 수 있단 거지."

엘리자베스는 쿵쿵 뛰는 가슴을 부여잡고 자리로 돌아와 서류를콩 내려놓은 다음, 곧바로 여자 화장실에 가서 가장 안쪽 칸에 들어간 뒤 문을 잠갔다. 해리엇 말이 맞았어. *내가 무슨 짓을 한 거지?* 하지만 곰곰이 생각해 보기도 전에 옆 칸에서 쿵쿵대는 소리가 났다.

"저기요."

엘리자베스가 부르자 쿵쿵대는 소리가 그쳤다.

"저기요. 괜찮으십니까?"

엘리자베스가 다시 문자 쏘아붙이는 대답이 들렸다.

"남 일에 신경 꺼요."

엘리자베스는 망설였지만 그래도 다시 물었다.

"혹시 도와드릴―"

"귀 먹었어요? 가만 좀 내버려 두라고!"

그녀는 잠시 말을 멈추었다. 어디서 많이 들은 목소리였다. 몇 년 전 캘빈이 세상을 떠났을 때 자신을 지독히도 괴롭힌 인사과 직원이 떠올랐다.

"프래스크 양? 프래스크 양 아닙니까?"

"그쪽은 대체 누군데 내 이름을 묻죠?"

호전적인 목소리가 들려왔다.

"엘리자베스 조트입니다. 화학과에 있는."

"세상에나. 하고많은 사람 중에 하필이면 조트라니."

그 뒤로 오랫동안 침묵이 흘렀다.

올해 서른세 살의 프래스크 양은 지난 4년간 승진을 보장하는 길이라면 뭐든지 충실하게 밟아왔다. 헤이스팅스의 복지를 부풀려 선전하는 것은 물론이고 특정 부서를 감시했으며 사내에 떠도는 온갖 소문을 지어내 "당신에게 처음 이야기하는 건데요"라고 하고 다니며 정보의 진원지가 되기를 자처해 왔다. 그런데도 여전히 승진을 못 한 처지였다. 사실 지금 그녀는 새로 입사한 상사에게 보고를 드리는 처지였다. 그것도 갓 대학을 졸업해서 할 줄 아는 거라고는 종이 클립을 연결해 목걸이 만들기밖에 못 하는 스물한 살짜리 풋내기에게. 2년 전 에디는 프래스크가 과연 결혼할 만한 여자인지 확인해 보려고 같이 자봤다가 처녀가 아니라는 이유로 그녀를 차버렸다. 급기야 오늘 프래스크는 그야말로 대단한 수모를 겪고 말았다. 새로 온 풋내기 상사가 그녀에게 일곱 가지 개선안을 요구했는데, 첫 번째가 무려 '10킬로그램 감량'이었던 것이다.

프래스크는 칸막이 너머에서 말했다.

"그래, 정말로 돌아왔군요. 보기 싫은 인간은 반갑지 않은 때를 골라 온다더니 그 말이 딱 맞네."

"지금 뭐라고 하셨죠?"

"개도 데려왔어요?"

"안 데려왔습니다."

"그럼 이제 원칙은 지키며 살기로 한 거군요, 조트?"

"내 개는 오후에 바쁩니다."

"당신 개는 오후에 바쁘시군요. 아무렴요."

프래스크는 눈을 흡떴다.

"그 앤 내 딸을 학교에서 데리고 옵니다."

프래스크는 변기에 앉은 자세를 고쳤다. 그래, 조트에겐 이제 애가 있지.

"아들이에요? 딸이에요?"

"딸입니다."

프래스크는 화장지를 돌돌 감았다.

"그거 안됐네요."

옆 칸막이에 앉은 엘리자베스는 바닥 타일을 가만히 내려다보았다. 프래스크가 무슨 뜻으로 한 말인지 정확히 이해했기 때문이다. 학교에 간 첫날, 매드는 겁에 질린 눈길로 선생님을 바라보았다. 담임 교사는 고약한 냄새가 나는 파마머리에 눈이 퉁퉁 부은 여자였다. 선생은 매드의 블라우스에 "즐거운 ABC 배워봐요!"라고 적혀 있는 분홍색 꽃을 핀으로 꽂아주려 했다.

"파란색 꽃을 꽂아도 될까요?"

매들린이 묻자 선생님은 대답했다.

"안 돼. 파란색은 남자아이용이고, 분홍색이 여자아이용이란다."

"아니, 그런 게 어딨어요?"

매들린이 대답하자 담임 교사인 머드포드 선생님은 매들린을 보던 눈을 들어 엘리자베스를 보았다. 어머니라기에는 너무 예쁜 여자를 보며, 아이의 건방진 태도가 어디에서 연유했는지 훑어보는 듯했다. 그런 뒤 엘리자베스의 손에 결혼반지가 없다는 걸 파악한 머드포드 선생님은 생각했다. 그러면 그렇지.

프래스크가 물었다.

"그래서, 왜 헤이스팅스에 돌아온 거죠? 또 어떤 남자가 천재인지 살펴보고 잡아채려고?"

"화학진화 연구하려고 왔습니다."

그러자 프래스크는 조롱했다.

"아, 맞아. 예전에도 그 말을 읊고 다녔죠. 나도 투자자가 돌아왔다는 이야기는 들었어요. 그랬더니 짜잔! 당신도 돌아왔군요. 그거 알아요? 당신 하는 짓은 참 뻔해요. 적어도 이번에는 돈이 더 많은 남자를 쫓아가는군요. 우리끼리 하는 이야기지만, 그 남자는 너무 늦지 않았어요?"

"무슨 말씀인지 모르겠습니다만."

"아, 창피해하지 마요."

엘리자베스는 턱에 힘을 주고 대답했다.

"정말로 무슨 말인지 모르겠습니다."

프래스크는 이 말을 잠시 생각해보았다. 그건 그래. 조트는 뭘 창피해하는 부류가 아니었지. 오히려 딱 봐도 둔감한 부류라고. 캘빈이 남기고 간 선물이 있다는 걸 굳이 말해줘야 했던 그날처럼 말이야. 그런데 그 선물이 자라서(어떻게 그럴 수가 있지?) 벌써 학교에 다니고 개가 하교를 시킨다니. 진짜일까?

프래스크는 설명하기 시작했다.

"그 남자 있잖아요. 당신이 연구하고 있는 화학진화 연구에 쓰라며 헤이스팅스에 막대한 자금을 지원했던 남자요. 아니, 정확히 말하자면 그 투자자는 당신을 남자로 알고 있죠. E. Zott씨라고 말이죠."

"지금 무슨 소리를 하는 겁니까?"

"잘 알면서 뭘 물어요. 어쨌든 그 부자가 돌아왔다더니, 세상에, 당신이 돌아왔네요. 헤이스팅스에서 행정 직원이 아니라 과학자인 여자는 당신밖에 없을걸요. 3천 명이나 되는 직원 중에 당신이 유일하다고요. 어떻게 그럴 수 있는지 상상이 안 가요. 그런데도 당신은 여전히 남자처럼 행세하려고 애쓰고 있죠. 대체 어디까지 올라가야 고분고분해지겠어요? 왜 이 연구소가 우리 여자들을 키워봤자 소용없다고 생각하는지 알아요? 여자들이 늘 아기를 낳으러 일을 그만두고 도망친다고 생각하기 때문이에요. 바로 *당신처럼*."

엘리자베스는 분노에 찬 목소리로 쏘아붙였다.

"난 *해고된* 겁니다. 당신 같은 여자들이 일조한 덕분에요. 남의 약점을 들먹이면서—"

"내가 뭘 들먹였다고—"

"나쁜 놈들 편에 서서—"

"내가 누구 편에 섰다고—"

"스스로 자존감을 세울 생각도 안 하고, 남자들이 봐주는 대로—"

"어떻게 감히 그런 소리를—"

"어떻게? 어떻게 감히라고?!"

엘리자베스는 둘 사이를 가로막은 얇은 철판을 마구 두드리며 소리쳤다.

"내가 하고 싶은 말입니다, 프래스크 양! 어떻게 감히 나한테 이럴 수 있죠?"

그녀는 벌떡 일어서서 칸막이 문을 열고 세면대로 성큼성큼 다가갔다. 수도꼭지를 힘껏 비틀다가 그만 잡아 뽑고 말았다. 물이 확 뿜어져 나와 연구실 가운이 흠뻑 젖어버리자 엘리자베스는 버럭 소리를 질렀다.

"제길! 제기랄!"

어느새 프래스크가 옆으로 다가왔다.

"어머, 세상에. 비켜봐요."

그녀는 엘리자베스를 왼쪽으로 밀고 허리를 굽혀 세면대 아래 밸브를 잠갔다. 프래스크가 다시 일어서자 두 여자는 서로 마주 보게 되었다.

"난 결코 남자처럼 행세한 적 없어요, 프래스크!"

엘리자베스는 실험실 가운을 종이 타월로 문지르며 소리쳤다.

"나도 남 이야기 들먹거린 적 없거든요!"

"난 화학자입니다. 여자 화학자가 아니라 그냥 화학자란 말입니다. 그것도 아주 훌륭한 화학자라고!"

"아하, 그럼 나는 인사 전문가예요! 심리학 박사도 될 뻔했다고!"

프래스크가 맞서 소리쳤다.

"심리학 박사가 될 뻔했다는 건 또 뭐죠?"

"닥쳐요."

"아니, 비웃는 거 아닙니다. 될 뻔했다니요?"

"박사 과정을 마칠 수가 없었어요. 됐어요? 그럼 당신은요? 왜 박사 학위가 없죠?"

프래스크가 쏘아붙인 순간 엘리자베스는 온몸이 굳어버렸다. 그래서였을까. 경찰관 말고는 그 누구에게도 말하지 않았던 자신의 신상을 의도치 않게 밝히고 말았다.

"지도교수에게 성폭행당했습니다. 그런 다음 박사 과정에서 쫓겨났고요. 자, 당신은요?"

엘리자베스가 버럭 소리치자 프래스크는 충격받은 표정으로 그녀를 바라보았다. 그러고는 더듬댔다.

"나도 그랬어요."

제 2 2 장

현재

"복직한 첫날은 어땠어요?"

엘리자베스가 집에 돌아오자마자 해리엇이 물었다.

"좋았어요."

엘리자베스는 거짓말을 했다. 그러고는 딸을 안아 올리며 물었다.

"매드, 학교는 어땠니? 재미있었어? 뭔가 새로운 걸 배웠니?"

"아니."

"아니야, 뭔가 배웠을 거야. 말해봐."

매들린은 책을 내려놓으며 말했다.

"음, 반 애들 중에 요실금에 걸린 애들이 있어."

"세상에나."

해리엇이 대꾸했다. 엘리자베스는 매들린의 머리카락을 쓰다듬으며 말했다.

"걔들은 긴장해서 그러는 거야. 새로운 걸 시작하기란 어려울 수 있거든."

"머드포드 선생님이 엄마를 보고 싶대."

매들린은 쪽지를 보여주었다.

"그래. 사전 대책을 세우는 선생님들은 으레 그렇지."

"사전 대책을 세운다는 게 무슨 뜻이야?"

"문제가 있다는 뜻이란다."

해리엇이 투덜댔다.

몇 주 뒤 엘리자베스는 인사과로 내려가서 프래스크에게 물었다.

"혹시 그 투자자라는 사람의 정보를 알려줄 수 있을까요? 뭐든지 상관없어요."

"그럼요."

프래스크는 '기밀'이라는 도장이 찍힌 곳에서 얇은 서류철을 휙 뽑아주며 덧붙였다.

"나 지난주에 1킬로그램 쪘어요."

엘리자베스는 서류를 훑어보며 물었다.

"더 없어요? 이 서류에는 아무것도 없는데요."

"부자들이 어떤지 알잖아요, 조트. 자기 정체를 드러내지 않는다는 거. 하지만 다음 주쯤 같이 점심을 먹는 게 어때요? 그전에 내가 시간을 들여서 서류를 찾아볼게요."

하지만 그다음 주에 프래스크가 가져온 건 점심 샌드위치뿐이었다. 그녀는 솔직하게 털어놓았다.

"아무것도 못 찾았어요. 좀 이상하네요. 지난번 그 사람이 방문했을 때 엄청 야단법석이 났는데 말이죠. 그 투자자가 다른 데 돈을 쓰기로 했나 봐요. 언제나 일어나는 일이긴 해요. 그건 그렇고, 연구 보조원 일은 어때요? 여전히 자살 충동이 들어요?"

엘리자베스는 관자놀이가 지끈거리기 시작하는 걸 느끼며 대답했다.

"그걸 당신이 어떻게 알았죠?"

"나 인사과에 있는 거 몰라요? 우리는 모든 걸 훤히 알아요. 아니, 이제 나는 알지 못하게 되겠지만요."

"무슨 소리예요?"

"이제 내가 해고될 차례예요. 나 이번 주 금요일까지만 일해요."

프래스크는 무미건조하게 말했다.

"뭐라고요? *왜요?*"

"내가 받은 일곱 가지 개선안 기억나요? 1번이 10킬로그램 빼기였던 거? 근데 반대로 5킬로그램 쪘거든요."

"몸무게가 늘었다고 해고할 수는 없어요. 그건 불법이에요."

프래스크는 몸을 숙이고 엘리자베스의 팔을 꽉 쥐었다.

"어휴, 진짜. 그거 알아요? 당신의 순진함은 볼 때마다 새로워요."

"진지하게 말하는 겁니다. 당신은 맞서 싸워야 해요, 프래스크 양. 이대로 두면 안 된다고요."

그러자 프래스크는 진지한 태도를 취하며 말했다.

"음, 인사 전문가로서 난 언제나 상사와 허심탄회한 대화를 나누는 게 좋다고 생각하는 쪽이에요. 스스로의 성과를 짚어주고, 앞으로 끼칠 영향력을 집중적으로 제시하면서요."

"바로 그겁니다."

"아니, 농담한 거예요. 그래봤자 안 통해요. 어쨌든 걱정 마요. 나 벌써 임시직으로 타이핑 일감을 잔뜩 받아놨거든요. 떠나기 전에 당신에게 작은 선물을 줄게요. 에번스 씨가 세상을 떠난 뒤 나 때문에 슬펐던 시간을 보상해 줄 만한 걸로요. 금요일에 남쪽 엘리베이터에서 만날 수 있어요? 4시에. 이번에는 실망할 일 없을 거예요."

금요일 오후에 만난 프래스크는 엘리자베스에 지시했다.

"이 복도를 쭉 따라 내려가요. 발밑을 조심하고요. 생물학 실험실에서 쥐가 잔뜩 탈출했거든요."

둘은 엘리베이터를 타고 지하실로 내려갔다. 긴 복도를 쭉 따라 내려가 '출입 금지' 경고문이 붙은 문 앞에 서자 프래스크가 명랑하게 말했다.

"여기예요."

"여기가 어디죠?"

엘리자베스는 1번부터 99번까지 숫자가 붙은 자그마한 철문이 쭉 이어진 광경을 바라보며 물었다. 프래스크는 열쇠 꾸러미를 꺼내며 대답했다.

"보관소예요. 차 있죠? 트렁크에 공간 충분하죠?"

그녀는 열쇠 꾸러미를 뒤져 41번 열쇠를 찾아낸 다음, 문을 열고 엘리자베스에게 안을 들여다보라고 했다.

안에는 상자에 담겨 보관된 캘빈의 연구 파일이 있었다.

프래스크는 손수레를 끌며 말했다.

"이 수레를 사용하면 돼요. 총 여덟 상자예요. 서둘러요. 이 열쇠를 5시까지 반납해야 하거든요."

"이거 불법 아닌가요?"

엘리자베스가 묻자 프래스크는 첫 번째 상자를 꺼내며 말했다.

"그걸 꼭 신경 써야 할까요?"

제 2 3 장

KCTV 스튜디오

3개월 뒤.

월터 파인은 텔레비전이 도입된 초창기부터 이 업계에 있었다. 그는 텔레비전이라는 아이디어가 마음에 들었다. 사람들에게 일상생활에서 벗어나게 해주겠다고 약속하는 것. 그래서 이쪽을 선택했다. 일상으로부터의 탈출을 원치 않는 사람이 누가 있겠는가? 일단 월터부터 그랬다.

하지만 세월이 흘러보니, 월터는 사람들의 일상 탈출을 위해 영원히 땅굴을 파는 죄수가 된 듯한 기분이 들었다. 다른 죄수들은 하루 일과가 끝나면 그가 파놓은 땅굴로 헐레벌떡 달려들어 도망치지만, 막상 자신은 숟가락을 들고 덩그러니 뒤에 남겨진 기분이랄까.

그래도 월터는 계속 일했다. 여타 사람들과 같은 이유였다. 아이가 있었으니까. 그는 홀로 여섯 살 난 딸 어맨다를 키웠다. 우디초등학교 병설 유치원에 다니는 어맨다는 그의 인생의 빛이었다. 월터는 그 애를 위해서라면 뭐든 할 수 있었다. 상사가 최근 자리가 난 오후 시간대에 뭔가 대단한 프로그램을 방영하지 않으면 그를 해고해 버리겠다고 매일같이 위협하며 쏟아내는 험한 말도 참을 수 있었다.

월터는 손수건을 꺼내 코를 푼 다음 곧바로 그걸 펴보았다. 마치 자신의 내부가 뭘로 이루어졌는지 보고 싶은 것처럼.

콧물이었다. 왜 아니겠는가.

문득 며칠 전 자신을 만나러 왔던 여자가 떠올랐다. 엘리자베스 조트, 누구 엄마라고 했더라⋯⋯. 아이 이름은 기억나지 않았다. 여하튼 조트의 말에 따르면, 어맨다가 말썽을 부렸다고 했다. 놀랄 일은 아니었다. 담임인 머드포드 선생님도 어맨다가 언제나 말썽을 부린다고 했었지. 하지만 월터는 믿고 싶지 않았다. 그래, 어맨다는 자신처럼 걱정 많은 성격이고, 자신처럼 약간 과체중이고, 또 자신처럼 조금 비굴한 면이 있다. 하지만 알고 보면 어떤 아이인지 아는가? 아주 착한 아이다. 착한 아이는 착한 어른만큼이나 드문 법이다.

또 드문 게 있었으니, 바로 엘리자베스 조트 같은 여자였다. 월터는 그녀 생각을 멈출 수 없었다.

엘리자베스가 뒷문으로 들어오자 해리엇은 젖은 손을 원피스에 닦으며 말했다.

"드디어 왔군요. 슬슬 걱정하던 참이었어요."

엘리자베스는 목소리에 분노를 드러내지 않으려고 꾹꾹 참으며 말했다.

"죄송해요. 직장에서 일이 좀 있었어요."

그녀는 가방을 털썩 떨어트리고 의자에 주저앉았다.

엘리자베스는 헤이스팅스에서 두 달째 일하는 동안 강등된 자리에서 겪는 업무 스트레스 때문에 죽을 맛이었다. 스트레스가 과한 직종에 종사하는 이들은 흔히들 좀 더 단순한 업무를 간절히 원한다는 것도 알고 있다. 마음이나 머리를 과하게 쓰지 않는 업무, 그러니까 새벽 3시까지 정신을 혹사하지 않는 업무 말이다. 하지만 그녀는 강등되는 게 그보다 더 나쁘다는 걸 알게 되었다. 낮은 지위에 따라오는 낮은 급료도 문제지만, 그보다 머리를 쓸 일이 없으니 두뇌가 아플 지경이었다. 엘리자베스가 동료들의 지적 수준을 능가하고도 남는다는 걸 다들 아는데도, 그녀는 동료들이 겨우겨우 만들어내는 사소한 업적을 옆에서 칭찬해 주는 위치에 머물러야 했다. 그것이 뭐든 간에.

그렇지만 오늘 마주한 업적은 사소하지 않았다. 그건 대단한 업적이었다. 《사이언스 저널》의 최신호에 도나티의 논문이 실렸다.

몇 달 전 도나티는 "뭐, 별로 대단한 건 아니야"라고 자신의 논문에 대해 말했다. 하지만 그 논문은 세상이 깜짝 놀랄 만한 결과물이었다. 당연히 알 수 있었다. 그건 바로 엘리자베스가 직접 쓴 논문이었으니까.

그녀는 논문을 확인차 두 번이나 읽었다. 처음에는 천천히 읽었지만, 두 번째에는 어찌나 빠르게 읽었던지 불안정한 화약고처럼 혈압이 확 치솟을 정도였다. 이 논문은 그녀의 서류철에서 그대로 훔친 내용이었다. 공동연구자로 올라 있는 사람이 누구였는 줄 아는가?

고개를 들어보니 보리웨이츠가 그녀를 쳐다보고 있었다. 그는 창백한 얼굴로 고개를 떨구었다.

엘리자베스가 그의 책상에 논문을 내려치자 보리웨이츠가 울먹였다.

"이해 좀 해줘요! 나는 이 일이 필요하다고요!"

"우린 모두 일이 필요하죠. 문제는, 당신이 자신의 일을 한 번도 한 적이 없다는 겁니다."

엘리자베스는 이를 악물고서 중얼거렸다. 보리웨이츠는 여우원숭이 같은 눈으로 바라보며 봐달라고 빌었지만, 보이는 것이라고는 그녀에게서 서서히 일기 시작하는 성난 파도였다. 그 에너지가 어디까지일지, 진짜 힘이 얼마나 될지 파악조차 되지 않는 분노가 절정을 향해 치달았다. 보리웨이츠는 애원했다.

"미안해요. 정말로 미안해요. 도나티 박사님이 이렇게까지 할 줄은 나도 진짜 몰랐어요. 당신이 돌아온 첫날에 논문을 전부 복사하긴 했지만, 우리 일을 도나티 박사님도 잘 알아야 하니까 그런 거라고 생각했어요."

"*우리* 일이라고요?"

그녀는 보리웨이츠의 목을 꺾어버리고픈 욕망을 간신히 참았다.

"이따 와서 다시 이야기하죠."

엘리자베스는 으름장을 놓은 다음 몸을 돌려 곧바로 도나티의 연구실로 향했다. 앞을 얼쩡거리는 미생물학자를 쓱 밀치며 나아가는 그녀의 걸음걸이에는 거침이 없었다.

그녀는 팀장의 연구실에 들어가자마자 소리를 질렀다.

"도나티, 이 사기꾼 같은 놈. 분명히 말하는데, 당신 이 일 그냥 넘어갈 수 없을 줄 알아."

도나티는 고개를 들고서 외쳤다.

"조트 아닌가! 볼 때마다 즐겁군그래!"

그는 의자에 등을 기대고 앉아서 엘리자베스가 분노하는 모습을 일종의 기쁨을 품고 감상했다. 에번스가 이런 일을 당했더라면 분명히 그만뒀겠지? 그놈이 살아서 이걸 봤더라면……. 아니, 놈은 죽어버렸잖아. 이 순간 함께 있었으면 참 좋았을 텐데 아깝게 됐어.

도나티는 조트가 그의 도둑질을 두고 마구 지껄이는 말을 한 귀로 듣고 한 귀로 흘렸다. 이미 투자자가 도나티의 논문을 봤다며 축하 전화를 한 참이었다. 그러면서 돈도 더 보내주겠다는 희망찬 소리도 지껄였지. 투자자는 조트에 대해서도 물었다. 이 연구에서 어떤 역할을 했느냐면서. 도나티는 그런 게 아니라고, 사실은 조트가 한 게 없다고 대답했다. 안타깝게도 조트는 실패자라고 판명났다고, 그래서 강등되었다고 말이다. 투자자는 실망했다는 듯 한숨을 쉬더니, 도나티에게 그럼 화학진화의 다음 연구는 어떻게 할 거냐고 물었다. 도나티는 조트가 했던 연구의 다른 부분에서 주워 읽은 몇 가지 그럴싸한 단어를 읊조렸다. 다음 연구는 나중에 조트가 지랄을 그치고 좀 진정한 다음에 생각하자. 팀장이 누군지 확실하게 알려주면서 물어봐야 할 내용이었다. 어휴, 팀장으로 살기가 이토록 힘들어서야. 어쨌든 도나티가 횡설수설했던 말을 듣고 부자 투자자는 만족했다.

그런데 조트는 이 모든 걸 꼭 망쳐야만 했나 보다. 도나티도 투자자도 차마 할 수 없던 일을 저질러버린 것이다. 그녀는 연구실 열쇠를 도나티의 커피 잔에 던지며 말했다.

"여기. 그럼 어디 열심히 해봐."

그러더니 신분증을 쓰레기통에 버리고, 실험실 가운을 그의 책상에 던진 다음 휙 나가버렸다. 도나티가 물어볼 말이 아직 많았는데.

해리엇이 말했다.

"전화가 네 통 왔었어요. 첫 번째는 닐슨 사에서 온 TV 시청자 패널이 되라는 권유 전화였고요, 나머지 세 통은 월터 파인이라는 사람이 했어요. 파인 씨가 전화 달래요. 급한 일이라면서. 당신이랑 음식에 대해 즐거운 대화를 나누었다던데요. 아니, 아니지, 헷갈렸네. 그러니까 점심 이야기요."

그녀는 적어둔 메모를 확인하며 말을 정정하더니 고개를 들었다.

"뭔가 불안해하는 목소리던데요. 아주 전문가적으로 불안해하더라고요. 예의 바른 사람이긴 한데, 엄청 초조한 기색이었어요."

엘리자베스는 이를 악물고 대답했다.

"월터 파인은, 어맨다 파인의 아버지예요. 며칠 전에 그 사람 사무실로 쳐들어가서 점심 문제를 이야기했어요."

"대화가 잘됐어요?"

"대화라기보단 대립이었죠."

"아주 본때를 보여주고 왔길 바라요."

그때 문가에서 목소리가 들려왔다.

"엄마?"

"안녕, 우리 토끼. 학교는 재미있었니?"

엘리자베스는 한쪽 팔로 커다랗고 깡마른 아이를 감싸며 애써 차분한 목소리를 냈다.

"나 클로브 히치 매듭* 만들었어. 물건 발표하기 시간에 썼어."

매들린은 밧줄을 들어 올리며 말했다.

"아이들이 좋아했니?"

"아니."

엘리자베스는 아이를 꼭 껴안으며 말했다.

"괜찮아. 우리가 좋아한다고 해서 다른 사람들이 다 좋아하는 건 아니니까."

"내가 물건 발표할 때는 아무도 안 좋아해."

"나쁜 새끼들."

해리엇이 투덜댔다.

"그래도 네가 가져간 화살촉은 좋아했잖아."

"아니, 안 좋아했어."

"음, 그럼 다음번에는 주기율표를 가져가면 어떨까? 그건 누구나 좋아하거든."

그때 해리엇이 제안했다.

"아니면 아줌마의 보위 나이프**를 빌려 가도 돼. 녀석들에게 분명히 보여주라고."

매들린이 물었다.

"저녁은 뭐예요? 배고파요."

해리엇은 일어서서 문으로 나가며 엘리자베스에게 말했다.

"당신이 만들어둔 캐서롤을 오븐에 넣어놨어요. 난 짐승에게 먹이를 주러 가야겠네요. 파인한테 전화해요."

"엄마가 어맨다 파인에게 전화할 거야?"

매들린이 숨을 헉 몰아쉬자, 엘리자베스가 말했다.

"아니. 그 애 아버지에게 할 거야. 말했잖아. 사흘 전에 그 애 아버지를 만나서 점심 도시락 이야기를 다 했다고. 그분은 우리 의견을 이해하는 것 같았어. 앞으로는 어맨다가 네 점심을 훔쳐 먹는 일은 다시는 없을 거야. 도둑질은 나쁜 거란다."

그녀는 도나티가 훔쳐 간 논문을 생각하며 딱 잘라 말했다.

"나쁘다고?"

매들린과 해리엇이 동시에 놀라서 소리쳤다. 매들린은 조심스럽게 말했다.

"걔도…… 걔도 도시락을 가져와, 엄마. 제대로 된 도시락이 아니라서 그렇지."

"그건 우리가 알 바 아니야."

매들린은 그게 아니라는 듯이 엄마를 바라보았다. 엘리자베스는 좀 더 소리를 죽이고 말했다.

"우리 토끼, 너는 네 몫의 점심을 먹어야 해. 그래야 키가 크지."

"하지만 난 벌써 키가 큰걸. 너무 커."

매들린이 불평하자 해리엇이 말했다.

"키는 크면 클수록 좋은 거란다."

매들린은 『기네스 세계 기록』을 톡톡 두드리며 대답했다.

"로버트 워들로는 키가 너무 커서 죽었단 말이에요."

"그건 뇌하수체 장애가 있어서 그런 거야."

엘리자베스가 말했지만, 매들린은 소리를 질렀다.

"272센티미터나 됐다고!"

그러자 해리엇이 대꾸했다.

"가엾은 사람. 그렇게 크면 몸에 맞는 물건을 어디서 샀으려나?"

"키가 크면 죽어."

매들린의 말에 해리엇은 고개를 끄덕였다.

"그래, 하지만 그렇게 따지면 온갖 것 때문에 다 죽을 수 있지. 그래서 모두들 결국 죽는 거란다, 아가야."

해리엇은 이 말을 하자마자 후회했다. 엘리자베스가 입을 멍하니 벌리고, 매들린은 몸을 축 늘어뜨리며 시무룩해졌기 때문이다. 해리엇은 뒷문을 열며 엘리자베스에게 말했다.

"그럼 내일 당신이 조정 하러 가기 전에 올게요."

꼬마에게도 말했다.

"그럼 내일 일어나면 보자, 매드."

이건 엘리자베스가 직장에 복귀한 뒤 그녀와 엘리자베스가 함께 세운 일정이었다. 해리엇은 매드를 학교에 데려다주고, 여섯시-삼십 분이 매드를 학교에서 집에 데리고 오면 엘리자베스가 올 때까지 다시 해리엇이 아이를 봐주었다.

"아, 깜빡했네."

해리엇은 주머니에서 종이를 꺼내고는 의미심장한 눈길로 엘리자베스를 바라보았다.

"쪽지가 왔어요. 누군지는 알죠?"

쪽지를 보낸 이는 머드포드 선생님이었다.

머드포드 선생님이 매들린을 못마땅하게 여긴다는 걸 엘리자베스는 이미 알고 있었다. 머드포드는 매드가 글을 읽을 수 있다는 것도, 공을 찰 수 있다는 것도, 여러 가지 복잡한 선원용 매듭을 엮을 줄 안다는 것도 죄다 못마땅하게 여겼다. 아이는 매듭 묶는 법을 자주 연습했다. 어두운 곳에 있거나 비가 내리는데 도움을 받을 수 없을 때가 올 수도 있고. 혹시 모르니까 말이다.

"뭘 혹시 모른다는 거니, 매드?"

언젠가 엘리자베스는 아이에게 물어보았다. 그때 매들린은 비가 사방으로 들이치는 한밤중인데도 바깥에서 방수포를 뒤집어쓴 채 오들오들 떨고 있었다. 손에는 밧줄을 하나 들고서.

매드는 놀란 눈으로 엄마를 바라보았다. "혹시 모르니까"라는 건 사실 선택지가 아니었다. 그건 반드시 염두에 두어야 하는 것 아닌가? 목숨을 부지하려면 대비책이 필요하다. 아버지가 어떻게 돌아가셨는데.

솔직히 말해서 죽은 아버지에게 뭐든 물어볼 수 있다면, 아이는 꼭 물어보고 싶은 게 있었다. 엄마를 처음 봤을 때 무슨 느낌이었어? 첫눈에 사랑에 빠졌어?

캘빈의 예전 동료들도 여전히 여러 가지가 궁금했다. 어떻게 아무것도 하지 않는 것 같은데 그토록 많은 상을 탈 수가 있나? 엘리자베스 조트와의 섹스는 어땠나? 그 여자 불감증인 것 같던데, 아니야? 심지어 매들린의 담임인 머드포드 선생님도 이미 오래전에 죽은 캘빈 에번스에 대해 궁금해했다.

하지만 매들린의 아버지에 관해서 묻는 건 아무리 봐도 불가능했다. 캘빈이 죽어서가 아니라, 1959년에는 아버지가 자녀 교육과 전혀 상관없는 존재였기 때문이다.

　물론 어맨다 파인의 아버지는 예외였다. 하지만 그건 파인 부인이 이제 없기 때문이다. 파인 부인은 남편을 떠났고(꽤 정당한 일이었다고 머드포드는 생각했다), 그 뒤에 아주 요란하게 공개적으로 이혼했다. 그러면서 그녀는 자신보다 나이가 훨씬 많은 월터 파인이 아버지로서 적합하지 않으며, 더더군다나 남편으로서도 영 글렀다고 선언했다. 그 모든 선언에는 민망하리만큼 성적인 의미가 담겨 있었다. 그래서 머드포드 선생님은 구체적으로 생각하고 싶지 않았다. 하지만 바로 그 때문에, 파인 부인은 월터 파인과의 모든 관계를 절연했다. 거기에는 딸인 어맨다도 포함되었다. 알고 보니 부인은 사실 그 앨 원하지 않았다. 거기에 대해 누가 뭐라 할 수 있겠는가? 어맨다는 다루기 쉬운 애가 아니었다. 그래서 어맨다는 월터가 맡게 되었고, 월터는 애를 학교에 보냈고, 머드포드 선생님은 어맨다가 매일 싸오는 아주 특이한 도시락에 대해 애 아빠가 늘어놓는 변변찮은 변명을 듣는 처지가 되었다.

　그러나 제아무리 월터 파인과의 면담이 짜증난다 해도, 조트와의 면담과는 비할 데가 못 되었다. 자신이 제일 싫어하는 학부모 둘을 제일 자주 보게 되다니, 재수가 없어도 너무 없지 않은가? 하긴 세상일이 다 그렇지 뭐. 아이들의 문제 행동은 가정 교육이 제대로 되지 않는 데서 시작된다. 어쨌든 점심 도둑인 어맨다 파인과 부적절한 질문을 해대는 매들린 조트 중 그나마 누가 낫냐고 묻는다면, 머드포드는 당연히 어맨다를 고를 것이었다.

　"매들린이 부적절한 질문을 한다고요?"

최근에 있었던 면담에서 엘리자베스는 깜짝 놀라 물었다. 머드포드 선생님은 먹이를 공격하는 거미처럼 소매에서 보풀을 뽑으며 날카롭게 대답했다.

"네, 그렇습니다. 예를 들면, 어제 토론 시간에 랠프가 키우는 거북에 관해 이야기를 나누고 있었지요. 그런데 매들린이 갑자기 끼어들더니 자기가 내슈빌에서 민권 운동가가 되고 싶은데 어떻게 해야 하냐고 묻더군요."

엘리자베스는 근본적인 문제가 무엇인지 이해하려는 듯 잠시 생각에 잠기더니 대답했다.

"아이가 끼어들지 말았어야 했네요. 딸과 이야기해 보겠습니다."

머드포드 선생님은 이를 악물었다.

"조트 부인, 제 말뜻을 이해하지 못하셨나 보군요. 아이들은 원래 말에 잘 끼어듭니다. 그건 제가 알아서 할 수 있어요. 하지만 토론 주제를 민권 운동으로 바꾸고 싶어 하는 아이는 제가 어떻게 할 수 없습니다. 여기는 유치원이라고요. 「헌틀리 브링클리 리포트」*에서나 들을 법한 이야기를 취급하지 않는단 말입니다. 게다가 따님은 최근에 우리 도서관에 노먼 메일러**의 소설이 하나도 없다고 사서에게 항의했습니다. 보아하니 『벌거벗은 자와 죽은 자』를 신청하려고 했던 모양인데요."

그녀는 한쪽 눈썹을 치켜뜬 채로, 엘리자베스의 가슴 주머니 위에

---

* 1956년에서 1970년까지 방영된 NBC의 저녁 뉴스 프로그램.
** Norman Mailer. 미국 소설가. 주로 2차 세계대전 참전 당시 체험한 사실을 바탕으로 소설을 썼다. 그 우수성을 인정받아 퓰리처상을 받았다.

기계 자수로 지저분하게 수놓인 필기체 E. Z.를 노려보았다.

"아이가 나이대에 비해 난도가 높은 책을 읽어서요. 제가 그 점을 말씀드린다는 걸 잊었네요."

엘리자베스의 말에 머드포드는 두 손을 모으고 위협적으로 몸을 내밀었다.

"그렇다고 유치원생이 노먼 *메일러*를 읽는단 말입니까."

주방으로 돌아온 엘리자베스는 해리엇이 건네준 쪽지를 펴보았다. 머드포드는 손 글씨로 비명을 지르듯 두 단어를 적어놓았다.

블라디미르 나보코프.

엘리자베스는 매들린의 접시에 볼로네제 스파게티를 담았다.

"물건 발표하기 시간 말고 재미있는 건 없었어?"

매드가 학교에서 뭘 배웠는지 질문하지 않은 지도 오래되었다. 물어도 소용없었으니까.

"난 학교가 싫어."

"왜?"

매들린은 그릇을 보다가 수상쩍어하는 눈빛으로 엄마를 올려다보았다.

"학교를 좋아하는 사람은 아무도 없어."

언제나처럼 식탁 아래에 자리 잡은 여섯시-삼십분은 한숨을 쉬었다. 뭐, 그렇게 됐군. 생명체는 학교를 좋아하지 않는군. 자신과 생명체는 모든 것에 의견이 같았기 때문에, 이제는 여섯시-삼십분도 학교를 좋아하지 않게 되었다.

"엄마는 학교를 좋아했어?"

매드가 묻자 엘리자베스는 대답했다.

"음, 엄마는 이사를 많이 다녀서 학교에 못 다닌 적이 종종 있었어. 하지만 대신 도서관에 갔어. 그래도 진짜 학교에 가면 아주 재미있을 거라고 항상 생각했었어."

"그럼 UCLA는 재미있었어?"

순간 마이어스 교수의 모습이 눈앞에 날카롭게 떠올랐다.

"아니."

매들린은 고개를 갸웃거렸다.

"엄마, 괜찮아?"

엘리자베스는 자신도 모르게 두 손으로 얼굴을 가리고 있었다.

"그냥 좀 피곤해서 그래, 우리 토끼."

그녀는 두 손 사이로 힘없이 말했다. 매들린은 포크를 내려놓고 피곤함에 찌든 엄마를 바라보았다.

"회사에서 무슨 일 있었어, 엄마?"

엘리자베스는 여전히 두 손으로 얼굴을 가린 채 딸아이의 질문을 곰곰이 생각했다.

"우리 가난해?"

매들린이 아까 한 질문과 자연스럽게 이어진다는 듯 물었다. 엘리자베스는 얼굴에서 손을 뗐다.

"왜 그런 말을 하니, 아가?"

"토미 딕슨이 그러는데 우리가 가난하대."

"토미 딕슨이 누군데?"

엘리자베스가 날카로운 말투로 물었다.

"학교 남자애."

"토미 딕슨이란 애가 또 뭐라고―"

"아빠는 가난했어?"

엘리자베스는 그만 움찔하고 말았다.

매드의 질문에 대한 답은 헤이스팅스 연구소 보관소에서 엘리자베스와 프래스크가 훔친 상자 속에 있었다. 3번 상자 맨 아래에는 '조정'이라는 이름의 아코디언 파일이 있었다. 처음에 그걸 본 엘리자베스는 당연히 그 안에 케임브리지에서 배를 타던 시절의 영광스러운 우승 기록이 실린 신문 스크랩이 있을 거라 생각했다. 하지만 막상 안을 살펴보니 놀랍게도 캘빈이 케임브리지를 졸업한 다음 받은 고용 제안서가 가득 들어 있었다.

그녀는 제안서를 질투 어린 시선으로 훑어보았다. 주요 대학 학과장들과 제약회사의 경영진, 비상장 우량 기업의 제안서가 가득했다. 계속 살펴보자 어느덧 헤이스팅스 연구소의 제안서가 나왔다. 여기 있었군. 개인 연구실 보장이라. 하지만 이런 건 다른 데서도 보장하는 건데. 헤이스팅스 연구소가 내건 조건 중 다른 곳에 비해 돋보이는 것은? 모욕적이다 싶을 정도로 낮은 임금이었다. 엘리자베스는 제안서에 누가 서명했는지 살펴보았다. 도나티였다.

그녀는 제안서들을 다시 파일에 넣으면서 생각했다. 대체 왜 이 파일 이름이 '조정'인 걸까. 조정 관련 내용은 하나도 없는데. 그러다 문득 각 제안서의 맨 첫 장에 연필로 휘갈겨 놓은 메모를 발견했다. 조정 클럽까지의 거리와 그 지역의 강수량이었다. 엘리자베스는 다시 헤이스팅스의 제안서를 살펴보았다. 그래, 여기에도 거리를 계산한 메모가 적혀 있다. 거기에는 한 가지 다른 점이 있었다. 바로 반송 주소 둘레에 쳐놓은 커다랗고 굵은 원이었다.

캘리포니아 커먼스.

"아빠가 유명했다면 분명히 부자였겠지?"

매드는 스파게티 면을 포크로 돌돌 말며 물었다.

"아니야, 아가. 유명한 사람이라고 해서 모두 부자인 건 아니야."

"왜? 아빠가 뭘 망쳤어?"

엘리자베스는 제안서를 다시 떠올렸다. 캘빈은 가장 낮은 연봉을 주는 곳을 택했다. 대체 세상 누가 그런 짓을 하지?

"토미 딕슨은 부자 되기가 쉽댔어. 돌을 노랗게 칠한 다음에 금이라고 하면 된대."

"토미 딕슨 같은 사람을 사기꾼이라고 하는 거야. 불법적인 수단을 써서 원하는 걸 얻으려고 계획하는 사람 말이야."

엘리자베스가 말했다. 바로 도나티 같은 사람 말이지. 그녀는 이를 지그시 악물었다.

그녀는 캘빈의 상자에서 찾아낸 또 다른 서류철을 떠올렸다. 거기에는 토미 딕슨 같은 인간이 보낸 편지가 가득했다. 미친놈들과 일확천금을 노리는 투자자도 있었지만, 자신이 캘빈의 가족이라고 나선 온갖 종류의 사람들이 있었다. 이복자매, 오랫동안 잊고 지낸 삼촌, 마음 아파하는 어머니, 육촌 등 모두 절박하게 캘빈에게 도움을 청했다.

그녀는 자칭 가족이란 사람들이 보낸 편지를 빠르게 훑어보면서 놀랐다. 하는 말이 어쩜 그리 하나같이 똑같을까. 다들 생물학적 연관성을 강조했고, 캘빈이 기억도 못 할 나이에 있었다는 일화를 들려주었으며, 돈을 원했다.

딱 하나 예외는 바로 '마음 아파하는 어머니'라는 사람이었다. 물론 그녀도 생물학적 연관성을 주장하긴 했지만, 오히려 캘빈에게 돈을 주고 싶다고 줄기차게 말했다. "네 연구를 돕고 싶구나"라는 말이었다. 마음 아파하는 어머니는 캘빈에게 적어도 편지를 다섯 통 이상 보내면서 제발 답장해 달라고 애원했다. 엘리자베스는 속으로 생각했다. 이 어머니가 계속 고집을 부리는 게 오히려 무정해 보인다고. 오랫동안 잊고 지낸 삼촌이라는 사람도 두 번 편지를 보낸 뒤엔 끊었는데. "사람들은 네가 죽었다고 말했단다"라고 마음 아파하면서 어머니라는 이는 계속 편지를 보냈다. 정말일까? 그렇다면 어째서 캘빈이 유명해진 *다음에야* 편지를 썼지? 이 사람이 다른 사람과 다를 게 뭐지? 엘리자베스는 마음 아파하는 어머니도 계략을 꾸미고 있었다고 생각했다. 먼저 캘빈을 낚아챈 다음 연구 성과를 빼앗으려는 계략이었겠지. 왜 그렇게 생각하느냐고? 바로 엘리자베스에게도 똑같은 일이 벌어졌으니까.

매드는 버섯을 접시 가장자리로 밀며 말했다.

"이해가 안 돼. 똑똑한 사람이 열심히 일하면 당연히 돈을 더 많이 벌어야 하는 거 아니야?"

"항상 그렇지는 않아. 그래도 네 아빠가 살아 있었다면 돈을 많이 벌었을 거라고 생각해. 다만 네 아빠는 다른 선택을 한 거야. 돈이 전부는 아니거든."

엘리자베스가 말했지만, 매드는 미심쩍은 눈길을 보낼 뿐이었다.

캘빈이 어째서 도나티의 말도 안 되는 제안을 흔쾌히 받아들였는지 이제는 아주 잘 알게 되었지만, 엘리자베스는 그 사실을 매드에게 말하지 않았다. 캘빈의 이유는 너무나 근시안적이고 멍청해서 말해주기가 꺼려졌으니까. 그녀는 매드가 아버지를 이성적이고 현명한 판단을 한 사람으로 생각해 주길 바랐다. 물론 캘빈은 전혀 이성적이고 현명한 판단을 하지 않았다는 게 밝혀졌지만.

엘리자베스는 '웨이클리'라는 이름표가 붙은 서류철을 찾았다. 그 안에는 캘빈과 신학자 지망생이 주고받은 편지가 들어 있었다. 두 남자는 펜팔 친구였고, 서로 얼굴을 직접 본 적은 한 번도 없는 게 분명했다. 하지만 그들이 나눈 편지는 아주 많고도 흥미진진했다. 게다가 다행히도 폴더에는 캘빈이 쓴 답장까지 복사되어 있었다. 그녀는 캘빈이 복사했다는 걸 알 수 있었다. 그는 모든 것의 복사본을 만들어두는 사람이었으니까.

펜팔 친구의 이름은 웨이클리였다. 캘빈이 케임브리지에서 공부하는 동안 그는 하버드 신학대학에 다녔고, 전반적으로 과학에 기반을 둔 신앙을 추구하느라 힘겨워한 것 같았다. 편지에 따르면 그는 캘빈이 짧게 발표했던 심포지엄에 참석했는데 그 인연으로 캘빈에게 편지를 쓰기로 마음먹었다고 했다. 그는 첫 번째 편지에서 이렇게 썼다.

"친애하는 에번스 씨. 지난주에 보스턴에서 열린 과학 심포지엄에서 당신의 짧은 발표를 보고 연락을 드리고 싶었습니다. 당신의 최근 논문 주제인 '복합 유기 분자의 자발적 생성'에 대해 이야기를 나누고 싶었기 때문입니다. 특히 묻고 싶은 것은 이겁니다. 당신은 하나님과 과학을 동시에 믿는 게 가능하다고 생각하십니까?"

그러자 캘빈은 답장을 썼다.

"당연하죠. 그걸 가리켜 지적 부정직성이라고 합니다."

캘빈의 경솔한 말 때문에 사람들이 짜증을 내는 경우가 많았지만, 젊은 신학생 웨이클리는 별로 화나지 않은 듯했다. 그는 곧바로 답장을 보내왔다. 그는 이어진 편지에서 이렇게 주장했다.

"하지만 분명 당신은 화학자, 그것도 모든 걸 창조한 거장 화학자가 없었다면 화학이 존재하지 않을 거란 점에 동의하셨잖습니까? 마치 화가가 없다면 그림이란 게 존재하지 않는다는 것과 마찬가지라고요."

캘빈은 아주 짧게 답장했다.

"저는 가정이 아니라 진실에 근거한 것만 다룹니다. 그러니 답은 '아니오'입니다. 당신이 주장하는 거장 화학자니 뭐니 하는 이론은 헛소리입니다. 그나저나 나는 당신이 하버드 학생이란 걸 봤는데요. 혹시 조정을 하십니까? 나는 케임브리지에서 조정을 합니다. 조정으로 전액 장학금을 받았습니다."

웨이클리는 답장을 썼다.

"조정을 하지는 않습니다. 하지만 물을 좋아하지요. 저는 서핑을 합니다. 캘리포니아 커먼스에서 자랐거든요. 캘리포니아에 와보신 적 있습니까? 아니라면 한번 와보세요. 커먼스는 아름다운 곳입니다. 세상에서 날씨가 가장 좋은 곳이죠. 조정을 하는 사람들도 있습니다."

엘리자베스는 쪼그려 앉았다. 캘빈이 헤이스팅스가 보낸 제안서의 반송 주소에 얼마나 열정적으로 동그라미를 쳤나. 캘리포니아

커먼스. 그래서 도나티의 무례한 제안을 수락했다니. 자신의 앞날이 아니라 조정 때문에? 그것도 서핑을 한다는 신학생이 한 날씨 이야기, 그것도 겨우 한 줄에 근거를 두고? "세상에서 날씨가 가장 좋은 곳이지요"라는 말만 듣고?

그녀는 다음번 편지를 읽기 시작했다.

"넌 줄곧 목사가 되고 싶었어?"

캘빈이 묻자 웨이클리는 답장을 보냈다.

"난 대대로 목사를 배출한 집안 출신이야. 피는 못 속이지."

하지만 캘빈은 그 말을 반박했다.

"피는 그런 식으로 작용하는 게 아니야. 그나저나 내가 묻고 싶은 건 이거였어. 왜 사람들은 수천 년 전에 쓰인 내용을 믿는 걸까? 그리고 왜 그 내용이 초자연적이고도 증명 불가능하며 있음직하지 않을수록, 그 출처가 오래될수록 더 많이 믿는 걸까?"

웨이클리는 답했다.

"인간에게는 확신이 필요하니까. 인간은 어려운 시기를 견디며 살아낸 인간에 대해 알아야 하니까. 실수를 반복하지 않고 더 나은 행동을 할 줄 아는 여타 종과 다르게, 인간에겐 언제나 다가오는 위협이 필요하고 또 선하게 행동해야 한다는 경각심이 필요해. '인간은 같은 실수를 반복한다'라는 속담도 있잖아? 인간은 절대로 배우질 못하지. 하지만 종교 경전은 그런 인간을 어떻게든 제대로 이끌기 위해 노력하고 있어."

캘빈은 다시 대답했다.

"하지만 과학을 보면 또 아니라는 게 보이지 않아? 그걸 생각하면 어느 정도 위안이 돼. 과학에선 인간이 무언가를 증명하고 그걸 통해 문제를 개선하려고 하지. 종교 경전이란 게 사실은 오래전에 술 취한 사람들이 마구 쓴 것일지도 모르는데 이런 걸 어째서 사람들이 조금이라도 믿을 만하다고 여기는지 이해가 안 가서 그래. 술에 취한 걸 두고 도덕적으로 왈가왈부하자는 건 아니야. 옛날 사람들은 성직자건 아니건 술을 마셔야 했으니까. 마실 물이 좋지 않던 시절이었으니 어쩔 수 없었지. 그래도 나는 이런 생각이 들어. 참 허무맹랑한 이야기 아니야? 덤불이 갑자기 불타고 하늘에서 먹을 게 떨어지다니. 과학적 증거와 비교하자면 이게 어떻게 이성적인 생각일 수 있겠어? 슬로운 케터링 병원의 최신 치료법을 놔두고 라스푸틴의 혈액 채취 기술을 고를 환자는 아무도 없을 거야. 그런데도 참 많은 사람들이 이런 이야기를 믿고, 주장하고, 게다가 다른 사람에게 전도까지 하잖아."

웨이클리는 답장했다.

"맞는 말이야, 에번스. 하지만 사람은 자신보다 더 큰 존재를 믿을 필요가 있어."

캘빈은 줄기차게 물었다.

"왜? 자신을 믿는 게 뭐가 잘못됐는데? 어쨌거나 어떤 이야기를 정 믿어야 한다면, 왜 우화나 동화를 믿지 않는 거야? 그런 이야기도 도덕성을 가르치는 수단으로 쓰기에는 적합하잖아. 아니, 더 낫잖아? 우화나 동화는 그게 진짜라고 믿는 척할 필요가 없으니까."

웨이클리는 인정하지는 않았지만, 어느새 캘빈의 말에 동의하게 되었다. 세상 누구도 백설공주에게 기도하거나 룸펠슈틸츠헨이 진노할까 두려워하면서 그 메시지를 이해하려 들지는 않는다. 게다가 우화나 동화는 길이도 짧고 머릿속에도 잘 들어오며 기본적으로 사랑과 자부심, 어리석음과 용서라는 주제를 포괄한다. 이야기의 교훈도 '머저리처럼 굴지 마라', '다른 사람이나 짐승을 해치지 마라', '운이 나빠 덜 가진 이들과 가진 것을 나누어라', 다시 말해 '착하게 살아라'라는 정도로, 부담 없이 받아들일 만하다.

웨이클리는 주제를 바꾸기로 했다. 그래서 이전 편지를 언급했다.

"알았어, 에번스. 내 피랑 목회자의 길은 엄밀히 상관이 없다는 문자 그대로의 지적을 받아들일게. 하지만 구두장이의 아들이 제화공이 되듯 웨이클리 가문은 대대로 목사가 가업이었어. 솔직히 고백하자면 난 언제나 생물학에 관심이 있었지만, 우리 가문의 뜻에서 벗어날 수 없었어. 어쩌면 난 아버지를 기쁘게 해드리려고 목회자의 길을 걷는지도 모르겠어. 우리는 모두 결국 그렇게 되는 것 아닐까? 넌 어때? 너희 아버지도 과학자셨어? 그래서 아버지를 기쁘게 해드리려고 과학자가 되려는 거야? 그렇다면 너도 대를 잇는 거지."

다음번 편지에서 캘빈은 대문자만 써서 보냈다. 이제 편지 교환은 여기서 끝이라는 의미가 분명했다.

"난 아버지가 미워. 아버지가 죽었으면 좋겠어."

난 아버지가 미워. 아버지가 죽었으면 좋겠어.

엘리자베스는 너무 놀라서 그 문장을 다시 읽었다. 하지만 캘빈의 아버지는 죽었는데? 적어도 20년 전에 열차 사고로 돌아가셨다고 했잖아. 그런데 왜 이런 말을 썼지? 그리고 어째서 캘빈과 웨이클리는 펜팔을 그만두었을까? 마지막 편지는 거의 10년 전 날짜였다.

"엄마, 엄마! 듣고 있어? 우리 가난한 거 맞아?"

매드의 말에 엘리자베스는 밀려오는 신경 쇠약을 가까스로 참아 냈다. 정말로 나 일을 그만둔 거야?

"아가, 엄만 오늘 무척 피곤한 하루를 보냈단다. 그러니까 조용히 저녁을 먹자."

"하지만 엄마—"

그 순간 전화벨이 따르릉 하고 울렸다. 매드는 의자에서 털썩 내려섰다.

"받지 마, 매드."

"중요한 전화일지도 몰라."

"우리 저녁 식사 중이잖아."

하지만 매드는 받았다.

"여보세요? 매드 조트입니다."

"아가, 전화에 대고 개인 정보를 말하면 안 된다고 했잖아."

엘리자베스는 수화기를 가져가며 딸에게 주의를 준 다음, 전화를 받았다.

"여보세요? 실례지만 누구시죠?"

"조트 부인이십니까? 엘리자베스 조트 부인 맞으시죠? 월터 파인 이라고 합니다. 조트 부인. 이번 주에 뵀었죠."

수화기에서 들려온 목소리에 엘리자베스는 한숨을 쉬었다.

"아, 네. 파인 씨."

"종일 부인에게 연락드렸는데요. 아마 제가 전화했다는 말을 가정부가 전달하지 않은 모양이로군요."

"그분은 가정부가 아닙니다. 그리고 전화가 왔다고 전달도 해주셨습니다."

월터는 당황해서 말했다.

"아, 그렇군요. 알겠습니다. 죄송합니다. 제가 방해한 건 아닌지 모르겠습니다만, 혹시 잠깐 통화 괜찮으십니까? 지금 전화로 대화할 수 있을까요?"

"아뇨."

월터는 대화가 끊기기를 바라지 않았기에 급히 말했다.

"그럼 빨리 말씀드리겠습니다. 조트 부인, 다시 한번 말씀드리지만, 점심 식사 문제를 해결했습니다. 모두 바로잡았다고요. 어맨다는 이제부터 자기 점심만 먹을 겁니다. 거듭 사과드릴게요. 하지만 제가 전화한 건 다른 이유 때문인데요. 사업차 드릴 말씀이 있어서요."

그는 계속 이야기를 늘어놓으며 자신이 지역 TV 방송국의 오후 프로그램 담당 PD라고 다시금 말했다. 속마음은 자랑스럽지 않을지 언정 목소리로는 자랑스럽게 "KCTV"라고 방송국 이름도 말했다.

"제가 지금 프로그램 편성을 좀 바꿔볼까 하는데 말입니다. 요리 프로그램을 하나 만들까 합니다. 말하자면 편성에 양념을 좀 친다고나 할까요?"

그는 평소에 좀처럼 하지도 않는 우스갯소리를 섞어가며 말했다. 엘리자베스 조트 때문에 초조해서였다. 농담을 쳤으니 수화기 너머로 예의 바르게 장단을 맞추는 웃음소리가 들릴 거라 기대했건만, 아무런 반응도 없었다. 그는 더욱 불안해지고 말았다.

"그러니까 저는 양념을 칠 줄 아는 노련한 PD인 만큼, 이제는 요리 프로그램을 할 때가 됐다, 뭐 이렇게 생각합니다."

여전히 반응이 없었다. 그는 계속 지껄여댔다.

"제가 조사를 좀 해보았는데요, 아주 흥미로운 흐름이 있기도 하고, 거기다 제가 이제껏 오후 시간대 프로그램을 제작해 온 개인적인 지식까지 종합해 보면요, 요리 프로그램이야말로 오후 시간대에 TV에서 하나의 강력한 영향력으로 부상할 거라고 봅니다."

하지만 엘리자베스는 계속 아무런 반응이 없었다. 하긴, 반응이 있다 해도 별로 중요하진 않았다. 월터가 했던 말 중 사실인 것은 없었으니까.

사실 월터 파인은 아무런 조사도 하지 않았고, 어떠한 경향도 아는 바가 없었다. 솔직히 말하면 월터는 오후 시간대 TV프로그램이 성공하려면 어떻게 해야 하는지 개인적인 지식이 하나도 없다시피 했다. 그 증거로 그가 제작한 프로그램은 시청률이 바닥을 맴돌았다. 그가 뭘 해야 할지 모르겠는 빈 시간대에 어서 프로그램을 편성하라고 광고주들이 그의 귓가에 대고 협박하는 것이 현재 상황이었다. 원래 그 시간대에는 광대가 나오는 아동 프로그램을 방송했지만 폐지되었다. 애초에 기획 자체도 별로 좋지 않았는데, 광대를 맡은 스타 배우가 술집에서 싸우다가 죽어버리는 바람에 말 그대로 프로그램이 죽어버렸다.

지난 3주간 그는 이 시간대에 대신 방송할 것을 찾으려고 안간힘을 썼다. 하루에 여덟 시간을 꼬박 할애해 마술사, 자기계발 강사, 코미디언, 음악 강사, 과학자, 에티켓 전문가, 인형 조종자 등등 스타가 되고 싶어 하는 아마추어들이 만든 데모 영상을 수없이 보았다. 월터는 믿을 수가 없었다. 어쩜 이토록 다들 헛소리만 늘어놓는 건가? 이 사람들은 얼마나 배짱이 좋기에 이런 헛소리를 굳이 촬영해서 나한테 우편으로 보낼 생각을 했나? 부끄럽지도 않나? 하지만 어쨌든 뭔가를 빨리 찾아내야만 했다. 자신의 앞날이 달려 있었으니까. 윗선에서는 그 점을 아주 분명하게 알려주었다.

엎친 데 덮친 격으로, 월터는 어맨다의 유치원 담임에게 그 달 들어 벌써 네 번이나 불려 갔다. 머드포드 선생님은 최근 그를 고발하겠다고 으름장을 놓았는데, 월터가 피로와 우울에 휩싸인 나머지 어맨다에게 우유병을 들려 보낸다는 걸 실수로 자신의 진 술병을 챙겨 보냈기 때문이었다. 게다가 샌드위치 대신 스테이플러를 보내기도 했고, 냅킨 대신 방송 대본을, 빵 대신 샴페인이 든 트러플 초콜릿을 유치원에 챙겨 보냈기 때문이기도 했다.

그 순간 그의 생각이 뚝 끊기며 엘리자베스의 말소리가 들렸다.

"파인 씨? 난 오늘 무척 피곤한 하루를 보냈습니다. 왜 전화하셨습니까?"

월터는 얼른 말했다.

"오후 시간대에 방영할 요리 프로그램을 만들고 싶습니다. 그리고 당신이 진행자가 되었으면 좋겠습니다. 조트 부인께서는 요리에 일가견이 있으신 게 분명한 데다가 또 시청자들이 확실히 느낄 매력도 있으시거든요."

월터는 그녀가 예쁘기 때문이라고 말하지 않았다. 물론 뛰어난 외모로 쉽게 승승장구하는 미남미녀야 아주 많다. 하지만 엘리자베스 조트는 그런 사람들과 다른 무언가가 있다는 걸, 그는 알아볼 수 있었다.

"재미있는 프로그램이 될 겁니다. 여자 대 여자로 다가가는 거죠. 당신은 같은 처지에 있는 사람들과 공감하며 잘해나가실 수 있을 겁니다."

하지만 그녀가 바로 어떤 대답도 없자, 월터는 부연설명을 했다.

"그러니까, 주부들 말입니다."

수화기 저편에서 엘리자베스는 눈을 가늘게 떴다.

"지금 뭐라고 하셨습니까?"

월터는 방금 들은 어조가 지닌 의미를 당장에 파악하고 전화를 끊어야 했겠지만 그러지 않았다. 절박해서였다. 절박한 사람들은 누구나 알아볼 수 있는 뻔한 신호를 간과하곤 한다. 엘리자베스 조트는 카메라 앞에 서야 하는 사람이다. 월터는 그 점을 확신했다. 게다가 그녀는 월터의 상사가 미치도록 좋아할 만한 여자였다.

"시청자 앞에 서야 하는 게 불안하시겠죠. 하지만 그건 걱정하지 마세요. 우리가 대본을 드릴 거예요. 그러니까 대본을 자연스럽게 읽기만 하시면 됩니다."

그는 대답을 기다렸다. 그렇지만 엘리자베스는 말이 없었다. 월터는 계속 말했다.

"당신에게는 존재감이 있습니다, 조트 부인. 당신은 사람들이 TV에서 보고 싶어 하는 사람이라는 말이에요. 마치 누구 같냐면……."

계속 몰아붙이던 월터는 말문이 막혔다. 그녀 같은 사람이 누군지 열심히 생각해 보았지만, 아무도 떠오르지 않았다.

그때 엘리자베스가 쏘아붙였다.

"나는 과학자입니다."

"그렇죠!"

"지금 하신 말씀은, 많은 사람들이 과학자의 이야기를 듣고 싶어 한다는 겁니까?"

"네. 다들 듣고 싶어 하잖아요?"

물론 월터는 과학자의 이야기 같은 건 듣고 싶지 않았고 다른 사람도 듣고 싶지 않을 거라고 확신했지만, 그렇다고 대답했다.

"물론 이건 요리 프로그램이 될 겁니다. 그건 아시겠죠."

"요리는 과학이 맞습니다, 파인 씨. 상호 배타적인 게 아닙니다."

"이런, 소름 끼칠 지경이네요. 저도 방금 그 말을 하려고 했어요."

엘리자베스는 식탁에 앉아서 아직도 내지 못한 공과금들을 떠올렸다.

"이 일을 맡으면 돈을 얼마나 받나요?"

그녀의 물음에 월터는 대답했다. 그러자 수화기 너머에서 작은 헉 소리가 들렸다. 혹시 너무 적어서 화가 났나? 아니면 충격받았나? 그는 변명하듯 대답했다.

"사실 말이죠, 우리도 위험 부담을 안고 가는 거라서요. 부인께서는 TV에 출연하신 적이 없으니까요."

월터는 파일럿 프로그램 계약서 초안을 작성하며 초반 계약 기간을 6개월로 잡았다. 잘 안 되면 어쩔 수 없지. 그걸로 끝이다.

"그럼 언제 시작하실 겁니까?"

"당장요. 우리는 가능한 한 빨리 요리 프로그램을 보고 싶거든요. 이달 안으로요."

"그러니까 과학 요리 프로그램을 하신다는 거 맞습니까?"

"바르게 말씀하셨습니다. 그 둘은 상호 배타적인 게 아니니까요."

월터는 과연 이 여자가 진행자의 자질이 있기는 할지 자그마한 의구심이 스멀스멀 들기 시작했다. 그래도 요리 프로그램에서 진짜로 과학 운운하면 안 된다는 걸 알긴 하겠지? 그렇겠지?

"프로그램 제목은 「6시 저녁 식사」입니다."

월터는 '저녁 식사'라는 말을 강조하며 덧붙였다.

수화기 저편에서 엘리자베스는 허공을 멍하니 바라보았다. 방금 들은 제안은 당연히 너무 싫었다. 주부를 대상으로 하는 음식 만들기 TV 쇼라니. 하지만 달리 선택지가 있나? 그녀는 여섯시-삼십분과 매드를 바라보았다. 개와 아이는 함께 바닥에 누워 있었다. 매들린이 토미 딕슨 이야기를 하자, 여섯시-삼십분은 이빨을 드러냈다.

수화기 저편에서 침묵만 이어지자 월터는 걱정이 되었다.

"조트 부인? 여보세요? 조트 부인? 듣고 계십니까?

오후의 저기압대

"이런 건 입을 수 없습니다."

KCTV의 분장실에서 나온 엘리자베스는 월터 파인에게 말했다.

"원피스가 다 너무 꽉 낍니다. 당신이 보낸 재단사가 지난주에 내 치수를 쟀을 때 일을 제대로 하고 있다고 생각했는데 아닌가 봅니다. 그분이 연세가 있어서 그렇다면 안경을 쓰셔야 할 것 같네요."

월터는 주머니에 손을 넣고서 애써 태연한 척했다.

"사실 그 원피스는 일부러 좀 달라붙도록 만들었어요. 카메라로 찍으면 보통 5킬로그램은 더 쪄 보이거든요. 그래서 부해 보이지 않으려고 일부러 옷을 끼게 입는 거예요. 숨을 좀 참고 몸을 옷에 끼워 보세요. 입다 보면 저도 모르게 금방 익숙해진다고요."

"숨을 쉴 수가 없습니다."

"30분만 참으면 돼요. 그다음에 마음껏 숨을 쉬면 되잖아요."

"들숨마다 우리의 신체는 혈액 정화를 실시합니다. 날숨마다 폐에서 불필요한 탄소와 수소를 방출하고요. 폐를 조금이라도 압박하면 이 과정에 위험 부담이 생깁니다. 혈액이 응고되고 순환이 저하된단 말입니다."

이제 월터는 다른 방법을 써보기로 했다.

"내 말 좀 들어봐요. 당신도 뚱뚱해 보이고 싶진 않을 거잖아요."

"지금 뭐라고 하셨죠?"

"부디 오해하지 말고 들어주세요. 카메라로 보면요, 암소처럼 부해 보인다고요."

그녀는 기가 막혀서 입을 벌리더니 단호하게 말했다.

"월터, 내가 분명히 말씀드리겠습니다. 나는 이 옷을 입지 않을 겁니다."

월터는 이를 악물었다. 이래도 될까? 그가 엘리자베스를 어떻게든 설득시킬 방법을 찾으려고 몸부림치는 동안, 방송국 악단은 세트장에 들어와서 최근 새로 연습한 곡을 시범 연주하기 시작했다. 바로 「6시 저녁 식사」의 주제곡이었다. 월터가 작곡을 의뢰해 만들어진 발랄한 곡이었다. 현대풍 차차차와 3단계 화재 경보음이 합쳐져 있어 듣고 있으면 발끝이 절로 움직이면서 탁탁 장단을 맞추었다. 어제 월터의 상사가 각성제에 취한 로런스 웰크*마냥 곡을 들으며 그렇게 묘사했더랬다.

•   Lawrence Welk, 미국의 아코디언 연주자이자, 밴드 리더, 텔레비전 PD.

하지만 주제곡을 듣자마자 엘리자베스는 이를 악물었다.

"이건 또 뭡니까?"

월터의 상사인 필 레벤스멀은 KCTV의 총괄제작자이자 무대 연출가였다. 그는 이 요리 프로그램 기획안을 승인하면서 자신의 의사를 분명히 밝혔고, 엘리자베스 조트와 회의를 마친 뒤 월터에게 이렇게 말했다.

"어떻게 해야 하는지 알죠? 잔뜩 부풀린 헤어스타일에, 몸매가 드러나는 옷을 입히고 가정적인 세트장을 만들어요. 섹시한 아내, 사랑스러운 엄마 콘셉트로 말이죠. 남자들이 퇴근하고 집에 가면 보고 싶어 하는 여자로 만들란 말입니다. 꼭 그렇게 해요."

마주 앉은 월터는 우스울 정도로 커다란 책상 너머에 앉은 필을 바라보았다. 월터는 필이 마음에 들지 않았다. 물론 그는 젊고 승승장구하는 PD였고, 분명히 모든 면에서 월터보다 낫긴 했지만 만사에 무신경했다. 월터는 무신경한 사람을 좋아하지 않았다. 그런 부류의 인간과 같이 있으면 월터는 스스로가 내숭을 떨고 남의 눈치를 보는 인위적인 사람이 된 기분이 들었다. 마치 이제는 멸종 위기에 처한 '예의 바른 사람'이 된 것 같달까. 나름의 품위와 식사 예절을 지키기로 유명했으나 현재는 찾아볼 수 없는 사람들 말이다.

월터는 쉰세 살이 될 동안 달고 다닌 희끗희끗한 머리를 손으로 쓸어 넘겼다.

"여기엔 재미있는 변칙점이 있습니다, 필. 조트 부인이 요리를 잘한다고 말씀드렸죠? 그러니까, 진짜 요리를 한다는 겁니다. 화학자거든요. 시험관과 실험 기구를 가지고 실험실에서 연구하는 그런 화

337

학자 말입니다. 화학 석사 학위도 있고요. 상상이나 되십니까? 제 생각엔 그 점을 부각할 수 있을 것 같은데요. 주부에게 공감대를 형성해 보자고요."

필은 놀라서 대꾸했다.

"뭐요? 안 돼요, 월터. 조트는 주부와의 공감대 같은 건 없는 사람이고, 그게 좋아요. 사람들은 자기랑 비슷한 사람이 TV에 나오는 걸 보고 싶어 하지 않는다니까. 절대 발끝조차 따라갈 수 없는 사람이 나와야 좋아한다고. 예쁘고 섹시한 사람 말이죠. 이 바닥이 어떻게 굴러가는지 알면서 무슨 소리예요."

필이 당황한 표정으로 이쪽을 바라보자 월터가 대답했다.

"아, 물론 알죠. 알고말고요. 전 그냥 이번에 약간 변화를 주면 어떨까 싶었던 것뿐이었습니다. 프로그램에 뭔가 전문적인 느낌을 주는 것도 좋잖습니까."

"전문적인 느낌? 오후 시간대잖아요. 이제껏 이 시간에 어린이 광대 쇼를 했으면서."

"예, 예상치 못했던 부분이었죠. 이번엔 그 대신 뭔가 의미 있는 걸 하게 될 겁니다. 조트 부인이 주부들에게 영양이 풍부한 저녁 식사를 만드는 법을 가르쳐줄 테니까요."

하지만 필은 쏘아붙였다.

"의미? 당신 뭡니까? 무슨 아미시*라도 돼요? 영양이 풍부하다니, 됐어요. 프로그램을 시작하기도 전에 죽일 셈이에요? 봐요, 월터. 쉬

• 현대적 기술 문명을 거부하고 농경 생활을 추구하는 미국의 종교 집단.

운 길이 있잖아요. 딱 달라붙는 치마 입히고 야릇한 몸짓을 시키라고요. 오븐 장갑 끼고서 하는 뭐 그런 거 있잖습니까."

필은 비단 장갑을 끼는 듯한 몸짓을 해 보였다.

"프로그램 마지막에는 꼭 칵테일을 만들라고 시켜요."

"칵테일요?"

"좋은 생각이죠? 좋은 생각 같은데."

"조트 부인이 과연 좋아할지 저는 잘—"

"그건 그렇고, 지난주에 그 여자가 한 말 기억나요? 절대영도**에서는 헬륨을 고체화할 수가 없다고 했던가? 그거 농담이라고 한 말인가?"

"네, 저는 농담이라고밖에—"

"근데, 재미없더라고."

필의 말은 옳았다. 엘리자베스는 재미없었다. 더 나쁜 점은 그 말이 농담이 아니었다는 것이다. 그녀는 정말로 그런 말을 요리 프로그램에서 할 작정이었고 그래서 문제였다. 아무리 월터가 이 요리 프로그램의 기획의도는 그런 게 아니라고 설명해도, 엘리자베스는 알아듣지 못하는 것 같았다.

"부인께서 이야기할 시청자는 일반적인 가정주부예요. 그냥 이웃집에 사는 평범한 아줌마를 생각해보세요."

월터가 말하자 엘리자베스는 무시무시한 눈빛으로 그를 쏘아보았다.

** 열역학적으로 생각할 수 있는 최저 온도로, −273.16℃ 에 해당한다.

"일반적인 주부는 전혀 평범한 존재가 아닙니다."

"월터?"

마침내 주제곡이 끝나자 엘리자베스가 이야기를 시작했다.

"듣고 있습니까? 우리 의상 문제를 한마디로 해결할 수 있을 것 같군요. 난 실험 가운을 입겠습니다."

"안 돼요."

"실험 가운을 입으면 프로그램에 전문적인 분위기가 돌 겁니다."

"안 됩니다. 제 말 들어줘요. 안 돼요."

월터는 레벤스멀이 딱 잘라 말했던 요구사항을 생각하며 다시금 거절했다.

"왜 과학적인 분위기가 나면 안 된다는 겁니까? 일단 첫 주에 이걸 입어보고 나서 결과를 살펴보기로 합시다."

월터는 수백 번도 더 했던 설명을 거듭했다.

"여긴 실험실이 아니잖아요. 주방이라고요."

"주방 이야기가 나왔으니 묻겠는데, 세트장은 어떻게 됐죠?"

"아직 완벽히 완성되지 않았어요. 조명 작업 중이라서."

하지만 그건 사실이 아니었다. 세트장은 며칠 전에 이미 완성되었다. 아일릿 커튼을 달아놓은 가짜 창문부터 조리대를 가득 채운 온갖 주방 도구까지, 훌륭한 가정주부가 요리할 법한 완벽한 주방이었다. 하지만 이 여자는 싫어하겠지.

"내가 요구했던 특별 도구들도 갖추어놓으셨습니까? 분젠 버너와 오실로스코프°도 있습니까?"

엘리자베스의 질문에 월터는 대답했다.

"그것 말인데요. 제 말 들어보세요. 가정에서는 대개 그런 장치로 요리하지 않아요. 하지만 부인이 주신 목록에 있는 물건은 거의 다 구해놨어요. 조리 도구랑 믹서랑—"

"가스스토브도요?"

"네."

"눈 세척기도 있겠죠?"

"어…… 네."

월터는 개수대를 쓰면 된다고 생각하고 대답했다.

"분젠 버너는 언제든 나중에 투입할 수 있을 거라고 생각합니다. 아주 유용한 도구니까요."

"그렇겠죠."

"조리대는요?"

"주문하신 스테인리스강은 너무 비싸서 구할 수 없더라고요."

"그거 이상하군요. 표면이 무반응 처리가 된 상판은 보통 아주 저렴한데요."

월터는 본인도 신기하다는 듯 고개를 끄덕였지만 사실은 신기하지 않았다. 그가 직접 포미카 싱크대 상판을 골랐으니까. 반짝이는 금빛 꽃가루가 점점이 뿌려진, 알록달록한 무늬의 래미네이트 상판이었다.

"보세요, 우리의 목적이 영양이 풍부하고 맛좋은 음식을 만드는 거란 건 저도 잘 알아요. 하지만 그렇다고 사람들을 소외시키고 싶

•   전류 변화의 파형을 화면으로 보여주는 장치.

지는 않아요. 우리는 사람의 마음을 끄는 요리를 만들어야 해요. 아시죠? 재미있게요."

"*재미라고요?*"

"재미가 없으면 사람들이 봐주질 않으니까요."

"하지만 요리는 재미있는 게 아닙니다. 진지한 임무예요."

"맞아요. 하지만 조금은 재미있을 수도 있지 않을까요?"

월터의 말에 엘리자베스는 이맛살을 찌푸렸다.

"그럴 것 같지 않습니다."

"알았어요. 그래도 아주 조금은 재미있을 수 있을 텐데요. 살짝이라도."

그는 검지와 엄지를 들어 비비면서 얼마나 작은 양인지 강조했다.

"있잖아요, 엘리자베스. 이미 아시겠지만, TV를 지배하는 규칙이 있어요. 지키기는 무척 어렵지만 빠르게 효과가 나타나는 세 가지 규칙이죠."

"품위를 지키라는 규칙이겠죠? 기준 말입니다."

월터는 레벤스멀을 떠올렸다.

"품위요? 기준요? 아뇨. 저는 진짜 규칙을 말하는 겁니다."

그는 손가락으로 수를 세기 시작했다.

"첫째 재미있을 것. 둘째 재미있을 것. 셋째 재미있을 것입니다."

"하지만 나는 남을 재미있게 하는 연예인이 아닙니다. 화학자란 말입니다."

"맞아요. 하지만 TV에 나오는 화학자는 재미있는 화학자여야 해요. 왜 그런지 알아요? 한마디로 정리할게요. 오후 프로그램이기 때문이죠."

"오후?"

"네, 오후. 그 시간대엔 말만 줄줄 늘어놓으면 졸리단 말입니다. 생체 리듬이란 말은 아실 거 아녜요."

"생체 리듬이란 말은 누구나 압니다, 월터. 네 살 난 제 아이도 알고ㅡ"

엘리자베스의 말에 월터가 끼어들었다.

"네 살이 아니라 다섯 살이겠죠. 매들린이 적어도 다섯 살은 됐을 테니 유치원에 다닐 거 아녜요."

엘리자베스는 본론으로 돌아가겠다는 듯 손을 내저었다.

"지금 그게 중요한 게 아닙니다. 생체 리듬을 이야기하고 있었잖습니까."

"맞아요. 잘 아시겠지만 인간은 생물학적으로 하루 두 번 자도록 설계되어 있어요. 오후엔 낮잠을 자고 밤에는 여덟 시간을 자야 하잖아요."

월터의 말에 그녀는 고개를 끄덕였다.

"하지만 우리는 대개 일 때문에 낮잠을 생략하죠. 그러니까 제 말은 미국인이 그렇다는 뜻이에요. 멕시코 사람들은 이런 문제가 없어요. 프랑스나 이탈리아나 다른 어느 나라를 가도 점심시간에 우리보다 술을 훨씬 많이 마시고요. 인간의 생산성이 자연적으로 오후에 떨어진다는 건 엄연한 사실이에요. TV 업계에서는 이걸 가리켜 '오후의 저기압대'라고 부르죠. 뭔가 의미 있는 걸 하기엔 너무 늦은 시간인데, 그렇다고 집에 가기엔 너무 이른 시간이에요. 주부나 4학년 어린애나 벽돌공이나 사업가나 전부 마찬가지죠. 나른하지 않은 사람이 없어요. 오후 1시 31분부터 4시 45분까지는 소위 말해 생산적인 삶이라는 게 싹 사라져버려요. 이 시간은 사실상 죽음의 시간대란 말입니다."

엘리자베스는 한쪽 눈썹을 치켜떴다. 그는 말을 이어갔다.

"물론 모두가 이 시간의 영향을 받긴 하지만 특히 위험한 게 주부들이에요. 애들이야 숙제를 제쳐놓을 수 있고, 사업가는 머릿속으로 딴생각을 하면서도 상대방 말을 듣는 척할 수 있지만, 주부들은 그래도 자기 일을 계속해야 하거든요. 저녁 시간이 난장판이 되지 않으려면 오후에 아이 낮잠을 재워야 하고, 누가 쏟아놓은 우유를 밟고 미끄러지면 안 되니까 바닥도 걸레질해야 하고, 집에 먹을 게 없으면 안 되니까 슈퍼마켓에도 후딱 갔다 와야 하죠. 혹시 여자들이 슈퍼마켓에 후딱 갔다 오겠다고 말하는 거 들어본 적 있어요? 슬렁슬렁 갔다 오겠다고는 하지 않죠. 후딱 갔다 와야 하니까요. 제가 하고픈 말이 바로 이건데요. 주부들은 언제나 정신이 돌아버릴 지경으로 대단한 생산성을 발휘하며 살아가요. 능력이 되든 안 되든 저녁 식사는 반드시 지어야 하거든요. 엘리자베스, 그건 지속 가능한 삶이 아니에요. 이러다간 심장 마비든 뇌졸중에든 걸릴 수밖에 없어요. 최소한 우울증엔 걸리게 되죠. 주부들은 4학년짜리 애가 숙제를 미루듯 집안일을 미룰 수 없으니까요. 남편이 회사에서 딴짓하듯 집안일을 두고 딴짓할 수가 없단 말입니다. 절대로 뭔가 이뤄낼 수 없을 시간대에도 언제나 생산적인 활동을 해야 해요. 그러니까 '오후의 저기압대'에도요."

엘리자베스는 고개를 끄덕이며 말했다.

"그건 예로부터 잘 알려진 신경성 결핍입니다. 뇌가 필요한 만큼 휴식을 취하지 못하면 실행 기능 수준이 떨어지면서 코르티코스테론 수치가 높아집니다. 아주 흥미로운 작용이죠. 하지만 그게 TV와 무슨 상관이죠?"

"긴밀한 관련이 있죠. 그 뭐냐, 말씀하신 신경 결핍을 치료해 주는 게 오후 TV프로그램이거든요. 아침이나 저녁 프로그램과는 달리 오후 프로그램은 뇌를 쉬게 해주는 방송으로 기획돼요. 편성표를 보시면 그렇다는 걸 아실 거예요. 1시 반부터 5시까지 방영되는 프로그램들을 살펴보세요. 모두 아동용이거나 가벼운 드라마, 아니면 게임 쇼거든요. 실제로 뇌를 써야 하는 건 하나도 없어요. 일부러 그렇게 만들었죠. TV프로그램 제작진도 이 시간대가 되면 사람들이 반쯤 죽은 거나 마찬가지라는 걸 알거든요."

엘리자베스는 헤이스팅스에서 일하는 동료들을 떠올렸다. 맞아. 반쯤 죽은 거나 마찬가지였지.

월터는 계속 말했다.

"어떤 면에서 보자면 우리가 제공하는 건 공공 서비스예요. 우리는 주부들에게 필요한 휴식을 주는 겁니다. 특히 중노동에 지친 주부들에게요. 아동 프로그램을 왜 그때 틀게요? 그게 아이들의 관심을 끌어줘서 대신 애를 봐주니까요. 그래야 엄마들이 한숨 돌리고 쉬다가 다음 일을 할 수 있죠."

"그 일이라는 건 그럼 —"

"저녁 식사를 만드는 거죠. 바로 거기서 당신이 필요한 겁니다. 당신이 진행하는 프로그램은 4시 30분에 시작해요. 시청자들이 '오후의 저기압대'에서 슬슬 나오기 시작할 때죠. 연구에 따르면 대다수의 가정주부가 이 시간대에 가장 심한 압박을 느낀다더라고요. 아주 짧은 시간 안에 너무 많은 걸 해내야 하거든요. 저녁도 짓고 상도 차리고 애들도 데려오고 일은 끝이 없다고요. 하지만 여전히 기진맥진하고 우울한 시간이죠. 그래서 이 시간대의 책임이 막중한 거랍니다. 누가 나와서 무슨 말을 하든 반드시 기운을 북돋워 줘야 해요. 당신이 시청자를 즐겁게 해줘야 한다고 말하는 것도 바로 그 때문이에요. 진심으로 하는 말이에요. 사람들을 다시 일상으로 끌어내 줘요, 엘리자베스. 다시 정신을 차리게 해줘요."

"하지만—"

"당신이 내 사무실에 쳐들어왔던 날 기억해요? 오후였죠. 그때 난 오후의 저기압대에 빠져 있었는데, 당신이 내 정신을 확 들게 해줬어요. 확실히 말하는데, 그때 정신이 들기란 통계학적으로 불가능해요. 오후 프로그램을 만들어봐서 잘 압니다. 난 시청자들 정신을 확 들게 한 적이 한 번도 없었거든요. 하지만 그래서 알 수 있었죠. 당신은 날 똑바로 앉히고 말을 듣게 만들 힘이 있었습니다. 그리고 당연히 다른 사람에게도 그럴 수 있을 거라고요. 난 당신을 믿어요, 엘리자베스 조트. 당신이 품은 음식에 대한 사명을 믿어요. 하지만 그저 저녁 요리를 만드는 프로그램에 그쳐선 안 돼요. 명심해요. 조금이라도 재미있게 진행해야 합니다. 내가 시청자들을 재우고 싶었다면 당신 프로그램을 2시 30분에 편성했을 거예요."

엘리자베스는 잠시 생각했다.

"이제껏 그런 식으로는 생각해 본 적이 없었던 것 같습니다."

월터가 대답했다.

"이건 TV의 과학이에요. 아는 사람은 거의 없지만요."

그녀는 잠시 묵묵히 서서 월터의 말을 생각해 본 뒤 말했다.

"하지만 나는 사람을 재미있게 해주지 못합니다. 과학자니까요."

"과학자도 재미있게 할 수 있어요."

"예를 들어보십시오."

월터가 쏘아붙였다.

"아인슈타인 있잖아요. 사람들은 모두 아인슈타인을 아주 좋아하는데요?"

엘리자베스는 그가 든 예를 곰곰이 생각했다.

"음, 아인슈타인의 상대성 이론은 설득력이 있긴 합니다."

"아시겠죠? 그거라고요!"

"하지만 물리학자였던 아인슈타인의 아내가 공로를 인정받지 못한 것 역시 사실이고—"

"그렇죠, 그런 식으로 우리의 시청자를 잡아두는 겁니다. 가정주부들 말이죠! 그렇다면 어떻게 이 아인슈타인의 아내 같은 분들의 정신을 번쩍 들게 할 수 있을까요? TV에서 오랫동안 검증해 온 방법이 있죠. 농담도 하고, 옷도 그럴싸하게 입고, 권위도 좀 세워주면 시청자들은 정신이 번쩍 든다니까요. 아, 물론 음식도 그렇죠. 예를 들어 부인께서 저녁 파티를 한다고 하면 다들 오고 싶어 할 것 같은데요."

"난 저녁 파티를 열어본 적이 없습니다."

"아니, 해보셨을 거잖아요. 분명히 조트 씨랑 같이 파티를 분명히 열었던 적이—"

"월터, 조트 씨라는 분은 없습니다. 나는 남편이 없어요. 사실 결혼한 적도 없고요."

엘리자베스의 말에 월터는 눈에 띄게 당황해서 숨을 몰아쉬었다.

"아, 음, 그거 정말 흥미로운데요. 하지만 꼭 그 말을 하셔야 할까요? 제 말 오해하지 말고 들어주세요. 다른 사람에겐 말씀하지 않으실 거죠? 예를 들면 제 상사인 레벤스멀이라든가…… 아니, 실은 아무한테도 말씀 안 하시면 안 되겠습니까?"

그녀는 눈살을 살짝 찌푸리며 설명했다.

"나는 매들린의 아버지를 사랑했어요. 다만 그와 결혼할 수 없었던 것뿐입니다."

월터는 동정 어린 기색으로 목소리를 낮췄다.

"아, 불륜 관계에 있으셨군요. 남자는 유부남이고 부인이 있었고요. 그렇죠?"

엘리자베스는 고개를 저었다.

"아뇨. 우리는 서로 완전히 사랑했습니다. 사실 동거도 했는데―"

"그 점 역시 절대로 입도 뻥긋 말아주십시오. 절대로 안 됩니다."

월터가 끼어들었다.

"2년 동안 동거했어요. 우리는 영혼의 반려자였습니다."

엘리자베스의 말에 월터는 목을 가다듬었다.

"그것참 멋지군요. 전혀 나쁠 것 없고 정상적이라 생각합니다. 그래도 다른 사람에게 말할 만한 일은 아니에요. 절대로 말하지 마세요. 물론 언젠간 그분과 결혼할 계획이셨겠지만요."

그녀는 조용히 대답했다.

"그럴 계획은 없었어요. 그런데 알아두셔야 할 게 더 있어요. 그 사람은 죽었어요."

이 말을 하는 엘리자베스의 얼굴에 절망이 서렸다.

월터는 갑자기 확 변한 엘리자베스의 모습에 큰 충격을 받았다. 엘리자베스에겐 뭔가 특이한 면이, 다시 말해 카메라에 딱 맞는 일종의 카리스마가 있었지만, 그녀 역시 알고 보면 연약한 사람이었다. 불쌍해라. 월터는 두 번 생각해 보지도 않고 그녀를 끌어안았다.

"정말 마음이 아프네요."

엘리자베스는 그의 어깨에 얼굴을 묻고 훌쩍였다.

"나도 그래요. 정말 마음이 아파요."

월터는 움찔했다. 정말 깊은 외로움이 느껴지네. 그는 어맨다에게 하듯 엘리자베스의 등을 토닥이면서, 자신이 그저 마음만 아픈 게 아니라 상대를 이해하고 있다는 점을 최선을 다해 전달하려 했다. 혹시 이런 식으로 사랑에 빠진 적이 있었던가? 없다. 하지만 그게 어떤 건지는 아주 잘 알게 되었다.

"죄송합니다."

엘리자베스는 그의 품에서 빠져나왔다. 누군가의 포옹이 절실히 필요했다는 걸 깨닫고 깜짝 놀란 상태였다. 월터는 부드럽게 말했다.

"괜찮아요. 이제껏 힘든 일을 많이 겪으셨군요."

그녀는 다시 본론으로 곧바로 들어갔다.

"나도 그런 이야기를 하면 안 된다는 것쯤은 잘 알고 있습니다. 이미 그것 때문에 해고당한 적이 있으니까요."

월터는 움찔했다. 오늘 아침만 해도 벌써 세 번째였다. '그것 때문에'라는 말이 무슨 뜻이지? 혹시 애인을 죽여서 해고된 건가? 아니면 결혼도 안 하고 애를 가져서? 둘 다 아주 개연성이 높아 보였지만, 월터는 제발 후자이길 속으로 빌었다.

그러나 엘리자베스는 그의 소망을 싹 없애버리겠다는 듯 조용히 시인했다.

"내가 그 사람을 죽였어요. 목줄을 꼭 하고 가야 한다고 우겼거든요. 여섯시-삼십분은 그 뒤로 달라지고 말았어요."

"정말 안됐군요."

월터는 숨죽여 대답했다. 지금 들은 목줄은 무슨 이야기인지, 6시 30분이라는 시간은 왜 나온 건지는 이해하지 못했지만, 엘리자베스의 의도는 알아들을 수 있었다. 그녀의 선택 때문에 안 좋은 결과가 일어난 거로군. 월터 역시 똑같은 경험을 한 적이 있다. 두 사람 다 그릇된 선택을 하는 바람에 그들을 부모로 둔 어린 것들이 고통받게 된 것 아닐까.

"참 마음이 아프네요."

엘리자베스는 애써 평정심을 되찾으려 하면서 대답했다.

"나도 마음이 아픕니다. 이혼하셨다지요."

"아, 마음 쓰지 마세요."

월터는 민망한 기색으로 손을 내저었다. 그가 사랑에 실패한 이야기는 어느 모로 보나 그녀의 이야기와는 비교할 수 없었다.

"저는 당신과는 상황이 달라요. 제 이혼은 사랑과 전혀 상관이 없거든요. 게다가 어맨다는 사실 DNA상으로 저와 아무런 연관이 없기도 하고요."

본의 아니게 불쑥 그 말이 튀어나오고 말았다. 이 사실을 알게 된 건 불과 3주 전이었다.

월터의 전처는 오래전부터 월터가 어맨다의 친아버지가 아니라고 은근히 말해왔지만 월터는 그저 상처 주려고 하는 말이겠거니 생각했다. 물론 자신과 어맨다는 닮은 데라곤 없었다. 그래도 부모를 닮지 않은 아이들이 어디 한둘이던가. 어맨다를 품에 안을 때면 아이가 자신의 딸이라는 걸 얼마든지 알 수 있었다. 아주 깊고도 영구적인 생물학적 연관성을 느낄 수 있다는 말이다.

하지만 전처는 잔혹하고 끈질기게 그를 괴롭혔다. 그 결과 마침내 친자 확인 검사가 가능해지자 월터는 혈액 표본을 채취했고, 닷새 뒤 진실을 알게 되었다. 그와 어맨다는 생판 남이었다.

그는 검사 결과지를 받으면 배신감이라든가 망연자실함 등의 감정들이 마땅히 들리라 예상했다. 하지만 어떤 것도 전혀 느껴지지 않았다. 결과지는 중요한 게 아니구나. 어맨다는 자신의 딸이었고, 자신은 어맨다의 아버지였다. 그리고 그는 딸아이를 온 마음을 다해 사랑했다. 생물학 따위 알게 뭐람.

그는 엘리자베스에게 말했다.

"전 부모가 될 계획이 전혀 없었어요. 그런데 살다 보니 어느새 아주 헌신적인 아버지가 되어 있더라고요. 인생이란 참 알 수 없는 거잖아요? 제아무리 계획을 세우고 노력하는 사람도 실망하게 되는 게 인생이죠."

엘리자베스는 고개를 끄덕였다. 그녀가 바로 계획을 세우는 사람이었고, 또 실망한 사람이었으니까.

"어쨌든 우리가 「6시 저녁 식사」로 뭔가 해내리라고 생각해요. 하지만 앞으로 당신이, 그러니까 참고 견뎌야 하는 TV의 특성이 있다이겁니다. 의상은 제가 재단사에게 품을 좀 넉넉하게 해달라고 말해놓을게요. 그 대신 당신이 웃는 연습을 해주셨으면 좋겠습니다."

월터의 말에 엘리자베스는 눈살을 찌푸렸다.

"심지어 잭 러레인도 팔굽혀펴기를 하면서 웃는단 말이에요. 힘든 운동이 재미있어 보이는 효과가 있으니까요. 잭의 스타일을 연구해 보세요. 그분이 전문가예요."

잭의 이름을 들은 엘리자베스는 몸이 굳었다. 캘빈이 죽은 뒤 잭 러레인 방송을 본 적이 없었다. 캘빈이 죽은 이유에는 어느 정도 잭의 탓도 있다고 여겼기 때문이었다. 물론 옳지 않은 생각이라는 건 그녀도 알고 있었다. 잭의 방송을 보고 나서 캘빈이 주방으로 들어왔던 기억에 온몸이 따스해졌다.

"바로 그거예요."

월터의 말에 엘리자베스는 고개를 들어 그를 바라보았다.

"지금 미소를 지을 뻔하셨어요."

"아, 음, 의도치 않은 일이었습니다."

"괜찮습니다. 의도했든 아니든 상관없어요. 웃기만 하면 돼요. 저도 대개 억지로 웃거든요. 우디초등학교에 갈 때도 그렇죠. 사실 전 지금 학교에 가야 해요. 머드포드 선생님이 또 호출해서요."

엘리자베스는 깜짝 놀라 말했다.

"저도 그렇습니다. 내일 면담이 있어요. 혹시 어맨다도 도서 신청 목록 때문에 문제가 있나요?"

월터도 깜짝 놀랐다.

"도서 신청 목록요? 아뇨. 걔들은 아직 유치원생인걸요, 엘리자베스. 책 못 읽어요. 어쨌든 문제는 어맨다가 아니라 저예요. 제가 혼자 애를 키우는 아버지라 선생님이 절 미심쩍어하거든요."

"왜요?"

월터는 다시금 놀랐다.

"그 이유가 뭐라고 생각하세요?"

엘리자베스는 갑자기 뭔가 깨달았다는 듯 대답했다.

"아, 그분이 당신을 성도착자라고 생각하나 보죠?"

"저라면 그런, 그런 말을…… 대놓고 하지는 않을 겁니다만, 뭐, 그렇죠. 마치 '안녕? 난 소아성애자인데 애를 키워!'라고 쓴 이름표를 달고 다니는 기분이에요."

"그렇다면 우리 둘 다 미심쩍어 보이는 사람인 것 같네요. 캘빈과 나는 거의 매일 섹스했어요. 젊고 활동적인 신체 수준을 지녔으니 아주 정상적인 반응이었죠. 하지만 우린 결혼한 상태가 아니었기 때문에……."

엘리자베스의 말에 월터는 하얗게 질린 얼굴로 말했다.

"아, 그게……."

"이 사회는 마치 결혼만이 섹스와 연관이 있다는 식으로—"

"아—"

그녀는 사무적인 어조로 설명했다.

"동거했던 시절에 나는 성욕을 느끼고 한밤중에 깨어난 적이 종종 있었습니다. 아마 당신도 그런 적이 있었겠죠. 하지만 캘빈은 한창 렘수면 중이라 깨우고 싶지 않았어요. 나중에 말했더니 그이가 진지하게 사과하더라고요. '아니야, 엘리자베스. 그럴 때면 반드시 나를 깨워. 렘수면이든 말든 상관없어. 당장 깨워'라고 했죠. 나중에 남성 호르몬에 대한 논문을 더 읽어보고 나서야 깨달았습니다. 남성의 성욕은 출구 없는—"

월터는 새빨개진 얼굴로 그녀의 말을 끊었다.

"저기, 출구라니 말인데요. 주차장에 차를 댈 때는 북쪽 출구 쪽에 주차해 주시면 좋겠습니다."

엘리자베스는 허리에 손을 얹고 대답했다.

"북쪽 출구 쪽이라. 제가 들어온 입구에서 왼쪽 끝까지 가란 말씀이시죠?"

"네, 맞습니다."

"어쨌든 머드포드 선생님이 당신을 헌신적인 아버지로 봐주지 않고 다르게 생각한다는 게 참 안타깝네요. 그분이 과연 『킨제이 보고서』는 읽어보셨나 모르겠군요."

"『킨제이 보고서』라니―"

"읽어보셨다면 나와 당신이 성도착자가 전혀 아니라는 걸 이해하셨을 텐데요. 당신과 나는―"

월터는 급히 끼어들었다.

"평범한 부모라는 말씀이시죠?"

"헌신의 본보기라고 말하려 했습니다."

"예, 보호자죠."

"가족이죠."

그녀는 말을 끝맺었다.

모든 것을 까발린 그 대화는 그들의 묘한 우정을 공고히 해주었다. 뭔가가 어긋난 사람이 비슷하게 어긋난 사람을 만났을 때 피어오르는 감정이랄까. 어쩌면 그뿐일지도 모른다. 그렇지만 그것으로도 충분했다.

이제껏 월터는 누구와 성적이거나 생물학적인 주제를 두고 이렇게 솔직하게 토론해 본 적이 한 번도 없었다. 혼자서도 생각해 본 적 없는 주제로 대화를 나누었다는 생각에 절로 감탄사가 나왔다.

"보세요, 의상 말인데요. 재단사가 당장 옷을 숨 쉬기 좋게 만들어줄 수 없다면 일단 가지고 있는 옷 중에서 골라서 입고 와요."

"하지만 실험 가운은 안 된다고 하시겠죠?"

"좀 더 당신다운 옷을 고르셨으면 하는 마음입니다. 과학자가 아니라요."

엘리자베스는 흩어진 머리카락을 귀 뒤로 넘기며 항변했다.

"나는 과학자입니다. 그게 나다운 모습인데요."

"그럴지도 모르죠, 엘리자베스 조트. 하지만 그건 시작에 불과할 것 같네요."

월터가 말했다. 뒤에 덧붙인 이 말이 사실로 밝혀지리라는 걸, 그는 꿈에도 몰랐다.

옮긴이 **심연희**

연세대학교와 동 대학원에서 영문학을 전공하고 독일 뮌헨대학교에서 언어학과 미국학을 전공했다. 현재 영어와 독일어 전문 번역가로 활동 중이며 다수의 저서를 옮겼다. 그중 대표적인 것으로 『이웃 사냥』『365일』『어둠의 눈』『빅 엔젤의 마지막 토요일』『퍼펙트 마더』『어른이 되기는 글렀어』 『고양이는 내게 행복하라고 말했다』『마쉬왕의 딸』『이사도라 문』시리즈,『캡틴 언더팬츠』시리즈 등이 있다.

레슨 인 케미스트리 ①

초판 1쇄 발행 2022년 6월 9일
초판 2쇄 발행 2022년 7월 14일
개정판 1쇄 발행 2023년 10월 13일
개정판 3쇄 발행 2024년 9월 4일

지은이 보니 가머스
옮긴이 심연희
펴낸이 김선식

경영총괄 김은영
콘텐츠사업본부장 임보윤
책임편집 이상화 **디자인** 윤신혜 **책임마케터** 배한진
콘텐츠사업2팀장 김보람 **콘텐츠사업2팀** 박하빈, 이상화, 채윤지, 윤신혜
마케팅본부장 권장규 **마케팅3팀** 이고은, 배한진, 양지환
미디어홍보본부장 정명찬
브랜드관리팀 오수미, 김은지, 이소영, 서가을 **뉴미디어팀** 김민정, 이지은, 홍수경, 변승주
지식교양팀 이수인, 염아라, 석찬미, 김혜원, 박장미, 박주현
편집관리팀 조세현, 김호주, 백설희 **저작권팀** 이슬, 윤제희
재무관리팀 하미선, 윤이경, 김재경, 임혜정, 이슬기, 김지영, 오지수
인사총무팀 강미숙, 지석배, 김혜진, 황종원
제작관리팀 이소현, 김소영, 김진경, 최완규, 이지우, 박예찬
물류관리팀 김형기, 김선민, 주정훈, 김선진, 한유현, 전태환, 전태연, 양문현, 이민운

펴낸곳 다산북스 **출판등록** 2005년 12월 23일 제313-2005-00277호
주소 경기도 파주시 회동길 490
대표전화 02-704-1724 **팩스** 02-703-2219 **이메일** dasanbooks@dasanbooks.com
홈페이지 www.dasanbooks.com **블로그** blog.naver.com/dasan_books
종이 아이피피 **인쇄·제본** 한영문화사 **후가공** 제이오엘앤피
ISBN 979-11-306-4677-0 (04840)

다산북스(DASANBOOKS)는 책에 관한 독자 여러분의 아이디어와 원고를 기쁜 마음으로 기다리고 있습니다.
출간을 원하는 분은 다산북스 홈페이지 '원고 투고' 항목에 출간 기획서와 원고 샘플 등을 보내주세요.
머뭇거리지 말고 문을 두드리세요.